T0037854

AMOR
EN
juego

ELENA ARMAS

AMOR EN *juego*

Grijalbo

Primera edición: septiembre de 2023

© 2023, Elena Armas
Publicado originalmente por Atria, un sello de Simon&Schuster
Derechos de traducción a cargo de Sandra Dijkstra Literary Agency y Sandra Bruna Agencia Literaria, S. L.
Todos los derechos reservados
© 2023, Penguin Random House Grupo Editorial, S. A. U.
Travessera de Gràcia, 47-49. 08021 Barcelona
©2023, Penguin Random House Grupo Editorial USA, LLC
8950 SW 74th Court, Suite 2010
Miami, Florida 33156

© 2023, Ana Isabel Domínguez Palomo y María del Mar Rodríguez Barrena,
por la traducción
Con la colaboración de Julia Viejo en la revisión del libro

Impreso en Colombia - *Printed in Colombia*

ISBN: 978-1-64473-946-4

23 24 25 26 27   10 9 8 7 6 5 4 3 2 1

A todas esas chicas que alguna vez
han perdido los papeles: ¿qué más da?
Ya es hora de mostrar lo que sentimos, queridas

1

Adalyn

La cabeza se le cayó de los hombros, rodó hasta mis pies y se detuvo con un golpe seco.

Se me erizó el vello de la nuca y me invadió una extraña sensación por todo el cuerpo.

Debería haberme sonado la escena. Debería haber recordado algo que ya había vivido y que ahora estaba viendo en una pantalla. Pero no fue así. Cuando se hizo el silencio, que provocó un repentino vacío en las instalaciones de los Miami Flames, se me cayó el alma a los pies. Y al ver que un micro captaba la voz de uno de los cámaras mientras susurraba «Tío, ¿lo estás grabando?», dejé de respirar.

«Joder. ¿Qué...?».

La cabeza de Paul emergió del interior del cuello decapitado del disfraz de Sparkles, la mascota del equipo, y el pánico se apoderó de mí.

Paul parpadeó, con una mezcla de rabia y sorpresa en el rostro, antes de soltar:

—¿Se puede saber qué coño te pasa?

Entreabrí los labios, como si una parte de mi cerebro quisiera contestarle. En ese momento. Aunque no sirviera de nada.

—Yo...

La imagen de la pantalla se congeló obligándome a alzar la mirada y a enfrentarme a los ojos del hombre cuyo iPad había reproducido los treinta segundos que había borrado de mi memoria.

9

—Ya hemos visto bastante —dijo Andrew Underwood, presidente y director general del Miami Flames FC de la MLS, la liga de fútbol de Estados Unidos y Canadá, y empresario multimillonario afincado en la ciudad.

—Pues yo no lo creo —replicó con una risita el tipo que estaba a su lado—. Es una reunión de emergencia y debemos asegurarnos de que contamos con todos los detalles.

«¿Una reunión de emergencia?», me pregunté.

—De hecho —siguió David—, creo que deberíamos volver a verlo desde el principio. No sé muy bien qué murmuraba Adalyn mientras decapitaba a nuestro querido Sparkles. ¿Era un gruñido o era una frase de verdad...?

—David —lo interrumpió Andrew al tiempo que soltaba el dispositivo en la gigantesca mesa que los separaba de mí—, esto va en serio.

—Cierto —coincidió el aludido, y no me hizo falta mirarlo para saber que esbozaba una sonrisilla ladina. Conocía esa sonrisilla. Había besado esa sonrisilla. Había salido con ella un año entero. Y después trabajé a su cargo cuando le dieron el puesto con el que yo había soñado toda la vida—. No todos los días se ve a la jefa de comunicación de un club de la MLS abalanzándose en taconazos sobre la mascota del equipo. —Noté que la sonrisa se ensanchaba, casi podría decirse que la oí, y sentí que se me petrificaba la cara—. Sorprendente, desde luego. Pero también...

—Inadmisible —intervino Andrew—. Todos los aquí presentes lo sabemos. —Sus ojos azul claro se encontraron con los míos, penetrantes e implacables. Y no era de extrañar. También conocía esa mirada fulminante. Había soportado «la mirada» casi toda mi vida—. El arrebato de Adalyn es inexcusable, pero cuidadito con lo que dices. Que es mi hija.

Alcé la barbilla, como si ese recordatorio no fuera un detalle que yo intentara olvidar a diario.

Adalyn Reyes, la brillante hija del presidente del equipo de fútbol para el que llevaba trabajando toda la vida.

—Disculpa mi tono, Andrew —repuso David, y aunque lo dijo con voz seria, no fui capaz de mirarlo. No podía. Y menos después de lo que había pasado en las últimas veinticuatro horas. Después de lo que había averiguado—. Pero como vicepresidente de operaciones de los Miami Flames, me preocupan las repercusiones del incidente.

«Incidente».

Apreté los labios con fuerza.

Mi padre chasqueó la lengua y volvió a clavar la vista en el iPad antes de desbloquearlo.

Deslizó el dedo de arriba abajo y de izquierda a derecha para acceder a un documento. Incluso visto del revés, adiviné lo que estaba mirando. Era la plantilla que había diseñado para las ruedas de prensa y las comunicaciones con los medios. La que usábamos todos. Yo misma había creado un sistema por colores para los elementos prioritarios, que en ese instante brillaba en la pantalla de un rojo intenso.

«Rojo»: prioridad absoluta. «Rojo»: crisis.

Llevábamos meses sin una. Años.

—Yo no he dado el visto bueno a eso —mas--cullé por primera vez desde que mi padre había empezado a reproducir el vídeo. Carraspeé y añadí—: Todos los informes deberían pasar por mí antes de llegar a dirección.

Sin embargo, mi padre se limitó a exhalar por la nariz, pasando de mí mientras repasaba el informe de… (Me incliné hacia delante). ¡Quince páginas!

Abrí los ojos como platos.

—¿Puedo…?

—Impacto mediático del incidente —dijo sin dejarme hablar—. Punto número uno.

Volví a abrir los labios, pero David se acercó más, y su pelo rubio oscuro me distrajo. Me miró con esa sonrisilla, y supe de inmediato que estaba al tanto de algo. De algo que yo desconocía.

—Tasa de viralidad —prosiguió mi padre mientras tocaba la pantalla con el índice. Se me formó un nudo en el estómago. ¿Viralidad? ¿De qué? Mi padre frunció el ceño—. ¿En qué se diferencia una impresión de una reproducción?

—¿De qué plataforma estamos hablando? —me apresuré a preguntar, mientras ponía la espalda firme—. Por eso tengo que dar el visto bueno a los informes. Suelo añadir notas para ti. Si me dejas echarle un vistazo, puedo…

David chasqueó la lengua y bajó la mirada al iPad que seguía sujetando mi padre. Después dijo:

—En realidad da igual, Andrew. —Se giró para volver a mirarme a los ojos—. El vídeo tiene más de seis millones de reproducciones en todas las plataformas. Creo que todos entendemos qué significa eso.

El vídeo.

Seis millones de reproducciones.

En todas las plataformas.

Se me aflojaron las rodillas. Se me aflojó todo el cuerpo. Y yo no era de esas.

Solían decirme que era demasiado clínica, que mi humor era demasiado ácido y que sonreía demasiado poco. Kelly, mi asistente, la única en las oficinas de los Miami Flames que se había tomado la molestia de hacerse mi amiga, me llamaba abiertamente «Reina impasible». Pero también sabía que muchos se referían a mí como «Reina de hielo», «Reina helada» o cualquier otra variante que hiciera referencia a que era una mujer fría. Jamás había dejado que me molestara.

Porque nunca titubeaba. Ni me derrumbaba. Ni permitía que nada me afectase.

Hasta el día anterior, cuando…

David soltó una carcajada.

—Te has hecho viral, Ads.

«Cuando me abalancé en taconazos sobre la mascota del equipo», en palabras de David.

El almuerzo se me subió a la garganta. En parte se debía a ese «Ads» que siempre había detestado, pero también era por... Dios, no podía creerlo. Me había hecho viral. ¡Viral!

—Seis millones de reproducciones —dijo mi padre, que negó con la cabeza al ver que yo no replicaba (porque no podía)—. Seis millones de personas te han visto abalanzarte sobre la mascota, arañarle la cara y arrancarle la cabeza, hostia. Seis millones. Es toda la población del área metropolitana de Miami. —Se le pusieron rojas las puntas de las orejas—. Tienes hasta tu propio hashtag: #sparklesgate. La gente lo está usando junto con el del equipo.

—No sabía que estaba grabado —susurré a duras penas, molesta porque apenas me saliera la voz—. No podía saber que había rulado un vídeo por ahí, pero...

—No me vengas con peros, Adalyn. Agrediste a un compañero. —La palabra «agrediste» quedó suspendida en el aire, y apreté la mandíbula con fuerza—. Paul es un trabajador nuestro y Sparkles, la imagen del equipo. Es un fénix que representa el fuego, la inmortalidad y la transformación de los Miami Flames. De tu equipo. Y lo agrediste delante de la prensa que estaba en las instalaciones por el aniversario del club. Periodistas. Cámaras. El equipo y sus familias. Estaba lleno de niños, por el amor de Dios.

Tragué saliva, pero me aseguré de mantener la espalda muy recta. Firme. En estas situaciones, la imagen lo era todo. Y no podía perder la compostura. No allí. Otra vez no.

—Lo entiendo, de verdad. Sparkles es un símbolo, y además los aficionados lo adoran. Pero decir que «le agredí» me parece exagerado. Tampoco es que le hiciera nada grave a Paul, solo...

—¿Qué? —preguntó mi padre.

«Para ser exactos, decapité a un pájaro de metro noventa hecho de goma, poliéster y plumas acrílicas que responde al nombre de Sparkles y que representa la inmortalidad. Según las pruebas que aporta el vídeo».

Sin embargo, decirlo en voz alta no ayudaría, así que me quedé con la boca abierta durante los cinco segundos más largos de la historia y después... no dije nada.

Mi padre ladeó la cabeza.

—Por favor, me encantaría oír tu versión.

Se me aceleró el pulso. No podía decir nada sin suscitar una conversación para la que no estaba preparada. Todavía no estaba preparada, y tal vez nunca lo estuviera.

—Fue... —La frase quedó colgada en el aire en un hilo de voz que odié con todas mis fuerzas—. Un encontronazo. Un accidente.

David, que durante los últimos minutos había guardado un silencio poco habitual en él, resopló, y mi cara, que tan a menudo describían como indiferente y fría, comenzó a arder.

Mi padre dejó el iPad en la mesa con un suspiro.

—Suerte que David convenció a Paul para que no te denunciase o nos demandase.

Una denuncia. ¡Una demanda!

Se me revolvió el estómago.

—Le ofrecí un aumento de sueldo, que aceptó, por supuesto —añadió David—. Al fin y al cabo, fue un arrebato de lo más inusual para nuestra Adalyn... siempre tan contenida.

Su forma de pronunciar «contenida», como si fuera algo malo, como un defecto, me golpeó de lleno en el pecho.

—Pedimos la grabación del evento —siguió mi padre—. Después de que huyeras de la... escena del crimen. Pero alguien debió de grabar el incidente con el móvil. David sospecha que fue uno de los becarios que acompañaban a los cámaras.

El aludido chasqueó la lengua.

—Aunque es imposible saberlo a ciencia cierta.

No me podía creer que me estuviera pasando todo eso. Joder, no me podía creer lo que había hecho.

Experimenté una sensación extraña en los ojos, como una punzada cálida que provocó que mi visión se volviera... borrosa. ¿Eran…? No. ¿Eran…? No, no podía ser. Era imposible que estuviera a punto de echarme a llorar.

—Solo es un vídeo —dije, aunque en aquel momento era incapaz de pensar en nada más que en la última vez que había llorado—. Se les olvidará. —Aumentó el escozor—. Si algo sé de internet es que todo es temporal. —¿Por qué no recordaba la última vez que había llorado?—. Mañana ya no le importará a nadie.

En el móvil de David sonó una notificación y él lo sacó del bolsillo.

—Bueno —dijo con la vista clavada en la pantalla—, yo no lo tengo tan claro. Por lo que parece, estamos recibiendo algunas peticiones de entrevistas. Para ti.

No tenía buena pinta, pero es que además en ese momento caí en otra cuestión.

—¿Por qué…? —Fruncí el ceño y miré el móvil. No tenía nada—. Ese mensaje de correo debería haberme llegado a mí. ¿Por qué no estoy en copia? —David se encogió de hombros, y mi padre dejó escapar un sonoro suspiro. Y otro. Le dirigí una miradita, y algo en su expresión me hizo reaccionar—. Podemos darle la vuelta a la tortilla. —Mi voz sonaba desesperada—. Puedo darle la vuelta. Te lo juro. Encontraré la forma de beneficiarnos de esta atención extra. Incluso del hashtag. Todos sabemos que el equipo no está acaparando titulares precisamente, llevamos tanto tiempo a la cola de la clasificación de la Conferencia Este que…

Mi padre se puso aún más serio y sus ojos adquirieron una gélida tonalidad azul.

Un silencio pesado y abrumador inundó la sala.

Y en ese momento tuve claro, por el movimiento de sus pestañas, que la batalla que estaba intentando librar ya había terminado. Acababa de decir en voz alta lo único que de verdad le tocaba la fibra. Los Miami Flames estaban en la mierda. Llevábamos más de una década sin clasificarnos para la fase final.

Estábamos muy lejos de llenar estadios. La franquicia del equipo de fútbol era la única inversión de Andrew Underwood que no daba beneficios. La única que le había costado algo más que dinero: su orgullo.

—Solo digo que… —empecé.

Pero ya había perdido la batalla.

—«Mascota asesinada en un partido de los Miami Flames» —leyó en el iPad—. ¿Te parece suficiente «atención extra»?

Tragué saliva.

—Creo que llamarlo asesinato es una exageración.

Asintió con un gesto brusco antes de añadir:

—«El aniversario de los Miami Flames acaba en masacre».

—«Masacre» tampoco me parece la palabra más acertada.

Mi padre levantó el índice.

—«Desplumado y asado el pájaro preferido de Miami. ¿Cuál será la siguiente cabeza en rodar?». —Volvió a acercar el dedo a la pantalla y lo deslizó hacia abajo—. «Sparkles merecía morir». —Siguió bajando—. «Carta de amor a la Matamascotas».

«Matamascotas». Me cago en mi vida.

Resoplé, lo que me valió una miradita arrogante de David.

—Esos medios solo buscan hacer *clickbait*. No son comentarios serios, así que no deben preocuparnos ni a nosotros, ni a la empresa. Mi equipo planeará una estrategia. Emitiremos un comunicado de prensa. Haré…

—«La hija del dueño de los Miami Flames, Andrew Underwood, y la exmodelo Maricela Reyes, en el punto de mira tras un horrible incidente con la mascota del equipo».

La sensación pegajosa que me cubría la piel desde que entré en el despacho me subió por la columna. Por los brazos. Por la nuca.

—«Adalyn Reyes desatada» —siguió—. «¿Quién es la heredera del imperio Underwood?». —Cerré los ojos—. «El Miami Flames FC a examen. ¿Se está desmoronando el club?». —Una gota de sudor frío me bajó por la espalda—. «¿La aburrida y sosa jefa de comunicación de los Miami Flames por fin ha encontrado algo de fuego en su interior? Rabia femenina al descubierto».

«Aburrida y sosa».

«Rabia femenina».

«Por fin ha encontrado algo de fuego en su interior».

Mis esfuerzos por mantener la compostura dieron igual, y me resultó imposible pasar por alto lo insignificante que me sentía. Cuando cambié el peso del cuerpo de un pie al otro, incluso mi traje de pantalón hecho a medida me pareció inadecuado. Suelto y áspero contra la piel. Como si no fuera mío.

—En fin. —La voz de mi padre me devolvió a la realidad. Me centré en él. En su cara. En la severidad de su mirada—. Voy a ser sincero: me parecen bastante atrevidos para ser titulares, pero supongo que eso no importa cuando dan en el clavo. —Hizo una pausa—. ¿Aún crees que podemos beneficiarnos de este tipo de atención, Adalyn?

Negué con la cabeza.

El hombre al que admiraba y al que había intentado impresionar durante todos los años que llevaba trabajando en el club suspiró.

—¿Te importaría al menos decirme qué fue lo que provocó esto? —me preguntó, y me pilló tan desprevenida, tan poco preparada, que solo atiné a mirarlo boquiabierta.

—Yo... —No podía. Ni de coña.

No con David allí. Quizá si me hubiera preguntado el día anterior, si me hubiera cogido por banda y me hubiera exigido una respuesta mientras «huía de la escena del crimen», como había dicho..., tal vez se lo habría contado. Evidentemente, se me había ido la olla. Pero no podía contárselo en ese momento.

Porque solo demostraría que sus acusaciones tenían fundamento. Que fui muy poco profesional. Que no estaba cualificada para mi puesto ni para el trabajo que aspiraba a conseguir algún día. ¿Cómo iban a darme esa responsabilidad cuando había perdido los papeles de esa manera?

—Querida —dijo David para que lo mirase. Me resultaba increíble haberle permitido alguna vez llamarme algo que no fuese «Adalyn». Pero al menos ya sabía por qué se atrevía a seguir haciéndolo—, estás muy pálida. ¿Te encuentras bien?

—Sí —contesté con un hilo de voz, aunque no era cierto. Ni por asomo—. Es que hace calor. Y anoche… apenas dormí. —Carraspeé, miré a mi padre a los ojos y empecé a hablar aturulladamente—: Tú has sido testigo de mi esfuerzo y mi entrega al club. ¿No podrías…? —«¿Olvidar el asunto? ¿Ponerte de mi parte? Sin hacer preguntas. Ser mi padre».

Andrew Underwood se acomodó en su sillón, y el cuero crujió bajo su peso.

—¿Estás pidiéndome que te dé un trato distinto porque eres hija mía?

«Sí —quise contestar—. Solo por esta vez». Pero la presión que sentía detrás de los ojos volvió y me distrajo.

—No. —Dio un manotazo al aire—. Nunca lo he hecho y no voy a empezar ahora. Eres una Underwood, y deberías saber que no puedes pedirme un trato de favor después de la vergüenza que nos has hecho pasar a mí y a todo el club.

«Vergüenza». Me había avergonzado yo y había avergonzado a mi padre y al club.

Siempre me había enorgullecido de no permitir que me afectaran las palabras o los actos de mi padre como jefe. Pero la cruda realidad era que sí lo hacían. Que la única relación entre nosotros era esa: jefe y empleada.

No me ofrecía más.

—Has violado el código de conducta —siguió—. Tengo motivos para despedirte. Y visto lo visto, quizá hasta esté haciéndote un favor.

Ahogué un grito.

Como respuesta, Andrew Underwood me miró con los ojos entrecerrados. Después de lo que me pareció una eternidad, dejó caer las manos sobre la mesa.

—No me gustan las peticiones de entrevistas que David lleva recibiendo todo el día. —Ladeó la cabeza—. Eres una distracción, así que quiero que te vayas de Miami mientras solucionamos esto.

Creí oír que David mascullaba algo. Sin embargo, las palabras de mi padre me resonaban en la cabeza.

«Solucionamos esto». Eso quería decir que había solución.

Mi padre se puso en pie.

—Tu asistente, ¿cómo se llama?

—Kelly —contestó David en mi lugar.

—Ella se encargará de las comunicaciones y de las preguntas de la prensa —añadió mi padre tras asentir con la cabeza—. Adalyn la pondrá al día antes de marcharse. —Dio un paso a la derecha, abrió un cajón y volvió a mirarme—. Soluciona lo que sea que te pase y deja que nos hagamos cargo de los daños. —Metió el iPad en el cajón—. Y preferiría que no se lo contaras a tu madre. Si se entera de que he exiliado a su única hija hasta el final de la temporada, no me dejará tranquilo ni un segundo.

Exiliada.

«El final de la temporada».

Para eso faltaban… semanas. ¡Meses! Lejos de los Flames y de Miami.

Lo miré y asentí con la cabeza.

—Te irás mañana. Con una misión. Tenemos un proyecto solidario que necesita de tu presencia y de tu recién descubierta… pasión. —Hizo una pausa—. Es algo que quiero reforzar desde hace tiempo. Así que supongo que es tan buen momento como cualquier otro. —Rodeó la mesa—. Y, Adalyn: espero que te lo tomes tan en serio como tu trabajo aquí. No vuelvas a decepcionarme.

2
Adalyn

—¿Los Green Warriors?

Suspiré con la vista clavada en el móvil que tenía en el salpicadero del coche de alquiler.

—¿Seguro que ese es el nombre del equipo? —La voz de Matthew volvió a oírse a través del altavoz—. No me suenan. —Hizo una pausa—. Espera, ¿son los Charlotte Warriors?

—Creo que me daría cuenta si me mandasen a un equipo de la MLS como los Charlotte Warriors. —Dejé caer los hombros mientras me aferraba al volante, pero intenté mantener un tono lo más alegre posible, aunque lo único que conseguí fue un deje de agotamiento—. Se supone que es un proyecto solidario, así que tiene que ser un equipo más pequeño.

—Más pequeño, vale —susurró él mientras le oía teclear de fondo—. ¿No es un poco raro que vayas a un sitio y que ni siquiera sepas para qué? ¿No deberían haberte dado algo de información antes?

—Las situaciones desesperadas requieren medidas desesperadas —repliqué—. Y sí que me han dado información: el lugar, un nombre de contacto y el nombre del equipo. El problema es que no he tenido tiempo para investigar. —Sobre todo porque tenía menos de veinticuatro horas para poner a Kelly al día antes de subirme al avión. El cansancio me abrumó de repente—. Si apenas me ha dado tiempo a hacerme la maleta. —Ni a dormir—. Por suerte, conozco a alguien a quien se le da

20

muy bien investigar y que trabaja de maravilla bajo presión porque el periodismo es su trabajo y su pasión.

—Deformación profesional —masculló mi mejor amigo antes de decir algo en voz tan baja que no le oí. Fruncí el ceño, pero siguió antes de que pudiera preguntarle—: Y te ayudaré si primero me dejas que te dé mi opinión sincera.

—Se me había olvidado esa «deformación profesional» —repliqué con sorna.

—Lo que creo —dijo, ignorándome— es que desterrar a tu hija por algo tan tonto es pasarse tres pueblos.

—Por favor, no te cortes —le solté con un suspiro.

—Me estaba cortando. En realidad me parece que tu padre está siendo un cabrón.

Sentí cómo aumentaba la tensión de mis hombros.

A Matthew nunca le había caído bien mi padre, y el sentimiento era recíproco. No culpaba a ninguno de los dos. Eran tan opuestos como… el blanco y el negro. El día y la noche. El agua y el aceite. Como Matthew y yo. Él era extrovertido, impulsivo y simpático, mientras que yo —y mi padre, por cierto— era comedida, crítica y demasiado práctica para ir por la vida bromeando por todo, como Matthew. Las carcajadas y las sonrisillas no garantizaban resultados. No en mi mundo.

Siempre había sido un misterio que fuéramos amigos. Al menos para mí. No para él. Había dejado bien claras sus intenciones desde que nos cruzamos por primera vez en la cola de la sandwichería de Doña Clarita.

Intentó tirarme los tejos y yo lo miré de arriba abajo antes de preguntarle sinceramente si iba colocado. Su reacción fue una carcajada estentórea seguida de un «Me caes bien. Contigo tendré que estar en guardia».

De alguna manera, desde aquel día nos volvimos inseparables.

—En cierto modo, mi padre tiene razón —le dije—. Hay un vídeo vergonzoso en el que salgo gruñendo y farfullando mien-

21

tras le arranco la cabeza a la mascota del equipo para el que trabajo.

—Es gracioso. Y el mundo es cruel. La gente se ve reflejada en ti. Se sienten identificados con esa muestra de rabia femenina. —«Otra vez lo de la rabia femenina no»—. En todo caso, es empoderante. Creo que no es nada de lo que sentir vergüenza.

«Vergüenza».

«Deberías saber que no puedes pedirme un trato de favor después de la vergüenza que nos has hecho pasar a mí y a todo el club».

Tragué saliva, pasando del nudo que se me había formado en el estómago al recordar las palabras de mi padre.

—No me parece bien que intentes quitarle hierro al asunto.

—He visto cosas peores en internet, Addy. Vale, te peleaste…

—No fue una pelea —lo interrumpí mientras miraba la aplicación de mapas en el móvil con el ceño fruncido—. Y no me llames «Addy», Matty. Sabes que los diminutivos me hacen sentir como una niña. —Daba igual que me los dijera mi ex o mi mejor amigo. Detestaba que me llamasen cualquier cosa que no fuera Adalyn.

—Vale —replicó, pasando de mi tono—, no fue una pelea. Tuviste un altercado…

—Como mucho, un encontronazo.

—Pues como mucho tuviste un encontronazo con Sparkles, y luego un imbécil subió el vídeo a una red social y ahora la generación Z se ha vuelto loca, ¿qué más da? Todo el mundo quiere que los *zoomers* lo adoren. Ahí es donde está la pasta. Quizá seas su milenial preferida.

—Técnicamente estoy en el límite, así que en todo caso sería una *zilenial*, no una milenial. —Volví a mirar el móvil preguntándome por qué la carretera serpenteaba y la zona verde iba en aumento a los lados. No esperaba tener que subir tanto—. Aunque da igual, hace unas horas el vídeo tenía casi ocho millones de reproducciones. Y mi asistente me dijo que había paparazzi en las instalaciones de los Miami Flames. ¡Paparazzi! Como si yo fuera…, no sé, una famosa de la que se hubiera filtrado un vídeo sexual de los 2000 o algo.

—Y mira lo bien que le ha ido a Kim Kardashian. Ahora tiene una fortuna, una marca, una ristra de ex más que cuestionable y, pronto, un grado en Derecho.

—Matthew —le advertí mientras soltaba el aire—, no voy a discutir contigo sobre que las Kardashian te parezcan lo mejor que le ha pasado al siglo XXI… otra vez. Y no porque no me interese convertirme en una, es que estás obsesionado con ellas porque tienen… —Dejé la frase en el aire—. En fin, culos gigantes.

—También valoro sus habilidades empresariales —replicó con un jadeo teatral—. Y que te gusten los culos no es un delito. A lo que íbamos: creo que los paparazzi querían pillar a Williams o a Pérez en los entrenamientos. Estoy seguro de que tu asistente lo ha exagerado por orden de David. Es el esbirro de tu padre desde que lo contrataron para hacer un trabajo que tú harías un millón de veces mejor. Pero así es Andrew. Un hijo de p…

—Llevas demasiado tiempo en Chicago —lo interrumpí. Y lo más irónico era que David nunca había sido el esbirro de mi padre. Más bien… Bueno, mejor dejarlo ahí—. No recuerdo la última vez que un jugador de los Flames recibió tanta atención. —Oí el crujido del cuero y bajé la mirada: tenía los dedos blancos de aferrar el volante con demasiada fuerza. Suspiré—. Mi padre me está haciendo un favor al darme la oportunidad de arreglar esto. Es una manera de redimirme.

Nos quedamos en silencio un buen rato y, cuando Matthew volvió a hablar, lo hizo serio. Con cuidado. No me gustó.

—Sé que sabes defenderte solita, pero… lo que ha pasado con Sparkles es rarísimo viniendo de ti. —Se me encogió el estómago—. ¿Pasó algo? ¿Qué te empujó a hacer… eso?

«Eso». La abrumadora presión que había sentido a ratos desde esos horribles segundos antes de abalanzarme sobre Sparkles reapareció en mi pecho. Pero, una vez más, no me sentía preparada para hablar de lo que había provocado mi arrebato. Un sinfín de emociones me bloqueaban la garganta.

Los segundos pasaron muy despacio hasta que carraspeé.

—De haber sabido que ibas a analizar mis sentimientos, habría dedicado el viaje a otra cosa. Por ejemplo, a escuchar un pódcast. Ya sabes lo que me gusta conducir con una voz ronca de fondo que narre un brutal y retorcido asesinato…

—Hablo en serio —murmuró mi amigo muy bajo. Demasiado. Tanto que me revolvió el peso que sentía en el pecho.

—De verdad, Matthew —le dije un poco más brusca de la cuenta, por supervivencia—, a estas alturas esperaba que hubieras encargado camisetas con #sparklesgate o la #Matamascotas impreso por delante y me las hubieras enviado por correo. Este arrebato sentimental me decepciona.

No era cierto, pero era incapaz de analizar lo que me carcomía por dentro.

Su largo y profundo suspiro me llegó a través del altavoz.

—Joder, Addy. —Se echó a reír y, solo por esa vez, dejé pasar el diminutivo—. Me has arruinado la sorpresa.

Sentí que me relajaba. Un poquito solo.

Porque justo a tiempo me fijé en que la carretera empezaba a serpentear, mientras entraba y salía de una arboleda. ¿Dónde diablos estaba?

—¿Podemos retomar el motivo de mi llamada? —le pregunté—. Ya debería estar bastante cerca de mi destino y me gustaría saber qué me espera cuando llegue.

—Muy bien —convino él, y se volvió a oír el sonido de las teclas del portátil—. Así que buscamos a los Green Warriors.

—Correcto. En Carolina del Norte.

Pasaron unos segundos antes de que dijera:

—Nada. Ni una mención. ¿Estás segura de que se llaman así?

La antigua Adalyn habría dicho que sí. Pero no lo estaba. Las últimas veinticuatro horas me habían demostrado hasta qué punto ya no era la «antigua Adalyn».

—Prueba con Green Oak. Prueba con... —Se suponía que era un proyecto solidario, así que tal vez no debería esperar que el equipo acaparase titulares—. Prueba con «equipo amateur».

Fue como si mi última palabra se quedara suspendida en el reducido interior del coche, que estaba en silencio salvo por el ruido de las ruedas sobre el asfalto irregular.

¿Cuándo había empezado a conducir por una carretera secundaria? ¿Y por qué Matthew no decía nada? ¿Me había quedado sin cobertura?

Miré la pantalla del móvil. Veía barritas.

—¿Matthew?

Un gemido.

Oh, no.

—¿Qué has encontrado?

—Esto no te va a gustar.

—¿Puedes darme detalles?

—¿Has metido calzado cómodo en la maleta?

—¿Cómodo? ¿Te refieres a zapatillas de andar por casa? —Fruncí el ceño—. Voy a estar aquí semanas, así que sí.

—Zapatillas no. Más bien botas.

—¿Botas? —repetí.

—De montaña. Ya sabes, cómodas, resistentes y sin un tacón de diez centímetros.

—Sé lo que son. —Puse los ojos en blanco, aunque no había pensado en ese tipo de botas—. Voy a trabajar. No he venido a una excursión por... —dije y miré la aplicación del mapa otra vez— una enorme cadena montañosa. —¿Dónde puñetas estaba el pueblo de Green Oak? Dios. Debería haber investigado antes de subir al avión—. Pienso dedicarle tanto tiempo a los

Green Warriors como a los Flames. Además, en el hipotético caso de que tuviera tiempo libre, que no lo tendré, ya sabes que no participo en actividades que impliquen el uso de Gore-Tex o el riesgo de caer por un precipicio.

—Pues lo vas a hacer.

Fruncí el ceño y giré a la derecha para enfilar otra carretera secundaria.

—¿Qué quieres decir?

Solo se oía el sonido de las teclas. Y entonces otro gemido.

Se me taponaron los oídos. Dios, ¿a qué altura estaba?

—Matthew, estoy a tres segundos de colgarte.

—Vale. ¿Qué quieres primero, las malas noticias o las peores?

—¿No hay buenas noticias? —le pregunté al tiempo que entrecerraba los ojos al ver el cruce al que me dirigía. Torcí y la carretera se convirtió en un camino de montaña. Las piedrecitas empezaron a rebotar bajo las ruedas, golpeando los bajos del coche de alquiler. Me aferré al volante. Con fuerza. No podía ser. Estaba segura de que no debería estar conduciendo por un camino así.

—Creo que me he perdido.

—Es lo que intento decirte —replicó Matthew. Y de haber estado atenta, habría identificado la urgencia en su voz. Pero estaba demasiado ocupada preguntándome por qué aquello no era un pueblo. Estaba entrando en una propiedad en mitad del bosque. ¡Del bosque!

Matthew siguió hablando, pero sus palabras se perdían en mi cabeza mientras rodeaba una cabaña. ¿Una cabaña? Una de las de verdad de la buena, con vigas de madera y ventanas con vistas al bosque que había dejado atrás.

Era imposible.

Por algún motivo que no lograba entender, de camino me había formado una idea en la cabeza. En el avión me convencí de que me dirigía a una ciudad de Carolina del Norte, tal vez a una urbanización alejada, lo que explicaría que no me sonase de nada. Al fin y al cabo, era trabajo. Un proyecto solidario de un equipo de la liga de fútbol. Era una iniciativa seria en una ciudad real. Pero a esas alturas me costaba creerlo.

Era imposible que esa propiedad estuviera cerca de una ciudad. O de una urbanización. Tampoco parecía haber ningún pueblo lo bastante grande por allí.

Estaba rodeada de... naturaleza. De bosque. De laderas cubiertas por tonos verde esmeralda y marrones cobrizos. Había conducido por carreteras secundarias que me habían llevado a la clase de lugar que anunciaban como un «rústico retiro alpino». Se oía el trino de los pájaros. El aullido del viento. El silencio.

Lo odié.

No había prestado atención. Había sido demasiado rápida. Debería haber buscado el sitio al que Kelly me mandaba antes de programar la ruta en la aplicación. Debería haberme informado. Debería...

—Ha llegado a su destino —canturreó la voz femenina de la app.

Ignoré el nudo que tenía en la garganta y rodeé la cabaña en busca de un sitio donde aparcar. Tenía que haber una explicación. Un motivo. Seguramente había dejado atrás un pueblo al cruzar las montañas. A ver, al menos la cabaña era... de buen gusto. Casi todo el mundo estaría encantado de disfrutar de una escapada en un lugar tan tranquilo. Aire fresco en las montañas. Románticos atardeceres bajo una manta. Un porche con vistas al bosque.

Pero yo no formaba parte de esa clase de gente.

Detestaba el frío. Y no sentía la rara necesidad de cruzarme medio país para buscar aire fresco. Me gustaba el aire de Miami. La ciudad. La costa. Incluso el calor sofocante. Mi trabajo en los Flames. Mi vida.

Se me encogió el estómago y la bilis me subió hasta la garganta.

Recordé la imagen de la cabeza de Sparkles al caer sobre la hierba.

«Has violado el código de conducta».

«Rabia femenina».

«Vergüenza».

«Eres una distracción, así que quiero que te vayas de Miami».

Empezaron a sudarme las manos y se me escurrió el volante. ¿El coche seguía moviéndose o lo había dejado en punto muerto?

—¿Adalyn? —me llamó Matthew, recordándome que seguía al teléfono. ¿Había dicho algo?—. Dime algo.

Pero estaba demasiado ocupada intentando concentrarme en lo que le pasaba a mi cuerpo. ¿Era agotamiento? ¿Deshidratación? ¿Cuándo había bebido agua por última vez? ¿Síndrome premenstrual? Meneé la cabeza. Joder, ¿se me estaba yendo la pinza de nuevo? Yo...

De repente, algo golpeó el parachoques.

Frené en seco, de forma tan repentina que sentí una fuerte sacudida hacia delante.

Me di con la frente en el volante.

—¡Ay! —me oí exclamar, aunque me retumbaban los oídos.

—¿ADALYN? —oí desde algún lugar a mi derecha. La voz de Matthew. Se oía amortiguada—. Joder, ¿qué ha pasado?

—He chocado con algo —dije mientras empezaba a extenderse un dolor sordo por el lado derecho de mi frente. Con la respiración entrecortada, me di tres segundos y apoyé la cabeza en el volante de cuero antes de estirarme para buscar el móvil, que se había caído del salpicadero.

La voz de Matthew regresó.

—Como no me digas que estás bien, pienso llamar a tu madre ahora mismo, joder...

—No —lo interrumpí con una especie de graznido—. Por

favor, no. A Maricela no. No puede enterarse. —Parpadeé mientras intentaba librarme de los puntitos negros que me nublaban la vista—. Estoy bien —susurré al tiempo que veía algo que se movía fuera del coche. Algo que… corría. Y… ¿cacareaba?—. Creo que casi atropello a un pollo.

El altavoz escupió una retahíla de palabrotas mientras me desabrochaba el cinturón de seguridad para coger el móvil del suelo. Me senté de nuevo y…

La cabeza empezó a darme vueltas.

—Ha sido un error —dije en voz baja.

—Es lo que intentaba decirte, Adalyn. Los Green Warriors…

—Creo que voy a vomitar.

—Sal del coche —me ordenó—. Ya.

Asentí con la cabeza, aunque Matthew no podía verme, y metí la marcha atrás.

—El coche está en mitad del camino. Voy a aparcar y luego…

—No.

—No puedo dejarlo aquí. —Las piedras salieron disparadas de debajo de las ruedas cuando el coche empezó a moverse—. A lo mejor debería comprobar cómo está el pollo. —Se formó una idea en la maraña que era mi cabeza—. Ay, Dios. Casi lo mato. —Desvié la mirada hacia el punto por donde había huido. No podía creerlo—. Otro pajarraco.

Se me cerraron los ojos. Solo un momento. No pudo ser más de una milésima de segundo, un respiro brevísimo, pero…

Un golpe me sacudió.

Un golpe. Había golpeado algo. De nuevo. Algo más grande que una piedra o que un pollo. Algo como… Dios, que no fuera un oso.

Abrí los ojos al instante, presa del pánico.

En ese momento se oyó un gruñido —como el de un oso, para mi absoluto horror— procedente de la parte trasera del coche.

Pisé a fondo. Pero tenía la cabeza embotada y mis reflejos me habían abandonado. Estaba claro, porque en vez de frenar, pisé el acelerador.

Y estampé el coche de alquiler contra un árbol.

3

La conductora estaba inconsciente.

—¿Hola? —dije al tiempo que entrecerraba los ojos. Intentaba verle la cara, pero tenía la cabeza contra el cristal y solo distinguía una maraña de… pelo castaño. Di unos golpecitos en la ventanilla y repetí un poco más alto—: ¿Hola?

No hubo reacción.

Hostia. Aquello tenía mala pinta.

Dejé a un lado el cabreo y la mala leche que seguía sintiendo, y tiré de la manilla de la puerta con la esperanza de que el coche no estuviera cerrado. Cuando se abrió con un leve clic, inmediatamente me sentí aliviado.

Pero ese alivio desapareció en cuanto la mujer cayó hacia un lado como un peso muerto.

—Joder —mascullé, cogiéndola al vuelo.

La situación pasó de inconveniente a preocupante.

Sin perder tiempo, la sostuve contra mi pecho y la saqué del coche para dejarla en el suelo.

Me arrodillé junto a ella; la melena seguía ocultándole la cara, incitándome a apartársela con la mano. Cuando lo hice, quedaron al descubierto unos labios entreabiertos, una naricilla respingona y unas mejillas pálidas. «Demasiado pálidas», pensé mientras la examinaba con la mirada en busca de heridas. Me fijé en un golpe que tenía en la frente. Estaba de un color rojo muy feo que no alivió mi inquietud.

—¿Hola? —dije por tercera vez sin obtener respuesta. Le di unas palmaditas en la cara. Nada—. Joder.

Eché la cabeza hacia atrás un segundo y me pasé la mano por la cara mientras valoraba la manera más razonable de proceder. No podía creer que hubiera estado a punto de atropellarme. No haber visto al puto pájaro que llevaba semanas deambulando por la propiedad tenía un pase, pero ¿no haberme visto a mí? Estaba justo detrás de su coche. Y no era precisamente un tapón. Esa tía había ignorado a un hombre de metro noventa a plena luz del día y luego había estampado el vehículo contra un árbol, tócate los cojones.

—¿Y ahora vas a obligarme a llamar a una ambulancia? No me jodas —susurré mientras meneaba la cabeza y sacaba el móvil del bolsillo—. Pues claro que sí.

Sin embargo, mientras lo desbloqueaba, ella se movió, captando de nuevo mi atención.

Gimió levemente.

—Vamos —murmuré mientras esperaba, ansioso, a que recuperase la consciencia del todo.

Ladeó la cabeza y vi que movía los ojos bajo la delicada piel de los párpados.

Respiré con impaciencia. Extendí el brazo de nuevo. Necesitaba que se despertase y que estuviera bien. Me preocupaba que hubiera sufrido una conmoción cerebral, por supuesto, pero también estaba preocupado por mí. Y lo último que quería era tener que informar del accidente y llamar a emergencias o, peor aún, a la policía. Me…

De pronto abrió los ojos y me quedé muy quieto.

Unos ojos castaños me miraron.

—¿Quién eres? —preguntó con un hilo de voz. Bajó la mirada hacia mi mano, justo cuando estaba a punto de tocarle un hombro—. No me toques. —Levantó de nuevo la mirada—. Sé defensa personal.

Fruncí el ceño.

—Podría contigo. —Su voz se convirtió en un susurro—. Creo.

—¿Crees? No suena muy amenazador —mascullé. Puso cara de pocos amigos y después cambió de postura acompañando el gesto con una mueca—. ¿Qué te duele? —le pregunté, y como no se movía ni hablaba, volví a extender el brazo hacia ella. Decidí que yo mismo podía evaluar el alcance de sus heridas para asegurarme de que estaba bien, y luego la dejaría en el hospital más cercano para que le echaran un vistazo. No era mi problema, pero...

Me dio un golpecito.

En la mano. Rápido y seco.

Parpadeé.

—Te he dicho que no me toques —repitió entre dientes. Parecía indignada. O tal vez fuera miedo. No lo tenía claro, la verdad. Y estaba demasiado desconcertado como para que me importase una mierda—. Bueno —insistió—, ¿quién eres y por qué estoy tirada en el suelo?

Seguí mirándola a los ojos, incapaz de hablar. Cuando por fin superé la incredulidad, lo que me salió fue:

—Me has dado con el coche.

La mujer frunció el ceño.

—No te he... —Se interrumpió y abrió un poco la boca por la sorpresa—. Oh. —Por fin se le encendió la bombilla—. ¡Oh!

—Eso, ¡oh! —repetí con sorna.

—El gruñido —susurró—, fuiste tú.

—Pues claro que fui yo, ¿a qué creías que le habías dado?

—No lo sé. ¿A un... oso?

Arqueé las cejas.

—¿Y aun así no frenaste?

—Intenté frenar.

—Intentaste frenar —repetí mientras echaba una miradita al lujoso coche, que no era nada apropiado para el terreno y que se había estampado contra el tronco de un roble. Tuvo suerte de haber ido relativamente despacio y de que apenas hubiera rozado el parachoques. Yo también tuve suerte.

La mujer se quedó callada, como sumida en sus pensamientos, de manera que no me quedó otra que observarla mientras lo recordaba todo... a paso de tortuga. La miré de arriba abajo y me fijé en su camisa, en la falda de tubo y en los zapatos de tacón. Todo lo relativo a esa mujer, desde la ropa —de marca, sin duda— hasta ese coche tan poco práctico, apestaba a gran ciudad, a esas personas que hacían fotos a unas bebidas carísimas de camino a la oficina. A todo lo que yo, conscientemente, había dejado atrás.

Clavé de nuevo la mirada en su rostro. En esa zona de la frente que tenía tan mala pinta como minutos antes.

—Deberían examinarte bien ese golpe en la cabeza. Te llevaré al hospital más cer...

Ella se incorporó de golpe y yo me callé al ver que volvía a caerse de espaldas.

—De eso nada. —Le coloqué la mano en el pecho para impedir cualquier otro intento imprudente. Se esforzó por levantarse, pero no me costó inmovilizarla. «¡No puedes conmigo ni de coña!»—. No voy a permitir que provoques otro accidente estúpido.

Agachó la cabeza y fijó la mirada en mi mano. Que estaba justo encima de sus pechos. Frunció el ceño.

—Te he dicho que no...

—¿Te has perdido? —la interrumpí pasando de su mirada amenazadora. El contacto era totalmente frío. Funcional—. ¿Por eso estás aquí?

Entrecerró los ojos.

—¿Por qué iba a perderme? Estaba aparcando cuando te has puesto en todo el medio...

—O te has perdido —insistí— o te has colado sin permiso. Tú misma.

Eso pareció pillarla desprevenida, porque parpadeó un par de veces. Vi moverse los engranajes en su cabeza.

—Ay, no. ¿Eres uno de esos pueblerinos pirados que se dedica a estafar a los que pasan por la zona abalanzándose sobre su coche? —Fruncí el ceño, y ella negó con la cabeza—. Seguro que la barba y el acento británico son de pega.

Ladeé la cabeza. De acuerdo, o estaba loca o tenía la conmoción más bestia que había visto en la vida.

—Puedo pagarte —se ofreció con seriedad—. Lo haré si te largas. Ahora mismo no puedo perder el tiempo con un estafador.

Tomé aire para calmarme.

—¿Ves esa cabaña de allí? —Señalé hacia mi espalda con la cabeza y me di cuenta de que se me había endurecido la voz—. Vivo ahí. No soy un pirado, el alquiler me cuesta una pasta. La propiedad incluye el camino en el que has estado a punto de atropellarme y el roble con el que has chocado. —Y por desgracia, el gallo también iba incluido.

—¿Cómo? —murmuró ella, frunciendo el ceño. Hizo otra mueca de dolor.

Levanté la mirada y la fijé en el punto de la frente que se le estaba hinchando.

—Eso necesita hielo —afirmé, conteniendo mi furia. La solté y le tendí la mano—. Y quizá también necesites un médico. Vamos, te llevo. ¿Crees que puedes ponerte en pie sin…?

—Pero yo he alquilado esa cabaña, la que está justo ahí. Y no he estado a punto de atropellarte con el coche.

La observé un buen rato mientras intentaba averiguar si estaba como una cabra … o era por el golpe. Y después, sin previo aviso, reaccioné.

—Mira, ya me he cansado del jueguecito —dije al tiempo que le deslizaba un brazo por la espalda y el otro por debajo de las piernas—. Te llevo a urgencias, a un hospital o a cualquier sitio que no sea este.

Un chillido brotó de su garganta taladrándome los oídos.

—Hostia puta —protesté mientras ella se retorcía entre mis brazos—. ¿Te import...? —La levanté, y me dio con el codo en el pecho—. Uf... —Estaba girando hacia el coche cuando noté algo huesudo que chocaba contra mi mentón—. ¿Eso era tu rodilla? —Otro intento. Era su rodilla—. Hay que joderse —mascullé, rindiéndome y dejándola hecha un ovillo en el suelo.

—Te he dicho que sé defensa personal —replicó muy tiesa, mientras se alisaba la falda con las manos. Ni siquiera con tacones me llegaba a la barbilla—. Y no vas a llevarme a ninguna parte. Me encuentro bien, no necesito un médico y no me he perdido. —Puso la espalda recta. Era la viva imagen de la calma, de no ser por la maraña de emociones que reflejaban sus ojos castaños—. He alquilado este sitio y me gustaría deshacer el equipaje. Tengo cosas que hacer y sitios a los que ir, así que tú y tu barba falsa y tu acento ridículo británico ya podéis ir desapareciendo.

Apreté los dientes. Tomé una honda bocanada de aire que solté por la nariz. Conté hasta diez. Muy despacio y hacia atrás. «Diez, nueve, ocho...».

—¿Y bien? —insistió ella con un deje insoportable. «Cinco, cuatro, tres...»—. Que me manoseen y luego intenten estafarme es lo último que me faltaba hoy, la verdad.

Cerré los ojos y de la garganta se me escapó algo a medio camino entre un bufido y una carcajada.

Estaba flipando.

—¿Por qué sonríes?

Me centré de nuevo en ella.

—El hospital más cercano está a unos cincuenta kilómetros hacia el este —dije sin darle la oportunidad de interrumpirme—. Ahora coge el coche de papá y sal de mi propiedad sin matar a nadie ni cargarte nada, ¿vale? —Se quedó boquiabierta, sin duda por la indignación. Me di media vuelta—. Y ponte hielo en ese golpe antes de que te salga un buen moretón y tengas que gastarte una pasta en maquillaje para disimularlo, joder —añadí mientras me alejaba.

Estaba siendo un auténtico gilipollas, pero me daba igual herir los sentimientos de una mujer a la que no conocía. Había intentado ayudarla. Ella no había querido.

Así que se acabó. Me largaba. Y con suerte, ella también.

4

Increíble.

No podía creer que me hubiera dicho eso y se hubiera largado.

Directo a mi cabaña.

Volví al coche resoplando y saqué el teléfono.

En la pantalla aparecieron un montón de mensajes y llamadas perdidas. Todas de Matthew. Me...

¡Mierda! Me había olvidado por completo de él.

Ojeé las notificaciones y encontré desde mensajes preocupados hasta amenazas con llamar a los bomberos o, lo que era peor, a mi madre, si no daba señales de vida. Le envié un mensaje rápido.

> Estoy bien. Se ha cortado la llamada y no tenía cobertura

Lo único cierto de esa afirmación era que la llamada se había cortado. Y Matthew debía de estar preocupadísimo, porque me respondió en cuestión de segundos.

> JODER, ADALYN! SABES LO PREOCUPADO QUE ESTABA?

Suspiré. Seguramente tenía motivos para estar molesto, pero...

> Deja de preocuparte como si fuera una niña indefensa y confía en mí. Estoy bien

Me quedé mirando la pantalla sintiéndome imbécil por haber sido tan borde con mi mejor amigo, pero seguía alterada por el encuentro con ese... hombre. Aparecieron los tres puntitos, pero no esperé a ver qué escribía.

> Luego hablamos. Y por favor, no llames a Maricela

Bloqueé la pantalla y solté un largo suspiro antes de concederme un minuto para recomponerme. Sentía un dolor palpitante en la cabeza, pero nada que unos cuantos analgésicos no pudieran arreglar. No necesitaba ir al hospital. Ni hielo. Ni mucho menos que un completo desconocido me dijera lo que necesitaba o dejaba de necesitar.

Entré de nuevo en acción con energía renovada y eché a andar hacia la cabaña —¡mi cabaña! La misma que ese hombre había ocupado, quizá de forma ilegal— mientras buscaba la confirmación de la reserva en el buzón de correo. Tras desplazarme hacia abajo varias veces, encontré el mensaje. Lo abrí y ojeé el contenido.

¡Ahí! Ahí estaba. El número de confirmación de la reserva. Adalyn Elisa Reyes. Dirección. Refugio del Alce Perezoso, Green Oak, Carolina del Norte.

Refugio del Alce Perezoso. Madre mía, el nombre lo decía todo..., para quien se tomara la molestia de comprobarlo antes de llegar a su destino, claro.

Subí los escalones del porche y me esforcé en apartar ese pensamiento. A esas alturas, martirizarme por no haber comprobado los detalles no tenía sentido. Eché un vistazo a los alrededores, y entonces entendí por qué alguien querría pasar tiempo ahí. La cabaña era muy bonita, para quien le gustaran esas cosas. Tenía suficiente altura para albergar dos plantas, y los dos ventanales del suelo al techo que flanqueaban la entrada le otorgaban un aspecto elegante pero rústico que encajaba a la perfección con el paisaje.

Llegué a la entrada y me permití inspirar hondo una sola vez antes de levantar la mano para llamar.

La puerta se abrió de golpe, como si el hombre hubiera estado esperándome al otro lado.

Ese rostro de líneas duras y marcadas, con la barba corta pero descuidada, apareció delante de mí. Me miró y entonces me di cuenta de la intensidad de sus ojos verdes, en los que no había reparado hasta el momento. Seguía enfadado.

Abrí la boca, pero al observarlo de pie con detenimiento por primera vez, me asaltó una extraña sensación. Había algo en ese hombre, en su cara, o quizá en esa cabeza de abundante pelo oscuro, o tal vez en la anchura de sus hombros, que me resultaba... ¿familiar? Pero ¿cómo podía ser? Le examiné un poco más y fijé la mirada en su boca. Tenía los labios apretados en un rictus tenso y una especie de mohín que me sonaba de algo. Quizá si no estuvieran ocultos por todo ese vello facial...

—Ha sido un error —dijo, y vi (más que oí) el movimiento de su boca al pronunciar esas palabras.

Le miré a los ojos.

—¿A qué te refieres?

Sin embargo, en vez de contestar, hizo ademán de cerrar la puerta.

Extendí una mano y un pie hacia delante para bloquearla.

—¡Espera!

A su favor, debo admitir que esperó. Podría haberme ganado la partida con facilidad y haber cerrado. Yo no era precisamente bajita, y llevaba tacones, pero aun así me sacaba una cabeza. Y parecía atlético. Fuerte. Mis ojos volaron hacia el hombro y el brazo que se veían a través de la rendija de la puerta. Me vino a la mente una sola palabra: deportista. Reconocía a un deportista profesional cuando lo veía. Aunque no era el momento apropiado, seguí con el escrutinio y volví a su cara. La bombilla estaba a punto de encenderse en mi confuso cerebro. Lo sabía.

Sí. Había visto antes esos ojos. Esas cejas oscuras y espesas.

Y también esa nariz larga y recta.

Murmuró algo y sentí que su forma de agarrar la puerta cambiaba.

En ese momento bajé la mirada y la clavé en sus dedos. Fuertes, largos. El dedo corazón un poco torcido. Llevaba un anillo con una ce mayúscula en el meñique.

Una ce mayúscula. Era imposible. No…

Él carraspeó devolviéndome al presente.

Levanté el móvil.

—Aquí está mi reserva. Echa un vistazo y compruébalo tú mismo. He alquilado esta cabaña. —Le planté el teléfono en la cara—. Refugio del Alce Perezoso.

Gruñó algo ininteligible y acabó abriendo la puerta.

—Oye —le dije con el tono de voz que siempre usaba en las ruedas de prensa. Cortés pero firme. Directo al grano—, en el peor de los casos, se trataría de una doble reserva, sería desafortunado pero no culpa nuestra. Aunque si eso es lo que ha ocurrido, tenemos que aclararlo. —Comprobé su expresión mientras ojeaba de mala gana la pantalla del teléfono—. En el mejor de los casos, estás equivocado. Si es así, te daré unas horas para que recojas tus cosas y volveré luego. Tengo mucho que hacer en el pueblo. No pasa nada.

Un bufido salió de sus labios.

—Como disculpa es horrorosa.

—No es una disculpa, solo intento ser civilizada.

—Además, no eres la inquilina del Refugio del Alce Perezoso

—añadió, y yo entorné los ojos—. Pone que has reservado la Cabaña el Paraíso en el Refugio del Alce Perezoso. —Levantó las cejas y puso cara de incordio y aburrimiento—. Y yo qué sé dónde está eso. Ahora, si no te importa, tengo mucho que hacer en mi cabaña.

Recuperé el móvil y amplié los detalles del e-mail.

—No puede ser. —Me desplacé hacia abajo. Dos dedos grandes aparecieron en mi campo visual y centré la atención en una línea: Cabaña el Paraíso, calle del Alce Perezoso, 423, Refugio del Alce Perezoso—. Pero no puede ser —repetí—. Al llegar rodeé toda la propiedad con el coche y no había nada. —Observé detenidamente todo lo que había a mi alrededor, casi con desesperación—. No hay ninguna calle. Y no hay otra cabaña.

Y no la había. La verdad era esa. Pero me di cuenta de algo.

A la derecha de la cabaña, en cuyo porche nos encontrábamos, había un cobertizo.

Porque aquello no era una cabaña. Ni mucho menos la que había alquilado, ¿verdad?

Cuanto más la miraba, más imposible me resultaba no ver el número que colgaba de un tronco de madera, doblado bajo el sol de septiembre.

La reserva indicaba «calle del Alce Perezoso, 423».

Se me encogió el estómago por el miedo... y por algo más.

No había visto el interior, pero ni falta que hacía. No estaba preparada para quedarme allí. Esa sensación extraña aumentó, y por primera vez en la vida quise tirar la toalla y volver corriendo a casa con el rabo entre las piernas. Sería una decepción y una vergüenza, pero ¿eso? ¿Un cobertizo en una zona rural para la que claramente no iba preparada? Era demasiado. Era...

Se oyó una risilla detrás de mí, ronca, profunda y tan condescendiente que me alejó del borde del agujero al que estaba a punto de saltar.

Aquella no era yo. Esa misma mañana me había prometido que no volvería a ser la Adalyn insegura.

—Será perfecta —anuncié dando media vuelta para buscar su mirada. Abrió mucho los ojos verdes, pero no se acobardó. Y entonces caí en la cuenta. Sabía perfectamente quién era ese hombre. Lo había dejado claro con esa actitud tan... engreída. Tan confiada. Estaba acostumbrado a ganar. Y acababa de ganar. La equivocada era yo. Me puse firme con la poca dignidad que me quedaba—. Y ten por seguro, vecino —añadí con retintín—, que ahora que la he encontrado te dejaré tranquilo para que sigas con esas cosas tan importantes que tienes que hacer.

—No soy tu vecino.

—Pues me parece que compartimos propiedad. —Extendí los brazos—. El precioso y acogedor Refugio del Alce Perezoso, en el maravilloso Green Oak.

—No te vas a quedar —dijo con un deje extraño—. Es imposible vivir... —comentó al tiempo que señalaba el cobertizo con un gesto de la cabeza— ahí.

Sonreí ampliamente al darme cuenta de que era una afirmación, no una pregunta.

—Claro que es posible. Lo he reservado y tengo asuntos muy importantes que atender en el pueblo.

Él soltó una risilla amarga y carente de humor.

—Cariño...

—Por favor —lo interrumpí con expresión pétrea—, no me llames así.

Él frunció el ceño, seguramente porque había dicho «por favor» sin querer.

—Adalyn —dijo con ese acento británico que por error había considerado falso, haciendo que mi nombre sonara de una forma a la que no estaba acostumbrada—. Adalyn Elisa Reyes.

No entendí por qué hizo eso. Usar mi nombre completo de esa forma. Entrecerré los ojos.

—Así que sabes leer, felicidades.

Más que molestarle, mi pulla pareció divertirle.

—Eso no es una cabaña —siguió—. No es habitable. ¡Es una choza, joder!

—¿Y qué?

Me miró con incredulidad.

—Que es imposible que creas que puedes vivir ahí. Ni a corto ni, mucho menos, a largo plazo. —Ladeó la cabeza—. De hecho, no creo que aguantes ni una noche ahí dentro.

No se equivocaba, seguramente sería incapaz. Pero llevaba media vida rodeada de hombres como él. Competitivos y críticos. No me gustaba que me subestimaran. Y ya había perdido un asalto contra él.

—Eso ya lo veremos. —Me di media vuelta y bajé los escalones. Una vez en el suelo, lo miré por encima del hombro—: Vecino.

—¿Cómo que está todo reservado?

—No hay hoteles, moteles ni alquileres de Airbnb en Green Oak. No hay más propiedades disponibles a corto o a largo plazo. Solo el Refugio del Alce Perezoso. Podría buscar en los pueblos cercanos, pero eso significa que tendrías que ir y venir en coche. Además, es el final de la temporada alta. Hay muchas rutas de senderismo, cascadas, lagos, preciosos…

—Kelly —dije utilizando mi voz de jefa de forma inconsciente—, no me interesa lo que ofrece la zona. Me interesa encontrar otro alojamiento. El que sea. No puedo quedarme aquí.

Ella dudó y luego dijo:

—Define «no puedo».

De verdad que apreciaba a Kelly. Trabajaba duro, tenía iniciativa y nunca permitía que nadie la pisoteara, motivo por el cual la saqué del departamento de venta de entradas, donde habría desperdiciado su potencial. Pero a veces ponía a prueba mi paciencia.

—Imagínate una cabaña de cazador —dije cediendo a su petición, para ofrecerle una imagen clarísima de dónde estaba—. Madera podrida que cruje y se dobla bajo los pies, una sola ventana, la cornamenta más grande que hayas visto colgada en una pared. —Clavé los ojos en lo que estaba describiendo y un escalofrío me recorrió la columna—. Y antes de que preguntes, no. Ni siquiera son esos cuernos decorativos tan monos. Son de los que te hacen pensar en muerte, carne y huesos.

Chasqueó la lengua.

—Pero en las fotos parecía muy acogedora… ¿No hay una pequeña chimenea?

Me volví hacia la supuesta chimenea. Era una especie de horno de hierro que emitía sonidos metálicos.

—En teoría, sí. En realidad, es un agujero negro donde seguro que habita algo que no quiero despertar.

—¿Te refieres a un espíritu o…?

—Kelly —dije meneando la cabeza—, algo vivo, posiblemente con dientes y garras.

Me preguntó con un hilo de voz:

—¿Y la cama? —Miré el horrible mueble y ella añadió—: Era tan… rústica y sensual… No sé, el tipo de cama donde un leñador haría cosas…

—Es una cama con dosel muy antigua —me apresuré a decir con los ojos cerrados para no volver a ver semejante monstruosidad—. Y soy…, bueno, era tu jefa. No quiero que me cuentes tus fantasías sexuales. Sobre todo si tienen que ver con leñadores, y mucho menos si tienen lugar en la cama en la que tendré que dormir esta noche.

—Supongo que eres más de que te arranquen la ropa, jefa. Y no te culpo. A mí me va más la marcha. —Parpadeé, sin saber qué decir—. A lo mejor no es tan malo, ¿no? —sugirió—. A lo mejor solo tienes que *yassificar* la cabaña, ya sabes, hacerle algún retoquito y darle un lavado de cara. Hacerla tuya.

Miré a mi alrededor, preguntándome si podía seguir los consejos de una mujer que declaraba tener migraña ante cualquier mínimo problema y que una vez firmó un correo electrónico con un «Perdón por existir :)».

No. Yo no era Kelly. No había mucha diferencia de edad entre nosotras, pero estábamos a universos de distancia, y en mi universo yo no podía ni sabía *yassificar* las cosas para cambiar su estado actual.

—Hola, ¿jefa? —Su voz me devolvió a la realidad. Titubeó y luego dijo—: Tengo que irme.

Me pareció oír una voz familiar de fondo.

—¿Está ahí David? —le solté—. ¿Contigo?

—Eh…

No podía creer lo que iba a decir, pero necesitaba hablar del tema con alguien al mando. Era evidente que mi presencia en ese sitio era un error.

—Pásale el teléfono. Quiero hablar con él.

Se oyó un susurro y después Kelly dijo:

—Lo siento, caballero, pero ya tenemos un proveedor de papel.

«¿Cómo?».

—Además, nosotros estamos en contra de la deforestación. De hecho, debería darle vergüenza. Las oficinas sin papel son el futuro.

—Sé que David está ahí.

—¡Sí, enseguida estoy contigo, David! —exclamó taladrándome el tímpano, y luego añadió en voz baja—: Tengo que irme, jefa. ¡Sé fuerte!

«¿Sé fuerte?».

—¿Qué quieres…?

—¡Adiós!

Y colgó.

«Sé fuerte». ¿Qué significaba eso? ¿Y por qué Kelly había fingido que hablaba con otra persona? Algo iba mal. Y, por regla general, eso era como un resorte que me ponía las pilas.

Con renovada determinación, desbloqueé el teléfono y empecé a hacer fotos de ese horrible, diminuto y espeluznante cobertizo convertido en cabaña y decorado por algún psicópata. Necesitaba pruebas de que ese lugar no era... habitable.

En cuanto terminé, llevé la maleta hasta la estrecha —y un poco torcida— mesa de centro, emplazada entre la supuesta chimenea y un diván que no tenía intención de rozar con ninguna parte de mi cuerpo.

Empecé a abrir la cremallera, mirando de reojo el diván, la cama con dosel y... ¡todo! Y las palabras de ese tío me golpearon de nuevo.

«No creo que aguantes ni una noche ahí dentro».

Resoplé mientras terminaba de abrir la maleta y localizaba el neceser del maquillaje. No podía olvidar que tenía trabajo que hacer. Debía ir a Green Oak y encontrar a los Green Warriors. Quién sabe, quizá había interpretado mal la situación. A lo mejor los alquileres de la zona funcionaban así. Nada de hoteles ni moteles, solo... eso. Las cabañas estaban muy de moda. De hecho...

Un ruido fuera me llamó la atención.

Me tensé, me di la vuelta despacio, me acerqué a la ventana de puntillas y aparté la delgada cortina con un dedo.

Una figura alta cruzaba la distancia entre las cabañas con largas y decididas zancadas. Al verlo, entrecerré los ojos.

—Mírate —murmuré—, ahí saliendo en plan chulo de tu hotelito de lujo como si fueras el dueño.

Aunque técnicamente lo era. Había alquilado la propiedad. Al menos, la mitad. La mejor y la más lujosa.

Después de esos minutos conmigo misma, me resultaba imposible pasar por alto la rabia que me ardía dentro. Me molestaba que él tuviera razón y yo no. No estaba acostumbrada a que me pusieran en esa tesitura, y cuando señaló la Cabaña el Paraíso me sentí... ridícula. Tonta. Y que me juzgara de forma tan precipitada, aunque seguramente me lo merecía, me sentó aún

47

peor. Había herido mi orgullo, mi inteligencia, mi sentido de la orientación y mi comprensión lectora. Y tal vez en otro momento no me habría importado. Pero había ocurrido ese día, y no estaba acostumbrada a pasar vergüenza tan a menudo.

Aun así, fui capaz de superar el orgullo y comprender que debería haberme disculpado. Al menos por haberlo atropellado accidentalmente con el coche. Me sentía fatal. Sin embargo…, mientras lo veía recorrer el camino de gravilla que cruzaba la propiedad, no podía dejar de pensar en la mirada de desdén y escepticismo que me había echado. Como si todo en mí fuera inapropiado e inadecuado. Como si estuviera fuera de lugar.

Yo estaba fuera de lugar. Pero él también.

¿Qué hacía Cameron Caldani —dos veces ganador del premio al mejor portero del mundo por la IFFHS, la Federación Internacional de Historia y Estadística de Fútbol, exjugador de la Premier League y estrella de la MLS durante los últimos cinco años— en Green Oak, Carolina del Norte? La noticia repentina de que dejaba los L. A. Stars era bastante reciente. No es que siguiera la pista a todos los futbolistas del país, sobre todo si jugaban en la Conferencia Oeste, pero mi trabajo era estar informada. No recordaba detalles concretos que hubieran justificado su marcha. Solo que había sorprendido a todo el mundo al anunciar que colgaba las botas.

Cameron se detuvo en la curva más cercana a los árboles que rodeaban la propiedad. Me acerqué un poco más a la ventana. Era alto, un detalle común en un portero, aunque en persona parecía más grande y corpulento. Nuestros caminos nunca se habían cruzado, lo cual no era extraño, teniendo en cuenta que los L. A. Stars solían clasificarse para la fase final de la liga, y los Flames, no. Pero era capaz de reconocerlo. Cameron Caldani era un hombre difícil de olvidar. La barba me había despistado. El golpe en la cabeza seguramente también. Y el entorno.

Nadie esperaba encontrarse a Cameron Caldani en mitad del bosque.

A Matthew —que era el mayor forofo que conocía— se le iría la pinza cuando se enterara de que Cameron Caldani estaba en Green Oak. Puede que convirtiera el parachoques de mi coche en un altar porque había rozado su cuerpo.

Y justo por eso Matthew no podía enterarse.

El hombre al otro lado de la ventana se arrodilló, recogió algo del suelo con los dedos fuertes y un poco torcidos que había visto de cerca, y lo examinó. Al cabo de un momento, lo vi buscar algo entre la vegetación.

Oí su voz de barítono. Creí entender algo parecido a «rayo» o «tallo». ¿Sería tal vez el nombre de su mascota? Esperé para ver si algo salía corriendo del bosque. ¿Un perro? ¿Qué tipo de mascota tendría un hombre como Cameron Caldani? Estaba tan inmersa en la situación, tan intrigada, que cuando se volvió para mirar a mi ventana, me pilló totalmente desprevenida.

Me miró fijamente con sus ojos verdes.

Y... y me lancé...

Directa al suelo de la Cabaña el Paraíso, que no era liso ni se encontraba precisamente limpio. Ni siquiera sé por qué lo hice. No estaba haciendo nada malo. Más bien estaba haciendo el tonto, teniendo en cuenta que me había enfrentado a salas de reuniones y ruedas de prensa mucho más intimidantes que la mirada de ese hombre.

Conté hasta tres mientras sacudía la cabeza y alcé la barbilla al tiempo que me levantaba con toda la elegancia que pude para volver a asomarme por la ventana.

Ni rastro de Cameron Caldani.

Se había ido, y a su paso había dejado lo que parecían... plumas.

—Joder —mascullé mientras me invadía una nueva oleada de culpabilidad.

La mascota de Cameron. A la que había estado llamando. Rayo... o Tallo.

¿Se estaría refiriendo al pollo que casi atropello con el coche?

Cerré los ojos. Con razón estaba cabreado.

5

Casi una docena de pares de ojos parpadearon despacio mientras me miraban como si estuviera hablando en chino.

Fruncí el ceño y me pregunté cómo leches era posible que ese día ya me hubiera metido en otra movida. Pero por lo menos tenía respuesta para esta. Había aceptado el puesto. Aunque a regañadientes.

Los parpadeos fueron en aumento y me recordaron a los estúpidos dibujos animados que veía de niño en la tele.

—¿A qué viene tanto pestañeo?

—Porfaaa... —corearon ocho de las nueve niñas que tenía delante.

—He dicho que no —contesté mientras me cruzaba de brazos—. A ver, ¿a quién le toca ir a por los conos y los balones? Luego traeré las porterías.

La de las coletas asimétricas dio un paso adelante.

—Solo será un vídeo, señor entrenador —dijo María, una de las mayores del grupo, que ya había cumplido los nueve años—. Solo tienes que ponerte delante de la cámara con nosotras... y no lo subiremos a ningún sitio. Lo prometo. —Juntó las manos por debajo la barbilla—. Porfaaa... —repitió, alargando de nuevo la palabra—. ¿Hecho, señor entrenador?

Ya estábamos otra vez con la chorrada esa de llamarme «señor entrenador».

—Me llamo Cam.

—¿Eso significa que lo harás, señor Cam?

Tuve que esforzarme para que no se me notara la exasperación.

—No. A ver...

—Pero te llamas Cam, que puede ser el diminutivo de cámara —insistió María, que avanzó un paso y todo el grupo se movió con ella—. ¿Y para qué sirve una cámara? ¡Para grabar vídeos!

Miré a la niña, totalmente perdido. Joder, necesitaba el chute extra de cafeína que no me había tomado.

—Cam no es diminutivo de cámara.

—Entonces ¿de dónde viene?

—De Cameron —respondí sin pensarlo, y me arrepentí al instante—. Pero podéis llamarme Cam. Ni cámara, ni entrenador, ni señor. Solo Cam.

María ladeó la cabeza, y todo ese pelo oscuro que las coletas apenas lograban contener se agitó con el movimiento. Era la más descarada y abierta de todas. Y seguramente también la más lista. Así que cuando vi que se disponía a decir algo, me puse en guardia. Por suerte, antes de que pudiera empezar a hablar, se oyó un grito a lo lejos.

Nos volvimos hacia aquella voz y vimos a una niña que corría hacia nosotros.

Chelsea.

Lo sabía porque, de las diez jugadoras de la plantilla, a sus siete años no solo era una de las más pequeñas, sino que además era la única que insistía en presentarse a los entrenamientos con un puñetero tutú. Los tenía en varios colores. Ese día llevaba el azul, que se le ceñía a la cintura por encima de los pantalones cortos.

Joder. Por eso insistía en que solo me llamaran Cam. Nada de entrenador. Aunque las entrenara, no era su entrenador. No podía serlo.

—Lo siento —se disculpó Chelsea cuando llegó hasta nosotros sin aliento—. La clase de ballet se ha retrasado un poco y mamá pensaba que me recogería papá. Pero papá pensaba que le tocaba a mamá. Así que mamá tuvo que llamar a papá para que me trajera en coche desde Fairhill. —Tomó aire—. ¿Qué me he perdido?

—El señor Cámara no quiere grabar un vídeo con nosotras —respondió María—. Y eso que ni siquiera tiene que bailar...

Chelsea se metió un chicle en la boca.

—¿Por qué?

—Nada de chicles en los entrenamientos —le recordé—. ¿Y puedes quitarte el tutú?

—Está canalizando el Cisne Negro que lleva en su interior —respondió María, hablando por Chelsea—. ¿Verdad, Chels?

A regañadientes, Chelsea se sacó el chicle de la boca con los dedos, se lo metió en el bolsillo de los pantalones y asintió con la cabeza.

—Pues sí, señor Cam.

Las miré y parpadeé varias veces. Estaba seguro de que esa película se estrenó antes de que cualquiera de ellas hubiera nacido.

—¿No sois demasiado pequeñas para haber visto esa peli?

María se encogió de hombros.

—Mi hermano la vio la semana pasada. Yo solo vi un poquito, señor Cam.

Miré la cosa esa azul que se había puesto.

—Entonces ¿el tutú no tendría que ser negro? —Otro encogimiento de hombros. Contuve un suspiro—. Y por última vez, llamadme solo Cam.

—Hoy estás muy gruñón, señor Ce —murmuró María con los brazos en jarras—. Así que... ¿Cameron es tu nombre o tu apellido? ¿Tienes un segundo nombre?

—No tengo segundo nombre. Ni apellido. Y ahora —señalé a las niñas que estaban cerca de la caseta donde se guardaba el material—, ¿podéis traer los conos y los balones? Estamos perdiendo un tiempo precioso.

Cuatro niñas se alejaron a la carrera, y cuando volví a mirar a María, su expresión era escéptica.

—Así que... ¿eres como Zendaya?

—No —respondí—. No soy una *zendoya*, sea lo que sea. Soy Cam. Y ahora, vamos a...

—¡Madre mía! —exclamó María de forma exagerada—. ¡No sabe quién es Zendaya!

—¿Cuántos años tienes, entrenador Cam? —preguntó Chelsea mientras orbitaba a mi alrededor muy despacio, como si me estuviera examinando. Cuando volvió a estar delante de mí, añadió—: Pareces más joven que mi abuelo. Lleva tirantes debajo de la camisa. Mamá dice que es raro, pero a mí me hace gracia. ¿Tienes nietos?

—Eso, ¿cuándo es tu cumpleaños, señor Cam? —se sumó María—. ¡Ay, si me lo dices, te hago tu carta astral! —Sacó un móvil... de debajo de la camiseta. Lo llevaba colgado de un cordón y empezó a toquetear la pantalla—. Necesito fecha, hora y lugar de nacimiento exacto.

Me pellizqué el puente de la nariz porque sentía el inicio de un palpitante dolor de cabeza en la sienes.

—¿Cuántos años creéis que tiene el entrenador? —oí que le preguntaba María al grupo—. ¿Es de 1850? ¿O más viejo aún?

—María —dijo una nueva voz un tanto enfadada. Era Juniper, una niña de pelo corto, callada y que siempre prestaba atención cuando les daba órdenes—, no seas tonta, no puede tener más de cien años. Sería... como un vampiro. O como alguien a quien le hubieran inyectado un «jarabe» superpoderoso y lo hubieran congelado durante años antes de devolverlo a la vida para salvar a la humanidad.

Y para mi total y completa consternación, el comentario inició un apasionado debate sobre criaturas paranormales brillantes y... superhéroes sobre los que no tenía ni puta idea.

Así que me quedé allí, preguntándome cómo podían ser tan avanzadas las niñas de hoy en día, mientras el dolor de cabeza se apoderaba de mí. Mierda. Era…, o más bien había sido, un futbolista. No tendría que estar entrenando a un equipo infantil de pueblo. Apenas conseguía que hicieran un ejercicio en condiciones. Estaba allí porque se lo prometí a Josephine un día que me pilló en un mal momento. Últimamente tenía muchos. Solo podía pensar en que debería haberme tomado un café antes del entrenamiento, me cago en todo. La loca esa que había interrumpido mi rutina asegurando que iba a instalarse en la cabaña de al lado impidió que me diera tiempo a coger uno de camino.

Cerré los ojos, en un vano intento por silenciar el creciente parloteo, y conté hasta diez por segunda vez ese día. Después me llevé los dedos a la boca y silbé.

La charla se detuvo de repente y todas se volvieron hacia mí.

—Juniper —dije señalando a la niña de pelo corto.

Abrió mucho los ojos.

—No he dicho nada. No puedo meterme en problemas por no decir nada.

Apreté la mandíbula, preguntándome si había sido demasiado brusco. Intenté suavizar la expresión y el tono.

—Ven aquí, por favor. Colócate al frente del grupo.

Juniper pareció reaccionar con recelo y nervios ante mi petición.

María se atrevió a preguntarme:

—¿Eso significa que vas a decirnos tu signo del zodiaco?

—¿Cómo es posible que…? —Me detuve—. ¡No! Significa que voy a ir a buscar a Josephine y que, hasta que no vuelva, nadie saldrá del campo y Juniper estará al mando.

Ella protestó al instante.

—¡Pero si tengo diez años! No puedo estar al mando.

—Yo tampoco, amiguita —mascullé. Y por lo visto aparentaba ser lo bastante mayor como para haber nacido en otro siglo.

Sin embargo, ese día era incapaz de hacerlo. Y menos sin cafeína. Era mi único capricho. Mi único vicio después de una vida de disciplina y régimen estrictos. Josephine era la única proveedora del pueblo, y sabía que estaba por allí porque había comentado algo sobre la llegada de no sé quién. Si era necesario, le suplicaría un café de rodillas.

—Pero deberíamos estar entrenando —replicó Juniper—. Y yo nunca he dirigido un entrenamiento.

Me di la vuelta, eché a correr y grité por encima del hombro:

—Pues improvisa. Ahora vuelvo.

Por el rabillo del ojo vi que Juniper levantaba las manos y que su gesto de desesperación se convertía en un… salto de tijera.

—Madre mía —murmuré al darme cuenta de que la mitad de las niñas la imitaban—. Eso…

El resto de la frase se me quedó en la punta de la lengua porque entonces me choqué con algo.

Con alguien. Alguien suave y cálido. Abracé a la persona que se había quedado pegada a mí y bajé la mirada. Una melena de color castaño claro me cubría el pectoral derecho.

Nos apartamos al mismo tiempo, y sentí como si me hubieran dado un puñetazo en el estómago al reconocer aquel par de ojos grandes y castaños.

—¡Tú! —exclamó Adalyn.

—Tú —gruñí como respuesta.

Una risilla alegre llegó a mis oídos.

—Vaya, qué encuentro más romántico —dijo Josephine acercándose un poco. Me dio una palmadita amistosa en el brazo—. Cam, esta es mi nueva amiga y residente de Green Oak, Adalyn. Es…

—Sé quién es —la interrumpí, impertérrito.

Adalyn entrecerró los ojos.

Josephine soltó otra risita.

—Vaya. No sabía que os conocierais. —Por el rabillo del ojo la vi acercarse a Adalyn—. ¿Dónde te alojas, Ada? ¿Puedo llamarte Ada? Estabas a punto de decírmelo antes de que Cam se abalanzara sobre ti.

—Yo… —La vi tragar saliva con expresión extraña—. Prefiero que me llames Adalyn. Me alojo en la Cabaña el Paraíso. —Se recuperó de lo que fuera que le había pasado y me fulminó con la mirada—. Durante el tiempo que quiera. Porque puedo hacerlo sin problemas.

La miré sin dejarme impresionar.

—¡Así que de eso os conocéis! —exclamó Josephine—. Sois vecinos. Qué maravilla, ¿no?

—Genial —murmuré.

Josephine se rio entre dientes.

—Pues sí. Podéis compartir el Refugio del Alce Perezoso y trabajar con el equipo. ¡Qué bien!

Adalyn y yo nos dimos la vuelta para mirar a Josephine.

La mujer levantó las manos.

—Ay, Dios, ¿por qué me miráis así? ¡Ni que acabara de darle una patada a un cachorrito! —Se hizo el silencio y Josie se rio con ganas—. Muy bien, me parece que aquí hay cierta… tensión no resuelta. Así que vamos a turnarnos. —Esbozó una sonrisa afable—. Adalyn, tú primero.

—Señorita Moore… —dijo Adalyn.

Sin embargo, Josie la interrumpió con una carcajada.

—¡Ay, por favor! No hace falta que me llames así. Sé que me presenté como la alcaldesa, pero en los sitios tan pequeños es un cargo voluntario. —Bajó la voz y añadió—: Además, aún no he cumplido los treinta y esas formalidades me hacen sentir mayor. —Vi que Adalyn parpadeaba al mirar a Josephine, que esbozó otra deslumbrante sonrisa—. Bueno, ¿qué ibas a decir?

—Bueno… —Adalyn titubeó antes de apartarme con el brazo y acercarse a Josephine. Fruncí el ceño mientras observaba su perfil—. Tiene que haber un error. No trabajamos juntos con el equipo. Es imposible que él esté relacionado con los Green Warriors, porque si lo estuviera, lo sabría.

Eso sí que me llamó la atención.

Josephine ladeó la cabeza, confundida.

—Pues sí que lo está. Cam… —Josephine titubeó un instante—. Cam es el entrenador de las Green Warriors.

Abrí la boca para corregirla —solo le estaba haciendo un favor sustituyéndola como entrenadora por unos días—, pero la reacción de Adalyn me descolocó.

Un rubor intenso apareció en sus mejillas y entreabrió los labios.

Me miró con sus enormes ojos castaños muy asustada y dijo:

—En ese caso, está despedido. Con efecto inmediato.

6

Adalyn

Cameron Caldani, portero prodigio y leyenda de la Premier League, me miró fijamente.

—Eso es, muy bien —murmuré, pero no estaba bien. No controlaba lo que decía—. Esta es mi primera decisión como... directora deportiva de los Green Warriors. —Joder. ¿Ese era mi cargo?—. Y como encargada de supervisar las actividades del equipo y de asegurarme de que desarrollan todo su potencial, decido que no lo necesitamos. Por lo tanto, está despedido. —Se me quebró la voz, y por alguna razón añadí—: Buenos días.

Josie guardó silencio.

Cameron parpadeó con una lentitud increíble y empezaron a temblarle los labios de un modo que fui incapaz de interpretar.

Mientras me observaba, supe con certeza que si en ese momento se burlaba de mí, si hacía algún comentario sobre mi «papá», o si decía que me había perdido o que estaba fuera de lugar y que sería incapaz de pasar una sola noche en aquel cobertizo, había muchas posibilidades de que me echara a llorar. O algo peor. Últimamente mi comportamiento era algo impredecible y me costaba reconocerme.

Así que cuando sus labios se detuvieron e hizo un mohín que no comprendí, contuve la respiración.

—¿Que vas a hacer qué? —preguntó.

Muy bien.

Eso lo controlaba. La hostilidad. El cinismo. Incluso la condescendencia. Estaba acostumbrada.

—Nada —respondí con voz firme—. Ya lo he hecho. Te he destituido de tu cargo como entrenador.

Josie pareció recuperarse, porque soltó una risilla incómoda.

—Veo que las bromitas y las pullas... están subiendo de tono. ¿Qué te parece si dejamos que Cam vuelva al entrenamiento y lo discutimos más tarde, con un trozo de tarta *red velvet*? Es nuestro especial de hoy en El Café de Josie, y la casa invita a los recién llegados.

—No hay nada que discutir —repliqué con los ojos fijos en él, que había ladeado la cabeza y me miraba de un modo extraño—. ¿Quién lo contrató? —De repente, se me ocurrió algo—. ¿También lo ha enviado mi padre?

Cameron Caldani entrecerró los ojos y el verde de sus iris se oscureció con una nueva emoción que no llegué a identificar. ¿Por qué ese hombre era un acertijo con patas imposible de descifrar? Aquello no me gustaba.

—Fui... yo —respondió Josie insegura—. Bueno, no utilizaría la palabra «contratar», porque no cobra ni un centavo. «Reclutar», mejor. Sí, yo recluté a Cam.

—Me obligaste a presentarme voluntario —añadió él con un tono ácido.

Josie se rio, en esa ocasión de forma algo torpe pero más natural.

—Lo sé, lo sé. Pero las niñas necesitaban un entrenador, y tú necesitabas, bueno, en fin. Paz y tranquilidad. Así que fue la solución perfecta, porque ya estabas aquí y entrenar a un equipo como este es pan comido.

—Lo que necesito es un café.

No hice caso al comentario porque... ¿Paz y tranquilidad? ¿Las niñas? ¿Un equipo como ese? Decidí que trabajar con un equipo femenino era un cambio que me entusiasmaba, pero se me escapaba algo.

—No lo entiendo... ¿Podemos retroceder un poco? ¿Olvidarnos de que está aquí y de que nos ha interrumpido?

Cameron gruñó.

—Supongo que es un momento tan bueno como cualquier otro para presentarte al equipo —dijo Josie—. Las Warriors de Green Oak son, o fueron, un referente por aquí —me explicó al tiempo que me guiñaba un ojo—. Cuando mi madre era joven, teníamos el único equipo de fútbol femenino en la zona. Al menos hasta que casi todos los jóvenes se marcharon a pueblos más grandes y empezamos a ir... cuesta abajo. Al final el equipo desapareció y se convirtió en un buen recuerdo. Mi madre ya no está con nosotros, pero el Abuelo Moe cuenta unas anécdotas maravillosas. —Me dio una palmadita en la mano con una sonrisa triste—. Te lo presentaré, es el dueño del Bazar de Moe y de Deportes Moe. Y antes también de mi cafetería, que era El Café de Moe. Le vas a encantar. Bueno, a lo que iba. El año pasado relancé el equipo y decidí rebautizarlo como Green Warriors para que fuera más fácil de recordar.

Eso explicaba la reticencia de Matthew a contarme por teléfono lo que había averiguado sobre el equipo. Era... Era mucha información que asimilar. Empezando por que las Green Warriors (las antiguas Warriors de Green Oak) estaban de capa caída y siguiendo por que la alcaldesa de la ciudad (que era de mi edad, vestía con un peto verde estampado con margaritas y acababa de ofrecerme en menos de un minuto un montón de información personal de forma voluntaria) ¡las había relanzado el año anterior!

—Eh... Creo que tengo algunas preguntas. Son temas que me gustaría aclarar y discutir lo antes posible, si te parece bien.

—Te enseñaré las fotos —se ofreció—. Mi madre las guardaba todas. Te aseguro que es un viaje al pasado. —Pareció recordar algo—. ¡Oh! Casi se me olvida lo mejor: ¡representaremos a nuestro condado en la Liga Infantil de las Seis Colinas!

Eso me dejó pasmada.

—¿«Liga Infantil»?

La vi asentir con la cabeza, entusiasmada.

—La temporada pasada, las Green Warriors fueron el mejor equipo benjamín de la zona, así que nos hemos clasificado para la Liga de las Seis Colinas. ¡Yuju!

De pronto, me quedé blanca.

—¿Benjamín? —creí susurrar, pero me zumbaban los oídos y me estaba mareando. A Josie se le esfumó la sonrisa—. ¿A qué te...?

Y antes de poder formular la pregunta, nos rodeó un grupo de niñas. Niñas. Pequeñas. Con pantalones cortos de colores, deportivas, coletas que apuntaban en todas direcciones y, para gran sorpresa, también un tutú. Una llevaba un balón de fútbol bajo el brazo. Y todas parecían, más o menos, menores de diez años.

—Adalyn —la voz de Josie logró atravesar la neblina que la confusión y la incredulidad habían provocado en mi mente—. Tengo el placer de presentarte a las Green Warriors.

Parpadeé al ver al equipo. A las niñas. Y ellas parpadearon a su vez.

—Pero mi padre... —dije, aunque solo podía pensar en el montón de preguntas que quería hacerle—. Mi padre nunca... Esto no es... A ver... ¡Son niñas!

De algún modo, me volví hacia Cameron, que me miraba como si fuera un misterio que no pudiera resolver. O como si estuviera a punto de brotarme una segunda cabeza. No estaba segura. No tenía sentido. Nada tenía sentido. Yo...

—Juniper —dijo Cam llamando a una de las niñas—, ¿puedes traer una bolsa de hielo para Adalyn?

—¡Voy yo! —exclamó otra, y vi pasar a mi lado una cabeza con coletas y un montón de pelo negro.

—Gracias, María —refunfuñó él en voz baja, sin dejar de mirarme.

Debería haber protestado. Pero no me encontraba con fuerzas. Allí de pie, en ese campo medio pelado, me di cuenta de que había tocado fondo. Creí haberlo hecho cuando agredí a la mascota de mi equipo en un arrebato de locura. Más tarde, cuando me enteré de que lo habían grabado y de que el vídeo se había hecho viral, supe que no podía caer más bajo. Pero después, cuando me desterraron, me enviaron lejos y descubrí que había alquilado un cobertizo enano y hortera en las montañas, pensé: «Esto. Esto sí que es tocar fondo».

Craso error.

Porque en ese momento sí que estaba en el fondo real.

El fondo eran las Green Warriors. Ese equipo infantil que tenía la llave de mi redención era el verdadero fondo.

Las niñas nos rodearon, y fui vagamente consciente de que Josie interactuaba con ellas. Volví a la realidad y miré boquiabierta a Cameron. Me fijé en ese pelo oscuro, esa barba descuidada, esos ojos verdes en los que brillaba una mezcla de curiosidad y... preocupación. Hasta llevaba ropa deportiva. Una camiseta térmica de manga larga que se le pegaba al torso y resaltaba la envergadura de sus hombros, y unos pantalones cortos. Unos pantalones cortos de nailon que le llegaban a la mitad de los muslos.

—¿Qué...? —me oí murmurar—. ¿Qué haces aquí? ¿Por qué estás aquí? No tiene sentido. —Lo mío tampoco. Estaba confusa y sorprendida, y mi cerebro parecía ofuscado en ese detalle—. Eres Cameron C...

De repente, Josie apareció con cara de pánico a su lado, que a esas alturas me miraba con una hostilidad que no había visto hasta entonces.

—Ah, no. No, no. —Se rio, pero había tensión en su voz, que bajó hasta convertirse en un fuerte murmullo—. Por aquí solo es Cam.

Todavía estupefacta, miré a Cameron parpadeando y, antes de que pudiera procesarlo, se dio la vuelta y se fue.

Josie suspiró.

Y yo... ¿Qué acababa de pasar? ¿Por qué se había ido de repente? ¿Y por qué Josie ocultaba su identidad?

Sin embargo, en vez de formular cualquiera de esas preguntas tan justificadas, lo miré mientras se alejaba a grandes zancadas por la banda de las descuidadas instalaciones y pregunté:

—¿Siempre sale hecho una furia de todas partes?

—No le des importancia —respondió Josie con una convicción que me hizo mirarla sorprendida—. Cam es un poco... arisco, pero estoy bastante segura de que volverá.

—Pues espero que te equivoques —solté, lo que me valió una mirada curiosa por su parte—. Lo he despedido con motivo. —Solo tenía que decidir cuál era.

Josie se echó a reír, como si fuera una broma. Aunque quizá solo era su manera de actuar. Puede que fuese de esas personas que siempre veían el vaso medio lleno. Que siempre se reían. Una optimista.

—Mejor —le dije—. La aversión es mutua. No hemos empezado con buen pie y él... tiene un buen motivo para odiarme. Yo... —Sacudí la cabeza—. Es posible que esta mañana casi haya atropellado a su mascota. —Josie abrió los ojos como platos—. Lo sé. Me siento fatal, pero no es fácil ver si un pollo se te cruza en medio. —Al parecer, tampoco lo era ver a un jugador de fútbol profesional de metro noventa.

Josie se llevó una mano a la boca para disimular una carcajada y se le marcaron las arruguitas de la comisura de los párpados.

—Bah, no te preocupes por el pobre animal, son criaturas resistentes. Seguro que sigue vivito y cacareando. ¿Lo viste salir corriendo? —Asentí, y me sonrió antes de señalar hacia mi frente—. ¿Así es como te has hecho ese golpe? No quería ser grosera, pero parece reciente, y como Cam le ha pedido una bolsa de hielo a una de las niñas... —Parecía preocupada—. Debería verte un médico.

—Eso me han dicho —musité con un deje derrotado en la voz.

—Cuando acabemos, te llevaré a ver al Abuelo Moe. Era sanitario, y a veces todavía se ofrece como voluntario por el pueblo.

—No es nada —le aseguré, preguntándome a qué más se dedicaba el hombre—. Casi no me duele.

—Insisto.

—Vale —claudiqué y volví a observar a las niñas, que estaban sentadas en la hierba, charlando. La del tutú me lanzó una mirada de reprobación, como si les hubiera arruinado la fiesta, lo que me provocó una punzada de culpabilidad en el estómago. Me volví hacia Josie—. Sé que debes de estar muy emocionada con la idea de tener a alguien como... Cameron a cargo del equipo, pero te aseguro que ahora que ya estoy aquí, puedes prescindir de él.

Josie esbozó una sonrisa.

—Te... te agradecería que mantuvieras en secreto la identidad de Cam. —Se puso seria—. En el pueblo nadie sabe quién es.

—Pero... —Dejé la frase en el aire mientras mi cerebro intentaba procesarlo. ¿Cameron Caldani se estaba escondiendo? ¿Por eso estaba en un lugar como Green Oak? Sacudí la cabeza—. ¿Cómo es posible que nadie lo haya reconocido?

—¿Por la barba? —replicó Josie—. ¿Porque no juega al fútbol americano ni al béisbol, ni es un famoso influencer que regala coches? —Volvió a encogerse de hombros—. Eres la primera que lo hace. Y debería seguir así. Es importante para él, y quiero respetarlo. —La sonrisa deslumbrante reapareció—. Ya sabes cómo son los pueblos pequeños: en cuanto alguien se entere, lo sabrá todo Green Oak, luego todo el condado, y en un abrir y cerrar de ojos habrá periodistas por todas partes intentando conseguir una foto de un... —dijo, e hizo el gesto de comillas con las manos— «exfutbolista famoso que da de comer a las gallinas».

Sí, tenía pinta de noticia. En Estados Unidos, Cameron Caldani nunca había sido una estrella, pero tenía clarísimo que aquello tenía mucho potencial.

—Además —siguió Josie—, aparte de a los Vasquez, soy la única de por aquí a la que le gusta el fútbol. —Soltó una bocanada de aire y guardó silencio un momento, tras lo cual me miró con expresión reservada—. Estuve prometida con alguien de la MLS. Así conocí a Cam. —Frunció los labios de un modo que no supe interpretar—. Fue testigo del final de mi relación.

Me aparté un poco y volví a mirar al grupo de niñas. No me sentía incómoda, pero Josie insistía en seguir ofreciendo demasiada información personal. Sobre todo, teniendo en cuenta que éramos un par de desconocidas.

—Ah, no te preocupes, cielo —dijo Josie, malinterpretando mi silencio—. Ya estoy bien. Tampoco es que sea mi única relación fallida. Pero esa historia te la contaré otro día.

—Me alegro de que estés bien —repliqué mientras me devanaba los sesos en busca de algo sensible o amable que decir—. Yo... —Mierda, se me daban fatal ese tipo de conversaciones—. Yo tampoco salgo con gente de la MLS —dije, y Josie arqueó las cejas—. La mayoría de los jugadores dan más problemas que alegrías y, en fin, la última vez que me lie con alguien remotamente relacionado con el mundillo, me... Bueno, demasiada información. Yo... —Delante de mí apareció una bolsa de hielo azul y blanca que evitó que acabara balbuceando algo de lo que me habría arrepentido. Miré las manitas que me la ofrecían—. Gracias —dije, arrebatándole a la niña la bolsa para presionarla contra la frente. Sentí un escozor inmediato.

—De nada —replicó la niña, que tenía los ojos marrones y una sonrisa de oreja a oreja—. Soy María Vasquez. ¿Cuándo es tu cumpleaños? Necesito fecha, hora y lugar exacto.

Oí la risilla de Josie.

—María, ¿qué hemos dicho de lo de ir por ahí preguntándole la edad a la gente? —Le dio una palmadita en el hombro—. Te presento a Adalyn. Viene de... Miami, ¿verdad? —Asentí con la cabeza—. Y nos va a ayudar con el equipo.

—Ayudar es simplificarlo un poco —repliqué—. Lo que voy a hacer es...

—¿Tú eres la que le ha dado la patada en el culo al señor Cam?

—¡María! —la regañó de nuevo Josie.

La niña puso cara de hartazgo.

—Perdón, quería decir «trasero». Pero el otro día él lo llamó «culo». No habla mucho, pero a veces usa palabras muy divertidas. Creo que es tauro. Y no me fío de los hombres tauro. ¿Cuál es tu signo del zodiaco, señorita Adalyn?

—Mmm, ¿virgo? Pero...

—¡Qué emocionante! ¿Eres nuestra nueva entrenadora? —me preguntó casi sin respirar, mirándome de arriba abajo. Fijó la vista en mi pies—. ¿Nos vas a entrenar con eso?

Me miré los zapatos de tacón.

—No, yo...

—¡Madre mía! —chilló, y las tres coletas que llevaba en la cabeza se agitaron a la vez—. Pareces Vanessa Hudgens en *Cambio de princesa*. ¿Le harás un cambio de imagen al equipo? —Se dio la vuelta—. ¡Chicas, venid! ¡Tenemos nueva entrenadora!

—Eh... —Moví los labios, pero no pude articular palabra—. ¿Qué?

Las demás nos miraron, pero ninguna estaba tan emocionada como María. De hecho, dos parecían hasta... tenerme miedo, y eso que estábamos lejos. Una incluso refunfuñó:

—No parece una princesa.

—¿No podemos seguir con el entrenador Cam? —preguntó otra.

—Sinceramente, prefería que nos entrenara el Abuelo Moe. Nos deja jugar casi todo el entrenamiento.

—Yo también quiero al entrenador Cam. ¿Por qué lo ha echado?

El último comentario me dejó boquiabierta. Josie entrelazó su brazo con el mío.

—Bienvenida a las Green Warriors, Adalyn —dijo con una voz cantarina que no coincidía con el tono beligerante de las niñas—. Cuando acabe el entrenamiento, te enseñaré el pueblo. No hay mucho que ver, aparte de unas tiendas en la calle principal y la granja de los Vasquez, que está a unos kilómetros al sur, pero has conocido a alguien importante: a mí. —Sonrió—. Y la invitación a un trozo de tarta *red velvet* sigue en pie, si te apetece.

La confirmación de que Green Oak era un pueblo pequeñísimo no me animó, pero Josie era simpática. Y no estaba acostumbrada a que la gente me recibiera con los brazos abiertos. Aunque había llevado una vida privilegiada con cientos de oportunidades que me habían permitido relacionarme en todo tipo de ambientes sociales, siempre me había mantenido al margen. No me resultaba fácil congeniar con la gente, aunque tal vez la culpa fuera mía. En cualquier caso, lo cierto era que, aparte de Matthew, no tenía muchos amigos.

Así que no rechazaría su oferta. Ni la tarta. Ser amiga de la alcaldesa me iría bien… Y, además, yo tenía más curvas que Vanessa Hudgens, probablemente porque me encantaba el dulce.

Por desgracia, antes de que pudiera abrir la boca para aceptar, una de las niñas, que estaba entretenida con su móvil, resopló en voz alta, llamando nuestra atención.

—¡¿No es esta la señorita Adalyn?! —preguntó a voz en grito, señalando la pantalla. Todas las niñas se acercaron. Me dio un vuelco el corazón y abrí los ojos alarmada. Josie frunció el ceño, confundida—. ¡Qué fuerte! —exclamó la niña, que se quedó boquiabierta—. ¿Qué hace dándole una paliza a un pájaro gigante?

En fin, se acabó el respiro.

De camino a la cama oí el tono que anunciaba un mensaje de Mathew en el móvil.

Antes de que terminara la musiquilla de cinco segundos que él mismo había elegido la última vez que nos vimos, yo ya tenía el teléfono en la mano.

> Has echado un ojo a las redes desde que hablamos?

Me senté al borde del horrible colchón, que temía que estuviera infestado de bichos, y me quedé unos segundos mirando fijamente la pantalla. Habíamos hablado por teléfono un par de horas antes, mientras conducía de vuelta al Refugio del Alce Perezoso desde El Café de Josie. Fue una llamada breve para ponerlo al día, en plan: «He comido tarta, creo que he hecho una amiga, el Abuelo Moe es encantador, Green Oak es diminuto, hay un montón de actividades al aire libre, mi proyecto solidario es un equipo infantil femenino de fútbol que ya sabe lo de Sparkles y una de ellas lleva tutú». Y Matthew me soltó: «Te lo dije». O una versión ampliada de esas tres palabras que me animaba a hacer las maletas y volver a Miami. Le colgué.

> No me he conectado desde el aeropuerto. Hay mucho que hacer y la cobertura es mala

Vi que los tres puntos aparecían en la pantalla durante un buen rato, haciendo que me removiera sobre la cama y restregara las piernas desnudas por el edredón. Desgraciadamente, solo había metido en la maleta unos pantalones cortos de seda y una camiseta de tirantes a juego, que era con lo que siempre dormía. Otro descuido poco habitual en mí. Si hubiera investigado y hubiese descubierto que mi cabaña de alquiler iba a estar llena de cuernos enormes, polvo y colchas de franela que pican, me habría comprado el pijama más grueso y largo que hubiera encontrado.

> Que conste que si te mando esto es porque sé
> que te repatearía no saberlo

Su mensaje me revolvió el estómago. Matthew era de los que disparaban primero y pensaban después.

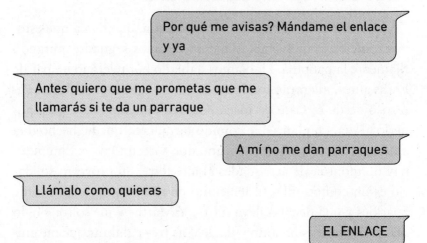

> Por qué me avisas? Mándame el enlace
> y ya

> Antes quiero que me prometas que me
> llamarás si te da un parraque

> A mí no me dan parraques

> Llámalo como quieras

> EL ENLACE

Un ruido extraño, como de zarpazos, me hizo levantar los ojos del teléfono. Eché un vistazo por el interior mal iluminado de la cabaña, preguntándome si encima tendría que lidiar con algún... animal salvaje con ganas de entrar.

Apareció un enlace en la pantalla.

Lo abrí y me llevó directamente a TikTok. Empezó un vídeo que me resultaba familiar. Llevaba mi traje pantalón burdeos, que en ese momento estaba en la maleta, bajo esos cuernos tan grandes que colgaban de la pared, y mis tacones Louboutin. Aunque el recuerdo estuviera bloqueado o enterrado en algún lugar de mi cabeza, reconocí el momento que había puesto mi vida patas arriba. Sabía lo que venía a continuación. Estaba a punto de...

Empezó a sonar música tecno. Aunque no era música. Qué va. Lo que se repetía, en bucle, era el desgarro del traje de poliéster de Sparkles, y eso creaba el ritmo. Oí con horror que añadían más sonidos. Mis gruñidos. Mis chillidos. Salían de mi garganta y ni me acordaba. El «Qué coño» de Paul. Todo. Y era...

—Horroroso —me oí decir en voz baja.

Espantoso. En serio.

Porque lo habían convertido en un remix. En una estúpida canción.

Cerré los ojos y me quedé inmóvil, con el ritmo tecno de treinta segundos repitiéndose en bucle una y otra vez en la cabaña. Sentí una punzada en el pecho y se me escapó algo muy parecido a un sollozo. Pero sabía que no lo era porque no estaba llorando. No lo hacía. O no podía. Así que mis ojos siguieron secos.

Me recordé que era una reina imperturbable. Una reina de hielo.

Así que me lo tragué todo, negué con la cabeza, empujé la presión hacia abajo, lo más hondo y lejos que pude, y regresé a los mensajes.

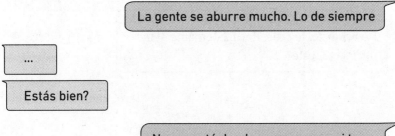

Matthew me envió uno de esos gifs que yo no entendía, pero no pregunté. Tenía una misión. Aquello no era importante, y pensaba pasar del tema.

Seguro? Es muy fuerte. No pasa nada si... No sé, si te da por correr desnuda por el bosque dando gritos de frustración o lo que sea...

Puse los ojos en blanco.

Una descripción muy detallada

Así es como te imaginas a la gente cuando le da un parraque, desnuda?

Me imagino a todo el mundo desnudo. Incluso a ti. Soy un hombre sencillo con una imaginación muy simple. Es el principio de la navaja de Ockham

El principio de la navaja de Ockham no puede aplicarse en ese caso

Ya me entiendes

La verdad era que lo entendía.

En fin, que no me ha dado un parraque y no estoy desnuda

De acuerdo, te creo. Pero... llámame si me necesitas, vale?

Claro. Buenas noches

... No sabes mentir. Buenas noches, Addy

Pues sí. Había mentido en las dos cosas.

Bloqueé el teléfono con un suspiro y lo conecté al cargador. Me revolví en la cama, incapaz de liberarme de esa extraña presión. Por mucho que me esforzara en no darle importancia, ese remix me había afectado. El vídeo seguía llamando la atención. Seguía siendo viral. Me había convertido en la #Matamascotas, por el amor de Dios. Y las niñas —las niñas del equipo que se suponía que debía dirigir y usar para crear una historia de éxito con la que redimirme y comprar el billete de vuelta a Miami— se habían enterado. Josie se lo había tomado a risa, incluso se había tragado mi explicación de que había sido un accidente. Pero era cuestión de tiempo que todo el pueblo lo supiera y viera el vídeo.

De repente, recordé unos ojos verdes muy concretos.

«No creo que aguantes ni una noche ahí dentro».

Sacudí la cabeza, como si de esa manera pudiera librarme de la cara de ese hombre. Si quería dormir, debía relajarme, y Cameron Caldani me provocaba el efecto contrario. Así que me concentré en relajar las extremidades e intenté mantener la mente en blanco.

De repente, recordé el remix.

—Dios —murmuré y extendí un brazo para acercarme los AirPods.

Los conecté, cogí el teléfono y me puse un pódcast de crímenes reales.

«Hola, amantes del *true crime* —dijo la voz de mi podcaster preferido. No era tan grave como la de Cameron, pero tenían un acento parecido. Y resultaba irónico. Aunque no era para tanto. Cerré los ojos y suspiré—. En el episodio de hoy nos iremos a la tundra más salvaje de Alaska. Así que cerrad las puertas, sentaos en vuestro sillón más cómodo y retrocedamos en el tiempo, al caso de la matanza de...».

Con la cabeza hundida en la almohada, me concentré en esa voz tranquilizadora y en las claras imágenes que iban apareciendo en mi cabeza. Era un episodio que había guardado para un mal día, pero a medida que me adentraba en la historia, la voz dejó de tranquilizarme. Las imágenes ya no eran tan claras ni estaban en mi mente. Me parecían espeluznantes, me estaban poniendo los pelos de punta porque las tenía delante de mis narices. En concreto, la cornamenta, que...

Algo chirrió en la cabaña. O crujió. O rechinó. Pausé el episodio.

Me incorporé despacio y busqué entre las sombras del interior de la cabaña, mientras rezaba suplicando que fueran imaginaciones mías. Pero lo cierto era que nunca había tenido una gran imaginación. Y estaba segura de haber oído algo en el otro extremo del cobertizo.

Otro crujido. Esta vez más cerca.

Contuve la respiración y noté cómo el pulso me retumbaba en las sienes. Me quité los auriculares y volví a repasar con la mirada cada rincón y cada sombra, pero no encontré nada.

Un escalofrío me recorrió la columna al pensar que un animal o (por favor, no) algún asesino loco de Alaska hubiera entrado en la cabaña y me estuviera observando. Así que, como por un absurdo instinto, me aferré al edredón con las dos manos y me tapé hasta la barbilla. La tela picaba tanto que era como si algo me subiera por la piel, pero debía de ser paranoia mía. Cogí el móvil y encendí la linterna. Era imposible que hubiera...

Unos ojillos gatunos parpadearon en la oscuridad.

Y al mismo tiempo algo se movió debajo de mi culo. Debajo de mí.

Chillé. Salí de la cama de un brinco, cogí todo lo que había en la mesita de noche y eché a correr.

—No, no, no, no y no. ¡No! —Me puse los primeros zapatos que encontré. Los de tacón de aguja que había llevado ese día—. Esto no era parte del trato. —Crucé la cabaña a la carrera. Estaba aterrorizada y furiosa por el descaro que tenía el universo al echarme aquello encima—. Se suponía que ya había tocado fondo. —Seguí al llegar a la cornamenta para coger el bolso de donde lo había colgado—. Se suponía que no podía caer más bajo. No debería seguir cayendo.

Sin embargo, sí que podía.

Y lo peor era que Cameron Caldani tenía razón. No iba a aguantar.

Ni una noche.

7

Cameron

—Qué tía más imprudente y cabezota —dije mirando por la ventana.

Me esforcé por parpadear varias veces, incluso bebí otro sorbo de café (de cafetera francesa, que me pareció un espantoso mejunje aguado porque estaba acostumbrado al expreso), pero me había olvidado de traer mi propia máquina. Eso explicaría que mis ojos estuvieran engañándome. Eso o había acertado en mis predicciones.

Me di la vuelta con un objetivo en mente —la puerta—, pero Willow me llamó desde la cocina. Antes de venir a Green Oak, habría supuesto que me estaba pidiendo el desayuno, pero ya sabía que sus incesantes maullidos no tenían nada que ver con la comida. A diferencia de Pierogi, mi otra gata, Willow había estado quejándose desde que empecé a hacer el equipaje en Los Ángeles. Y al llegar me dejó muy claro a quién culpaba por todas aquellas incomodidades: a mí. Así que cuando atravesé el salón y me la encontré en la encimera de la cocina, justo al lado de la cafetera, supe lo que iba a suceder.

—¿Te importaría darme un respiro? —le pregunté—. Solo puedo lidiar con criaturas frustrantes y complejas de una en una.

Me miró a los ojos en silencio y se acercó a la cafetera. Desafiante.

—Willow —le advertí. Sin embargo, levantó una pata a modo de respuesta—. Te lo juro por Dios, Willow. El café está asqueroso, pero como me obligues a…

Me interrumpió con un maullido. Fue como si me dijera: «No me importa lo que creas o dejes de creer». Y no pude evitar que se me escapara una carcajada amarga, porque ¿cómo era posible que la gata que había adoptado hacía varios años me recordase tanto a una mujer a la que conocía desde hacía menos de un día?

Acercó la diminuta pero furtiva pata un poquito más, y me puse serio.

—Willow... —susurré entonces en voz baja y tono de súplica—. Sé que no eres feliz aquí, pero tenemos que...

La gata bajó de la encimera de un salto y se perdió por el pasillo.

—... adaptarnos —terminé con la mirada clavada en el rastro de barro que acababa de dejar a su paso. Alcé la voz—. ¡Y te pido por favor que dejes de escaparte de casa!

Pierogi levantó la cabeza del brazo del sofá y me miró con compasión.

—Gracias, Pi —le dije.

Me llegó un mensaje al móvil, que estaba en la isla de la cocina. Lo cogí y me bastó un vistazo para saber quién era (Liam, mi antiguo representante) y lo que quería (algo para lo que no me veía con fuerzas).

De modo que bloqueé la pantalla, me guardé el teléfono en el bolsillo y me di cinco segundos para calmarme. Después salí a zancadas al porche. No iba a engañarme. Una gran —e insistente— parte de mí sabía que no debería involucrarme en nada relacionado con esa mujer. Ni pensar en ayudarla. Conocía mi identidad y por poco se la suelta a las niñas.

Llevaba casi un mes en el anonimato. Hacía senderismo, compraba café en la tienda de Josie, entrenaba al equipo a regañadientes tres veces por semana desde que acabó la temporada e iba a lo mío. Esos entrenamientos ya se salían de lo que había ido a buscar: paz y tranquilidad. Silencio. Naturaleza. Nada que tuviera que ver con el fútbol. El fútbol normal, no el americano. Uf, sí, a pesar de haber pasado cinco años jugando en Los Ángeles, todavía me sentía raro cuando tenía que aclarar a cuál me refería.

La llegada de esa mujer lo había complicado todo. Adalyn Elisa Reyes era un marrón monumental, y no sé qué hacía yendo hacia su coche.

Debería haberme ido en dirección contraria. O mudarme. A otro pueblo.

Tuve claro que me traería problemas nada más verla con sus trajes, sus zapatos de tacón y su intención de sacarle todo el potencial al equipo o gilipolleces por el estilo que seguro que atraerían una atención que ni necesitaba ni quería.

Pero antes de darme cuenta ya había enfilado el camino y estaba golpeando la ventanilla de su coche.

Ignoré la sensación de *déjà vu* y esperé a que la mujer acurrucada en el asiento del conductor reaccionase. De nuevo tenía la cabeza apoyada en el cristal y los labios entreabiertos, aunque su expresión se mostraba relajada por el sueño. Los ojos me traicionaron al bajar la mirada por su cuerpo y darme cuenta de que se estaba abrazando las piernas desnudas. Solté un taco entre dientes. Casi no llevaba ropa. Solo un conjunto de seda muy fino que dejaba poco a la imaginación.

Algo cobró vida en mi estómago.

¿Estaba loca? Septiembre era bastante cálido en esa zona, pero de noche las temperaturas podían bajar drásticamente siete grados. Quizá tuv…

Bah, pasando. En realidad me la sudaba si tenía frío.

Aparté la mirada de su piel desnuda y volví a golpear en la ventanilla. Más fuerte.

Se despertó sobresaltada.

Dio un bote y se agarró a la fina camiseta de tirantes con una expresión tan desorientada y asustada que por un instante me hizo sentir mal. A mí. Era yo el que tenía remordimientos a pesar de que la absoluta irresponsable era ella.

Nos miramos.

—Otra vez tú —farfulló ella, aunque sus palabras me llegaron amortiguadas por el cristal—. ¡Qué susto! ¿Se puede saber qué haces?

—¿Que qué hago? —repuse, estupefacto—. La pregunta es qué haces tú durmiendo así en el coche. ¿Estás loca?

—Lo que yo haga no es asunto tuyo. —Volvió la cabeza mostrándome su perfil.

Solté aire despacio, me apoyé en el techo del coche y me incliné hacia delante.

—Estás en medio de mi propiedad; eso te convierte en asunto mío. ¿Te importa bajar la ventanilla para que no tengamos que gritar?

—Nuestra propiedad —me corrigió mirando al frente—. Y tú siempre gritas. Con cristal o sin él.

Empezaba a exasperarme.

—Adalyn... —dije, y la sola palabra bastó para que negase con la cabeza y pulsara el botón a regañadientes.

En cuanto la ventanilla bajó del todo, me miró con indiferencia.

—Bueno, ¿en qué puedo ayudarte?

Levanté mucho las cejas.

—¿Cómo?

—Ay, qué maleducada. —Rezumaba sarcasmo—. Buenos días, vecino. ¿Puedo ayudarte en algo en esta preciosa y fría mañana? —En sus labios apareció la sonrisa más falsa que había visto en mi vida—. ¿Mejor?

La miré con sorpresa. Fijamente, en realidad. Estaba descolocado. De nuevo. Jamás —ni una sola vez— habían conseguido desarmarme tanto como aquella mujer. Y eso que había conocido a más de un cabronazo a lo largo de mi carrera.

Aprovechó el breve silencio para señalar hacia mi mano.

—¿El café es para mí? Si es así, no, gracias. Y no solo porque no acepto nada de desconocidos, sino porque no me fío de ti.

Bajé la mirada y en aquel momento me di cuenta de que había salido con la taza en la mano. Joder. ¿Estaba tonto?

—No soy un desconocido. —Volví a mirarla a los ojos—. Y, créeme, ni se me ocurriría echarle alcohol a tu bebida o lo que sea que estés insinuando, no me jodas. Te he visto inconsciente y eres tan insoportable como despierta. Puede que más.

—Siempre se me olvida lo insoportables que sois los de tu clase.

«Los de mi clase».

—¿Los británicos?

—Los jugadores flipados que os creéis el ombligo del mundo. —Se encogió de hombros—. Por cierto: sí eres un desconocido. Solo me sé tu nombre y que te gusta gritar a la gente, en concreto a las mujeres dentro de los coches. —Bajó la voz—. Tiene toda la pinta de que te estás buscando una demanda, la verdad.

La miré con los ojos entrecerrados. Creía que podía cambiar de tema a base de insultarme.

—Te he hecho una pregunta.

—Creo que ya me he perdido con tanto grito y tanto golpe. —Apretó los labios—. En realidad...

—Déjate de gilipolleces, cariño.

Se incorporó en el asiento.

—Tengo nombre...

—Lo sé —la interrumpí antes de que pudiera volver a distraerme—. Te lo advertí, Adalyn. Joder, te dije que no aguantarías ni una noche en la choza de los cojones. Vamos a ver, ¿qué haces durmiendo aquí fuera? En el coche. Espero que tengas un buen motivo.

En ese momento me miró. Me miró de verdad, y su expresión se suavizó, como si mis palabras la hubieran pillado tan desprevenida que hubiesen derribado sus defensas. Entonces pude verla realmente. Vi a la Adalyn que se escondía tras las salidas de tono, el orgullo y una hostilidad que no entendía y que me sacaban de mis casillas. Incluso con el pelo alborotado y unas ojeras terribles, era imposible pasar por alto dos cosas: Adalyn Reyes era guapa. Y un auténtico desastre.

Un auténtico desastre precioso, además de un problema que quería quitarme de encima.

—Dormir aquí no es seguro —insistí, y me percaté de que mi tono era más amable—. Ni inteligente. Es una insensatez. Así que si no quieres alojarte en la cabaña que alquilaste, vete. Recoge tus cosas y vete. —Al oírme, palideció, pero seguí hablando porque necesitaba mandar mi mensaje alto y claro—. Si te han enviado aquí para colaborar en un proyecto solidario y que ese club tan importante haga méritos, limítate a mentir, ¿vale? Todos los equipos lo hacen. Invéntate cualquier historia, redacta unos informes y vuelve a casa. Deja de fingir y...

Adalyn abrió la puerta del conductor de golpe, cortándome en seco y obligándome a retroceder. Sacó medio cuerpo del coche y me señaló con el dedo.

—Escucha —masculló, dejándome claro que volvía a estar en guardia—, y pon mucha atención, cabezón insoportable, arrogante y cascarrabias.

Fruncí el ceño.

—¿Qué...?

—Si crees que puedes mangonearme solo porque te crees más importante que yo o porque has desarrollado un extraño complejo de superioridad debido a un trauma o porque la tienes pequeña, ya puedes ir olvidándote.

Alcé mucho las cejas.

—No...

—No he venido por ti —prosiguió con un susurro lleno de furia y la cara roja por la rabia—. He venido por mi empresa. Y no soy una periodista que vaya a... inventarse cualquier historia. Me tomo mi trabajo muy en serio, y este proyecto benéfico es mi única oportunidad de salir de aquí.

Volví a abrir la boca pero ella empujó la puerta para abrirla del todo y me la clavó en el estómago.

—¡Me cago en...! ¿Se puede saber por qué te empeñas en darme todo el rato con el coche de los cojones?

Adalyn no me contestó, estaba demasiado ocupada saliendo a toda prisa del vehículo (descalza, por lo que vi) con los zapatos en la mano.

—Adalyn —dije, siguiéndola con la mirada mientras pasaba de largo. La situación había tomado un rumbo inesperado, y me sentía el rey de los gilipollas—, lo...

Sin embargo, parecía no importarle lo que yo tuviera que decirle. Detuvo su orgullosa retirada, se dio la vuelta y me señaló con el tacón de aguja.

—Ni te molestes, porque no me importa —dijo, lo que me hizo apretar la mandíbula—. Y a ver si te metes esto en la mollera: este es el único sitio en el que pienso alojarme en un futuro inmediato. —Tragó saliva, y en ese momento me di cuenta de que el pecho le subía y le bajaba muy deprisa. Joder. ¿Tan capullo había sido?—. Créeme —añadió mientras se le quebraba la voz—, si fuera por mí, no estaría en Green Oak. No estaría aquí si no me hubieran desterrado de mi vida como si fuera de usar y tirar. Así que enhorabuena, tenías razón. No he durado ahí ni una noche. ¡Pero que sepas que no habría dormido en el coche de haber tenido alguna alternativa razonable que no estuviera infestada de vete tú a saber qué! —Su voz cada vez era más aguda—. Así que si tanto te molesta mi presencia, haz como si no estuviera. A ver si te enteras de una vez, cojones: ¡no voy a irme a ninguna parte, cariño!

«Cojones». «Cariño». ¿Se estaba burlando de mí?

—Ada...

Se dio la vuelta y se metió en aquel tugurio. Me quedé allí paralizado y obtuve respuesta a mis dos preguntas: sí, se estaba burlando de mí y sí, me había portado como un capullo.

Cerré los ojos y meneé la cabeza un momento, hasta que oí un golpe seco y un gritito.

Abrí los ojos justo a tiempo para ver que un zapato de tacón salía volando del cobertizo y aterrizaba a mis pies.

Un zapato de tacón.

«Vete —me repetí—. Acaba de darte una excusa perfecta para largarte. Pasa de ella».

Me incorporé, apuré el café, recogí el zapato y me dirigí a su puerta.

Al entrar en la Cabaña el Paraíso, me topé de frente con Adalyn. Seguía costándole respirar, tenía el pelo alborotado y los brazos y las piernas desnudos. De nuevo, me resultó imposible no fijarme en ese detalle. Y una vez más fui lo bastante honesto como para admitir que lo que veía me gustaba. Me gustaba la curva de sus caderas y sus muslos, sus pies descalzos e incluso la forma en la que sus pechos se movían, agitados por su respiración, bajo aquella fina camiseta de tirantes. Al fin y al cabo, no era de piedra. Y ella...

—No me cuesta controlar la ira —afirmó, y la miré a la cara—. Quería dejarlo claro antes de que lo preguntases o lo insinuaras. De verdad que no. Solo he tenido un pequeño ataque de frustración. Y la he pagado con el zapato.

—No quiero ser un imbécil «de los cojones», «cariño» —repliqué en tono teatral con las mismas palabras que ella había usado, para rebajar la tensión—, pero eso es justo lo que diría alguien con problemas de control de la ira.

Suspiró y relajó un poquito los hombros.

—¿Prefieres que me desahogue de otra manera? Porque tengo otro zapato...

—Ah, ¿y lo estabas usando para alguna otra cosa?

Miró de reojo a la derecha, y entonces la vi. Una enorme y anticuada cama con dosel. Arqueé las cejas al darme cuenta de que uno de los postes colgaba en un ángulo raro. Tuve que contener una sonrisa. Joder.

—¿Estabas usando el zapato como martillo?

—Soy una mujer de recursos —respondió sin más—. O me descargaba con el poste o con alguien.

La miré. Y la imagen que se formó en mi mente apareció tan

rápido que no conseguí ocultar la sonrisa que por fin invadió mis labios.

Se mostró horrorizada.

—Joder, no. ¡No! Quería decir que...

—Sé lo que querías decir —la interrumpí, encogiéndome de hombros—. Y tengo que rechazar la proposición. Tirarme a una tierna florecilla como tú no entra en mi lista de prioridades. —Dejé en el suelo el zapato que había recogido—. Al menos, hoy no.

Se quedó paralizada y enseguida puso cara de exasperación, pero no se me escapó cómo se le sonrojaron la cara y el cuello.

—Lo que tú digas, machote, pero no soy tierna. Ni una florecilla.

Avancé unos pasos y dejé la taza en un armarito beis en lo que supuse que era una isla de cocina. Hostia. Ese sitio estaba peor de lo que había imaginado.

—Oye, he venido a ofrecerte una tregua temporal, ¿vale?

Me observó con escepticismo antes de inspeccionarme con la mirada de arriba abajo.

—¿Por qué? Ni siquiera me he disculpado por lo de ayer.

—¿Pero lo sientes?

Soltó un suspiro derrotado.

—Mira, he tenido un día horrible, ¿vale?

—Está bien, aunque llegue tarde y deje mucho que desear, acepto la disculpa.

Pasé de su bufido y me adentré en la cabaña. La madera crujió bajo mis pies mientras echaba un vistazo a mi alrededor. Todas las superficies estaban limpias, y en el suelo había marcas de haber arrastrado muebles pesados. Me pregunté a quién se le había ocurrido reutilizar esa casucha como residencia vacacional. Alguien que no la había visto, eso seguro.

Extendí los brazos.

—Entiendo por qué la cabaña es un problema. Lo sería para cualquiera con unos mínimos. Pero no puedo permitir que acampes en el coche. Se empieza durmiendo una noche, luego dos, y a finales de semana te despistas y empiezas a dejar comida fuera que puede atraer a los animales salvajes.

Se alarmó.

—¿Animales salvajes? ¿Como un oso… o algo así?

—Los osos negros no son raros en esta zona. —Se puso lívida, así que aproveché para añadir—: Y no puedo arriesgarme. Tengo una familia de la que cuidar, ¿sabes? —Y por lo que parecía, era imposible obligar a Willow a no salir de casa.

—Oh —susurró y, para mi más absoluta sorpresa, su expresión se… relajó. Entreabrió los labios, más tranquila, y un ligero rubor le tiñó la cara—. No lo sabía, no he leído ni oído que estuvieras casado. O que tuvieras hijos.

—Es que no estoy casado ni tengo hijos.

Me miró como si quisiera conocer los detalles, pero se limitó a morderse el labio.

Con esfuerzo, aparté la mirada de su boca y observé los muebles cutres que la rodeaban.

—¿Crees que es una estafa? —le pregunté, señalando la cama con la cabeza, aunque la pregunta también podía aplicarse a la choza entera—. ¿O solo un atentado al buen gusto?

—¿Una mezcla de los dos?

—En fin, al menos espero que hayas puesto de patitas en la calle a quien te haya reservado esto.

—¿Cómo sabes que no lo reservé yo?

La miré de nuevo y vi que fruncía el ceño. Se tocó la frente con gesto distraído e hizo una leve mueca de dolor.

—¿Has ido al médico? —pregunté con un tono más serio.

—No es culpa de mi asistente —me aseguró ella, ignorando mi pregunta—. Al menos, no lo creo. Y tampoco es que ahora pueda despedir a nadie.

—¿Por el destierro?

En vez de contestar, apartó la mirada.

—El cobertizo está bien. Todo está bien, en serio.

—Pues nadie lo diría. Y menos con esa cama.

Permanecimos un buen rato en silencio y, para mi sorpresa, no fue incómodo ni estuvo cargado de la explosiva tensión que había acompañado todas nuestras conversaciones anteriores. Miré a Adalyn, que observaba la cama en silencio, sumida en sus pensamientos.

Murmuró algo y, cuando habló, no supe si era consciente de que lo estaba diciendo.

—No puedo creer que de pequeña soñase con una cama así.

—¿En serio? —pregunté en voz baja, curioso.

Pareció sorprendida, tal vez incluso un tanto avergonzada por la confesión, pero no se desdijo.

—Sí. Qué pena que esté infestada.

—¿¡Infestada!?

La dulzura desapareció.

—¿Por qué crees que estaba durmiendo en el coche?

El cobertizo era un espanto, una broma pesada, sí, pero en ese momento toda la inexplicable exasperación que sentía cuando ella estaba cerca volvió a cobrar vida. Joder. Se acabó el silencio cómodo.

—¿Porque eres una niña mimada que no soporta la idea de vivir en un lugar que no sea un hotel de cinco estrellas?

La verdad, había sido un golpe bajo y no estaba orgulloso. Pero una parte de mí me empujó a hacerlo. Una parte que no comprendía. La misma que no quería tener nada que ver con ella.

El fuego que ya había visto antes en sus ojos volvió a encenderse.

—No sabes nada de mí.

«Y tú sabes demasiado de mí», quise replicar, pero en lugar de eso extendí un brazo y levanté la mano con la palma hacia arriba.

—Dame tu móvil.

Parpadeó.

—¿Es que no tienes ni la más mínima educación? Pensaba que yo era difícil, pero lo tuyo es alucinante.

—Claro, claro, alucinante es lo mucho que me sacas de mis casillas. —Moví los dedos—. El teléfono. Me voy a mandar un mensaje para que tengas mi número.

—¿Y se puede saber para qué quiero tu número?

Se me ocurrían cientos de motivos y, aunque ninguno me hacía especial ilusión, le había ofrecido una maldita tregua. Y yo no era un monstruo.

—Cuando vuelva a mi cabaña, te mando el contacto del Refugio del Alce Perezoso. El número que me dieron. Habla con ellos y, si quieres que se pongan las pilas, diles que llamas de mi parte. Pídeles que cambien los muebles del cobertizo.

La sorpresa la dejó boquiabierta.

—Si quieres, di que eres mi asistente —añadí—. Quéjate de un vecino loco que vive en una caseta de herramientas que está armando follón. Seguro que así reaccionan.

Me miró a la cara y a la mano alternativamente.

—No tengo todo el día —le dije—. Quiero ayudarte.

—Llamándome mimada con la actitud chulesca y arrogante de un ca... —Dejó la frase en el aire.

—Capullo. Puedes decirlo, cariño. —Me acerqué—. Dame el móvil.

Suspiró profundamente.

—Está en el coche.

—Joder —murmuré al tiempo que sacaba mi teléfono del bolsillo y lo desbloqueaba antes de pasárselo—. Pues guarda tu número en el mío. Te mandaré un mensaje.

Titubeó un momento, pero al final me cogió el móvil de la mano, rozándome el dorso con los dedos durante un segundo, aunque no pude evitar notar el contacto. Se sonrojó y dijo en tono de amenaza sin mirarme a la cara:

—Sigo sin fiarme de ti. Y si pretendes jugármela o gastarme una broma... —La frase quedó en el aire y entonces cambió la expresión—, ya puedes ahorrarte las molestias.

Se me heló la sangre.

—Mírame, por favor —le dije con voz baja y seca—. ¿Te parezco un niñato universitario?

El rubor se volvió más intenso. Frunció el ceño, pero negó con la cabeza.

—¿Crees que estoy tan aburrido como para ponerme a gastarte bromitas? —Me acerqué más, asegurándome de que me miraba a los ojos. Volvió a negar—. Exacto. Puede que no me caigas bien y que yo no te caiga bien, pero, Adalyn, te prometo que ya soy mayorcito para perder el tiempo con tonterías como vacilarte para divertirme.

La vi tragar saliva, lo que por un instante atrajo mi mirada a ese punto.

—Solo juego si hay algo que valga la pena ganar. Así que guarda tu número en mis contactos y devuélveme el móvil. Cuanto antes te des cuenta de que esto es todo lo que puede ofrecerte Green Oak, antes te largarás de aquí.

8

Adalyn

Habían eliminado mis datos de acceso a los Miami Flames.

Volví a pulsar la tecla, intentando equilibrar el portátil sobre las rodillas, ya que estaba sentada en las gradas.

«Su nombre o su contraseña no coinciden con ningún usuario del sistema».

Volví a introducir todos los datos, refresqué la página del portal, desconecté y conecté el portátil al punto de acceso de internet del móvil. El mismo mensaje.

Se me encogió el estómago.

No podía ser. No sin avisar antes de algún modo. Era...

—¿Señorita Adalyn?

Levanté los ojos de la ventanita emergente azul que me estaba provocando oleadas de terror por todo el cuerpo y me encontré con una de las niñas.

—María Camila Vasquez, ¿verdad? Tú eres la que me trajo el hielo.

Un hielo que no había evitado que me saliera un pequeño moretón (que, según el Abuelo Moe, desaparecería en unos días), por lo que esa mañana me había maquillado. Como predijo Cameron. Uf.

María se quedó un tanto cortada, así que saqué el archivador con las fichas que Josie me había dado el día antes y que llevaba estudiando toda la mañana. Incluía información sobre la Liga Infantil de las Seis Colinas —llamada así porque participaban los seis mejores equipos de los condados cercanos—, un calendario de partidos, fechas aproximadas para que los equipos llegaran a la liguilla final y la guinda del pastel: el motivo por el que las Green Warriors se habían clasificado. Eran el único equipo de fútbol de categoría benjamín de todo el condado.

Ojeé la lista impresa.

—Sí —dije mientras comprobaba la foto de la niña de nueve años y levantaba la cabeza para mirarla—. María Camila Vasquez. Pareces un poco más pequeña en la ficha, pero seguro que eres tú.

—María a secas —replicó ella, sonrojándose—. Ya nadie me llama María Camila. Excepto mi padre. Y solo cuando se enfada mucho conmigo si me escapo para jugar con Brandy en vez de hacer los deberes. Le da igual que Brandy esté sola, y por eso me escapo a verla. —Abrí la boca, pero me di cuenta de que no tenía nada que decir, y María se lo tomó como una invitación para continuar—. A veces Brandy me recuerda a mi padre. Creo que podrían ser amigos, pero mi padre siempre está muy ocupado con la granja y no tiene tiempo para jugar con nadie. Ni siquiera conmigo. —De repente pareció ocurrírsele algo—. Podría traerla algún día para que la conozcas.

La miré parpadeando un segundo. Me costaba hablar con los niños.

—Ah… Mmm. ¿Brandy es tu amiga? —Miré de nuevo las fichas—. Supongo…, supongo que podría hacer las pruebas para el club, si quiere, pero tendría que comprobar las normas de la categoría de benjamines y ver cuántas jugadoras puede tener un equipo en el banquillo. ¿Qué edad tiene?

—Unos… —Extendió una mano y contó con los dedos—. ¿Unos seis…?

—Quizá es un pelín pequeña. —Empecé a revisar el archivador que me había dado Josie—. Seguro que las normas están por alguna parte. Espera. Aunque Chelsea tiene siete años. Así que a lo mejor…

—Pero es grande para su edad. Si la comparas con las demás cabras.

Me detuve en seco.

—¿Cabras?

—Brandy es una cabra —dijo María sonriendo—. Está ciega. Y tiene ansiedad. —Una pausa—. Mmm, a lo mejor tiene cinco meses y no seis. Ya no estoy segura.

Madre mía. Tardé un momento en recuperarme, porque ¿cómo había llegado a ese punto? ¿Al punto en el que le decía a una niña que su cabra ansiosa y ciega de cinco o seis meses no podía entrar en el equipo de fútbol?

Solté los papeles.

—Creo que no Brandy no va a poder jugar en las Green Warriors. Lo siento.

María asintió con expresión comprensiva en los ojos y me sonrió de nuevo. En silencio. Durante mucho rato.

Carraspeé.

—Bueno… ¿Quieres algo?

—Ah, sí. —Se le iluminó la cara—. Todas te tienen miedo, así que me han mandado como representante del equipo.

La sorpresa y el pánico se apoderaron de mí.

Miedo. Las niñas me tenían miedo. Decidí no pensar en lo que eso me provocaba.

—Eh…, es comprensible. No a todo el mundo le caen bien los desconocidos, y ese vídeo no ha sido la mejor presentación.

—Pero a mí me caes bien —me aseguró—. Me pareces muy guapa y me encanta tu ropa. Y no creo que tengas «cara de bruja», como dicen las demás.

Por poco se me escapa una carcajada, pero la disimulé con una tos.

—Eres muy amable. Gracias, María.

—De nada. —Asintió con la cabeza, y su sonrisa se ensanchó todavía más—. Y también creo que no necesitamos al señor Camello.

En esa ocasión no puede contenerme: se me escapó una riso-tada. «Señor Camello».

—¿Por qué?

—Porque deberías entrenarnos tú. Ya lo dije ayer. ¿Te lo has pensado?

—Oh. —Tensé los hombros—. No, no. No creo que sea una buena idea. Pero buscaré a otro entrenador.

Josie me dijo que a nadie le gustaba mucho el fútbol, pero se-guro que en el pueblo había alguien que pudiera entrenar a unas niñas. Yo haría el resto. Empezaría por los padres que vinieran a recoger a las niñas más tarde. Algunos me habían mirado escép-ticos al descubrir que Cameron no estaba, pero Josie se las había apañado para tranquilizarlos.

—Creo que es la mejor idea del mundo mundial —insistió María—. No te costará nada. Chelsea y yo te hemos buscado en Google y trabajas para un equipo, uno de los de verdad. Nuestro último entrenador era el Abuelo Moe, y seguro que eres mejor que él. Es simpático, pero una vez que Juniper lan-zó el balón fuera del campo llamó *touchdown* a un córner, como en el fútbol americano.

Digerí lo que acababa de decirme. Con razón Josie estaba tan interesada en contratar a Cameron.

—¿Para eso te ha pedido el equipo que vengas a verme?

—Ah, no, me han mandado para que te cuente el plan con el que conseguiremos que vuelva el señor Camomila, pero creo que deberíamos boicotearlo e ir a nuestro rollo. Seremos… un equi-po de dos. Como Miércoles y Cosa. Ay, ¿puedo ser Miércoles?

A ver…

—¿Qué?

María abrió la boca, pero me llamaron por teléfono.

—Un momento, podría ser de Miami. —Saqué el móvil del bolso y vi el nombre de mi padre en la pantalla. Mi padre nunca me llamaba. Me llené de esperanza. A lo mejor se habían dado cuenta de que me necesitaban. A lo mejor no era tan prescindible—. María, ¿qué te parece si vuelves con las chicas y empezáis a calentar mientras contesto? Podéis... hacer una línea con conos e intentar pasar con el balón entre ellos, ¿sí? Yo os vigilo desde aquí.

—¡Vale! —exclamó con voz cantarina y se dio la vuelta para regresar corriendo con el grupo, que estaba en mitad del campo.

Miré un segundo más el teléfono antes de contestar.

—Papá...

—*¡Ay, mi Adalyn!** —me gritaron de inmediato.

—¿Mamá?

—*Adalyn, mi amor, dime que estás bien* —dijo mi madre prácticamente a voces.

Me desplomé en la grada.

—Mamá, ¿qué haces en el despacho de papá?

—No me vengas con esas —me advirtió con ese acento tan marcado que nunca había perdido—, ya sabes que no me gusta. «Mamá tal y mamá cual». —Una exhalación dramática—. No puede ser que eso sea lo único que me digas después de enterarme de que tu padre te ha secuestrado.

—Maricela —oí que decía mi padre de fondo—, por Dios, no la he secuestrado. Solo he...

Sin embargo, Maricela Reyes estaba furiosa, y cuando se enfadaba había una palabra que no se podía decir.

—¡No metas a Dios en esto! —replicó, alzando la voz—. ¿Me estás diciendo que no estás reteniendo a mi hija por ahí en contra de su voluntad? —prosiguió, y me la imaginé con la mano en el pecho, escandalizada—. *Es mi única hija, Andrew. Mi sangre. Si mi santa abuela viera esto, nunca te lo perdonaría. Si...*

Así que soltó una perorata sobre el hecho de que mi padre no supiera lo que era el verdadero valor de la sangre y la familia. En español, claro, porque era el idioma que usaba en cuanto perdía los nervios.

* Las frases en español en el original aparecen en cursiva. (*N. de las T.*)

—Maricela —suplicó mi padre al otro lado de la línea—, habla en cristiano, por favor. No te entiendo cuando te pones así.

Tuve que morderme la lengua para no defender a mi madre, pero después de tantos años había aprendido a no meterme en sus discusiones.

—Y de quién es la culpa, ¿eh? —replicó ella—. Podrías haberte esforzado, pero no. *Nunca. Porque tú…*

Y vuelta a empezar.

Solté un largo y hondo suspiro, tratando de ignorar una discusión que me sabía de memoria. Eso era justo lo que mi padre quería evitar al no contárselo a mi madre: un conflicto. Un conflicto que siempre me pillaba en medio, razón por la que había accedido a su exigencia. Daba igual que mis padres nunca se hubieran casado; en situaciones como esa, me imaginaba lo que era tener padres divorciados.

—Mamá —dije al cabo de un rato. Como pasó de mí, usé el español, tal como siempre me había animado a hacer—: *Mami, por favor.*

Como era de esperar, eso llamó su atención.

—Lo siento. Es que me preocupo por ti, Adalyn —dijo, bajando la voz y olvidándose por completo de mi padre—. ¿Estás bien?

—Pues claro que sí —mentí. Y como no tenía sentido inquietar a mi madre con lo que no podía cambiar, añadí—: Te lo prometo, estoy estupendamente.

—*No mientas, Adalyn.*

Uf. Me conocía demasiado bien.

—No miento —insistí, hablando con voz más alegre y sintiéndome una farsante—. Es un viaje de trabajo más. —Tuve que tragar saliva antes de continuar, pero aun así se me quebró un poco la voz—. Todo va genial, no tienes que preocuparte por nada.

A continuación se hizo un silencio sepulcral.

—¿Lo ves? —oí decir a mi padre—. Está bien. Y es mayorcita, por favor. La estás atosigando.

Me llegó otro jadeo de mi madre, seguido de unos pasos apresurados y una puerta que se cerraba.

—¿Hola? —pregunté al teléfono—. ¿*Mami*?

—Tu padre es un incordio —anunció ella—. Como siempre. Por eso nunca me he casado con él. —Chasqueó la lengua—. Me he metido en el cuarto de baño de su despacho porque no quiero que me mientas solo porque él esté escuchando.

Había dado en el clavo. Pero no tenía el cuerpo para discusiones.

—Te agradecería que confiaras en mí.

—Confianza —resopló sin malicia—. ¿Y por qué no me has dicho nada? ¿Y por qué tu padre no me dice dónde estás? ¿Por qué he tenido que venir para averiguar que te has ido de Miami?

—¿Qué haces en las instalaciones del club? —le pregunté para cambiar de tema. Mi madre nunca pisaba el estadio. Casi nunca salía de Coral Gables.

—He venido a buscarte después de ver ese vídeo espantoso. Estaba hablando con Matthew, en nuestra llamada semanal, ya sabes, y me...

Matthew.

—Lo mato...

—¡Adalyn Elisa Reyes!

—Lo siento —dije, aunque de todas formas Matthew me iba a oír. Se me escapó un suspiro de golpe—. También siento no haberte dicho que me iba. Ni lo del vídeo. —Cerré los ojos un segundo—. Lo que hice es imperdonable.

—¡Imperdonable! —De sus labios salió una retahíla de palabrotas en español—. Eres mi hija. No puedes hacer nada que no pueda perdonarse. ¿Y ese Paul? Siempre ha tenido una boquita... A ver, ¿qué te dijo? —Se me encogió el estómago. Paul no había dicho nada, lo peor que hizo fue interponerse en mi camino cuando... perdí los papeles—. ¿Sabes qué? No quiero saberlo, voy a ir a buscarlo y a decirle que ya es mayorcito y que tiene que encontrar un trabajo de verdad. Ya sabes, uno donde no tenga que ponerse un disfraz de plumas.

—Por favor, no lo hagas —le supliqué, conteniendo un gemido—. Es un actor, ya lo sabes. Le pagamos bien por lo que hace.

—Seguramente demasiado. Me gustaría verlo en la cocina de un restaurante. Eso sí que es trabajo duro, no menear el culo para la gente.

—Mamá —protesté—, que tú trabajabas en la industria del espectáculo. Eras modelo. No es tan distinto de lo que hace Paul.

—Y pasé por muchas cocinas antes de eso. Cocinas feas y sucias, por cierto. Seguro que ese chico no ha movido un dedo en su vida.

—Eh... A ver... —No tenía sentido discutir por eso—. Tengo que hablar con papá. ¿Puedes pasarle el teléfono, por favor?

Maricela Reyes soltó un suspiro que me dio a entender que no había acabado conmigo.

—Trabajo. Siempre el trabajo. *¿Y qué hago con los pastelitos que te he traído?* He pensado que te animarían. Internet es muy cruel. Los comentarios de tu vídeo son...

—A Kelly le encantarán —la interrumpí. Pasaba de oír lo que decían en internet—. Dale los pasteles a ella.

—Vale, lo haré. Y te quiero, ¿de acuerdo? Llámame si me necesitas, *¿sí?*

—Te lo prometo —mentí de nuevo. No necesitaba a nadie más que a mí misma, para resolver esa situación.

Se oyó ruido en la línea mientras regresaba junto a mi padre y después la voz de este, con un seco:

—¿Sí?

—Eh... —empecé a decir, y cometí el error de quedarme callada un segundo que resultó demasiado largo.

—Adalyn, no tengo todo el día.

Me incorporé en la grada, aunque mi padre no podía verme.

—Creía que me llamabas para informarme de cómo iban las... cosas por ahí. En Miami.

—Ha llamado tu madre. —Una pausa—. Y recuerdo haberte dicho que tienes que centrarte en este proyecto.

—Si hay algo que pueda hacer desde aquí...

—Aquí no te necesitamos, Adalyn. Tu asistente se está ocupando de todo. Y fui muy concreto: nada de teletrabajo.

El rayito de esperanza se esfumó, dejándome un vacío en el estómago.

—¿Por eso han cancelado mi acceso al sistema?

—Sí —contestó con rapidez—. Ponte en contacto con David si hay algo urgente que requiera mi atención. Seguro que todavía guardas su número de cuando estuvisteis... juntos. —«Juntos» sonó excesivo, ahora que ya sabía lo que sabía—. Todo lo que no sea urgente, lo anotas, lo detallas y lo envías a... —Se interrumpió con un suspiro irritado—. ¿No has leído el informe?

¿El informe de una página en el que no se especificaba que las Green Warriors eran un equipo benjamín femenino aficionado? Sí. Pero demasiado tarde, al parecer.

—Sí, lo he leído.

—Pues ya sabes lo que tienes que hacer. Ahora patrocinamos al equipo, así que considéralo una extensión de los Miami Flames. Espero conseguir una buena historia con todo esto. Deberías pedir a algunos periodistas que escriban un artículo sobre lo mucho que aportamos a esa comunidad rural. Crea una narrativa de superación. —Otro suspiro—. Esta conversación es una pérdida de tiempo. Deberías tenerlo claro, Adalyn.

Sentí que me hundía en las gradas. A lo mejor sí.

—Pero hablando del equipo... Las..., mmm..., las Green Warriors. No son lo que esperaba. —Pensé que diría algo, pero como no lo hizo, me sentí en la obligación de llenar ese silencio—. Además, el alojamiento está lejos de ser ideal, por desgracia. La cabaña es...

—¿Qué intentas decirme, Adalyn?

—Que... —Podría haber dicho un sinfín de cosas. Antes trabajaba bien bajo presión, así que sabía que era capaz de argumentar de forma inteligente y razonada por qué todo aquello era… ridículo. Muy por debajo de mi categoría. En cambio, solté—: Mi alojamiento es lo peor y me habéis puesto a trabajar con un equipo de niñas.

Se oyó una carcajada amarga al otro lado de la línea.

—Bueno, has tardado veinticuatro horas en tirar la toalla.

Aquel comentario fue como un mazazo en el pecho. Por algún motivo, mi cabeza decidió recordarme un comentario parecido, el de Cameron. «No creo que aguantes ni una noche ahí dentro».

—No te culpo —siguió mi padre—. No es fácil dejar atrás la comodidad de la vida que te he ofrecido. Así que vale, te mandaré a otra parte. Elige: Underwood Holdings tiene opciones de sobra para mantenerte ocupada hasta que esto pase. De todas maneras, siempre he creído que estarías mejor en el sector inmobiliario.

Se me cayó el alma a los pies.

—Pero eso no es lo que quiero. Ya lo sabes.

—Entonces ¿qué quieres? —me preguntó, aunque ya conocía la respuesta: los Miami Flames. Mi trabajo. Mi vida. Su respeto y el de David. Insistió—: ¿Volver corriendo a casa? Eres libre. A pesar de lo que ha dicho tu madre, no pretendo mantenerte ahí a la fuerza. Pero no puedo devolverte tu puesto en los Miami Flames. Tu cara sigue por todas partes como una broma de mal gusto.

«Una broma de mal gusto».

Se me secó la boca. El corazón me iba a mil. Todo lo sucedido aquel día me cayó encima de golpe. Sentí frío y calor a la vez. Me…

—No voy a volver corriendo a casa. Puedo hacerlo. Lo arreglaré.

—Eso es lo que quería oír —me dijo, y su comentario poco entusiasta me provocó un alivio que me repateó—. Ahora, si no

98

te importa, tengo que ir a buscar a tu madre para evitar que siembre el caos en la oficina.

Y antes de que pudiera añadir nada más, la llamada se cortó.

Dejé caer la mano a un costado mientras parpadeaba, con la mirada perdida.

Me quedé así mucho rato, no supe si un minuto o cinco. Intenté encontrar la paz en el aire fresco de septiembre, reduciendo poco a poco mi pulso acelerado hasta que el corazón comenzó a latirme con normalidad, buscando el consuelo del sol del atardecer que me daba en la cara. Me sentí bien. O tan bien como podía estar en el fondo del pozo más profundo en el que había estado.

Un pájaro trinó a lo lejos, y el sonido reverberó en el silencio que me rodeaba.

Fruncí el ceño desde las gradas.

¿Por qué había un silencio absoluto?

Miré hacia donde tendría que estar entrenando el equipo, pero no vi a nadie. No había niñas con tutús dando volteretas, ni hablando sin cesar, ni gente tumbada en el césped.

El pánico se apoderó de mí como una ola abrumadora. Con el móvil en la mano, me puse en pie de un salto y bajé las gradas a velocidad supersónica.

—¿Hola? —dije con creciente desesperación en la voz—. ¿Chicas?

Sin embargo, nadie contestó.

Corrí por las bandas, buscando con la mirada en cada rincón y en cada esquina de las instalaciones. ¿Dónde estaban? Era imposible que acabara de perder a un equipo entero de niñas. Dios. Sí que había caído bajo. Por eso no estaba preparada para entrenarlas. Mi lugar no estaba en la banda y se me daban fatal los niños. Como se hubieran metido en el bosque o hubiesen salido a la carretera, jamás me lo perdonaría. Me...

Desde la otra punta del campo me llegó un estruendo seguido de unas risillas, y me dirigí hacia allí de inmediato. Provenía de la caseta de material. Oí más ruido, como si un montón de cosas estuvieran cayendo al suelo, lo que me hizo apretar el paso y desear no haberme puesto esas sandalias de tacón que se hundían en el césped.

—Por favor, que ninguna esté herida. Por favor, que ninguna se haya dado un golpe o esté sangrando o...

Me detuve en cuanto vi que un balón salía rodando de la caseta. Las puertas metálicas estaban abiertas de par en par, una de las hojas colgaba de las bisagras y se oían murmullos en el interior. Salió rodando otro balón. Y luego un tercero. Y un cuarto.

Con la respiración agitada, me atreví a entrar. Era más espaciosa de lo que parecía, el techo alto, casi tan grande como la mitad de mi cabaña, y... había un montón de trastos desperdigados. Las camisetas asomaban por los armaritos. Los conos estaban tirados por el suelo. Por todas partes había redes llenas de balones que habían vivido tiempos mejores. Incluso había cajas de cartón que contenían equipaciones de otros deportes.

Estaba hecho un desastre. Y en mitad de todo aquello estaban las niñas.

Las risillas cesaron de golpe.

Me esforcé por controlar la respiración y les pregunté con toda la calma de la que fui capaz:

—¿Alguna está herida?

Todas negaron con la cabeza.

—¿Algún golpe? ¿Alguien está sangrando? ¿Nada? ¿Todas estáis bien?

Ellas asintieron con la cabeza.

Solo entonces me permití relajarme.

La niña de pelo castaño y corto, Juniper Higgins según las fichas que había memorizado, dio un paso al frente. Se rodeó la cintura con los brazos.

—Señorita Adalyn, he intentado detenerlas, pero no me han hecho caso.

—¡Juni! —protestó una de las otras—. ¡Chivata, acusica, la rabia te pica!

Juniper se puso colorada.

—Es la verdad. Os dije que íbamos a meternos en un lío y ahora la señorita Adalyn está enfadada.

—No estoy enfadada —les aseguré. No con ellas. Lo estaba conmigo.

—Pero si siempre tiene esa cara… —susurró alguien. El comentario arrancó un coro de voces que le dieron la razón, lo que hizo que me ruborizara por otro motivo—. ¿No visteis el vídeo?

Sentí que se me abría un agujero en el estómago.

—¡No es el monstruo que aparece en ese vídeo! —replicó una voz amortiguada que me hizo mirar hacia un rincón, donde encontré a María con un cono amarillo encajado en la cabeza.

—Pero bueno, ¿qué has hecho? —dije mientras me acercaba a ella e intentaba sacarla de aquella cosa, sin éxito—. No sale —gemí—. ¿Estás bien?

—Estoy bien —contestó ella—. ¿Veis? Si fuera un monstruo, no me ayudaría, ¿verdad?

—Pelota —murmuraron las demás.

—Ya está bien —dije—, regla número uno: nada de insultos ni de ponerse motes en el equipo, ¿vale? —Acepté su gruñido rebelde como un sí y seguí intentando liberar a María del cono—. Y no estoy enfadada. Ni furiosa. Estaba… —dije y tiré del chisme, pero seguía atascado— preocupada.

A pesar de lo que creían, no era un monstruo. Tal vez no se me dieran bien los niños, pero nunca me perdonaría si les pasaba algo por mi culpa.

—Eso es lo que dicen todos los adultos —susurró la misma niña—, pero siempre acabamos metidas en líos. —Volvió la cabeza hacia Juniper y dijo en voz alta—: La rabia te pica, anda que no.

—Regla número dos —afirmé con una mano levantada—: la rabia no le pica a nadie.

En todo caso, a mí. Porque aquello era culpa mía.

En mis ansias por controlarlo todo, calculé mal y no supe interpretar la situación. El hecho de que fueran niñas no me facilitaría la tarea ni haría que la carga de trabajo fuera menor a la que llevaba en Miami.

Más bien todo lo contrario.

Y en ese momento tenía a una niña con un cono atascado en la cabeza y un montón de trastos desperdigados por todas partes.

Dejé a María un momento y puse los brazos en jarras. Si quería convertir esa aventura en una «narrativa de superación», en palabras de mi padre, no solo necesitaba a alguien que las vigilara durante los entrenamientos. Necesitaba un entrenador. Alguien que marcara la diferencia. Alguien que...

Un grito ahogado del grupo me devolvió a la realidad.

A continuación, una voz ronca que arrastraba las palabras con un acento británico con el que empezaba a estar muy familiarizada dijo:

—¿Qué demonios ha pasado aquí?

Volví la cabeza a toda prisa con la esperanza de encontrarme a Cameron con la mirada espantada mientras recorría el interior de la caseta. Pero no fue así. Me estaba mirando a los ojos.

Y para sorpresa de ambos, repliqué:

—Ah, hola, entrenador.

9

Adalyn

—Entrenador —masculló él como si aquella palabra fuera venenosa.

No lo culpaba.

Ni siquiera a mí me gustaba la idea. Pero la vida era así. A veces había que hacer de tripas corazón y tirar para adelante. O, en ese caso, trabajar con el irritante exjugador de fútbol profesional al que habías despedido por error y que daba la casualidad de que era tu vecino.

Cameron Caldani me sostuvo la mirada mientras sujetaba dos vasos de café para llevar de El Café de Josie. Me pregunté si es que le gustaba muchísimo el café o si ese segundo vaso era para otra persona. Tal vez para alguien de esa «familia de la que cuidar», según él mismo había dicho.

Bajé la vista y me di cuenta de que se había cambiado de ropa desde nuestro encuentro matutino. En ese momento llevaba un polar verde y, en vez de unos pantalones de deporte, se había puesto unos de senderismo, con más bolsillos y cremalleras de los que necesitaría una persona normal, que se le ceñían a los fuertes muslos. Y botas. Botas de montaña Gore-Tex. Uf.

—¿Y ese cono con patas? —preguntó Cameron, haciendo que dejara de fijarme en su ropa.

—¡Soy María! —protestó la aludida—. Y la regla número uno es que nada de insultar. —Resopló antes de añadir—: Señor Camomila.

El entrenador soltó el aire y en tres zancadas se plantó a mi lado para liberar a María con una mano mientras sujetaba los cafés con la otra.

Puse los ojos en blanco al ver lo fácil que hacía que pareciese todo.

—Gracias —masculló la niña.

Dejó el cono en el suelo y se volvió para mirarme.

—Bueno, ¿me explicas ahora a qué viene este caos?

No. No tenía ninguna intención.

—¿Cómo te ha ido el día, Cameron? —De cerca, me fijé en el pelo sudoroso de sus sienes y en que tenía la piel un poco colorada por el sol—. ¿Has hecho algo emocionante hoy? ¿Senderismo, tal vez?

Entrecerró los ojos hasta que apenas se le vieron.

—¿Te refieres a algo además de pillarte en medio de otra situación desastrosa, pero en absoluto sorprendente?

Algunas de las niñas soltaron un gritito ahogado.

—¿Siempre tienes que ser tan desagradable? —repliqué.

Las niñas corearon un «oooh».

—Depende —dijo, y se encogió de hombros—. ¿Piensas hacer algo que no sea liarla de alguna u otra forma en el pueblo?

Las niñas corearon un «aaah».

Esbocé una sonrisa. Además de no interesarme la cháchara pasivo-agresiva de ese hombre, no podía olvidar que tenía una misión.

—Bueno, entrenador...

Él soltó una carcajada sin atisbo de humor.

—De eso nada.

Abrí la boca para protestar, pero de repente Josie asomó la cabeza por una de las puertas metálicas.

—¡Madre mía! —exclamó mientras se apoyaba en el marco y se llevaba una mano a la frente—. Menos mal que te he encontrado. —Estaba sin aliento, al igual que yo minutos antes. Y llevaba un delantal con EL CAFÉ DE JOSIE escrito en grandes letras verdes—. Código amarillo.

104

La miramos parpadeando. Incluso las niñas.

—¿Código amarillo? —pregunté.

—Los padres —explicó con los ojos como platos por el pánico—. Están enfadados. —Miró a Cameron—. ¿Por qué sigues con eso en la mano? Por favor, dime que no te lo estás bebiendo. ¡Te dije que el segundo josephino era para ella!

Él apretó los labios con fuerza.

—Te he oído, créeme.

¿Josie me había preparado un café? Miré de reojo a Cameron, pero no me dio el vaso, así que…

Josie cambió de postura en la puerta.

—¿Se puede saber qué ha pasado aquí? Da igual, no hay tiempo para esto. —Volvió la cabeza a toda prisa comprobando algo por encima del hombro antes de mirarnos de nuevo—. Hola, chicas, ¿qué tal si salimos al campo? Podéis jugar a lo que queráis hasta que termine el entrenamiento. ¡Yuju!

Las niñas vitorearon y obedecieron de inmediato.

—¡Ahora vamos! —repitió Josie, que nos miró con urgencia y nos obligó a salir de la caseta.

Nos detuvo en un punto de la banda, y me aseguré de quedar de cara al campo para ver bien al equipo.

Unas voces —voces de adultos que no tenían nada que ver con el escándalo de las niñas en el césped— llegaron a mis oídos. Intenté mirar más allá de Josie, pero me cogió la cara con las manos.

—Adalyn —dijo, poniendo mi rostro justo delante del suyo—, necesito que te concentres, no tenemos tiempo. Ni un plan. Y necesitamos uno, de los buenos. Es un código amarillo, puede que incluso rojo. —Clavó la mirada en Cameron antes de resoplar—: Por Dios, Cam, ¿qué haces aún con el josephino? —Me soltó y le quitó el vaso mientras él seguía con el ceño fruncido, y me lo plantó en el pecho—. Toma. Lo vas a necesitar.

Lo acepté y me obligué a ignorar la mirada de Cameron, que seguía a mi lado.

—Vale —le dije a Josie al tiempo que asentía con la cabeza—, ¿qué les pasa a los padres?

—Los padres son lo que pasa —contestó casi sin respirar—. Estábamos en la cafetería y todo iba bien hasta que empezaron a hablar de venir e interrumpir el entrenamiento. Tienen un plan. Van a mandar a dos representantes. Dicen que no quieren «montar un pollo» —añadió con retintín—. Pero eso es imposible con Diane.

Cameron soltó un gruñido que no comprendí.

Seguí mirando fijamente a Josie.

—¿Y por qué van a montar un pollo?

Las voces eran cada vez más cercanas, y en ese momento vi a dos adultos, un hombre y una mujer, por encima del hombro de Josie.

Ella tragó saliva.

—Lo saben, Adalyn. Lo han visto.

10

Cameron

No debía estar allí.

Debí haberme marchado cuando la palabra «entrenador» salió de los labios de Adalyn por primera vez. Mucho antes de que aparecieran Josie y los otros dos y empezaran a hablar de normas, de asociaciones de padres y madres, del bienestar de las niñas y de un montón de temas que no me interesaban.

Llevaban discutiendo al menos veinte minutos, y yo seguía sin comprender de qué estaban hablando. De algo sobre Adalyn que no entendía y que tampoco me importaba. Por eso había aprovechado el tiempo para vigilar a las niñas mientras la mitad jugaba y la otra mitad… grababa chorradas con el móvil. Bailes. Ni siquiera sabía para qué. Odiaba los smartphones, las redes sociales y todo lo que estuviera remotamente relacionado con eso.

Miré mi vaso vacío.

«Maldito josephino».

Aquello era lo que lo había iniciado todo. Mi intención solo era pasar por la cafetería para tomarme un café rápido después de la caminata. Debería haberme negado a llevarle a Adalyn el vaso extra que Josephine le había preparado… y sin decírmelo, claro. Pero Josephine era así de sibilina. Te hacía un par de preguntas y, antes de darte cuenta, estabas entrenando a un equipo infantil o repartiendo cafés.

Habría sido una gran representante deportiva.

—…Y por eso está aquí mi buen amigo Cam —terminó de decir la alcaldesa, dándome unas palmaditas en el brazo.

—Por desgracia —murmuré. Hacía rato que había desconectado, pero aquella situación sin duda era una desgracia.

Josie soltó una carcajada que me sobresaltó e hizo que me percatara de que todos los ojos estaban clavados en mí. Los padres —una mujer con el pelo rubio muy chillón y un hombre alto con unas gafas de montura roja— me miraron de arriba abajo. Adalyn también lo hizo, y no por primera vez. Necesitaba una ducha. Estaba sudado, tenía la ropa y las botas llenas de polvo y ya no aguantaba más todo aquello.

—Bueno —dijo la mujer del pelo amarillo chillón, que no dejaba de mirarme de arriba abajo—. Es alto. —Parpadeé al oír el comentario—. Y atlético. Y europeo.

—¡Lo tiene todo, en serio! —exclamó Josephine mientras aplaudía. Mientras aplaudía de verdad. ¡Increíble!—. Y estaba…, está haciendo un gran trabajo con las niñas. Ya lo sabes.

—¿Entrenas al equipo vestido así? —me preguntó Diane—. No recuerdo haberte visto con este tipo de ropa las veces que he venido a dejar a Chelsea.

No me dio tiempo ni a bajar la mirada hacia mi atuendo.

—Eh…

Josie me interrumpió con una carcajada escandalosa.

—¡Ah, no! ¡Acaba de llegar! Cam se ha tomado hoy el día libre para cuidar de su…

—Pollo —añadió Adalyn en voz baja.

«¿A mi qué?».

—Cam adora a sus animales —afirmó Josephine—. Y ellos a él. ¿Y sabéis quiénes más lo adoran? ¡Las niñas!

Levanté una ceja.

—¿Se puede saber qué…?

Josephine volvió a soltar otra carcajada, silenciándome.

—¡Ay, las niñas! Nos encantan. En fin, confiáis en Cam, y

108

por eso será el complemento perfecto para Adalyn. —Fruncí el ceño todavía más—. Él se encargará de las cuestiones técnicas, como los entrenamientos, los partidos y demás. Y Adalyn se centrará en los asuntos prácticos. ¿Os he dicho ya que Adalyn es una jefaza? ¡Está en la directiva de un equipo de primera! —Puso una mano en mi hombro y la otra en el de Adalyn—. Forman el equipo perfecto. Miradlos.

No me sentía cómodo con la atención que me estaban prestando después de semejante afirmación, pero si nadie me había reconocido en semanas, quise creer que estaba a salvo. Así que negué con la cabeza y miré a Josie sin evidenciar lo que estaba pensando, aprovechando para observar a Adalyn, que estaba a su lado. Tenía la mirada perdida. Fruncí el ceño.

La mujer que teníamos delante resopló.

—No sé. Confío en él, pero tengo mis reservas con ella. Estoy muy preocupada por Chelsea y el resto de las niñas. Son alumnas de tercero y cuarto, y a esta edad son muy impresionables. Hacedme caso, por algo soy la presidenta de la Asociación de familias del colegio. Sé de lo que hablo.

Ya lo había dicho. Unas cien veces.

Ni siquiera sabía por qué estaban tan alterados. Algo sobre que «en realidad no conocemos a Adalyn», sobre algo que habían visto online y sobre no confiar las niñas «a alguien como ella», significara lo que significase. No paraban de dar vueltas alrededor del asunto sin decir cuál era el problema. Claro que yo tampoco estaba muy interesado en saberlo. A esas alturas, mi única preocupación era la afirmación de Josephine de que Adalyn y yo éramos un equipo. Esa mujer me había despedido. Varias veces en un par de minutos. ¡A mí! Como si yo no fuera un futbolista profesional que estaba haciéndole un favor al equipo. Algo de lo que, al parecer, ella estaba al tanto. Me había despedido como si tuviera un problema justo con eso.

Y yo no tenía el menor interés en descubrir los detalles de ese problema.

—Y como vicepresidente de la Asociación de familias —añadió el hombre mientras se recolocaba las gafas en el puente de la nariz— comparto esa preocupación. Mi marido y yo tuvimos una larga charla con nuestra Juniper después de enterarnos de todo este... asunto y, aunque apoyamos la libre expresión de las..., en fin, de las emociones, seguimos pensando que no es un buen ejemplo para las niñas.

—Mi marido... —empezó la mujer, pero de repente se detuvo y se sonrojó—. Mi exmarido le oyó decir a Chelsea que quería cambiar el ballet por el... kung-fu o algo así de horroroso. ¿Sabéis lo preocupante que es eso? Mi hija es una niña pacífica y delicada, y ahora quiere pelear. ¡Pelear!

Miré a Chelsea a lo lejos, que llevaba un tutú negro encima de los pantalones cortos y hacía piruetas sin parar mientras María aplaudía. Esa niña no tenía la menor intención de dejar el ballet.

—Diane, Gabriel —dijo Josie, con una sonrisa llena de tensión—. Entiendo lo que decís, en serio. Pero ¿no podemos intentar ponernos en el lugar de Adalyn? Creo que ya ha tenido bastante castigo por hoy. ¿No os parece?

Me fijé en ella. Sus ojeras eran más evidentes que hacía un rato. La observé de arriba abajo y me percaté de que le estaba dando golpecitos al vaso de café con los dedos. Para mí que ni había probado el josephino.

—Dadme una oportunidad —dijo Adalyn—. Entiendo vuestra preocupación, pero os prometo que me dedicaré en cuerpo y alma a las niñas. —Titubeó—. Lograré que el equipo alcance nuevas metas...

—Con Cam —añadió Josephine.

Adalyn se sonrojó.

—Con Cam —repitió en voz baja. Demasiado baja—. Además, cuento con el respaldo de un equipo de la MLS. Eso significa equipaciones nuevas, nuevo material para el entrenamiento, patrocinios... Ya os lo imagináis. Hay un presupuesto asignado para...

—¿Crees que puedes comprarnos? —le soltó Diane. Me volví hacia la mujer y me fijé en su cara.

La voz de Adalyn fue firme.

—¡No! Por supuesto que no.

A pesar de su respuesta, Diane siguió a la defensiva.

—Conozco a la gente de tu clase. Os paseáis por pueblos pequeños como el nuestro con esa ropa tan elegante y esos coches tan caros y se os llena la boca al hablar de grandes cambios. —Dio un paso hacia Adalyn—. Esto ya ha sucedido antes. En la granja de los Vasquez. Así que no. ¡No confío en ti ni en tu dinero, guapa!

—¡Diane! —exclamó Josephine, que puso la mano en el brazo de Adalyn—. Diane no lo ha dicho en serio. Te prometo que la mueve la pasión por las niñas y la comunidad. Lo que pasa es que a veces se enciende un poco.

Gabriel murmuró algo muy parecido a: «Esto es el cuento de nunca acabar».

Y como si esa fuera la señal, la mujer agitó una mano en el aire.

—¡Yo no me enciendo! —Rodeó a Josephine y señaló a Adalyn con un dedo—. Y si aquí hay alguien que sabe de encenderse es esta mujer. Antes de que nos demos cuenta, alguien saldrá herido… ¡o decapitado!

Adalyn soltó una especie de gemido a modo de respuesta.

Antes de que la tal Diane pudiera decir nada más, me interpuse entre ella y Adalyn, con el vaso de cartón vacío y arrugado en la mano. Me obligué a relajar los dedos y lo guardé en un bolsillo del pantalón.

—No pienso seguir escuchando —anuncié. Diane echó la cabeza hacia atrás y me observó sin decir nada. Miré de reojo a Josephine—. Así que, si hemos acabado con toda esta tontería, me gustaría zanjar el tema e irme a casa.

Josephine me observaba con los ojos demasiado abiertos, pero con una enorme sonrisa que le daba un aspecto un tanto trastornado. Me miró fijamente y yo no me moví del sitio.

—A ver, ¿qué narices te pasa ahora? —pregunté.

Ella se encogió de hombros, con la sonrisa congelada en la cara.

—Nada. Y sí, hemos terminado. —Hizo una pequeña pausa antes de añadir con retintín—: Entrenador Cam. —Acto seguido, se puso en marcha del brazo de Diane y Gabriel—. Muy bien, a ver. ¿Os apetece tomaros un riquísimo trozo de tarta de frambuesa? Invita la casa, por supuesto.

Y en un abrir y cerrar de ojos se alejaron por la banda en dirección a los otros padres que se habían reunido para recoger a sus hijas y nos estaban mirando.

Suspiré y me obligué a relajar los hombros y a enfrentarme a cualquier muestra de hostilidad.

Sin embargo, cuando miré a Adalyn, ella volvió a bajar la mirada. Como si los dedos de sus pies, que ya me había percatado de que asomaban por el dobladillo de sus pantalones, tuvieran todas las respuestas del universo.

—¿No te ha gustado el josephino? —me oí preguntar.

Le dio unos golpecitos al vaso con los dedos.

—No tomo café después del mediodía.

—Bueno —susurré—, si te sirve de consuelo, estaba asqueroso. No te pierdes nada.

Ella resopló, aunque yo lo habría interpretado como una carcajada si no hubiera sido tan fría.

Por extraño que pareciera, Adalyn siguió callada. Sin saber por qué, sentí la necesidad de ponerla a prueba, así que le quité el café y di un sorbo pese a lo que acababa de decir.

No soltó ningún comentario desagradable. Solamente se tiró de una de las mangas de la blusa, ensimismada. Esperaba que me soltara alguna pulla, pero estaba rara. Algo le pasaba desde que habían aparecido Diane y Gabriel.

—¿Me has buscado en Google? —me preguntó de repente—. Tienes mi nombre completo porque te enseñé el mensaje de confirmación de la reserva, así que podrías haberlo hecho. —Hizo una pausa—. ¿Me has buscado?

112

Fruncí el ceño.

—¿Por qué iba a buscarte en Google?

—Vale. —Puso una expresión extraña, pero se recuperó—. No necesitabas intervenir, por cierto. Podría haberme ocupado de Diane yo sola.

No me cabía duda de que cualquier otro día podría haberlo hecho, pero, en ese momento, Adalyn era una sombra de la mujer que había estado tocándome los cojones desde que llegó al pueblo.

—Una forma un poco rara de dar las gracias —repliqué, lo que me valió una mirada un poco más dura por su parte—. No es que te deba una explicación, pero no lo he hecho por ti.

No aguantaba a la gente que se dedica a intimidar a los demás. A lo largo de mi carrera me había metido en más de una trifulca que había acabado en la prensa, y esa mujer había estado a punto de terminar convirtiéndose en una más de ellas. Daba igual que solo fuera una madre preocupada y no un delantero gilipollas que corría hacia mí insultando a mi *nonna*.

Adalyn me hizo un gesto brusco con la cabeza para zanjar el tema.

—Supongo que en ese caso deberíamos hablar de lo más obvio.

—¿De esos zapatos tan poco prácticos que llevas?

—Puedo pagarte —dijo, pasando de mi pulla y volviendo a centrarse en sus pies—. Por tu tiempo. El presupuesto es más bajo de lo que me gustaría y mi relación con el... presidente del club no pasa por un buen momento, pero tengo recursos. Puedo...

Le toqué el antebrazo. El calor de su piel se coló por la tela de la blusa y lo sentí en la palma de la mano. Ella levantó la cabeza.

—¿A qué viene esto, Adalyn? Ni siquiera me quieres aquí.

—Lo que yo quiera no importa —replicó ella, y retiré la mano con un bufido—. Por lo visto, formamos un tándem. Los padres

113

no confiarán en mí sin que tú estés para supervisarme y tratar con las niñas. Siempre y cuando Josie convenza a Diane de que no inicie una cruzada contra mí o algo así.

Apreté la mandíbula.

Le cambió la cara en tiempo récord mientras continuaba:

—Las niñas me tienen miedo, Cameron. Pero tú les caes bien. Te hacen caso. Por favor, ¿puedes olvidar que te despedí? —preguntó con un deje raro—. Les harías un favor a ellas, no a mí.

Había apretado tanto los dientes que me rechinaban. La miré fijamente, exasperado y deseando entenderla de una puñetera vez.

—El motivo por el que los padres estaban tan alterados —dije por fin, hilando los detalles que acababa de oír—, ¿tiene algo que ver con tu destierro?

Asintió con la cabeza. Y me sorprendió, incluso me impresionó que no fuera un gesto tímido, sino más bien de determinación.

¿Qué cojones había hecho para acabar allí?

—Violé el código de conducta del club —me respondió Adalyn—. Llegué… a las manos… con alguien. Metí la pata.

Reflexioné un instante sobre lo que acababa de decir.

—¿Te provocaron?

Frunció el ceño.

—¿Había una buena razón para que lo hicieras?

Vaciló un instante, pero cuando contestó lo hizo de manera firme y seca:

—Sí.

—Vale. —Me di la vuelta y miré el campo vacío. Las pocas niñas que quedaban estaban acompañadas de adultos—. Ven, tengo algo para ti en el maletero del coche.

Echamos a andar hacia el aparcamiento.

—¿Eso significa que cuento contigo? —preguntó Adalyn mientras me alcanzaba—. Por cierto, necesitas mejorar tus habilidades sociales, esa frase sobre el maletero es un poco siniestra.

114

Hice caso omiso de la punzada de alivio que sentí al comprobar que había recuperado la actitud.

—Claro que sí, cariño —contesté con retintín.

—Sigo sin ser tu cariño —replicó.

—Y a mí me la sigue sudando.

En ese momento yo caminaba a toda velocidad y ella casi iba trotando, aunque me seguía el ritmo incluso con esos ridículos zapatos. Me impresionó.

—¿Y? —Insistió mientras cruzábamos el aparcamiento situado junto al campo de las Green Warriors—. ¿Cameron?

Me acerqué a mi todoterreno, abrí el maletero y saqué la caja.

—¿Dónde está tu coche? —Me volví hacia Adalyn; tenía los ojos muy abiertos y estaba recuperando el aliento. Resopló—. Solo quiero acabar con esto y darme una ducha. Así que si no te importa...

Adalyn parpadeó, y al verme decidir que no la necesitaba para encontrar su coche, me detuvo. Al igual que yo había hecho antes, me colocó la palma de la mano en el antebrazo. Sin embargo, en esa ocasión no sentí el calor de su piel a través del polar que llevaba puesto.

—Cameron —dijo despacio, haciéndome caer en la cuenta de que le estaba mirando la mano sin hacer nada—, ¿qué es esto?

—Una caja.

—¿Qué hay en la caja?

—Mi paciencia seguro que no. —Ella me miró exasperada—. Te dije que tenía algo que podría serte útil.

—Por favor, ¿te importaría dejar de responder a todas mis preguntas con mensajes crípticos?

—Material de acampada —contesté, arrepintiéndome incluso antes de dárselo—. Un colchón hinchable, una bomba, un saco de dormir. Creo que será obvio cuando lo lleves a casa y lo abras. A ver, ¿dónde tienes el coche?

Los ojos castaños de Adalyn se abrieron como platos.

—Oh, no. —«Allá vamos», me dije—. Yo no... No voy...

—¿No vas a qué? ¿A dormir en un colchón hinchable? —Hizo un mohín con los labios—. ¿Es que dormir en el suelo le parece cosa de plebeyos, princesa? En ese caso, ya sabes dónde está la entrada a la autopista.

—Dormir en el suelo me parece bien —dijo ella en un tono frío—. Y no me llames princesa, no me conoces. —Sacudió la cabeza—. Una cosa es admitir que... —dijo con evidente esfuerzo— te necesito para que esto funcione. Y también admito que siento haberte despedido de forma tan precipitada, ¿vale? Porque es cierto. Pero sacaré el dinero de debajo de las piedras si es necesario...

—Joder. No quiero que me pagues.

Se quedó callada.

—Entonces ¿qué quieres?

—Que dejes de tocarme las narices. —Frunció el ceño, como si no lo entendiera. Me cago en todo. Me iba a volver loco—. Coge la puta caja. El colchón de tu cabaña está infestado, Adalyn.

Alzó la barbilla.

—No pienso aceptar tu caridad. Puedo apañármelas sola. A diferencia de lo que todos pensáis, no soy una niña mimada incapaz de sobrevivir en este lugar. Lo único que necesito es que entrenes al equipo.

—¿Caridad? —susurré con rabia. Ella titubeó, con un atisbo de algo más en la mirada. Algo que debía de estar motivándola para mostrarse tan... orgullosa, para que desconfiara de mí, pero no me importaba—. No es cuestión de caridad, Adalyn. Es cuestión de decencia, hostia.

Se le endureció el semblante, y habría jurado que tenía la piel de mármol liso de no ser por el rubor que se la coloreaba.

Una frustración densa y pesada arraigó en mi interior.

—Créeme, no te estoy dando esto porque me apiade de ti de

pronto. Me encantaría que hicieras las maletas y te largaras del pueblo sin mirar atrás.

—Gracias por tu sinceridad —contestó ella—. Aunque te repites demasiado.

Se me escapó un ruidito gutural.

—¿Quieres más sinceridad? —Traté de interpretar su expresión, pero solo encontré más dureza—. Desde que llegaste al pueblo, solo me has traído problemas. Te has cargado todos mis intentos de encontrar la paz y la tranquilidad que vine buscando y no llevas aquí ni una puñetera semana. —Ella torció el gesto, lo que me urgió a añadir—: No te conozco, tienes razón. Pero ¿sabes qué? Tú a mí tampoco, cariño.

Dejé caer la caja a sus pies y algo cambió en su semblante.

Retrocedí un paso.

—Pronto descubrirás que no soy caritativo. Soy egoísta. Orgulloso. Y cruel cuando tengo que serlo. —Bajé la voz—. Así que haz lo que quieras con la puta caja, pero ten claro que no pienso mover un dedo para ayudarte.

Me di la vuelta y eché a andar hacia la puerta del conductor. Estaba harto de esa mujer. No quería ni...

—Se lo diré a todo el mundo —la oí decir desde detrás de mi todoterreno—. Si no entrenas a las niñas, le diré a todo el pueblo quién eres.

11

Adalyn

—¿Que hiciste QUÉ?

Bajé la voz hasta que se convirtió en un susurro.

—Lo chantajeé. Creo.

—¿Crees? —A Josie le brillaron los ojos azules de confusión—. Pero... ¿cómo? ¿Cuándo? ¡¡POR QUÉ!?

—A ver. —Levanté un dedo—. Lo amenacé con desenmascararlo delante de todo el pueblo. —Otro dedo más—. Ayer, después de que te fueras con Diane y Gabriel. —Y un tercero—. Porque estoy desesperada y... —Sentí un escalofrío por los brazos—. ¡Y lo necesito! Así que me entró el pánico. —Las palabras se me escaparon antes de que pudiera detenerlas.

Josie continuó con los ojos abiertos como platos durante varios segundos. Estaba casi segura de que había dejado de respirar hasta que echó la cabeza hacia atrás y soltó una carcajada.

—Acabo de confesar un delito. —Parpadeé—. El segundo que cometo en pocos días. Quizá el tercero, si contamos con que atropellé a Cameron. —Se me formó un nudo en la garganta—. Está claro. Voy a ir a la cárcel.

—Espera, ¡espera! —exclamó entre carcajadas—. ¿Qué le hiciste a Cam?

—Pues... le di con el coche —confesé—. Con el parachoques. Justo después de estar a punto de cargarme a su pollo. Luego me desmayé y él... Da igual. No te lo conté porque pensé que te parecería terrible.

Ella soltó otra carcajada. Los pocos clientes de la cafetería se dieron la vuelta al oírla. Muy bien, a lo mejor a Josie no le parecía tan terrible.

—Ay, madre —jadeó, al tiempo que se daba palmadas en el pecho como si hubiera sido el mejor chiste que había oído en la vida—. Ojalá hubiera una forma de conseguir la grabación de seguridad del Refugio del Alce Perezoso de ese momento.

Sentí que se me caía el alma a los pies. «Otro vídeo incriminatorio no».

—¿Hay cámaras de seguridad?

—No lo sé, pero sería estupendo, ¿verdad? —Sacudió la cabeza—. En todo caso, si las hay, tampoco podría conseguir las imágenes. La propiedad pertenece a una empresa de viajes y turismo. Fue la que renovó la cabaña grande el año pasado. —Se encogió de hombros—. ¡Ay, cómo me gustaría tener el dinero para dejar mi casa como esa!

—De hecho, he intentado ponerme en contacto con el propietario. —Había seguido la sugerencia de Cameron (algo que jamás admitiría delante de él) y había llamado al agente inmobiliario haciéndome pasar por su asistente—. Sin éxito.

—¿Le pasa algo al cobertizo? Si necesitas algo, quizá pueda ayudarte.

Recordé las frases que me habían dicho dos hombres distintos en las últimas veinticuatro horas.

«No es fácil dejar atrás la comodidad de la vida que te he ofrecido».

«¿Es que dormir en el suelo le parece cosa de plebeyos, princesa?».

—El cobertizo es perfecto —dije—. Era por otra cosa. Necesito las facturas. Para justificar los gastos.

—Claro —replicó Josie, que me acercó una bandeja—. Prueba un *macaron*. Te hará sentir mejor. —Señaló el verde—. El de pistacho es mi preferido. Además, quizá sea el último que te comas. Igual te encierran por todos esos delitos tan horribles.

119

—No tiene gracia —repliqué impasible, pero ella soltó una risilla y acabé cogiendo un *macaron*. Sin embargo, antes de llevármelo a la boca, me aventuré a hacer una pregunta para la que antes me había faltado valor—. ¿Cómo es posible que te lo hayas tomado tan bien? Lo que acabo de contarte de Cameron, pero también lo del vídeo en el que aparezco... dando el espectáculo.

La sonrisa permanente de Josie vaciló, quizá por primera vez desde que nos conocimos.

—He estado prometida cuatro veces —me dijo—. Y nunca me he casado. Reconozco a una mujer dolida cuando la veo.

Observé con atención a la mujer que tenía delante de mí, con unos rasgos bonitos y amables enmarcados en ondas de pelo castaño claro. Josie se había mostrado tan optimista y feliz desde que la conocí que oírla confesar que le habían hecho daño de aquella manera (cuatro veces, además) me sorprendió. No porque hubiera estado prometida en varias ocasiones antes de los treinta, sino por ver cómo se apagaba su luz interior al contármelo.

—Mis padres se separaron antes de que yo naciera —dije—. Él le propuso matrimonio cuando mi madre descubrió que estaba embarazada, pero no se casaron. Creo que aún se quieren, aunque ella no deja de repetir lo contenta que está con su vida, no a pesar de no haberse casado, sino precisamente por no haberlo hecho. —Sentí que me ardían las mejillas. Nunca hablaba de la relación de mis padres. Y de repente me oí decir—: Solo he tenido una relación. Un día pensé que iba a proponerme matrimonio, pero en vez de eso, cortó conmigo. No llegó a dolerme, al menos no tanto como debería. Así que nunca le guardé rencor. —En el estómago se me revolvió esa sensación familiar—. Hasta que un año después lo oí decir algunas cosas sobre mí.

Josie asintió con un leve rastro de seriedad en la cara.

—Por eso me caes bien —dijo, y al fin recuperó su amplia sonrisa—. Cualquier persona me habría preguntado qué pasó.

Qué hizo que los cuatro compromisos fracasaran. Pero a ti eso no te ha importado.

Sentí una calidez en el pecho a la que no estaba acostumbrada. Caerle bien a Josie era importante. Necesitaba una aliada en Green Oak y aquello me…, me gustaba.

—Bueno —siguió ella al tiempo que se metía un *macaron* en la boca—. Tengo preguntas. —Levantó las cejas—. La primera es: ¿ha ido Cam hoy al entrenamiento?

Sentí que se retorcía algo en mi interior al oír su nombre.

—Sí, ha venido. Ha llegado hecho una hidra y se ha ido igual, sin mirarme siquiera. —Pensaba que me gustaría que pasara de mí, pero había descubierto que no. Me sentía fatal por lo que había hecho. Pero también lo necesitaba, así que ¿cómo podía retractarme de mis palabras y convencerle de que se quedara?—. Por cierto, Diane también ha aparecido. Ha venido a dejar a Chelsea, pero se ha quedado vigilando desde el coche.

—Me lo temía. Y te dije que Cameron volvería —comentó Josie con un gesto de la cabeza.

Eché un vistazo hacia las mesas y comprobé que El Café de Josie seguía casi vacío.

—Josie…, cree que lo estoy chantajeando. Claro que iba a volver.

Ella se encogió de hombros, se llevó otro *macaron* a la boca y lo masticó despacio.

—Se te olvida que lleva un tiempo entrenando al equipo. No conozco muy bien a Cam, pero sí lo suficiente. Es probable que se haya tomado a broma todo eso de la palabra que empieza por «chan».

Ya estaba otra vez con lo de las bromas entre Cam y yo.

—Ni bromeamos ni nos tomamos el pelo, en serio. —Además—: ¿La palabra que empieza por «chan»?

Josie se rio entre dientes.

—¿A que mola? Como si fuéramos dos amigas cuchicheando sobre quedar detrás de las gradas con el chico del instituto que nos gusta. —Hizo una mueca—. Aunque no creo que sea buena idea meterse ahí. La estructura es muy vieja; debería pedirle a Robbie que le echase un vistazo. Es el padre de María y el manitas no oficial de Green Oak.

—Claro, intentaré no enrollarme con nadie debajo de las gradas hasta que Robbie las revise —repliqué muy seria.

—A menos que la invitación venga de alguien... interesante —añadió ella esbozando una sonrisa que no me gustó—. Alguien a quien le tomes el pelo y a quien hayas chan..., tú ya me entiendes...

—No —la corté rotundamente—. Ni hablar.

—Vale —replicó Josie poniendo los ojos en blanco—. Pero...

—Los partidos empiezan en una semana, ¿no? —dije para cambiar de tema a modo de pregunta, aunque ya lo sabía. Sabía todo lo que había que saber.

La expresión de Josie se tornó pensativa.

—¡Ah! Podrías acercarte a él para hablar de eso. Así charláis un poco para suavizar las cosas. El primer equipo contra el que jugaremos son las Grovesville Bears, un hueso duro de roer. —Eso me llamó la atención—. No tienes ni que esperar al entrenamiento del lunes. Ve a verlo y dile... —De pronto, Josie enmudeció—. Código amarillo.

Fruncí el ceño.

—¿Por qué iba a...?

—¡Código amarillo! —insistió ella con una sonrisa forzada mientras miraba algo a mi espalda—. Código amarillo pollo como el pelo de Diane.

—Tienes que dejar de usar códigos que no...

Sonó la campanilla de la puerta de la cafetería.

Y después unas pisadas sonoras.

—Actúa normal —susurró Josie. Aunque le apareció un tic nervioso en un ojo.

Abrí la boca para preguntarle si estaba bien, pero antes de que pudiera hacerlo, una mano enorme se agitó delante de mi cara.

Una palma con cinco dedos largos y fuertes (algunos torcidos, y un meñique que llevaba un anillo con una ce mayúscula) dejó algo al lado de la bandeja de *macarons*.

Esperé, pero Cameron no habló.

—Extraña forma de saludar —dije por fin, sintiendo el peso de su mirada en la coronilla. Señalé con la cabeza el folleto que tenía delante, sin mirarlo—. ¿Qué es esto?

Siguió en silencio.

—Es el folleto de actividades de Green Oak —contestó Josie sin alzar mucho la voz, inclinándose hacia delante—. Es un listado con todas las actividades de temporada. Hay deportes, la Fiesta de Fin de Verano junto al lago, manualidades, la Fiesta de Otoño, la...

La miré, y ella me devolvió el gesto con expresión cómplice.

—Bueno, me parece genial. Pero no entiendo por qué me lo plantas delante de la cara.

En vez de hablar, Cameron soltó uno de esos ruidos guturales que lo hacían parecer un troglodita.

Tragué saliva.

—No lo necesito.

—Claro que sí —dijo al final, y fue su tono, o quizá su voz lo que me hizo alzar la mirada. Me atravesó con sus ojos verdes. Me pareció tan chulo, tan arrogante que...—. Te he apuntado —anunció—. A todas y cada una de las actividades programadas desde este fin de semana hasta finales de otoño.

La silla en la que había estado sentada chirrió sobre el suelo de la cafetería, y el ruido hizo que me diera cuenta de que acababa de ponerme en pie.

—¿¡Que has hecho qué!? —chillé.

Los labios de Cameron temblaron bajo esa barba a la que ya empezaba a coger manía. Me entorpecía para descifrar su expresión.

—Te acuerdas de Diane, ¿verdad? —me preguntó, y parpadeé para disimular la reacción que me provocaba ese nombre—.

123

Pues además de ser la presidenta de la Asociación de familias, resulta que también es secretaria del ayuntamiento. Y adivina de qué se encarga.

—De todo lo relacionado con la organización de las actividades —dijo Josie por mí, y ambos nos volvimos hacia ella. Tenía el folleto en la mano—. En realidad, recuerdo haberle dicho que no utilizara este tipo de letra. Por Dios, también se ha equivocado con los colores. Me… —Volvió a mirarnos y se detuvo en seco—. Uy, por favor, sigue.

Mi atención regresó al hombre de mi izquierda, y descubrí que tenía los ojos clavados en mí. Todavía.

—Le preocupaba tu implicación en la comunidad —dijo al tiempo que encogía esos hombros tan anchos, como si tal cosa—. Así que he pensado que podría ayudarte a inclinar la balanza a tu favor —añadió con retintín.

—Has pensado que podías ayudarme —repetí, y cuando sus ojos se clavaron en mi boca, me di cuenta de que estaba apretando tanto los labios que había mascullado las palabras—. Eres muy amable, Cameron.

—Algunos incluso dirían que soy «caritativo» —replicó con calma, haciendo que me ardieran las mejillas al recordar la conversación del día anterior—. Aunque no tienes que sentirte obligada a participar.

Josie carraspeó.

—En realidad, Diane es un poco… ¿exigente con las normas? Odia que alguien se apunte y luego no aparezca. El año pasado, el Abuelo Moe se apuntó sin querer a la carrera de gusanos de la Fiesta de Otoño. —Miré a Josie con horror—. Tendrías que haber visto a Diane cuando el Abuelo… No estoy ayudando, ¿no? Vale. Luego te lo cuento. Es una anécdota muy graciosa.

—Me encantaría que me la contaras —dijo Cameron con seriedad—. Y a Adalyn, claro. Al fin y al cabo, también está apuntada a esa actividad.

Me giré hacia él.

—Yo... —Estaba enfadada. Frustradísima. Pero... me lo merecía—. La verdad es que me encantan los gusanos.

Cameron ladeó la cabeza sin dejar de observarme, y el movimiento hizo que me fijara en una mancha oscura que asomaba por el escote de su camiseta térmica. Justo al lado derecho de la clavícula. Tinta. Debía de ser...

—¡Hola, Diane! —exclamó Josie de repente. La tensión me dejó rígida. ¿No podían darme un respiro?—. Estábamos hablando de ti y del maravilloso folleto que has preparado. Vaya, este año tiene mejor pinta que nunca.

Aparté los ojos de la clavícula de Cameron Caldani y los fijé en la alcaldesa de Green Oak como lanzándole una pregunta obvia: «¿De qué vas?».

Josie me miró de reojo: «Confía en mí».

O confiaba en ella o salía pitando de allí, así que me preparé para lo peor y vi que Diane cruzaba la cafetería directa a nuestra mesa.

—Gracias, Josie —dijo después de un saludo cortante y una mirada recelosa en mi dirección—. Este año me he tomado algunas licencias creativas. Estoy orgullosísima de la tipografía.

—Es impresionante —convino Josie. Se le daba fatal mentir. Tanto que hasta dolía verlo—. ¿Sabes de qué más estábamos hablando? Del equipo de fútbol de las niñas.

Diane frunció el ceño. Yo también. Y Cameron... Bueno, él ya tenía el ceño fruncido antes de que sacase el tema.

—Vale —masculló él, retrocediendo un paso—, y aquí es cuando os anuncio que...

—Te encanta entrenar al equipo —terminó Josie por él—. Y trabajar con Adalyn. Y...

—Y las actividades programadas —solté. Al oírme, abrí los ojos como platos—. Tanto que quiere apuntarse. Conmigo.

Cameron me fulminó con la mirada de tal manera que habría jurado que me ardía la piel bajo su silenciosa hostilidad.

«¡Joder! ¿Qué estoy haciendo?», pensé.

—¡Será perfecto para unir al equipo! —exclamó Josie dando una palmada—. Para fomentar la camaradería y la confianza. ¡Qué divertido! Eso es lo que yo llamo «entrega»… a las niñas, por supuesto.

Y en ese momento, como si en mi interior se hubiera encendido algún extraño piloto automático vengador y autodestructivo, pregunté:

—¿Qué te parece, entrenador? —Y pronuncié la última palabra con sorna.

Vi que empezaba a apretar los labios.

Y lo miré fijamente, sintiéndome mal por lo que estaba haciendo. Por lo que había hecho. Dios, desde lo de Sparkles estaba desquiciada. Pero ese hombre… Tenía algo que me obligaba a ponerme en guardia y a atacarlo antes de que él pudiera dar el primer golpe, como si…

Los labios de Cameron siguieron moviéndose hasta esbozar una sonrisa torcida.

Resultaba obvia hasta con todo ese vello facial. Visible. Allí mismo, delante de nosotras. Y eso que no parecía hacerle gracia el asunto. Más bien fue como si…

Y en ese instante mi memoria decidió recordarme algo que él me había dicho.

«Solo juego si hay algo que valga la pena ganar».

¡Mierda! ¡No!

¿Acababa de darle una razón a un hombre tan competitivo como Cameron Caldani para que jugara contra mí?

12

Adalyn

Yoga con cabras.

Con cabritas.

Y Cameron Caldani. Con pantalones de deporte y una camiseta térmica de manga larga ajustadísima.

Esa era la primera actividad del folleto de otoño de Green Oak o, como imaginaba que Cameron las llamaba mentalmente, «Actividades del pueblo que garantizarán la muerte de Adalyn». Por eso conocía el folleto como la palma de mi mano. Para evitar que se repitiera lo de las Green Warriors, me había propuesto que no volverían a sorprenderme, de manera que me sabía de memoria los detalles de todas las actividades programadas desde ese fin de semana hasta el final del otoño.

La primera era «Cabras y Yoga en Green Oak», conocida como CYGO, que se celebraba a mediodía el último domingo de cada mes en el granero situado en la entrada sur de la granja de los Vasquez.

Mi misión también incluía al hombre al que me enfrentaba, así que a esas alturas también conocía toda la información que podía encontrarse sobre Cameron Caldani. Nació en las afueras de Londres, de madre inglesa y padre italiano. A los diecisiete años firmó su primer contrato con un equipo pequeño, y llegó a convertirse en uno de los mejores porteros de la Premier League. Pasó a jugar en clubes de Londres, Manchester y Glasgow, y al principio de su carrera lo convocaron en dos ocasiones para formar parte de la selección nacional inglesa. Hacía cinco años, cuando su fama empezó a desvanecerse, dio el salto al otro lado del Atlántico y se vino a Estados Unidos a jugar con los L. A. Stars. Hasta que hace un par de meses anunció, de forma inesperada, que colgaba las botas. En todos los equipos llevó el número trece.

Lo último ya lo sabía. El trece era una elección rara para un portero, pero quién era yo para juzgarlo.

Estaba preparada. Incluso había corrido a Deportes Moe y me había comprado la equipación necesaria para yoga. Unas mallas y el único top que tenían. En la parte delantera podía leerse Alguien que me quiere mucho me ha regalado esta camiseta de Green Oak, lo que no era del todo cierto, pero no podía hacer yoga en traje. Eso sí, había ido con los tacones. Pero no pasaba nada. Supuse que practicaríamos sin zapatos. Iba bien equipada con conocimientos, datos, unas mallas y una camiseta de publicidad dudosa. Estaba dispuesta a demostrarle a Diane y a todos los habitantes de Green Oak que era una persona civilizada, responsable y en absoluto desquiciada.

Una de las cabritas baló, dándome un susto de muerte, y me hizo mirar hacia la derecha.

Vale, quizá no iba tan bien preparada. Pero creo que nadie estaba preparado para la imagen de Cameron Caldani de pie y descalzo sobre una esterilla rosa, con el sol resplandeciendo en los pectorales que le marcaba la camiseta.

Ni siquiera los montones de fotos que había ojeado.

Sin querer.

Más o menos.

Había descubierto que Cameron era uno de esos jugadores reservados. No había hecho grandes campañas publicitarias, apenas había concedido entrevistas y casi no existían fotos suyas con otra ropa que no fuera la equipación, un chándal o un traje. No había ni una sin camiseta —algo que, por supuesto, yo no había buscado— que hubiera podido prepararme para la imagen de esos pectorales.

Sacudí la cabeza mientras miraba hacia delante y vi a María a lo lejos, caminando en dirección al grupo que se había reunido para el CYGO. Llevaba una cabra en brazos. Una que no era tan pequeña como las que brincaban alrededor de las esterillas y que, desde luego, era demasiado grande para sus brazos. Cruzamos miradas y ella intentó hacerme un gesto con la mano, pero solo consiguió que la cabra se cayera al suelo.

Oí (aunque traté de ignorarlo) el gruñido de Cameron, a mi lado, justo donde lo había situado la lista de Josie, que además de ser dueña de la cafetería y alcaldesa, era la instructora de yoga. «Así se organiza el CYGO —me había dicho, guiñándome un ojo—. Yo decido dónde colocar a cada participante». Estaba claro que era una trola.

—¡Hola, señorita Adalyn! —chilló María de repente, cuando llegó a mi lado—. La señorita Josie no me deja participar en actividades para adultos, ni siquiera cuando se hacen aquí mismo, en mi granja, pero quería presentarte a Brandy.

La cabra que estaba al lado de María baló.

Oh.

—Brandy —dije—. La cabra de seis meses ciega y con ansiedad.

—¡Esa! —replicó—. Sabía que la recordarías. ¿Quieres acariciarla?

—Eh... —En realidad no quería—. Claro, en un rato. La clase de yoga está a punto de empezar.

—Oh, espera, ¿sabes qué? Puedo dejarla aquí contigo y así hacéis yoga juntas. Cuando acabéis, vuelvo para pasar un rato con vosotras. —Vi que sus ojos se desviaban hacia un punto a mi derecha. Su expresión cambió—. Hola, entrenador Camello —dijo con retintín—, te invitaría a unirte a nosotras, pero no me gustan tus *vibras*. Aunque puedes irte con mi hermano Tony; él no es guay.

Tuve que apretar los labios para contener la risa.

—Gracias, María —replicó Cam.

—¿María? —dijo Josie, que ya estaba al frente del grupo—. Cielo, te quiero mucho, pero ya conoces las normas y el CYGO está a punto de empezar. Así que...

—¡Lo siento, señorita Josie! —María se dio la vuelta, y su melena oscura se agitó con el movimiento—. Hasta luego, señorita Adalyn —dijo por encima del hombro—. ¡Cuida de Brandy por mí! Ah, y no hagas ruidos fuertes. Se asusta y empieza a hacer caca por todas partes.

El último comentario me hizo abrir los ojos como platos.

La cabra baló y lo interpreté como una confirmación.

Bajé la mirada y descubrí esos ojillos tan separados clavados en mí.

—No pasa nada, Brandy. —Se me acercó y me obligué a sonreír por si percibía mi energía. Suavicé la voz—. Lo vamos a pasar muy bien. No te asustes, ¿vale?

Se oyó un resoplido a mi derecha. Cuando miré en esa dirección, descubrí a Cameron (y su ridícula camiseta térmica ceñida), arqueando las cejas. Se me esfumó la sonrisa.

—Así que sabes sonreír —dijo con la vista al frente. Levantó los brazos para estirar el torso, y me fijé en todos esos nuevos músculos que quedaron marcados bajo la camiseta. Tragué saliva—. Ya, no me extraña.

Tras un esfuerzo por apartar los ojos de sus pectorales, los clavé en... su oreja izquierda.

—¿Qué es lo que no te extraña? A mi sonrisa no le pasa nada. —Miré de nuevo a Josie, ocupada con los estiramientos—. Le sonreía a Brandy, no a ti. Y a ella le ha gustado.

—¿Brandy no era ciega? —preguntó.

Sentí que se me acaloraban las mejillas, pero levanté los brazos y tracé un arco en el aire, tal y como estaba haciendo Josie. Iba a pasar de Cameron y a portarme lo mejor posible. De manera civilizada. Tranquila. Una auténtica fan del CYGO. Nunca había hecho yoga, pero no podía ser tan difícil, ¿verdad?

—Muy bien, chicos —la voz tranquilizadora y autoritaria de Josie llegó hasta mis oídos desde su puesto al frente del grupo—. Ahora tomamos aire... —Se interrumpió para inspirar fuerte por la nariz haciendo mucho ruido mientras levantaba los brazos con un movimiento elegante—. Y lo soltamos. —Bajó los brazos mientras exhalaba, trazando un semicírculo perfecto—. Y nos doblamos hacia delante.

Me quedé boquiabierta mientras todos la obedecían y vi que cabezas y torsos desaparecían de mi vista. Diane, Gabriel y algunos otros padres de las niñas del equipo también asistían a la clase. Todos tenían las manos sobre las esterillas. Incluso Cameron.

Sí. Cameron Caldani, una montaña de metro noventa de músculos firmes y atléticos.

Lo intenté y... los dedos no me llegaban ni a los tobillos.

Muy bien. A lo mejor el yoga iba a ser un poquito difícil.

Josie carraspeó, llamando mi atención. Sonrió e hizo un gesto con la cabeza para darme ánimos mientras guiaba al grupo en una tercera repetición del mismo ejercicio. Me miré las piernas y doblé las rodillas un par de veces, como si dudara de la flexibilidad de las mallas. Volví a agacharme arqueando la espalda hacia delante, pero... no era capaz. Me tiraban ciertos músculos de lugares muy raros. Como las orejas. O el culo.

Torcí el cuello y, por desgracia, mis ojos se clavaron en Cameron, que en ese momento estaba de pie. Como los demás. Me incorporé al instante.

Josie empezó una nueva serie y, de nuevo, fui incapaz de seguirla. Se me escapó un sonoro suspiro de frustración, y Brandy, que se había aposentado a los pies de mi esterilla, baló. La miré angustiada.

—Lo siento, ha sido de frustración. No te pongas nerviosa, ¿vale?

Como si hubiera desarrollado un nuevo e inútil sexto sentido, sentí la mirada de Cameron.

Volví la cabeza con el ánimo por los suelos y, tal como había intuido, tenía los ojos clavados en mí, verdes y penetrantes. Me miraba con intensidad. Evaluando todos mis errores. Era impresionante la capacidad que tenía ese hombre para hacer algo así mientras estaba doblado hacia delante, con la cabeza tan cerca de las piernas.

Al contrario que yo, era flexible. Y esa postura hacía que todos y cada uno de los músculos de sus piernas y brazos se estiraran y flexionaran y... se le marcaran. Tanto que era imposible no mirarlos. Bíceps, tríceps, cuádriceps, pantorrillas, incluso el culo, que sobresalía en el aire. Era un festival de músculos y no había ninguna razón para que la ridícula camiseta térmica que llevaba fuera tan ajustada.

Ni para que yo me acalorase tanto. No...

Los ojos de Cameron volvieron a encontrarse con los míos y desvié la vista.

¿Se podía saber por qué lo miraba así?

Volví a concentrarme en la voz de Josie cuando pasó de la postura anterior a una nueva que sonaba como un postre eslavo. ¿*Parlova*? ¿*Pablova*? No me enteré, pero levanté un brazo, flexioné una rodilla y miré hacia abajo, intentando por todos los medios imitar su postura. Justo cuando estaba a punto de hacer una versión muy torpe de la *parlovskana*, que incluía una extraña flexión de la pierna, algo chocó conmigo.

El golpe desestabilizó la pierna en la que me apoyaba y perdí el equilibrio. Sin embargo, unas manos me agarraron de los antebrazos para mantenerme en posición vertical.

Gracias al gruñido que sonó en ese momento, no necesité un sexto sentido para saber a quién pertenecían esas manos tan grandes y cálidas.

—Putas cabras —refunfuñó Cameron mientras me sujetaba por los hombros, que desaparecieron bajo sus palmas. Miré hacia abajo y vi a Brandy a mis pies.

—Y yo que pensaba que estabas de mi parte, amiga.

La cabra ciega volvió a golpearme en la pierna y él me agarró con más fuerza.

Extrañada por su reacción y el comentario sobre las «putas cabras», miré por encima del hombro y me topé con su cara allí mismo. Estaba tan cerca que podía verle las arruguitas de la comisura de los ojos. Las motitas marrones en sus iris verdes. La tersura de su piel. Sentí que una inesperada oleada de calor me subía por el cuello. Cameron bajó las manos.

—Escuchad a las cabras —dijo Josie, que de repente se había situado delante de nosotros—. Están aquí para ayudar, y Brandy intentaba decirte algo. Seguramente, que no tires la toalla. —Se puso una mano detrás de la oreja—. ¿Cómo dices, Brandy? Ah, sí. Brandy quiere que des lo mejor de ti.

Parpadeé mirando a Josie.

—Lo intentaré.

—No te sorprendas —comentó con tono seco el hombre que tenía detrás—. Hace un minuto estabas hablando con ella.

Josie le clavó la mirada.

—También quiere que tú te esfuerces al máximo, ¿vale? —Ladeó la cabeza—. Mmm… Pareces tenso, Cam. ¿Te sentirás mejor si le pido a una cabrita que haga yoga contigo?

—No.

Aquella escueta y cortante respuesta me hizo fruncir el ceño. ¿Era posible que a Cameron no le gustaran las cabras?

—Pues a mí me encantaría practicar con otra cabra —me oí decir—. Quizá incluso con unas cuantas más.

Antes de que Cameron reaccionara, alguien que estaba en la parte posterior del grupo se puso en pie.

—Josie, cielo, ¿podemos cambiar de postura? —preguntó Diane con la voz tensa—. Llevamos tanto tiempo en la luna creciente que creo que Gabriel está a punto de sufrir una contractura en la espalda.

Josie abrió los ojos como platos.

—¡Lo siento, Diane! —exclamó. Y después se puso en ac-

133

ción—. Vale, vosotros dos… o más bien tres —añadió, incluyendo también a Brandy—, estáis retrasando la clase. —Me rodeó y sentí las manos de Cameron otra vez en mis hombros. Me ardió la cara de nuevo—. Y a ti, mi querida Adalyn, te está costando —terminó.

—Lo tengo controlado —le aseguré—. No necesito clases particulares. —Ni a Cameron. Ni sus manos encima de mí.

Él gruñó algo.

La sonrisa de Josie se tensó.

—No pienso llevar a Gabriel a urgencias otra vez. El CYGO irá genial y sin problemas. Así que —miró detrás de mí— Cam, quita esa cara de seta y ayúdala. Está claro que sabes lo que haces.

—Pero… —intenté protestar de nuevo.

—Ni pero ni pera. —La cara de Josie adquirió una expresión extrañamente amenazadora para alguien que llevaba un conjunto de yoga rosa fosforito. Se dio la vuelta y añadió con la voz tranquilizadora de antes—: ¡Yyyyy postura del guerrero!

Cameron soltó un profundo y sonoro suspiro.

Que sentí en la nuca.

Tragué saliva, muy consciente de lo cerca que se encontraba. Del peso de sus manos. Del calor de su cuerpo. De lo que estábamos a punto de hacer. Juntos.

—Espero que estés contenta —murmuró. Y la palma de la mano que había estado apoyada en mi hombro bajó un poco para colocarse sobre el omóplato con una clara intención. Me estaba guiando.

—¿Qué quieres decir? —pregunté un tanto distraída por la caricia de su pulgar sobre un músculo tenso.

Noté que se acercaba.

—Unir al equipo… —murmuró—. Me has tendido una trampa, Adalyn. Y me has obligado a hacer esto. —Una pausa—. Incluso has liado a Josephine.

—Yo no la he liado —le aseguré con voz trémula—. Todo esto es cosa suya.

134

Volvió a deslizar el pulgar, como si intentara relajarme el músculo, y una descarga eléctrica me recorrió la espina dorsal.

—¿Me estás diciendo que no pensabas obligarme a hacer esto? —me preguntó, y sentí que el calor me recorría el cuerpo. Un calor que aumentaba por momentos, como si se hubiera encendido un horno bajo mi piel—. ¿Que no pensabas arrastrarme contigo?

Me concentré. Cameron me estaba distrayendo y provocando; no pensaba permitirlo. Cameron Caldani no iba a vencerme. Irme de ese pueblo sin haber creado una historia de éxito y superación para las Green Warriors no era una opción. Sobre todo porque, si eso ocurría, no me permitirían volver al Flames.

—¿Podemos seguir con... el yoga y ya está? —Cerré los ojos y me concentré en la presión de su palma, no en sus palabras. En sus dedos, que se deslizaban por uno de mis brazos con una lentitud innecesaria. Terminaron en mi muñeca y la rodearon con un movimiento suave pero rápido.

—Brazo arriba y recto —me indicó Cameron, y sentí su voz justo en la oreja. Un escalofrío me recorrió la columna y tuve que esforzarme para seguir su indicación—. Así está bien —dijo. Y antes de que pudiera protestar por su cumplido, me rodeó la otra muñeca con los dedos. Hizo que me olvidara de lo que iba a decir. Y me levantó el otro brazo, que tenía relajado.

Solté una extraña exhalación.

—Mantenlos arriba, hazme el favor —oí que decía de nuevo con tono serio y considerado. Tragué saliva—. Aguanta. —Aguanté—. Muy bien.

«Muy bien».

—No... —Eso no me gustaba. O, mejor dicho, no me gustaba lo que me provocaban sus palabras. Lo que me provocaba él—. Creo que puedo sola.

Cameron suspiró con fuerza, y la bocanada de aire que salió de sus labios me dio de lleno en la piel. Otro escalofrío.

—Me necesitas.

Sentí la indignación subiendo desde el estómago, y me alegré del cambio. Eso podía procesarlo. Eso...

Sus manos se posaron en mi cintura.

Y si antes pensaba que mis hombros habían desaparecido bajo sus palmas, si su contacto me había resultado abrumador en las muñecas..., lo que me sucedió al sentirlas en la cintura fue mucho peor. Esos dedos que tantos golpes y torceduras habían sufrido llegaron a la parte inferior de mi caja torácica, y el calor de su piel me hizo pensar que la camiseta que llevaba era demasiado fina.

Me hizo rotar el torso. Sentí que me ponía rígida. Tensa. La tela que separaba sus manos de mi piel se me pegó al cuerpo, como si se derritiera bajo su tacto. O tal vez era mi sudor. Joder, ¿por qué estaba sudando tanto?

—Eh... —dije—. Estoy acalorada, lo siento.

—¿Crees que el sudor me asusta? —replicó, y el estómago me dio un vuelco sin motivo aparente—. No haces bien la postura —añadió—. Las caderas. —Me recorrió la cadera con la palma de la mano—. Tienes que bajar un poco el torso.

—¿Cómo? —pregunté con voz ronca. A esas alturas, me veía incapaz de hacer nada por mí misma.

«Me necesitas», recordé.

Cameron cambió la posición de las manos en torno a mi cuerpo, colocándome una a un costado y la otra alrededor de la cintura. Y tiró de mí hacia abajo.

Sin embargo, yo estaba absorta en el roce de las yemas de sus dedos sobre mi piel, diez puntos de presión que me despertaban un cosquilleo, un calor, un... hormigueo.

—Estás tiesa como un palo, cariño —refunfuñó—. Relájate para mí.

«Tiesa como un palo».

Sentí un nudo en la garganta y me quedé descolocada por el recuerdo de unas palabras muy parecidas que alguien dijo una

136

vez sobre mí. Ajeno a mi lucha interior, se inclinó sobre mí, y pude sentir toda la parte delantera de su cuerpo. Su pecho, su torso, sus muslos. Ahí. Su cuerpo entero duro como una piedra. Cálido. A pocos centímetros.

—Abre las piernas —dijo.

Y dado que mi cabeza no era capaz de hilar ni un pensamiento coherente, abrí las piernas.

Sentí que bajaba la cabeza y después lo oí decirme al oído:

—Da un paso lateral y coloca el pie muy firme en la esterilla.

—Algo cambió en mi interior. Le cedí el control y obedecí. Me colocó la palma de la mano en la parte posterior del muslo y dijo—: Ténsalo. —Y yo lo tensé.

Estiró los largos dedos hasta rozar la cara interna de mi muslo. Suspiré.

—Haz presión ahí —ordenó. Y aunque me dio la impresión de estar ardiendo y de que esa zona de mi muslo palpitaba bajo su contacto, obedecí. O lo intenté.

Porque Cameron soltó una especie de resoplido para expresar su desaprobación y, sin más, me rodeó la cintura con un brazo al tiempo que me empujaba un pie con el suyo para que abriera más las piernas. El movimiento me pegó por completo a él. A su regazo. Y lo oí mascullar:

—Aguanta.

Y aguanté.

—Muy bien, cariño —dijo de nuevo, y sentí su aliento en un punto situado entre la oreja y el cuello—. Buen trabajo.

«Muy bien, cariño. Buen trabajo».

Su elogio me provocó mariposas en el estómago.

Y algo muy raro justo en el abdomen. Toda la sangre de mi cara pareció bajar en picado para luego volver a subir.

¿Qué me pasaba? ¿Qué era aquello? ¿Qué tenían esas cinco palabras tan corrientes para provocarme algo así?

Soltó una especie de resoplido y pensé que quizá me hubiera desmayado allí mismo, contra su regazo, porque a esas alturas ni siquiera oía la voz de Josie. No oía los balidos de las cabritas. Ni los de Brandy. No sentía el sol, ni veía el granero de al lado, ni era consciente de lo inmensa que era la granja de los Vasquez, ni de las colinas que me rodeaban ahora que había cambiado Miami por Green Oak. Yo... estaba sufriendo una sobrecarga sensorial.

Solo podía sentir a Cameron.

Y no recordaba haber sentido nada parecido en toda mi vida, jamás. Igual que me pasó cuando intenté recordar la última vez que había llorado, fui incapaz de dar con un momento en el que me hubiera sentido tan abrumada por el contacto de un hombre. En el que hubiera estado tan... excitada.

Tan cachonda.

No es que me gustara mucho ir de flor en flor, pero había estado con dos chicos antes de David. Él fue el tercero. Y hasta ese momento creía que me habían tocado lo suficiente como para saber lo que era el contacto físico.

Al parecer, me equivocaba.

Porque nunca nada, ni un roce ni una caricia íntima me habían hecho sentir algo parecido. Nada podía compararse con las manos de Cameron sobre mi cuerpo, incluso por encima de la ropa. Con la presión de su pecho y de sus muslos. Con esos brazos que me rodeaban. Y ni siquiera era sexual. Era yoga. Con cabras. Ese hombre no intentaba excitarme. Ni siquiera le gustaba.

Joder.

¿Me había engañado al creer que mis experiencias anteriores eran lo normal? ¿Que la apatía que sentía cuando David me tocaba estaba bien? ¿O había pasado demasiado tiempo sola después de cortar con él? Joder. ¿Había descuidado tanto mi cuerpo que a esas alturas me excitaba un simple roce? ¿De un hombre con el que apenas podía hablar sin pelearme?

Sus manos me guiaron hacia la siguiente postura. No estaba convencida. No podía estarlo, francamente. Mi cabeza era un caos. Estaba hecha un lío. Pero de repente sentí una punzada en el pecho y en ese momento un pensamiento se cristalizó. El problema debía de ser mío. Seguro que él no sentía eso. Estaba «tiesa como un palo».

«Frígida, aburrida y olvidable. Me libré de una buena».

—Respira hondo, cariño —dijo Cameron, y caí en la cuenta de que estaba jadeando, aunque no por el yoga—. Adalyn —dijo con un tono más firme—, céntrate en la respiración. —Su cuerpo seguía pegado a mí, y su calor me parecía demasiado. Pero no suficiente. ¿Qué me pasaba?—. Cariño, inhala y exhala. —Sentí lo que me pareció la palma de una mano sobre mi clavícula, ejerciendo una presión que me ofreció un vínculo físico en el que podía concentrarme—. Eso es, así.

Mi caja torácica se expandió al oírlo, y el aire empezó a entrar y salir con mayor facilidad.

—Muy bien —murmuró, mientras mi respiración volvía poco a poco a la normalidad y mi mente recuperaba la lucidez—. Bien hecho.

Eché un vistazo a mi alrededor y empecé a recuperar la compostura, con la sospecha de que todo el grupo nos estaba mirando. Hasta las cabras. Pero nadie nos prestaba atención. Todos estaban concentrados en sus asanas, y Brandy descansaba sobre mi esterilla. Cerca de nuestros pies. Los míos y los de Cameron.

—La cabra —me apresuré a decir a modo de advertencia, porque sabía lo poco que le gustaban.

El cuerpo de Cameron se tensó detrás de mí, como sucedía cada vez que se le acercaba una cabrita. Extendió los dedos y me acarició la base del cuello. Cuando habló, percibí la tensión en su voz.

—Solo es una cabra.

Me zafé de sus manos, como fingiendo que me molestaba que negara la evidencia. Aunque no era cierto. Más bien me sentía avergonzada. De que Cameron, justo él, fuera testigo de un momento de debilidad por mi parte. De que tuviera que recordarme cómo respirar porque me había dado un... parraque.

—Les tienes miedo —dije al tiempo que me daba la vuelta para mirarlo. Se le había oscurecido el verde de los ojos, y tenía la expresión pétrea y la postura tensa. Retrocedió un paso—. Te dan miedo las cabras.

Eso daba igual. Ni siquiera me importaba si tenía alguna extraña fobia a los animales. Una parte de mí a la que no quería oír se ablandó al darme cuenta de eso. Sin embargo, me estaba desviando del tema.

Y Cameron pareció leerme el pensamiento.

—Todos tenemos miedo a algo en esta vida, cariño —replicó—. El ataque que te acaba de dar lo demuestra. —Vi que le temblaba un músculo del mentón—. Solo es cuestión de tiempo que lo averigüe.

«¿Qué vas a averiguar?», quise preguntarle.

Sin embargo, Cameron Caldani ya había abandonado mi esterilla para irse a la suya. Se largaba y me dejaba con un millón de preguntas.

Otra vez.

13

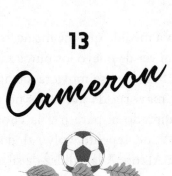

Preparar a las Green Warriors no iba a continuar siendo pan comido.

Y las niñas no tenían nada que ver. Los entrenamientos habían sido lo que cabía esperar de un grupo de crías de menos de diez años: caos, algún que otro momento de desesperación y una pizca de locura.

El problema era la nueva «directora deportiva», como le gustaba llamarse.

Observé a las dos últimas niñas caminar hacia sus padres —y a Diane, que había vuelto a montar guardia desde el coche durante los entrenamientos—, me di la vuelta y reparé de inmediato en la mujer que acampaba en las gradas. Había pensado que lo del jueves había sido algo puntual. Pero allí estaba de nuevo.

Sacudí la cabeza resignado y eché a andar hacia ella, mirándola mientras cruzaba el césped lleno de calvas con zancadas largas y rápidas. Tenía el portátil apoyado en las rodillas y se había inclinado un poco hacia delante, absorta en lo que tuviera en la pantalla. Seguí la línea de sus hombros y sus brazos, reparando en su blusa, abotonada y planchada. Se había quitado la americana en algún momento entre que yo desistía de enseñar a las niñas el regateo más sencillo e intentaba mostrarle a Juniper —nuestra portera— cómo lanzarse a por el balón sin hacerse daño. No había conseguido ninguna de las dos cosas.

Bajé la mirada a medida que me iba acercando, con la irritación en aumento al ver de nuevo los putos zapatos de tacón. No me cabía en la cabeza que se moviera siempre con ellos en un pueblo donde la mayoría de las calles no estaban asfaltadas. No se los había quitado ni para ir a la chorrada esa del yoga con las cabras. Y de repente volví al domingo anterior. A Adalyn en mallas. Al top. A la calidez de su cuerpo bajo mis dedos. A la forma...

Algo se me desgarró por dentro con ese pensamiento fugaz y, cuando por fin llegué a su lado, fui incapaz de controlar las palabras que me brotaron de la boca.

—¿Qué haces aquí?

«Aquí». En Green Oak. En mi cabeza.

Frunció un poco el ceño, más sorprendida por verme allí que por la pregunta.

—¿Y dónde quieres que esté? No hay despacho en las instalaciones. Así que las gradas me han parecido el mejor sitio. —Deslizó el dedo varias veces—. Hoy no me funciona el punto de acceso a internet con el móvil. ¿Tienes cobertura? —Echó un vistazo a su alrededor, como si buscase algo—. A lo mejor mañana pruebo al otro lado del campo.

—¿Eso quiere decir que piensas pasarte todos los entrenamientos ahí sentada?

—Pues claro —contestó. Como si fuera lo más lógico. Y antes de que pudiera decirle lo que pensaba, cambió de tema—: ¿Qué te ha parecido el entrenamiento? Creo que deberíamos establecer una reunión semanal para evaluar los progresos. Imprimiré algunas copias de la plantilla del equipo para que podamos tomar notas de cada jugadora y así potenciar sus puntos fuertes y corregir los débiles. —Sacó un archivador azul del bolso—. Toma, llévatelo a casa, por si quieres ir adelantando trabajo. Josie me dio unas fichas el primer día. Las he ordenado. ¿Qué te parece si quedamos los miércoles? Hay entrenamiento lunes, miércoles y jueves, así que a media semana sería perfecto.

Parpadeé despacio.

—No hace falta que nos reunamos. Solo son niñas.

—Cierto —convino ella mientras seguía ofreciéndome el archivador—. Y también se han clasificado para una liga regional que empezará en menos de una semana. —Apretó los labios—. ¿Sabes que las Green Warriors han conseguido el puesto porque es el único equipo benjamín de todo el condado?

Pues no, no lo sabía.

—Siguen siendo niñas.

—Pues los miércoles —me interrumpió—. El primer partido es el sábado. Creo que podemos aprovechar para ver cómo les va y planear a partir de ahí. En el archivador también encontrarás una copia del calendario de partidos. —Abrí la boca, pero ella siguió—: Jugarán contra cinco pueblos en las próximas semanas. Grovesville, Rockstone, Fairhill, Yellow Springs y New Mount. La verdad, la organización de la liga es curiosa. Tiene un sistema de puntos, pero los equipos solo se enfrentan una vez entre ellos. Los dos que saquen más puntos llegan a la final.

Le miré la mano con expresión elocuente.

—¿De verdad me estás explicando cómo funciona una liga?

—He dicho que la organización era curiosa. —Volvió a ofrecerme el archivador, pero como no lo acepté, bajó la mano y se lo colocó en el regazo—. Me lo vas a poner difícil, ¿verdad?

—¿Yo? —Fruncí el ceño—. Crees que soy yo quien lo está poniendo difícil.

—Supongo que me lo he ganado —susurró Adalyn al tiempo que buscaba su bolso. Algo se despertó en mí al detectar el deje derrotado en su voz. Sacó otro archivador. Ese era rojo—. El partido del sábado es contra las Grovesville Bears.

Volvió a impresionarme esa forma de pasar de todo lo que le decía. Aunque no me parecía que se lo mereciera, seguía sin gustarme que estuviera allí, en Green Oak, arrastrándome a su caos. Metió de nuevo la mano en el bolso y sacó un taco de pósits. Ladeé la cabeza.

—¿Qué tienes ahí, una papelería?

—Casi —contestó en tono cortante—. Me he adelantado y me he documentado sobre los equipos y los pueblos que juegan en la Liga Infantil de las Seis Colinas —añadió al tiempo que escribía algo en un pósit y lo pegaba en una hoja del archivador—. No hay mucho, pero ahí está todo. —Levantó la cabeza y me miró a los ojos—. Sería estupendo que pudieras echarle un vistazo a lo que he encontrado sobre las Grovesville Bears antes de la reunión del miércoles. Tienes casi un día y medio. Te lo acabo de marcar.

La observé, y ella me devolvió la mirada con una expresión expectante en esos ojos castaños, a la espera de la confirmación o la promesa de que iba a hacerlo, supuse. Pero con esa melena recogida en un moño tirante, el cansancio que asomaba a su cara era una fuente de distracción.

La pregunta brotó de mis labios sin más.

—¿Consigues dormir en el colchón hinchable?

Parpadeó dos veces. Despacio. Sacudió la cabeza.

—Este sábado las Green Warriors juegan en casa —dijo—. Según el resultado, te enseñaré lo que pienso pasarle a la prensa. Pero antes tengo que ver lo bien que puede jugar el equipo.

Se me tensó el cuerpo al oír la mención a la prensa.

Adalyn debió de darse cuenta, porque dijo:

—Pienso centrarme en las niñas y en la historia de superación que quiero construir mientras esté aquí. —Hizo una pausa—. Tú deberías centrarte en que consigan los puntos que las lleven a la final. —Otro titubeo—. Tú ganas partidos y yo no te menciono en mi historia. Es lo único que te pido.

¿Lo único que me pedía? Como si no me hubiera pedido ya bastante.

Y sin embargo…, había visto ese titubeo. Me indicaba que era perro ladrador, poco mordedor.

Me pegó el archivador rojo al pecho. No lo acepté.

—Vale —susurró al tiempo que se levantaba de repente. Dado

que estaba en una grada superior, me quedó su pecho a la altura de los ojos—. Pues no lo cojas. —Me fijé en cómo se le movía por la respiración agitada. Apreté los dientes por el tropel de recuerdos que me trajo esa visión. El domingo. El yoga. Mis manos en su cuerpo. La suavidad y la calidez bajo mis dedos. Mi palma justo en ese punto de su pecho mientras intentaba respirar. Se llevó una mano a uno de los diminutos botones de la blusa, devolviéndome al presente—. Supongo que deberíamos dar por terminado el entrenamiento.

—Por favor —jadeé con la mirada clavada en el botón mientras ella le daba vueltas.

Ninguno hizo amago de marcharse.

—Oh —dijo Adalyn con voz distraída mientras acariciaba y retorcía el botoncito con la yema del pulgar—, por cierto, ¿has visto las equipaciones? He marcado como prioritario en mi lista conseguir unas nuevas, pero no creo que lleguen para el partido de esta semana. —Pausa. Dejó de mover el pulgar. Sentí que mi nuez subía y bajaba al tragar saliva—. Josie me ha comentado que de momento estamos cubiertos, aunque no sé lo que eso significa, pero algo me dice que deberíamos echarles un vistazo antes del sábado.

Adalyn bajó la mano, dejando el botón torcido. Tomó una gran bocanada de aire y el pecho se le estremeció de nuevo, poniendo a prueba la resistencia del ojal. De repente, me asaltó una idea no deseada: ¿qué tipo de ropa interior llevaría una mujer como Adalyn Reyes bajo esa fachada tan elegante y profesional? ¿Lencería fina? ¿O elegía una ropa interior tan recatada como la exterior?

Bajé la mirada, como si quisiera encontrar las marcas a través de esa tela delgada y suave, perdiéndome un poco en la curva de su cintura. Había puesto las manos allí, en ese punto exacto. Sabía lo suave que...

—¿Cameron?

Levanté la cabeza y volví a mirarla a los ojos.

«Mierda».

¿Qué cojones estaba haciendo?

—No he visto las equipaciones —le dije—. Podemos preguntarle a Josie mañana.

—Pero acabo de decir...

—Me gustaría volver a casa. Descansar. —Saltaba a la vista que necesitaba una puta noche de sueño para despejarme.

—Si es necesario... —dijo ella mientras empezaba a recoger—, seguiremos por la mañana. Hay muchos asuntos pendientes de los que ni siquiera hemos hablado.

Pues claro que los había.

—Con razón te han mandado aquí —me oí mascullar.

A Adalyn le cambió la cara. En sus facciones se reflejó una emoción nueva. Una que me revolvió el estómago. Joder. Se pegó el archivador al pecho con un gesto frustrado y se dio media vuelta. Motivado por una extraña e imprevista necesidad de explicarme, la seguí y la obligué a esquivarme para bajar de la grada.

Resoplé, y ella hizo lo mismo en respuesta.

—Adalyn...

Sin embargo, estaba decidida a evitarme y a alejarse de mí lo antes posible. El problema era que esos putos zapatos de tacón no ayudaban nada, porque pasó de estar erguida a, en un abrir y cerrar de ojos, empezar a caer.

Solté un taco entre dientes y me lancé a por ella. Con los brazos extendidos, coloqué el cuerpo para interceptar su caída. Se estampó contra mi pecho con un gritito, y solo atiné a estrecharla entre mis brazos y decir:

—Te tengo. —La agarré de los costados con las manos—. No pasa nada.

Adalyn susurró algo en respuesta, pero me distrajo el alivio que me inundó en una oleada y no me enteré de qué dijo. Su olor también se me estaba colando en los pulmones, y su discreto —que no sencillo— aroma me abrumó. Solo había captado retazos durante la sesión de yoga. Pero en ese momento no olía

146

nada más. Era un aroma limpio, fresco y, joder, tan dulce que fue como un puñetazo en la cara. Como el algodón tendido al sol en un campo de lavanda.

Joder. Se me estaba yendo la pinza.

—Estoy bien —la oí decir con claridad—. Creo que ya puedes soltarme.

Tragué saliva con fuerza antes de soltarla. Retrocedí un paso, y sentí un hormigueo en las manos cuando las aparté de ella y las dejé caer. Las cerré. Y después la miré a la cara y descubrí que esos ojos castaños parecían aturdidos. Y que tenía las mejillas coloradas.

—Putos zapatos —dije, y reparé en la dureza de mi tono. La expresión aturdida desapareció de su cara—. Un día de estos te vas a abrir la cabeza, joder.

—¿Por qué tienes que hablar así? —Bajó la voz en lo que debía ser su intento por imitar la mía—. «Putos zapatos». «Los cojones que no». «¡Estoy hecho una puta mierda!». «¿Quieres una taza de té?». —Resopló con ganas—. Vale que seas británico, pero como me digas que lo dejas todo a las cinco para tomarte un té y que tienes una gorra de *tweed* en un cajón, te juro que me va a dar algo.

La miré fijamente.

Un buen rato. Y después solté una carcajada.

Fue estruendosa y alegre; llevaba mucho tiempo sin reírme de esa manera, joder.

Adalyn puso los ojos en blanco.

—Tienes una gorra de tela, ¿verdad?

—Pues sí —confirmé con un gesto de la cabeza—. Pero me crio una *nonna* italiana, cariño. Así que, sea la hora que sea, prefiero un buen expreso a una taza de té.

—No soy tu «cariño». —Adalyn soltó el aire—. Y supongo que no debería sorprenderme. A juzgar por lo que he visto, eres un adicto a la cafeína —añadió seria, pero me di cuenta de que intentaba aguantarse la risa.

147

Me pregunté cómo sería su sonrisa. La de verdad.

Me obligué a apartar la mirada, pero enseguida se me fueron los ojos a su pecho. El botón que me había tenido embobado hacía un momento se había desabrochado. Y me ofreció la posibilidad de echar un vistazo a la tela de su sujetador.

Parecía satén. Lavanda.

Hostia.

Cerré los ojos por puro instinto de supervivencia. Incluso le di la espalda. Busqué algún sitio al que mirar y me centré en lo primero que vi. El cobertizo. Que seguía hecho un caos.

Igual que yo.

14

Adalyn

Se acabó. Tiraba la toalla. Esa vez sí.

Dejé que el destornillador que había comprado en el Bazar de Moe cayera al suelo y con gesto distraído me limpié las manos en las mallas, dejando un par de marcas de suciedad. Me miré el top. También estaba asqueroso.

—Genial —susurré—. Esto es genial.

Esa monstruosa cama parecía mantenerse en pie gracias a una magia negra superpoderosa y, para colmo, había acabado cubierta de polvo y sudor y había ensuciado la única ropa informal que tenía.

Cogí el sándwich y la ensalada de fruta de la encimera de la cocina, sujeté el móvil bajo el brazo, salí al triste y deprimente porche que consistía en un único escalón y me senté. Algo se me clavó en el culo, pero en ese momento me sentía tan impotente, tan derrotada, que ni siquiera me moví. Las mallas ya estaban sucias, y tampoco podía meterlas en la lavadora porque daba la casualidad de que en la cabaña no había, así que daba igual.

«Da igual». No me reconocía.

Desenvolví la cena con un suspiro y miré al frente mientras le daba un bocado al sándwich. Allí sentada, contemplando lo que se suponía que era la tranquila y hermosa extensión de la naturaleza que tenía delante, vi ese sitio tal como era. Algunas colinas. Los árboles. Un cobertizo mugriento. Una astilla de madera podrida en el culo.

Se levantó viento, así que doblé las piernas y me pegué las

rodillas al pecho. Di otro bocado mientras repasaba mentalmente la ropa de invierno que había llevado: cero. De hecho, solo tenía una chaqueta que no había usado desde hacía… un año. Una de las cosas que me encantaban de Miami.

Sacudí la cabeza, decidida a no darle más vueltas. Me las apañaría. Según se acercaba octubre, empezaba a hacer más frío de noche y a primera hora de la mañana, pero me las apañaría, sí. No me quedaba otra.

Me llegó un mensaje al móvil, algo que me ofrecía una distracción muy necesaria, de modo que me pasé el sándwich a la mano izquierda y levanté el teléfono.

> Malas noticias

Me dio un vuelco el corazón. Había hablado con Matthew el domingo por la noche, pero solamente había logrado sacarle unas risas al imaginarme haciendo yoga —con cabras y sin Cameron, del que todavía no le había hablado—, por lo demás, no había habido novedades en el caso del #sparklesgate.

> Ya tienen que ser malas si no me mandas un gif de cabras

> Más o menos

A continuación me mandó un enlace. Lo pulsé con el pulgar y me dirigió a la web de una bebida energética. No reconocí la marca, así que bajé por la página mientras me preguntaba si se habría equivocado.

En ese momento apareció una animación.

Una lata de colores salió rodando mientras el eslogan parpadeaba debajo en letras grandes: Elige la diversión a la dignidad. La lata se sacudió, se estremeció como si fuera a estallar y, de repente, algo apareció delante.

Parpadeé sin dar crédito a lo que veía y observé el logotipo estampado en la lata.

Era una ilustración sencilla, pero el parecido era evidente. Sabía lo que estaba viendo. Lo reconocía. A esas alturas, había visto el vídeo tantas veces que seguro que si cerraba los ojos podría recordar mi cara, con la mandíbula desencajada y expresión de loca.

Era mi cara de la Matamascotas.

Y ahora estaba en una lata.

El miedo y la estupefacción cobraron vida en mi interior, haciendo que el mordisco del sándwich que había comido me sentase mal.

> He investigado un poco. Es una nueva marca de bebidas energéticas. Pequeña. Vegana. Con sede en Miami. Su público es básicamente la generación Z. Han sido muy listos. Si no has visto el vídeo, no caes en la cuenta del parecido. Pero...

> Pero lo han visto millones de personas

> Lo siento

Se me revolvió el estómago al leer ese «Lo siento». No quería que nadie se compadeciera de mí. Ni siquiera Matthew. Porque... lo empeoraba todo. Tragué saliva en un intento por frenar la bilis que se me revolvía dentro.

> Crees que puedes demandarlos?

> Hablaré con mi padre. Seguro que ya lo ha visto y ha emprendido acciones legales para proteger la empresa

151

Miré las palabras que había escrito mientras notaba una presión creciente en el pecho. Porque seguía formando parte de la empresa, ¿no? Era su hija, y una trabajadora, por más que hubieran suspendido temporalmente el acceso al sistema y me hubiera desterrado. Mi padre me protegería. Lo había hecho en el pasado, y sabía que en ese momento él...

Uno de los matorrales que tenía enfrente se movió y me puse alerta.

Volvió a moverse, así que entrecerré los ojos, y antes de que pudiera prepararme, algo salió en tromba de entre los arbustos.

El móvil y el sándwich se me escaparon volando del susto, e incluso me oí gritar mientras cerraba los ojos y me preparaba para lo que fuera. ¿Un oso? ¿Un conejo depredador? Había leído que varias serpientes de la zona eran mortales. Fuera lo que fuese, no sería peor que el hecho de que usaran mi cara como imagen para una marca de bebidas energéticas cuya campaña publicitaria se basaba en acabar con la poca dignidad que me quedaba.

Como pasaban los segundos y no me atacaba, abrí un ojo.

El pollo que tenía delante cacareó.

—¡Eres tú! Eres la mascota de Cameron. —De repente, se atusó las alas y pisoteó mi sándwich—. Oye, que sepas que esa era mi cena.

El ave inclinó la cabeza hacia la comida, como diciéndome: «Pues ahora es la mía».

—Toda tuya —dije mientras me agachaba para recoger el móvil y me sentaba de nuevo en el escalón del porche—. Supongo que es lo justo después de lo del otro día.

El pajarraco cacareó y arañó el suelo.

—Que sí, que sí. Lo siento, ¿vale? —dije con un suspiro—.

Es que he tenido un día raro. Bueno, lo suyo sería decir que he tenido una semana horrible. La verdad, no creo que haya acabado mi racha de mala suerte. Parece que encadeno una desgracia tras otra.

El animal sacudió la cabeza antes de empezar a picotear el pan.

—No sé si un pollo debería comer pavo —susurré con el ceño fruncido—. Seguro que es un tipo de canibalismo animal o algo así. —El bicho siguió a lo suyo—. Los huevos te saldrán… raros. Puede.

—No es un pollo —dijo una voz ronca a lo lejos.

Y claro, como de costumbre, se me paralizó todo el cuerpo a modo de respuesta. También me puse colorada…, algo que para mí era relativamente nuevo.

Las botas de Cameron resonaron sobre la gravilla mientras se acercaba, lo que hizo que me preguntase si él también había salido de entre los arbustos. Se detuvo delante de mí, y cuando alcé la mirada de sus pies lo primero que vi fue una expresión burlona en sus ojos.

Eso también era una novedad. Al parecer, Cameron hacía algo más que gruñir y ponerse hecho una furia. También se reía.

—Pues a mí me parece un pollo —dije desde el escalón de mi sucedáneo de porche.

Bajé la mirada sin querer, recorriendo su cuerpo. Llevaba otra de esas sudaderas polares, y se había subido la cremallera hasta el cuello. También se había puesto otro de esos pantalones con cremalleras y bolsillos que tanto le gustaban. Eran de una tela gris oscura que se le ceñía a las piernas. A sus anchos y fuertes muslos. Con los que parecía estar obsesionada.

—No es un pollo. Ni una polla.

Por poco me atraganto.

—¿Perdona?

Atisbé una sonrisa diminuta bajo su barba.

—Que no es eso —repitió, y parpadeé al tiempo que notaba que me ardía la cara—. Ni tampoco una gallina. Es un gallo. La

153

forma de la cresta lo deja claro —dijo mientras señalaba la parte superior de la cabeza del animal con uno de sus largos dedos—. Pero si sigues teniendo dudas, los gallos también tienen espolones y las plumas de su cola son más largas. —Hizo una pausa y se metió las manos en los bolsillos—. A diferencia de las gallinas.

Oh. ¿Oh? Carraspeé.

—Gracias por la clase de anatomía de aves de corral, señor Attenborough.

Vi que le costaba aguantarse la risa.

—Además, tampoco es mi mascota.

Entrecerré los ojos.

—¿Me estabas espiando? ¿Cuánto tiempo llevas ahí?

Se encogió de hombros.

—Josie ha venido a proponerme que monte un corral. Al parecer, alguien le dijo que tenía una gallina como mascota y ha decidido que debería construir un gallinero.

El pajarraco cacareó y batió las alas, como si entendiera las palabras de Cameron.

Di un respingo.

—No sé si me gusta la idea de que haya más merodeando por aquí.

Cameron se acercó a nosotros, se arrodilló y empezó a recoger lo que quedaba de mi destrozado sándwich.

Recordé la advertencia que me hizo la mañana que me encontró durmiendo en el coche y sentí la necesidad de explicarme.

—No le estaba dando mi cena, por cierto. No soy tonta. Se me ha caído cuando…

—Lo sé —me interrumpió, confirmando que llevaba allí un rato largo—. Puede que seas muchas cosas, pero no te considero tonta.

Reconocía un cumplido a medias cuando lo oía.

—Gracias.

Se metió las sobras en uno de los bolsillos del pantalón y miró el reloj.

—Un poco pronto para cenar, ¿no?

Sí. Pero estaba agotada después de intentar sin éxito desmontar la cama para *yassificar* la dichosa cabaña. Y... tampoco tenía ningún otro plan en mi agenda. Era martes, y sin los entrenamientos para entretenerme...

—Tenía hambre.

—¿Qué tienes, cuatro años?

Lo miré con cara de póquer.

—¿No tienes nada más que hacer?

Cameron se acercó más y, antes de darme cuenta de lo que pasaba, su enorme cuerpo se había sentado a mi lado a modo de respuesta.

Me quedé sin aliento por su repentina cercanía, como el día anterior, cuando me agarró en el aire tras mi desafortunado traspiés. O el domingo, cuando me recorrió el cuerpo entero con las manos. Volví a respirar su aroma. Había también un atisbo de sudor, como si acabara de dar un paseo o de salir a correr, pero aun así, olía... de maravilla. A aire libre, a algo almizclado y masculino y...

Sacudí la cabeza.

Me había acostumbrado a aguantar a los hombres sudorosos a la fuerza. Tenía que convivir con ellos, pero intentaba evitarlos. Por eso nunca pisaba los vestuarios después de los partidos ni de los entrenamientos a menos que fuera estrictamente necesario.

—¿Cómo va la reforma?

Me alegré de la distracción y recordé el caos que había dejado atrás.

—Va genial —mentí. Pillé a Cameron mirándome con expresión interrogante por encima del hombro y aparté los ojos. ¿Estaba colorada? Me ardía la cara—. ¿Cómo sabes que estoy de reformas?

—Por los gritos constantes que venían de tu chocita —contestó, y no se me escapó el retintín con el que pronunció la palabra «chocita»—. Y por el polvo que te cubre de pies a cabeza.

Sentí el impulso de tocarme el pelo. De pasarme las manos por la camiseta. Tragué saliva.

—Te encanta meterte conmigo a todas horas, ¿no?

Lo miré de reojo a tiempo para verlo encogiéndose de hombros.

—Cuesta concentrarse en nada más. —El calor que sentía en las mejillas aumentó—. Estás en todas partes.

Claro.

—En fin —dije mientras me obligaba a adoptar una expresión lo más indiferente posible—, por suerte para ti y para tus delicados oídos, he acabado con la reforma hasta nuevo aviso.

Cameron me recorrió la cara con la mirada, haciendo que me sintiera... incómoda, expuesta, por un sinfín de motivos que no estaba preparada para analizar en ese momento. Doblé las piernas y me llevé las rodillas al pecho.

—¿Qué haces en Green Oak, Adalyn?

Me hice un ovillo.

—Ya lo hemos hablado.

—Además de eso —dijo, y su voz pareció tan... sincera, tan distinta a cualquiera de las otras veces que me había ladrado, que cambié de postura en el escalón. Me alejé de él. Como si necesitase distancia física para pensar con claridad—. ¿Qué intentas demostrar?

Miré fijamente al hombre que estaba sentado a escasos centímetros de mí, sorprendida por su forma de interrogarme. Era... una pregunta difícil. Una que no sabía contestar sin exponerme. Porque, por algún extraño motivo, Cameron no tenía ni idea de lo que me había llevado hasta Green Oak. No había visto el vídeo del que se burlaba medio país. Recordé que me preguntó si había tenido motivos para hacer lo que fuera que hubiera hecho y que se contentó con mi respuesta. No insistió para que le contara toda la historia. Y tal vez me parecía bien.

—Tengo una vida, si te refieres a eso —repliqué.

Negó con la cabeza, como si no fuera la respuesta que esperaba.

—Tengo un trabajo y aficiones —insistí, aunque al decirlo me di cuenta de que no era así—. Reformo casas.

—Cariño —dijo con sorna antes de soltar una risotada. El sonido me recordó a sus carcajadas. El estómago me dio un vuelco. No me gustó—. No se puede hacer una reforma con un pantalón de vestir y un martillo.

—También tengo un destornillador —repliqué—. Y esto no es de vestir.

—Créeme, lo sé. Tengo ojos.

Fruncí el ceño. ¿Qué quería decir con eso?

—No soy una adicta al trabajo solitaria y triste —me sentí en la necesidad de decir—. Tengo una vida —repetí—. Escucho pódcast. De crímenes reales. También tengo una memoria impresionante. Puedo recitarte la plantilla completa de las Green Warriors. O las actividades programadas en Green Oak, una a una. Podría incluso enumerar todos...

«Todos y cada uno de los logros de tu carrera. Los premios y trofeos que has ganado. Los campeonatos que has jugado. Incluso puedo decirte cuántas paradas hiciste en tu último Mundial». Así de buena era mi memoria.

También dejaba claro lo mucho que a esas alturas había leído sobre Cameron.

Joder..., necesitaba una afición.

—Así que eso escuchabas mientras le dabas al martillo —masculló—. Asesinatos macabros. —Soltó otra risotada y..., y odié con todas mis fuerzas lo mucho que me distraía ese sonido—. Pero sigue sin ser una afición.

—No sabía que hablaba con la policía de las aficiones.

—Cariño...

157

—Preferiría que no me llamaras así.

Puso una expresión risueña.

—Se escuchan pódcast mientras se hace otra cosa, como reformar casas… si es que es cierto que eso te gusta. —Me miró el pelo con cara de suficiencia—. Y tener buena memoria es una habilidad, no una afición.

—Vale. —Chasqueé la lengua—. ¿Qué me dices de ti? ¿Qué hace un exjugador profesional de fútbol con tanto tiempo libre?

Me recorrió la cara con la mirada despacio, y por un momento creí que no iba a contestar. Que se levantaría y se marcharía. No sería la primera vez que se ponía nervioso al mencionar su carrera.

Sin embargo, me sorprendió al decir:

—Hago senderismo. Acampada. Me encanta el aire libre. Y también practico yoga, pero no como el que hicimos el domingo.

Y sin más, cientos de imágenes acudieron en tropel a mi mente. Nunca había tenido mucha imaginación, pero tampoco la necesitaba para pensar en Cameron en cualquiera de esos escenarios. Por un sendero perdido, con toda esa ropa de montaña y la piel sudorosa. O haciendo posturas de yoga, con esos músculos que había visto de cerca tensos. Me…

—En fin —susurré—, me cuesta imaginarte haciendo algo que no sea quejarte.

Se le escapó una carcajada, y el sonido se me clavó en el estómago. ¡Uf!

—También hago meditación —añadió.

Más imágenes acudieron a mi mente sin que las invitara a venir.

—¿Meditación?

—Entre otras cosas, sí.

Tragué saliva, frustrada de repente por ese hombre que era una caja de sorpresas.

—Como me digas que también haces punto, me levanto y me voy, y no volveré a creer una palabra que venga de ti.

—No hago punto. —Ladeó la cabeza con expresión pensativa—. Aunque lo intenté. He intentado muchas cosas. —«Fabuloso, vamos, y no me hace sentir una persona triste y sin aficiones, ¡qué va!». Siguió—: Dicen que es bueno para no preocuparse por otras cosas. Para desconectar. Para calmar la mente cuando tus propios pensamientos te agobian. —Levantó una de sus manos enormes—. Pero tengo los dedos demasiado grandes y demasiado destrozados, y además me falta paciencia.

Podría haberle dicho que ya sabía que tenía poca paciencia, pero estaba ocupada aprovechando la oportunidad de inspeccionar esa mano de cerca. Sin necesidad de una excusa. Como ya había visto, tenía los dedos largos y fuertes. Y también ásperos, al parecer. El dedo corazón lo tenía torcido, aunque ya me di cuenta el día que nos conocimos, como si se lo hubiera fracturado y no se hubiera curado bien. El sello que llevaba en el meñique relucía a la luz del atardecer.

—Deberías intentarlo —dijo.

—¿Hacer punto?

—Dejar de pensar. Dejar de dar vueltas a las cosas y de analizar constantemente cada segundo de tu vida y de las de los demás. Dejar de medir cada palabra que sale de la boca de alguien. Incluida la tuya.

Tragué saliva.

—Yo no hago eso —repliqué, pero lo dije con un hilo de voz. Estaba protestando. Daba la sensación de que lo hacía a todas horas, y lo detestaba—. Soy más que capaz de distraerme y relajarme. Podría probar cualquier afición y se me daría genial. Podría ser mejor que tú en el yoga si... —dije mientras pensaba: «Tus manos no hubieran recorrido todo mi cuerpo»— practicase lo suficiente.

Cameron volvió a aguantarse las ganas de reír.

—Eres una tía competitiva y con mucho genio, ¿no?

159

Resoplé.

—No me llames «tía».

—Supongo que no debería sorprenderme —replicó con la mirada tan fija en mí que por un instante creí que me taladraría hasta el cerebro.

Abrí la boca para preguntarle qué quería decir con eso.

Sin embargo, extendió un brazo y me cogió la cara con una mano. La palma me acarició la mejilla, dejándome sin aliento, y después me rozó la piel con el pulgar. Me deslizó el dedo con delicadeza por el mentón, haciendo que entreabriera los labios mientras una oleada de energía estática me inundaba el rostro.

Se extendió deprisa, como una mecha de pólvora, por el cuello. Por los brazos. Me provocó un hormigueo que me llegó hasta la punta de los pies.

Cameron me estaba tocando y yo solo podía quedarme quieta, inmóvil, mientras su pulgar me rozaba la cara.

Con el corazón desbocado, vi que bajaba la mirada hasta el punto del mentón que ardía y cobraba vida bajo sus caricias.

—Te vas a hacer daño como sigas así —dijo en voz tan baja que no entendí sus palabras—. Estás muy confundida, cariño —susurró mientras me volvía a clavar esos ojos verdes—. Casi no puedo verte bajo todo este caos.

Debería apartarme. Pero la caricia de Cameron —el vínculo físico que me unía a él— era tan poderosa, tan repentina e intensa que me arrastraba. Como un campo de energía, o el vacío. Me sentí atrapada.

Me agarró del mentón con un gesto tierno que no comprendí ni me esperaba, y cerré los ojos. No debería estar haciendo eso. No debería estar tocándome de esa manera, limpiándome con delicadeza el polvo de la cara como si le importase que estuviera ahí. Y yo…, no debería sentirme tan bien.

Me aparté de golpe.

Me alejé de su caricia y de lo que me estaba provocando.

Cuando abrí los ojos, no parecía molesto por mi reacción.

En absoluto. De hecho, parecía presa de la curiosidad. Como si hubiera visto algo que quisiera examinar de cerca.

Seguramente todo aquel polvo y aquella suciedad.

Solo atiné a limpiarme la cara con el bajo de la camiseta con gesto furioso y una mezcla de indignación y desconcierto, concentrada en demostrarle que no necesitaba a nadie para hacerlo. Que me bastaba yo sola.

Cameron musitó algo antes de ponerse en pie, y esperó a ese momento para decir:

—A lo mejor no somos tan distintos. —Se le oscurecieron los ojos verdes—. A lo mejor yo también intento demostrar algo.

15

Cameron

—¿Estas son las equipaciones?

Asentí con la cabeza.

—Ajá.

Adalyn dijo algo entre dientes antes de farfullar:

—Pero…, pero…

—¿Parecen salidas de una fiesta de disfraces ambientada en los ochenta?

—¡Sí! —exclamó con un resoplido, y no podía negar que me sentía identificado con ese bufido derrotado—. ¿Cuándo…?

—Josie se ha pasado hace un rato. Ha venido con regalos.

—Pero ¿cómo…?

—¿Recuerdas la historia de su madre y el equipo? —Adalyn puso los ojos como platos y asentí con la cabeza—. Pues estas son las equipaciones que usaban entonces. Vete a saber por qué las han guardado todo este tiempo.

—¿Las han…?

—¿Lavado? Sí —contesté—. Fue lo primero que me dijo Josie.

Adalyn entrecerró los ojos.

—¿Ahora también lees la mente?

—No. —Pero empezaba a comprender cómo funcionaba la suya. Me volví hacia las niñas, que estaban desperdigadas por el campo—. Ya no podemos hacer nada.

—Es culpa mía —dijo Adalyn a mi lado—. Debería haberlas

comprobado. Es lo que le pedí a Josie, pero es muy convincente cuando quiere. —Resopló—. A ver si puedo encargar otras rápido. Pero necesitamos organizarlo todo. Camisetas, pantalones, calcetines, espinilleras, botas de tacos, nada de zapatillas de deporte. Necesitamos un esquema cromático y un estilo para los números. Todo. Puede que... —Una pausa—. ¡Madre mía! ¿Qué hacemos con el tutú de Chelsea? ¿Y si las descalifican? ¿Y si...?

—Cariño...

—Adalyn.

—Adalyn —claudiqué, pero solo para que no se alterase aún más. En ese momento no tenía fuerzas para lidiar con una dosis extra de insolencia. La cantidad de hinchas que las Grovesville Bears habían traído al pueblo era más numerosa de lo que esperaba y empezaba a pasarme factura—. Solo es un partido, ¿no? —Ella torció el gesto, contrariada, pero levanté un dedo—. Chelsea se ha negado a quitarse el puñetero tutú, dice que es el Cisne Negro o alguna gilipollez poco apropiada para su edad que María le ha metido en la cabeza. Pero la árbitra me ha dicho que no pasaba nada cuando le he preguntado, y no deja de ser una niña. Todas lo son. Olvídate del tutú y de las equipaciones e intenta sobrevivir al partido sin provocarme un dolor de cabeza. Solo es una liga infantil. Un juego de niños. Literalmente.

Adalyn frunció el ceño, y, tonto de mí, por un segundo creí que lo dejaría estar. Era evidente que me equivocaba.

—Pero el equipo está ridículo. —Suspiré—. Son guerreras, como dice su nombre, deberían parecer feroces. Imponentes. Profesionales. No es tanto que vayan de rosa. Hemos cambiado la tercera equipación de los Miami Flames a un tono muy parecido que se ha hecho muy popular entre los aficionados. Pero ¿esto? —Extendió una mano—. Es horrorosa y anticuada, y el equipo parece... poco profesional.

No podía llevarle la contraria.

—Intenta pasar del tema. Cierra los ojos. No las mires. Incluso vete, si quieres. —Me observó con los ojos entrecerrados, así que me volví de nuevo hacia el césped—. Ya no hay nada que hacer, así que o dejas de protestar o te vas a casa.

—Sabes que tengo razón.

—También sé que empieza a dolerme la cabeza.

—Mira al otro equipo —insistió, pero no hacía falta. Adalyn siguió—: Parecen uno de primera en miniatura. Hasta la entrenadora lleva un chándal a juego. —Una pausa—. Me pregunto si alguien las estará patrocinando.

—Creía que en el archivador ese te guardabas todas las respuestas del universo —repliqué con sorna, pero me volví hacia la derecha para fijarme en la entrenadora de las Bears.

La mujer del chándal me miró a los ojos desde el otro lado del campo. La saludé con una inclinación de cabeza e incluso abrí la boca para desearle «Buena suerte», pero en ese momento ella entrecerró los ojos y cruzó los brazos por delante del pecho. La miré con el ceño fruncido. Y en respuesta ella articuló con los labios: «Os vais a cagar».

—Vamos, no me jodas —mascullé.

—Esa boca —susurró Adalyn—. No puedes hablar así delante de las niñas. Es poco profesional.

Me volví hacia ella y vi que estaba enfrascada en el móvil.

—Pero acaba de decirme que nos vamos a cagar.

Adalyn levantó los ojos de la pantalla un segundo y miró a la mujer antes de bajarlos de nuevo con un suspiro. Sus dedos iban a toda velocidad por el dispositivo. Tecleaba como una posesa. Se detuvo, levantó el teléfono y empezó a hacer fotos. Como no le convencían, retrocedió unos pasos, apuntó hacia delante e hizo como cien más.

Me quedé mirándola a cuadros.

—¿Se puede saber qué haces? El partido está a punto de empezar.

Volvió a mi lado mientras se encogía de hombros y siguió tecleando como una loca.

—¿A qué viene esa pregunta? Es evidente que estoy trabajando.

—A esa velocidad te reventarás el metacarpo.

—¿Es un hueso de los dedos? Si es así, no pasará. Estoy acostumbrada a escribir deprisa cuando me viene una lluvia de ideas.

—Lluvia de ideas —repetí despacio—. ¿Para qué? ¿Estás buscando nuevas formas de sacarme de quicio?

—¡Ja! —exclamó con un deje malhumorado—. Para la nueva equipación. Puede que también encargue unos banderines con el nuevo logotipo para repartir entre los asistentes a los partidos. —Se mordió el labio un momento y se me fue la vista detrás—. Puedo pasarte una copia de mis notas. Podemos repasarlo todo el lunes. Después del entrenamiento. ¿Te va bien?

Recordé la última reunión que habíamos tenido. El botón abierto. Su aroma en mis pulmones. El satén lavanda. Apreté los dientes.

Sin levantar la cabeza de la pantalla, dijo:

—No me mires así, entrenador.

Pasé de ese «entrenador».

—¿Cómo sabes que te estoy mirando?

—Porque solo tienes dos modos: arrogante o cabreado.

Resoplé sin querer. Seguramente tenía razón.

—Creía que habíamos acordado que las reuniones serían los miércoles.

—Lo del lunes no será una reunión —puntualizó mientras movía el pulgar arriba y abajo, cambiando de aplicación a una velocidad impresionante—. Será un encuentro informal para intercambiar ideas.

—Por mucho que digas que el «encuentro» será «informal» no deja de ser una reunión, cariño.

Tocó una última vez la pantalla con el índice. Levantó la cabeza y por fin me miró.

—¿Y si me llamas «jefa»? —Levantó una ceja—. No soy una

fanática de los sistemas jerarquizados, pero creo que en esta ocasión puedo pasarlo por alto.

La miré por debajo de la visera de mi gorra. Había vuelto a recogerse el pelo en un moño tirante. Solo que en esta ocasión lo llevaba en la coronilla, permitiendo que el sol le marcara más las facciones. De nuevo había recurrido al traje beis claro acompañado de un top azul de tela brillante que desearía que no cubriese la americana.

Era la vez que la había visto más arreglada. Incluso los zapatos de tacón que llevaba parecían más altos de lo habitual. Ese día, Adalyn estaba lista para impresionar. Discreta y preparada para aplastar a algún pobre diablo. A mí, seguro. Y sin embargo, era un cambio que agradecía en comparación con el aspecto que tenía la otra tarde en su porche. Cubierta de polvo. Con las mallas y el pelo enredado. Y yo... todavía no sabía qué versión de Adalyn me resultaba más desconcertante.

Sentí un hormigueo en las palmas al recordar la piel de su cara bajo mis dedos.

Apreté la mano derecha.

—¿Dónde está el anillo? —me preguntó, devolviéndome al presente.

Me di cuenta de que fruncía el ceño por la sorpresa, pero me di unas palmaditas en el pecho.

—Estoy acostumbrado a quitármelo para los partidos. Lo llevo colgado de una cadena.

Se puso colorada, pero si sacó alguna conclusión, se la guardó.

—¿Y a qué viene la gorra? —Me miró de arriba abajo con expresión recelosa—. ¿Es tu atuendo para los partidos? Puedo pedirte una cuando encargue un chándal a juego con las nuevas equipaciones. Puedo pedirles que estampen en la parte de delante de la gorra ENTRENADOR A LA FUERZA.

La miré con los ojos entrecerrados.

—A ver, repíteme por qué estás aquí.

—Soy la directora deportiva de las Green Warriors, ¿dónde iba a estar, si no?

166

—En la zona técnica no. Yo soy el entrenador y este es mi banquillo.

—Lo de «zona técnica» es mucho decir. —Señaló el humilde espacio que nos rodeaba con un gesto de la mano—. Y me necesitas. Estoy segura de haber oído a la entrenadora de las Bears conspirar contra ti mientras cruzaba el aparcamiento. —Se encogió de hombros—. Detestaría tener que buscarte un sustituto si desaparecieras misteriosamente en…, no sé, la zona de los arbustos de detrás de las gradas a las que nadie va nunca. —Una pausa—. Tampoco es que le haya dado ideas.

De no estar tan sorprendido por el hecho de que Adalyn bromease conmigo, habría soltado una carcajada.

—¿Eso quiere decir que me protegerás de ella?

—Que no se te suba a la cabeza —protestó Adalyn sin mirarme—. Eres mi único empleado, entrenador.

Con un resoplido, dejé que tuviera la última palabra y aparté la mirada. Y poco después la árbitra pitó, dando comienzo al partido.

Di un paso al frente y algunas palmadas para llamar la atención de las niñas.

—Muy bien. ¡Atentas, Green Warriors!

Todas las jugadoras volvieron la cabeza hacia mí desde el césped. El balón se puso en movimiento. Me miraron parpadeando.

—¿Qué pasa? —susurró Adalyn a mi lado—. ¿Qué has hecho? ¿Por qué no se mueven?

—¡Vista al frente! —ordené a las niñas al tiempo que señalaba el otro lado del campo con la mano—. No me miréis a mí —les ordené, indicando hacia el balón. Pero cuando las Green Warriors reaccionaron, no pudieron evitar que el otro equipo se hiciera con la pelota y cruzase el campo.

María frunció el ceño desde su posición bajo la portería. Pero… ¿qué hacía ahí María? Nuestra portera era Juniper. ¿Dónde narices estaba Juniper? Mierda. Joder. Estaba tan absorto con Adalyn que…

La delantera de las Bears echó la pierna hacia atrás para chutar. María se volvió y me saludó con un gesto distraído de la mano. No. Estaba saludando a Adalyn.

Quise avisarla:

—¡Que te van a meter...!

Sin embargo, el balón entró en la red, pasando sin esfuerzo por encima de una sonriente María.

—Gol —terminé.

Las gradas se pusieron en pie, entre vítores. El humilde marcador cambió. Green Warriors: 0 – Grovesville Bears: 1.

Miré por encima del hombro, sorprendido por la multitud entusiasmada que no pertenecía al pueblo. Aunque las Green Warriors jugaban en casa, las únicas caras que reconocí más allá de la de Josie fueron las de algunos padres, entre ellos Diane y Gabriel. Vale, no es que yo tuviese muchos amigos en Green Oak, pero casi no había verde en las gradas. Todo era rojo y blanco.

Una mujer me miró a la cara y los ojos le relampaguearon con una emoción que me hizo temer que me hubiera reconocido. Me di la vuelta y me calé más la gorra.

—No pasa nada —dijo Adalyn cuando la multitud se calmó y se reinició el juego—. Solo ha sido un gol. Tenemos tiempo de sobra. Hay más...

Adalyn se interrumpió de golpe cuando Chelsea recuperó el balón del equipo contrario y corrió. Los dos miramos boquiabiertos a la niña, que se movía más rápido de lo que jamás había visto moverse a una cría con tutú.

Cuando Chelsea llegó a la zona de penalti de las Green Warriors, Adalyn susurró:

—¿Qué hace?

Sin embargo, fui incapaz de contestar. Solo atiné a mirar mientras Juniper gritaba algo a lo lejos, y como Chelsea no se detuvo, salió corriendo tras ella. Sin inmutarse, a nuestra centrocampista con tutú todo parecía darle igual.

Adalyn susurró algo antes de decir en voz alta:

—Madre mía, haz algo, Cameron. Va en dirección contraria.

—No hay nada que hacer, cariño —repuse al tiempo que inspiraba hondo, momento en el que Chelsea chutó haciendo una floritura—. Nada le habría impedido meter ese gol en propia puerta.

Los seguidores de las Grovesville Bears estallaron en vítores de nuevo porque, aunque técnicamente no habían marcado, un gol era un gol. Mantuve la vista al frente y la gorra calada, con la sensación de que ese hormigueo en la nuca que tan bien conocía se intensificaba con cada aplauso en las gradas. Eso no solo había sido un gol, sino un absoluto caos.

Me había pasado la semana restándole importancia a los intentos de Adalyn por planear una estrategia, con la certeza de que todo lo que sugería era una exageración. Seguía creyéndolo. Pero de alguna manera, mientras se reanudaba el juego y las niñas corrían por el césped, solo atinaba a pensar en el archivador rojo. Y en el azul.

Me preguntaba si habría algo en alguno de ellos que me hubiera advertido de eso. Para bien o para mal, era el entrenador del equipo y…, en fin, saltaba a la vista que no había hecho un buen trabajo cuando mi portera estaba en el centro del campo y mi centrocampista acababa de meter un gol en propia.

Con el rabillo del ojo, vi a la entrenadora de las Bears. Me observaba con una sonrisa chulesca que no me gustaba ni un pelo. Sin dejar de mirarme, se llevó los puños a los ojos y fingió secarse unas lágrimas inexistentes.

No me inmuté. Esa mujer no sabía que, durante mi carrera, había aguantado cosas que seguramente le pondrían los pelos como escarpias. Me…

Vi a Adalyn salir disparada.

—¡Árbitra! —aulló. A pleno pulmón. E hizo que más de una cabeza se volviera a mirarla—. Un comportamiento tan antideportivo como este no deja en buen lugar a la entrenadora de un equipo infantil.

169

—Señora, vuelva de inmediato a la banda —le advirtió desde el césped la árbitra, una mujer que no estaba para tonterías.

Se oyeron carcajadas desde el banquillo contrario, y Adalyn se volvió en esa dirección.

—A lo mejor debería preocuparse más por su equipo de pacotilla. —La entrenadora de las Bears la miró de arriba abajo de forma que se me encogió el estómago. Bajó la voz—. A su casa, princesa.

«Princesa».

Los que no estaban pendientes no captaron la última palabra, pero Adalyn y yo la oímos.

—Perdone —replicó Adalyn con voz muy aguda. Se volvió hacia ella—. Con el debido respeto, señora, no soy...

Extendí un brazo a toda prisa y tiré de ella hasta pegarla a mi lado. Un leve aroma a lavanda me inundó las fosas nasales.

—Para el carro, cariño.

Adalyn pareció distraerse un momento, porque tardó en hablar.

—Me ha llamado «princesa» —dijo al cabo de un rato. Sentí un breve nudo en la garganta. Yo también la había llamado así—. Y se está burlando del equipo y de ti. No pienso permitirlo.

Algo se me aflojó en el pecho, tranquilizándome. Pero aunque estaba tan sorprendido como halagado por esa vena protectora, quería mantener mi anonimato, y había una multitud considerable a nuestro alrededor.

—No sé, jefa. Yo voto por mantener las formas y pasar de ella.

Sentí que la tensión la abandonaba. Seguía rodeándola con un brazo.

—Acabas de llamarme «jefa».

Cierto. Eché un rápido vistazo alrededor en busca de curiosos. Todos, salvo la entrenadora del equipo contrario, parecían distraídos con el partido. Ah, mierda.

—¿Recuerdas que antes te dije que no había nada de lo que preocuparse? —Ella asintió con la cabeza—. Pues creo que ya sí.

—Que sepas que aún puedo hacer que la árbitra expulse a esa tía —me aseguró. Pero con voz más baja. Más calmada—. Soy convincente. Y conozco a muchas personas importantes en este mundillo.

Se me escapó una carcajada. No era la primera, y empezaba a asumir que tampoco sería la última.

—No creo que tus contactos en el mundillo valgan de mucho aquí, cariño. Es una liga infantil regional. —Masculló algo, y levanté el brazo mientras mis dedos rozaban por propia voluntad el top que había estado mirando antes de soltarla. Parecía satén. No protestó—. Reunámonos el lunes.

Se le hinchó el pecho al tomar el aire y, cuando habló, solo pronunció dos palabras:

—¿Por qué?

No tenía ni puta idea, la verdad.

—Porque parece que tenemos trabajo.

Adalyn titubeó un momento, pero después se acercó más a mí. Hasta que las puntas de esos zapatos que detestaba me tocaron las botas. Levantó la barbilla y me observó en silencio. Tenía unas pecas diminutas en el puente de la nariz.

—Vale —dijo despacio—. Puede que tengas un tercer modo. Además del arrogante y el cabreado.

Eso ya lo sabía.

Y sin entender muy bien por qué, acababa de activarse.

16

Adalyn

—Mis queridos voluntarios y vecinos —dijo Josie, que extendió los brazos haciendo una floritura—. Bienvenidos al CBBL anual de Green Oak, o como todos lo conocemos, Cerveza, Barbacoa y Boogie junto al Lago.

Diane carraspeó desde la primera fila. Josie le dirigió una sonrisa tensa.

—¿Sí, Diane?

—¿Por qué le hemos cambiado el nombre? —preguntó, haciendo que Josie sonriera—. Se suponía que iba a ser la Fiesta de Fin de Verano junto al lago. Tendría que haberse celebrado hace semanas, la última de agosto, como cada año. —Esa cabeza de color amarillo pollo se volvió hacia las gradas—. ¿Dónde están las salchichas empanadas y los minidonuts glaseados? Y no solo se sirve cerveza. Y ya puestos, no entiendo qué quieres decir con «boogie».

Josie soltó una risilla que, supuse, no resultó tan alegre como ella esperaba.

—Bueno, Diane —replicó, pronunciando el nombre con retintín—, si hubieras prestado atención durante el pleno de primavera sabrías que estamos intentando animar las cosas para las próximas temporadas. Ya sabes, para atraer a gente de todo el condado con actividades divertidas y alegres que tengan nombres divertidos y alegres. De ahí el boogie, de ahí la barbacoa, de ahí la cerveza artesanal y de ahí —dijo alzando la voz para darle énfasis— el cambio de nombre.

—Pero hay un puesto de café —protestó Diane—. Y nuestra Fiesta de Fin de Verano estaba bien. Era la mejor del condado, si me lo permites. No entiendo por qué tenemos que intentar atraer a la gente de otros pueblos.

Josie frunció el ceño mientras se lanzaba a otro discurso para explicar por qué era bueno el cambio.

El hombre a mi lado resopló y llamó mi atención. Se estaba pasando una mano por el pelo. A esas alturas, ya conocía algunos de los gestos delatores de Cameron. No le apetecía estar allí y, después de su comportamiento durante el partido, supuse que se debía a la gente que podía atraer la fiesta. El día anterior lo había visto dar un respingo cada vez que la multitud reaccionaba.

—Es por el boogie, ¿verdad? —le dije en voz baja.

Mi pregunta pareció sorprenderlo, porque cuando me miró vi que fruncía el ceño.

—Sí.

Me planteé por qué se sometía a algo así, si lo odiaba. Estaba claro que creía que yo iba a delatarlo. El sentimiento de culpa hizo que se me revolviera el estómago.

—Como Josie sugiera que bailemos, me largo.

—¿Que bailemos?

—Los voluntarios —especifiqué, y sentí que una oleada de calor me subía por el cuello. La imagen de los brazos de Cameron rodeándome cobró forma en mi mente—. Si es necesario, me esconderé en el bosque. Me da igual que Josie diga que allí pasan cosas raras porque está encantado. Fíjate lo poco que me apetece bailar esta noche.

Cameron resopló.

—Pues pensaba que precisamente tú te lo creerías —comenté. Me miró con expresión burlona.

—¿Y eso por qué, cariño?

—Porque los futbolistas creéis en rituales de la suerte y en cosas como el yuyu —señalé mientras me encogía de hombros. Qui-

173

se preguntarle si lo de llevar el anillo colgado de la cadena también se debía a eso—. He visto a algunos jugadores hacer cosas muy absurdas antes de un partido.

Los ojos de Cameron recorrieron mi rostro un instante, como si buscaran algo. Ese ridículo rubor apareció de nuevo.

—No todos los futbolistas son iguales. —Se volvió para mirar al frente—. Si esta noche te portas bien conmigo, te llevaré de excursión y te demostraré que en el bosque no hay espíritus ni cosas raras. Pero no podrás ponerte esos putos tacones.

Resoplé.

—Si me porto bien contigo...

—Vosotros dos os encargaréis de la cerveza —anunció Josie, que de repente apareció delante de nosotros—. Me encanta tu look, Adalyn, pero ¿no has traído algo más abrigado? Junto al lago, la temperatura baja mucho por la noche. Por eso indicamos en el folleto que la gente se ponga varias capas de ropa.

Me miré.

—Es una chaqueta de *tweed*. No pasaré frío.

—Muy bien —dijo al tiempo que se volvía dando una palmada—. Seguidme, por favor. Os acompañaré a vuestro puesto. —La seguimos—. Todavía queda un rato para que la gente del pueblo que se ha apuntado al CBBL empiece a divertirse. —Se detuvo delante de una caseta con un cartel que rezaba EL SUBIDÓN DE JOSIE. Fruncí el ceño—. Esta preciosidad es mi nuevo proyecto de cerveza artesanal. Todavía no tengo muy claro el nombre.

Cameron murmuró algo que no alcancé a oír.

—Entonces... —titubeé—, ¿la cerveza que vamos a servir esta noche la has hecho tú?

—Sí, señorita. —Mostró una sonrisa de oreja a oreja—. Es una IPA turbia. Llevo meses perfeccionando la receta, y creo que por fin lo he conseguido. Ya me diréis qué os parece cuando la probéis. —Guiñó un ojo—. Vale, se acabó la cháchara. La gente llegará dentro de poco y quiero a todos los voluntarios preparados y en sus puestos. —Señaló un barril con un chisme en la parte superior—. ¿Habéis utilizado alguna vez uno de estos?

—Sí —respondió Cameron con un suspiro, antes de que yo pudiera abrir la boca—. Y el grifo no está bien enroscado.

Se arremangó la chaqueta de franela que llevaba esa tarde. Clavé la vista en sus antebrazos y enseguida vi la tinta que le cubría la piel. Sentí algo en un lugar situado entre las costillas y el estómago, y no era simple curiosidad. Me incliné hacia delante para verlo bien en cuanto puso las manos en la parte superior del barril.

Los músculos de sus brazos se flexionaban mientras desenroscaba y enroscaba las partes del grifo con seguridad.

Me toqué las mejillas. Estaban calientes. Y yo...

¡Pero vamos a ver! ¿Qué me pasaba? Nunca me había sentido atraída por un tío trabajando. Ni por los tatuajes. Ni por los antebrazos. Ni por la franela.

Un codazo en el costado me sacó del trance.

Los claros ojos azules de Josie me miraban con expresión traviesa.

—Se te cae la baba —me dijo. Abrí mucho los ojos horrorizada y me llevé la mano a la boca. Ella se rio a carcajadas, y cuando Cameron nos lanzó una mirada inquisitiva recuperó la serenidad y dijo—: Gracias por hacerte cargo, Cam.

El aludido respondió encogiéndose de hombros.

—Vale, ahora que ya sé que El Subidón de Josie está en buenas manos y que tú, Cam, puedes enseñarle a Ada cómo funcionan los grifos, iré directa al grano. —Levantó una mano y señaló una caja metálica negra—. Al entrar, todos los asistentes reciben fichas para comida y bebida, así que lo único que tenéis que hacer es aceptar una ficha y entregarles una cerveza. Si alguien quiere dar propina, le decís que hay una hucha con forma de cabra junto al puesto de bebidas calientes. Allí estaré yo. Todas las propinas se destinarán al presupuesto del CBBL del año que viene. ¿Alguna pregunta? —Esperó un momento, pero justo cuando abrí la boca, dijo—: ¡No hay preguntas, perfecto!

Me voy pitando al puesto de la barbacoa. Gabriel ha dicho algo de unas hamburguesas veganas caseras que me ha puesto los pelos de punta. A divertirse y —recuperó la mirada traviesa— recordad que estáis aquí para fingir que os encanta estar juntos y conoceros más para reforzar el equipo. Diane está ojo avizor, así que os sugiero que os tratéis con amabilidad.

Y tras guiñarme un ojo con expresión sugerente, lo que volvió a sacarme los colores, se alejó a toda prisa.

—¿Estás bien? —me preguntó Cameron.

—Claro —contesté, rodeándolo para colocarme en algún lugar donde no viera esos antebrazos que tanto me distraían—. Estaba pensando que se me ha olvidado preguntarle a Josie de qué va eso del boogie. —Abrí la caja metálica para entretenerme con algo—. ¿Cómo es que sabes montar un grifo de cerveza?

Resultó que, de adolescente, Cameron había trabajado en un pub. Antes de firmar su primer contrato como futbolista profesional, pasaba los veranos trabajando de lo que saliera. Eso explicaba muchas cosas. También me provocó una sensación extraña en el pecho.

Pero no iba a prestar atención a eso. Tener predilección por la gente trabajadora no era nada nuevo.

Resultó que lo del boogie era la interpretación de canciones de los años setenta y ochenta de un grupo de Green Oak. Uno en el que Josie tocaba el bajo.

La cantidad de cosas que sabía hacer esa mujer me resultaba fascinante.

Enseguida descubrí que sabía hacer de todo menos cerveza. Bebí un sorbo de El Subidón de Josie y podría decirse que era tan turbia que casi se masticaba. No era experta en cerveza artesanal, siempre había preferido el vino, pero me daba que una IPA turbia no tenía que ser así.

176

Aunque a los asistentes no parecía importarles. El puesto de El Subidón de Josie estuvo tan concurrido como los demás. No podía decirse que estuviera a tope, pero había bastante interés como para que Cameron hiciese la mayor parte del trabajo y yo quedara relegada a recoger las fichas. Eso, por desgracia, le obligó a remangarse más, a descubrirse los antebrazos y a flexionar los músculos mientras levantaba vasos y cambiaba barriles. En un momento dado, me di cuenta de que llevaba tanto tiempo mirándolo fijamente —en concreto, ese trozo de tatuaje en la parte izquierda de la muñeca— que me había olvidado de recoger fichas. Así que metí en la caja unos dólares que llevaba en el pantalón y seguí devorándolo con los ojos.

Fue entonces cuando sacó un gorro de lana de un bolsillo secreto de la chaqueta de franela.

Así que no me quedaba otra que odiar la franela, los gorros de lana y los bolsillos secretos.

Por eso, al oír las cinco primeras notas de «Boogie Wonderland» procedentes del improvisado escenario, aproveché la distracción de los asistentes y salí corriendo.

Sí, me estaba escondiendo. De Cameron, no del boogie.

Llegué al extremo más alejado del lugar donde se celebraba el CBBL, cerca del lago, con la única compañía de las dos cabras —no una, sino dos— que María había llevado. Si hubiera salido un espíritu del bosque y me hubiera pedido por señas que me acercara con las cabras, lo habría hecho encantada.

Brandy baló desde el lugar que ocupaba a mis pies. Y tal como había sucedido en el cuarto de hora que llevaba allí, Tilly respondió nerviosa.

—Os queréis callar ya —susurré, ganándome otros dos balidos—. ¡No! Chitón.

Miré por encima del hombro, buscando entre la multitud un par de ojos verdes, barba oscura y gorro negro. Ni rastro de él. Bien. Volví a centrarme en el bosque justo cuando una ráfaga de aire frío me golpeó en la cara y me obligó a acurrucarme.

El traje de *tweed* era lo más abrigado que tenía, pero Josie estaba en lo cierto: en cuanto el sol empezó a ponerse, me di cuenta de que no era la elección más acertada. Nada de lo que había llevado lo me habría valido.

—No pasa nada —murmuré en voz baja, recordando el gorro de Cameron. Y las botas. Y los vaqueros. Y la chaqueta de franela. Y en lo calentito que estaría. Quizá debería pasarme por Deportes Moe y comprarme un gorro de lana. Brandy me dio un empujón con la cabeza en la pierna—. Lo sé. Yo tampoco me veo con gorro. —Quizá podría acostumbrarme a la franela. Suspiré—. Al menos podía haberse olvidado la chaqueta antes de irse.

—¿Quién se ha ido?

Estuve a punto de caerme de la roca en la que estaba sentada.

—¡Ay, madre! —murmuré al tiempo que volvía la cabeza y me encontraba esa montaña de franela acolchada a un par de metros a mi izquierda.

Cameron frunció el ceño bajo ese ridículo gorro.

—¿Tu madre?

Abrí la boca para contestar, pero me azotó otra ráfaga de viento que detuvo mis palabras y me provocó un escalofrío por la espalda. Me rodeé la cintura con los brazos y me encogí de hombros.

Si le molestó mi silencio por respuesta, no lo dijo. En cambio, se acercó y se sentó a mi lado. Le miré los antebrazos. Gracias a Dios, se había bajado las mangas. Sin embargo, me fijé en sus manos, que tenía entre las piernas. Relajadas. Ásperas. Grandes. Con el sello en el meñique. Uf. ¿Qué me estaba pasando? No podía quedarme hipnotizada con todas las partes del cuerpo que ese hombre me ponía delante.

Tilly, que por su tamaño parecía ser más joven que Brandy, correteó junto a Cameron, lo que me ofreció una oportuna distracción. Lo vi tenso.

—Puedes irte —murmuré. Más bien fue una petición, en realidad. Nos haría un favor a los dos. No podía esconderme de él si estaba a mi lado.

—Solo es una cabra —respondió. ¿No fueron esas sus palabras en la clase de yoga?—. Bueno, dos cabras. Y una es diminuta.

Recordé algo más que había dicho. «Todos tenemos miedo a algo en esta vida».

—Le prometí a María que les echaría un ojo —le expliqué para no pensar en eso.

—Creía que me estabas evitando —dijo él, y me dio un vuelco al corazón—. Y has venido al sitio del que sabías que me mantendría alejado.

Tragué saliva y sentí un nuevo escalofrío que no tenía nada que ver con el tiempo.

—Me parece que alguien se cree el ombligo del mundo. —El calor volvió a mi cara—. Estoy evitando la música, que no es muy buena, por si no te has dado cuenta.

Como si esa hubiera sido la señal, la música se detuvo y el público estalló en aplausos.

Brandy se tensó a mis pies, y eso me recordó las palabras de María sobre la ansiedad que sufría el animal provocada por los ruidos fuertes. Tilly baló junto a Cameron, y noté el contacto de un hombro cálido contra el mío.

Se estaba alejando de la cabra diminuta. Carraspeé.

—Estoy bien —gruñó. Aunque no lo estaba. Y por cálido que fuera su brazo y que amortiguara el frío que me invadía, seguí sintiéndome mal. Me sentía culpable, aunque no sabía por qué. Abrí la boca, pero Cameron se adelantó y dijo—: Viví en una granja durante un tiempo. De pequeño.

Oh. Esa información pareció alojarse en algún lugar de mi mente, como si fuera importante. Como si mereciera la pena recordarla.

—En Inglaterra —dije a modo de aclaración. Redundante, porque ambos lo sabíamos.

Sin embargo, él asintió con la cabeza de todos modos.

—Pero mi *nonna* la odiaba. Así que volvimos a la ciudad.

Recordé su comentario sobre que se crio con su abuela. Y descubrí que recordaba todo lo que salía de la boca de ese hombre.

—¿Estáis muy unidos?

—Lo estábamos —respondió, mirándome—. Murió antes de que yo firmara por el Islington West.

Su primer club.

Lo miré fijamente a los ojos y me perdí en la expresión abierta y vulnerable que mostraba en ese momento. Vi nostalgia en su mirada. Y un poco de tristeza.

—Yo no conocí a mis abuelos —me oí decir—. Mi madre nació en Cuba y vino a Estados Unidos años antes de tenerme a mí. Lo dejó atrás todo y a todos. Mis abuelos paternos... murieron cuando mi padre era joven. —Cameron frunció el ceño—. No tengo experiencia con ese tipo de vínculo, pero creo que tu abuela estaría orgullosa de ti. —Tragué saliva—. Cualquiera lo estaría.

Él inclinó la cabeza, y sus ojos abandonaron los míos para recorrer mi rostro durante un instante que pareció alargarse demasiado. Había algo nuevo en su expresión. Algo que no tenía nada que ver con la tristeza. Algo que hizo que yo cambiara de postura en la roca.

—Mi *nonna* llegó a Inglaterra con un puñado de monedas en el bolsillo y algunas joyas que no valían mucho —replicó Cameron, que levantó la mano para enseñarme el meñique—. Este sello era lo que más valoraba. Perteneció a su padre, y mi padre me lo regaló cuando cumplí los dieciocho. —Exhaló por la nariz, despacio. Como si necesitara tiempo—. Es lo único que me queda de ella, de mis raíces. Eso, mi mata de pelo oscuro y una receta de ragú que solía preparar en las fiestas o en los días malos.

Un tsunami de preguntas me asaltó mientras seguíamos allí sentados, sobre la roca, en silencio, con el ritmo del boogie reverberando sobre el lago. Y en la vida había deseado tanto soltárselas todas. Joder. Quería olvidar que me había estado escondiendo de él y que en realidad me caía mal. Quería fingir que él no me consideraba una niñata consentida e insoportable a la que no tenía más remedio que aguantar y quería preguntarle todo lo que me moría por saber de él.

—Tienes un pelo estupendo.

Cameron rio entre dientes. Y eso no me ayudó. Su forma de mirarme tampoco.

Volví la cara y otro escalofrío me recorrió de la cabeza a los pies, aunque las mejillas me ardían por... todo lo que sentía, fuera lo que fuera.

Algo me cayó sobre los hombros.

Algo pesado, suave y cálido. De franela acolchada.

—Cameron...

—No —me interrumpió, meneando la cabeza—. Hace frío. Y llevas toda la tarde tiritando.

Entreabrí los labios. Quería protestar. Pero tenía razón y, por muy raro que pareciera, no encontraba la energía necesaria para discutir. Inspiré hondo, cansada, y me arrebujé con la chaqueta de franela. Su aroma me inundó los pulmones.

—Gracias —susurré, intentando ignorar lo genial que olía la chaqueta... y él—. Yo... te agradezco esta muestra de humanidad. Y la acepto.

Cameron suspiró, y supe que también recordaba sus palabras.

—Pues yo acepto que mi pelo te parezca estupendo. Yo también creo que lo es.

Estaba a punto de sonreír, incluso moví los labios, cuando Cameron bajó la mirada hacia mi boca. A lo lejos, la música se detuvo y al momento se oyó un estruendo ensordecedor, como si se hubiera caído un instrumento y se hubiera hecho añicos. Ambos hicimos amago de girarnos.

Sin embargo, nos detuvo un balido angustioso. Un balido atronador. De Brandy.

181

Y se le estaba yendo la olla definitivamente.

Extendí los brazos hacia ella.

—No pasa nada, Brandy —dije con lo que esperaba que fuera un tono tranquilizador—. No te preocupes. Solo ha sido un sustillo. Pero no pasa nada, te lo prometo.

Claro que Brandy no opinaba lo mismo. Y tampoco se quedó tranquila. No paraba de mover la cabeza de un lado a otro y de golpear el suelo con las pezuñas. No hacía falta ser veterinario ni zoólogo, ni siquiera estar medianamente informado sobre cabras, para comprender que el pobre animal estaba fuera de sí.

Volví a extender las manos con impotencia.

Brandy brincó a un lado y le faltó poco para golpear un tronco que se apoyaba contra la roca en la que estábamos sentados. Me abalancé hacia ella para detenerla. Pero se me volvió a escapar.

—Adalyn —dijo Cameron justo detrás de mí—, déjame que...

—No —lo interrumpí. Porque le daban miedo. No podía esperar que fuera él quien tranquilizara a la cabra. Así que lo intenté de nuevo, moví los brazos hacia Brandy, que estaba muerta de miedo, y en ese momento..., vi que estaba a punto de pisar un reguero de cacas fruto de la ansiedad—. Ay, Dios —dije mientras me apartaba hacia el lado opuesto. Sin embargo, Brandy seguía angustiada... y por tanto no paraba de hacer caca—. Brandy —la llamé de nuevo mientras veía con el rabillo del ojo que él se lanzaba a por mí—. Cameron, ¡no! —le advertí, extendiendo una mano en su dirección y la otra hacia Brandy—. La cabra —dije, justo cuando ella se giraba y me daba un cabezazo en el costado con fuerza suficiente como para hacerme retroceder un paso—. La caca —añadí, pisando algo blando y sintiendo que me resbalaba—. ¡La chaqueta! —exclamé y de milagro conseguí agarrar la prenda y quitármela de los hombros.

Caí de culo.

—Joder, Adalyn —masculló Cameron—. ¿Estás bien?

—Dime que tu chaqueta está a salvo —murmuré desde el suelo, mientras parpadeaba con la mirada clavada en el cielo, ya oscuro a esas horas. «Mmm —pensé—, qué bonito»—. Estoy bien. La caca de cabra ha amortiguado el golpe.

¿Mi traje, en cambio? No había tenido tanta suerte.

Una cabeza apareció en mi campo de visión. Con un rictus furioso en los labios. Unas manos me palparon los brazos. Los costados. La cabeza. ¿El cuello? No me quedó muy claro, porque antes de saber qué estaba pasando o dónde me había tocado, descubrí que ya estaba en pie y que las manos habían desaparecido.

—Oye —protesté—, que estaba bien donde estaba. Ha sido una caída intencionada. —Lo vi arquear las cejas—. Estaba mirando las estrellas... ¿Cuela? —Al menos lo intenté. Él inspiró profundamente por la nariz—. Vale. Me he caído. Pero he salvado tu chaqueta. Y es cierto que estaba mirando las estrellas.

—Me la suda la chaqueta... —empezó a decir él.

Sin embargo, me distrajo algo a su espalda. Brandy. Iba directa al agua.

—¡No! —Esquivé a Cameron y salí corriendo tras ella—. ¡Brandy!

Él murmuró algo, o tal vez lo gritó, no sabría decir. Y tampoco me importaba, la verdad. Estaba demasiado ocupada metiéndome en las heladas aguas del lago que me llegaban hasta las rodillas, para asegurarme de que una cabra ciega de seis meses llamada Brandy, cuya caca tenía rebozada por el traje, no se ahogara.

Cameron Caldani y su ridícula chaqueta de franela tendrían que esperar.

17

Adalyn

Si Cameron me había parecido insoportable al mostrarse indiferente ante la idea de trabajar conmigo, me lo pareció aún más cuando descubrí cómo era cuando se implicaba en algo.

—Estás siendo una cabezota —me dijo levantando las cejas, en ese gesto que tanto me molestaba.

—¿Yo? —resoplé—. Eres tú quien lleva una hora quejándose por las combinaciones de colores de las nuevas equipaciones. La verdad, para vestir ropa técnica en colores llamados azul cobalto, negro obsidiana o gris piedra, te veo muy protestón por el tono de verde que deben tener los calcetines.

Soltó un gruñido.

El quinto en la última hora. Como si fuera una especie de... hombre-oso.

—¿Y ahora qué? —le pregunté—. ¿He ofendido tu sentido de la moda diciendo la verdad?

—Estas putas gradas en las que estamos sentados —contestó mientras se removía en su asiento— son peores de lo que pensaba —murmuró, girando a derecha e izquierda como si las gradas tuvieran algo más que ofrecer que una superficie dura y una estructura de hierro que había visto días mejores—. ¿Cómo soportas pasar aquí sentada dos horas enteras, tres días a la semana?

Puse los ojos en blanco.

—Oh, ya estamos. Como siempre, los hombres dudando de

la capacidad de una mujer para soportar el dolor y la incomodidad.

Cameron frunció el ceño.

—¿Dolor?

—¿Puedes centrarte, por favor? Necesito zanjar esto. Dijimos que lo discutiríamos el lunes después del entrenamiento y no solucionamos nada. Tampoco en la reunión del miércoles. Estamos a jueves, el segundo partido es este sábado y las niñas volverán a jugar con la equipación antigua. ¿Entiendes que tengamos prisa?

—Pues la verdad es que no —se atrevió a contestar.

Eso sí que me cabreó.

—Tengo que redactar informes y crear una historia de éxito y superación. Para eso necesito controlar la narrativa, alimentar las redes sociales para generar atención sobre el equipo, pensar en una estrategia para ganar la Liga Infantil de las Seis Colinas y a un equipo vestido con una equipación decente, moderna y patrocinada por alguien. Y hasta ahora no tengo nada de eso.

—Me tienes a mí.

Ese estúpido rubor volvió a inundarme el rostro una vez más y me obligué a mirarlo de forma inexpresiva.

—Yuju.

Sin embargo, aunque mi intención fue parecer irónica, una sensación inesperada e incómoda se instaló en lo más profundo de mi estómago. Era cierto. Por fin contaba con la ayuda de Cameron después de su repentino cambio de opinión durante el partido del sábado. Me había dado cuenta de que esa semana dirigía los entrenamientos de otra forma. Se había mostrado menos resignado y más... exigente. Mandón. Y para mi sorpresa, en vez de rebelarse o quejarse, el caótico y variopinto equipo que conformaban las Green Warriors empezaba a parecer disciplinado.

Más o menos, una décima parte del tiempo.

Cameron volvió a mover su inmenso cuerpo y me sacó de

mis pensamientos cuando el lateral de su rodilla chocó contra la mía. Un escalofrío inesperado me recorrió la espalda al sentir el cálido contacto de su piel contra la fina tela de los pantalones chinos que me había puesto en un intento por parecer menos aterradora y más accesible. Mi mirada se posó en su rodilla, que llevaba descubierta, gracias a los pantalones cortos de los entrenamientos. Mis ojos siguieron subiendo por el cuádriceps. Se le había remangado la tela y su piel quedaba a la vista, con un aspecto suave y...

Uf. Ya estaba otra vez. Devorando con los ojos el cuerpo de ese hombre.

—Tienes frío —lo oí decir—. Otra vez. ¿Cuándo asumirás que no estás en Miami y que esa ropa tan fina no es suficiente?

—No tengo frío —mentí. Solo me había afectado el breve roce de su pierna—. Estoy molesta. Y mi ropa no es fina. —Levanté el archivador que había dejado en el regazo—. Si quieres que comentemos la nueva equipación —y el chándal a juego que él no aprobaba, pero que iba a pedir de todos modos—, debemos decidirnos ya. Si no, buscaré la opinión de otra persona.

—No tienes a nadie más.

Cierto.

Aparte de Josie, y tal vez del Abuelo Moe, nadie más en Green Oak estaba ni remotamente interesado en hablar conmigo, y mucho menos en trabajar conmigo. Diane seguía haciendo de vigilante de la Asociación de familias. Pero no pensaba quejarme. Yo tampoco me atrevería a hacerme amiga de la loca que había atacado a la mascota del equipo y a la que llamaban Matamascotas en internet.

Saqué el teléfono y abrí la aplicación de mensajes.

Cameron estiró el cuello.

—¿A quién escribes?

Mantuve la vista fija en la pantalla, pasando por alto lo cerca que estaba, y seleccioné algunas de las fotos que había hecho durante el partido del sábado.

—A alguien que seguro que me ayuda.

—Matthew —murmuró Cameron—. ¿Es tu papi? —me preguntó con retintín.

Me dolió más de lo que esperaba. No porque Cameron hubiera insinuado varias veces que era una consentida, sino porque estaba segura de que mi padre no me contestaría si le enviaba un mensaje. En los últimos días, lo único que había recibido de él había sido un mensaje de su secretaria para confirmar que estaban investigando el tema de la bebida energética. Ni siquiera me había llamado para preguntarme cómo estaba.

—Es mi mejor amigo.

Preguntarle a Matthew era ridículo, pero quería demostrar algo.

Cameron soltó un ruidoso suspiro y todo su cuerpo se movió al hacerlo. El lateral de su cuádriceps presionó el mío.

—Adalyn, yo...

Me llegó un mensaje.

—¿Lo ves? —dije—. Rápido. Eficaz. Siempre disponible.

Murmuró algo, pero no le hice ni caso y leí los mensajes de Matthew en voz alta.

> QUÉ COÑO ES ESTO?

> EXPLÍCATE

Solté un rápido «¡Ja!» a modo de celebración.

—¿Lo ves? Es justo lo que buscaba. Un poquito de entrega.

Sin embargo, en cuanto me desplacé hacia abajo y leí los demás...

> Ese es quien creo que es?

> QUÉ HACE AHÍ?

> Esto es de hoy????

> JODER, ADALYN!

> NO ME PUEDO CREER QUE ESTÉS CON CAMERON CALDANI Y NO ME LO HAYAS DICHO!!!

> Qué está haciendo en Carolina del Norte? Qué...

Bloqueé el móvil al instante.

Por si no fuera suficiente, me lo llevé al pecho. Lo escondí. ¿Cómo había...? Las fotos. Seguro que Cameron aparecía en ellas. Mierda. Apreté el teléfono entre los dedos con más fuerza. No quería que pensara que iba por ahí delatando su paradero.

Lo miré mientras trataba de pensar en alguna explicación, pero él había clavado la mirada en mi archivador. En el rojo.

Parpadeé.

«Tómatelo como una victoria, Adalyn», me dije.

Guardé el móvil en el fondo del bolso y carraspeé.

—Sí. —Me acerqué a él. Comprendí que era un error, porque su olor y su presencia me embriagaron. Retrocedí—. Creo que podemos pasar a la estrategia, buena idea.

—Ya estoy en ello —dijo sin mirarme.

Un poco pasivo-agresivo, pero acababa de evitar una crisis, así que lo pasaría por alto.

—¿Y cómo vas? —le pregunté—. ¿Qué estrategia has planteado para el partido? Jugamos contra...

—Rockstone —intervino—. Está aquí, en este pequeño archivador. —No era pequeño, pero decidí pasarlo también por alto—. Y mi estrategia es que esta vez las niñas chuten a la portería correcta.

—Es un buen comienzo —admití—. Pero quizá deberíamos

188

plantear algo más concreto. Como planes personalizados de entrenamiento para abordar las necesidades individuales de las niñas. —Estiré una mano sobre su regazo y pasé algunas páginas hasta llegar a las fichas individuales que había preparado—. A lo mejor si... —Sentí el peso de su mirada—. ¿Por qué me miras así?

Cameron ladeó la cabeza, y cuando habló noté su aliento sobre la sien porque me había inclinado sobre él.

—¿También tienes una sección sobre mí en el puñetero archivador?

Pues sí, la tenía. Pero no en el archivador, sino en mi cabeza. ¿Y qué más tenía en mente en ese momento? Lo cerca que estaba su cara de la mía. Retrocedí.

—No hables así de mi archivador —atiné a decir.

Soltó una risa ronca, como si yo fuera un objeto de diversión al que pudiera pinchar.

—Esto no está siendo muy productivo —afirmé—. Demos por terminado el día y volvamos a casa.

Cualquier rastro de humor desapareció al instante y hasta encorvó los hombros, aunque de forma casi imperceptible.

—Ada, cariño —dijo con un suspiro.

«Ada, cariño».

Aquello era nuevo. Nunca me había llamado así. Era... tierno y bonito, y oírlo de sus labios me provocó una sensación rara. No como cuando me llamaban «Addy» o «Ads», sino algo diferente. Decidí que no iba a gustarme.

La expresión de Cameron volvió a cambiar, como si de repente se le hubiera encendido la bombilla. Me asusté, pero entonces sonó lo que supuse que era su móvil, que llevaba encima, ofreciéndole una salida fácil.

Vi con alivio que sacaba el teléfono a regañadientes del bolsillo delantero de la chaqueta y miraba la pantalla. Se enderezó y su actitud cambió al instante.

—Tengo que atender esta llamada. Discúlpame un minuto.

Y sin más, bajó las gradas a toda velocidad y me quedé allí, observando cómo se movían los músculos de esas esculpidas pantorrillas con cada zancada.

—Ya estoy otra vez —me dije en voz alta—. Comiéndomelo con los ojos.

Solté el aire, cogí el archivador de donde Cameron lo había dejado y me lo pegué al pecho. Volví a pensar en la ristra de mensajes de Matthew. Con suerte, no cogería un avión para plantarse delante de la puerta de la cabaña y pedirle que le firmara un autógrafo en la frente. O conociendo a Matthew, en el culo. O...

—¡Hola!

El susto hizo que el archivador casi saliera volando de mis manos.

—¡Uf! —exclamó María—. ¿Te he asustado, señorita Adalyn? Lo siento. A veces soy demasiado escandalosa.

Esbocé lo que esperaba que fuera una sonrisa agradable.

—Tú no eres escandalosa, María —le dije, y por alguna razón recordé algo que decía mi madre—. Y nunca te disculpes por serlo. Si alguien te hace sentir así, es porque tiene los oídos sensibles.

La niña torció el gesto.

—Eso tiene sentido. —Asintió despacio con la cabeza—. ¿Por eso lo estabas mirando? ¿Estabas mirándole las orejas al entrenador Camuflaje?

Suspiré.

—Estaba preguntándome qué acondicionador usará. Siempre lleva el pelo muy brillante y suelto.

María frunció el ceño.

—Yo creo que nunca he usado acondicionador. Papá se encarga de comprar el champú y eso y Tony me ayuda con el pelo. —Le miré la coleta torcida que llevaba ese día—. A lo mejor puedo decirle a mi padre que me compre uno.

Observé a esa niña que siempre me había tratado de forma distinta a los demás e intenté recordar si alguna vez había mencionado a su madre. No era asunto mío, y sería inapropiado preguntarle algo así a una niña, pero había algo en ella que despertaba en mí la necesidad de saberlo.

Un adolescente apareció por la esquina de las gradas cargado con un tablón de madera y me distrajo.

—Ah, sí —dijo María, mientras yo miraba boquiabierta la inesperada imagen—. Papá y Tony están arreglando la caseta del material. ¿Recuerdas que rompimos la puerta sin querer y que hicimos algunos destrozos? Ven, señorita Adalyn, te los presentaré. Les caerás bien, te lo prometo.

Antes de darme cuenta, María me llevó a rastras hasta el lugar donde estaban trabajando su padre y su hermano.

Cuando llegamos, María me dio un tirón en la mano y saludé con un sonoro:

—Hola.

Tony, un adolescente que era todo piernas y brazos y que en ese momento estaba colocando en un banco de trabajo el tablón de madera que antes llevaba al hombro, lo soltó de repente y lo tiró al suelo.

Su padre soltó un taco.

María se rio.

—Lo siento mucho —me disculpé.

—Tony tiene los oídos sensibles —bromeó María.

El chico se volvió.

—¿Por qué no cierras la boca, monstruito? —Al verme, se puso como un tomate y casi se le olvidó respirar—. Ah. Hola, señora.

—No le hagas caso —dijo María con voz alegre—. Se pone así cuando ve a alguna chica. —El adolescente abrió mucho los ojos—. ¿Papá? Esta es la señorita Adalyn. ¿Recuerdas que te hablé de ella?

El hombre ya estaba rodeando el banco de trabajo mientras se quitaba los guantes de seguridad.

—Cómo no voy a acordarme —dijo con una sonrisa que al

instante me recordó a su hija—. Solo habla de ti. —Me tendió la mano—. Soy Robbie Vasquez, encantado de conocerte al fin.

Acepté su mano e intercambiamos un apretón.

—Yo también me alegro de conocerlo, señor Vasquez.

Dejó ir una carcajada alegre.

—Por favor, llámame Robbie. —Me soltó la mano y volvió a ponerse los guantes—. Me alegro de poner por fin cara a la persona de la que todo el mundo habla en el pueblo. Me habría encantado presentarme durante el yoga con las cabras, pero tuvimos una emergencia en el establo.

María me tiró de la mano y la miré.

—Carmen no come. Creo que está triste porque Sebastian desapareció hace semanas.

—¿Carmen, la... vaca? —deduje—. Y Sebastian, el...

—El gallo —dijo María—. Sebastian Stan. El nombre se lo puso la señorita Josie. Fue mi regalo de cumpleaños.

—Así se llaman. —Robbie se rio entre dientes—. A María le gusta que todos nuestros animales tengan nombre. Pero Carmen ya está bien del estómago. No ha sido nada serio.

Tony se acercó con timidez antes de que yo pudiera hacerle más preguntas. Aún tenía la cara roja y la cabeza gacha.

—Ya he descargado todos los tablones de la camioneta. ¿Puedo ir al Café de Josie un momento?

Su padre chasqueó la lengua.

—Vale —respondió, y el chaval se dio la vuelta al instante—. Pero llévate a tu hermana —añadió Robbie, haciendo que Tony se detuviera—. Y vuelve en cinco minutos. Como mucho. Tenemos trabajo.

Tony sacudió la cabeza, pero estiró un brazo para tenderle la mano a María.

La niña corrió hacia su hermano y se aferró a él.

—Te traeré un brownie, señorita Adalyn —dijo por encima del hombro—. Y a ti otro, papá.

Robbie se rio y replicó:

—*Gracias, bichito.*

Las palabras en español resonaron en mi cabeza. Una parte de mí se animó a usar ese vínculo en común. Al fin y al cabo, compartíamos algo. Un idioma. Quizá también una cultura. Lo descubriría si se lo preguntaba. Era lo que haría mi madre. Pero yo... no sabía cómo. Mi mente se quedaba en blanco en situaciones como esa. ¿Y si me hablaba en español y descubría que el mío no era muy bueno? ¿Y si esperaba que fuese algo que no era y acababa decepcionándolo? De momento parecía caerle bien.

Eché un vistazo a mi alrededor, buscando desesperadamente algo que decir, y me detuve al ver una sudadera con capucha de los Miami Flames tirada sobre una caja de herramientas.

—¿Eres de los Flames? —le pregunté, señalándola con la cabeza.

—Yo no, Tony —contestó él, al tiempo que esbozaba una lenta sonrisa—. Es un futbolero de cuidado. Se pasa el día viendo cualquier partido o programa que echen por la tele o por internet. —Sacudió la cabeza—. La verdad es que a mí no me van mucho los deportes, pero su madre era muy fan. Él... —La sonrisa desapareció de sus labios—. Eso lo ha heredado de ella. María también, supongo.

Era. Había dicho que su madre era muy fan.

Me devané los sesos de nuevo en busca de algo apropiado que decir para no llevar la conversación a un incómodo punto muerto.

—Trabajo para los Miami Flames —me apresuré a decir—. Sé que Miami está lejos, pero podría conseguiros entradas para algún partido y así hacéis un viaje. Podréis descansar un poco del frío cuando el equipo llegue a la fase final. Si lo consiguen, claro. No estamos haciendo una buena temporada.

El hombre alegre y amable guardó un extraño silencio.

—Soy la jefa de comunicación del equipo —me sentí en la necesidad de explicar—. Bueno..., lo era. Ahora estoy de descanso temporal. De vacaciones. —Robbie frunció el ceño y yo me revolví en el sitio—. Suena como si me hubieran despedido, pero no es así. Puedo conseguiros buenas entradas a los tres, lo prometo. Mi padre es el dueño. Es... —Tragué saliva. No entendía qué coño hacía contándole todo aquello a ese hombre—. Es... Andrew Underwood. Soy su hija. Así que, aunque técnicamente esté de vacaciones, puedo conseguir entradas para... quien quiera. Sí.

La expresión de Robbie cambió por completo. Incluso retrocedió un paso.

—Pero tu apellido... —dijo—. Es Reyes. No sabía... —Guardó silencio.

No... No entendía qué había dicho para ofenderlo. ¿Acababa de caer en la cuenta de que yo era la loca del vídeo del que hablaba todo el pueblo?

—Uso el apellido de mi madre. —Entrelacé los dedos para mantener las manos quietas—. Y te prometo que las niñas están a salvo conmigo. Puedes...

—Gracias por la oferta, señorita —me interrumpió—. Pero me temo que no puedo aceptar las entradas. Ya hemos recibido más caridad de la que me hace sentir cómodo.

Caridad.

El término pareció afectarme más de lo debido. Tal vez porque yo había acusado a Cameron de lo mismo. Las reacción de Robbie no se diferenciaba mucho de la mía. Así que no debería molestarme. Pero intentaba ser amable. Ese hombre era el padre de María, y quería hacer algo por él y por sus hijos. No me vendría mal tener a alguien de mi parte, además de a Josie. Así que no entendía por qué me había salido el tiro por la culata.

—¿Hay algún problema? —preguntó una voz grave con acento británico detrás de mí.

En ese momento algo sucedió en mi cuerpo. Algo que se parecía al alivio. Alivio por la presencia de Cameron Caldani. Que acababa de llegar. No tenía sentido.

Los ojos de Robbie se clavaron en un punto por encima de mi cabeza. Abrió la boca.

—No pasa nada —dije—. Es que he interrumpido al señor Vasquez, que estaba trabajando. Por cierto, no he pedido que se reparase la caseta del material. ¿Te ha llamado Josie? Fui yo la que provocó el desastre, así que debería ocuparme de arreglarlo. ¿A quién debo pedirle la factura?

—Está todo arreglado, señorita —contestó Robbie.

Así que habíamos vuelto al «señorita».

—Pero...

—No importa —me interrumpió Cameron, que se colocó a mi lado y me miró fijamente. Su expresión cambió. Algo relucía en sus ojos. ¿Preocupación?—. A ver, ¿dónde está el archivador con ese plan en quince pasos detallados que va a complicarme aún más la vida? Me gustaría irme a casa.

El señor Vasquez arqueó las cejas.

Sí, aquello no era preocupación. El alivio que había creído sentir solo había sido un lapsus. Estaba claro.

Con muchísima tranquilidad y con la sonrisa que sabía que lo espantaba, repliqué:

—¿Sabes qué?

—Pues no. —Mi sonrisa hizo que él también sonriera—. Pero vas a decírmelo de todos modos, ¿verdad, cariño?

Ya estábamos otra vez con el ridículo «cariño». Me cabreó.

—Que sepas —le clavé un dedo en el pecho, que estaba duro como una piedra— que a veces eres un imbécil.

Él me miró el índice, que seguía en su pectoral izquierdo, y arqueó una ceja.

—Creo que puedes hacerlo mejor. —Volvió a mirarme a los ojos. Su mirada rebosaba desafío—. He insultado a tu archivador. Otra vez. Me merezco algo más fuerte.

Desde luego que se lo merecía. Entrecerré los ojos, con las palabras en la punta de la lengua.

—Vamos, cariño —añadió, bajando la voz—. Quiero ver cómo lo sueltas..

¿Que quería ver cómo lo soltaba? Pero ¿quién se creía?

—Eres... —Le golpeé el pecho con el dedo. La ira me había provocado un nudo en la garganta—. Eres tan exasperante que no te soporto. —Otro golpe con el dedo—. ¡No te aguanto, cabezón insoportable, arrogante y cascarrabias!

Mis palabras quedaron suspendidas en el aire mientras Cameron me miraba con una expresión que no entendí. No era frustración, enfado ni disgusto. Más bien lo contrario.

—¿Qué es un cascarrabias? —preguntó María—. ¿Es como lo que le ha salido al Abuelo Moe en el culo?

Volví la cabeza despacio y confirmé que María y Tony habían vuelto. La pequeña llevaba una caja marrón manchada de grasa, y el adolescente miraba a su hermana con cara de espanto.

—Cállate, María —susurró en voz alta. Pero en ese momento se volvió hacia nosotros, clavó los ojos en Cameron... y los abrió mucho.

—¿Por qué? —siguió María, mirando a su hermano—. Están hablando de cascar y rabiar, y eso es lo que hace siempre el entrenador Camello.

Tony guardó silencio con una mezcla de sorpresa y asombro que identifiqué al instante. Estaba en shock. Debía de haber reconocido a Cameron y ya sabía quién era.

—No lo llames así —murmuró, recuperado de la sorpresa—. Es Cameron...

—Cameron a secas —lo interrumpí, dando un paso al frente y mirando al adolescente a los ojos. Mi voz había sonado un poco áspera, así que carraspeé—. O entrenador Cam. —Retrocedí un paso—. Deberíamos irnos ya, sí.

Se hizo el silencio.

María suspiró.

—La verdad, yo también estaría rabiosa si tuviera una cosa enorme en el...

Tony le pellizcó el costado.

—Cierra el pico, monstruito apestoso.

—¡Oye! —protestó María—. No soy un monstruo. Y algún día seré jefa como la señorita Adalyn. Y te daré una paliza con mis zapatos de tacón, como hace ella cuando la llaman «apestosa».

De repente, tuve la impresión de llevar un bloque de hormigón en el pecho... Joder.

Me abandonaron las fuerzas.

Me resultaba increíble que alguien dijera algo así cuando yo era un desastre con patas. Pero al parecer ahora tenía fama de insultar a hombres exasperantes, de arrancar la cabeza a mascotas de equipos de fútbol, de ser la imagen de marca de una bebida energética que ensalzaba el entretenimiento por encima de la dignidad y de caerme de culo sobre montones de caca de cabra.

Nunca me habían querido ni admirado con tanto entusiasmo como María.

Sentí una mano en la parte baja de la espalda y después, en un susurro, me dijeron:

—Cariño, vamos a recoger tus cosas. Te acompaño al coche.

De modo que me fui. Ni siquiera me planteé por qué esa misma mano rozaba el dorso de la mía cuando abandonó mi espalda y echamos a andar.

Empezaba a darme cuenta de lo agotada que estaba de tener que planteármelo todo en la vida.

18

Adalyn

Volvíamos a estar en la granja de los Vasquez.

Pero en esa ocasión no había esterillas de yoga ni animales peludos saltando y balando. Era viernes por la noche, el sol ya se había puesto y yo sujetaba un zapato derecho Manolo Blahnik de edición limitada.

Cameron apagó el motor de la camioneta y se bajó. Señaló el zapato en silencio y me miró con expresión interrogante.

—El tacón se ha roto —expliqué sin el menor rastro de humor. Porque ¿cómo iba a ser graciosa esa situación? Llevaba en una mano el precioso y elegante zapato que había cometido la estupidez de ponerme y en la otra, el tacón—. Mientras te esperaba.

La verdad era que había estado paseando de un lado a otro. Por un terreno lleno de piedras y, evidentemente, peligroso. Pero él llegaba tarde y yo… En fin, no quería aventurarme sola en el granero donde se celebraría la actividad de esa noche. Cameron Caldani no era buena compañía, pero sí el mal menor.

Cameron frunció el ceño. Frunció el ceño. Como si no lo entendiera. Solo me faltaba tener que aguantar su chulería.

—No me mires así —dije con voz seca.

—Así ¿cómo? —Por fin acortó la distancia que nos separaba y se detuvo delante de mí. Bajó la mirada y la clavó en mi pie descalzo. Suspiró—. A lo mejor si no te pavonearas por ahí con los zapatitos de los cojones… Pero bueno, no sé de qué me extraño.

—¿Los zapatitos de los cojones? —Me indigné en nombre de mis tacones—. ¡Son unos Manolo Blahnik! —Hizo una mueca, como si el nombre no le sonase. Me metí el tacón en un bolsillo y me puse el zapato roto—. No finjas que no sabes cuánto valen. Has vivido en Los Ángeles —le dije al tiempo que me daba la vuelta—. Además, saliste con Jasmine Hill. —Hice ademán de echar a andar—. Es imposible salir con la embajadora de una marca de moda sin que la relación te cambie. Por mucho que te pases la vida vestido con pantalones técnicos verde musgo o gris piedra.

Si Cameron se sorprendió al comprobar que conocía su historial amoroso como para mencionar el nombre de su única relación, no dijo nada. ¡Bien! Me había ido de la lengua con la intención de poner punto final a la conversación y obtener lo que quería: silencio.

—Te ayudaré a llegar al granero —dijo él, que de repente se colocó detrás de mí—. Si no puedes ni andar con el Banana Tonic ese roto.

Pues de silencio nada.

—No necesito ayuda. Seguiré pavoneándome, como has dicho, y asumiré las consecuencias.

Soltó una risa entre dientes.

Pasé de él —y de lo cerca que estaba de mi espalda— y cojeé hasta el granero. Cuando llegamos a la entrada, extendió un brazo y empujó la puerta de madera con su enorme mano para abrírmela.

—Menudo genio… —murmuró junto a mi sien.

También intenté pasar de ese comentario, pero el hormigueo que me provocó su aliento en la piel me hizo flaquear.

Se oyó un chillido y, antes de poner un pie en el granero, alguien me abrazó con fuerza y tiró de mí para hacerme pasar.

—¡Por fin habéis llegado! —exclamó Josie—. Os estábamos esperando.

—Nos han entretenido unos Manolos rotos —masculló Cameron.

Lo miré de reojo. Los conocía. Los conocía de sobra. Solo la gente que conocía la marca los llamaba «Manolos».

—Vaya, lo siento —se compadeció Josie, haciendo que la mirase de nuevo. Me quedé boquiabierta un segundo, distraída por el peto amarillo que llevaba—. Ay, cielo, no. No puedes llevar eso para la clase de alfarería. Esta noche toca Tírate al Barro, y se llama así por algo.

—Mi ropa está bien —repuse mientras me miraba—. Y prometo que el tacón roto no me molesta. —Era un ejercicio que mis pantorrillas no necesitaban, pero me aguantaría y pasaría la noche de puntillas si era necesario.

Josie se colgó de mi brazo y echó a andar.

—Seguro que puedes hacer cualquier cosa en cualquier momento, eres nuestra superjefaza particular. —Parecía una exageración—. Pero no voy a dejar que estropees esta preciosa blusa. Ni estos pantalones. No después de la muerte del zapato. DEP. —Volvió la cabeza para mirar por encima del hombro—. Cam, corazón, reúnete con el grupo. Voy enseguida.

¿«Corazón»? La pierna sin tacón me tembló. ¿Qué relación mantenían Cameron y Josie? ¿Y cómo…? Me daba igual. Eran amigos antes de que yo llegara. No era importante.

Ni asunto mío.

Josie me arrastró hasta el extremo más alejado del granero y me metió en una especie de probador compuesto por dos biombos plegables antes de desaparecer un segundo. Cuando regresó, me puso algo en las manos con una sonrisa.

—Sal cuando estés lista.

Bajé la mirada.

Era un peto. Rosa. Con zapatillas deportivas. También rosas.

Recordé mi creciente montón de ropa sucia. Mi zapato roto.

Pues nada, tocaba peto.

—Estás monísima —dijo Josie cuando me reuní con el grupo. Me miró de arriba abajo con una sonrisa—. Te queda muchísimo mejor que a mí. ¿Sabes qué? Deberías quedártelo.

No supe si lo decía de verdad. Me bastó un vistazo rápido para confirmar que me quedaba tan ajustado en las caderas y en el pecho como me daba la impresión.

—Eres... muy amable. Gracias.

—¡No es nada! —exclamó con un guiño—. Tu mesa de trabajo está aquí. Justo delante. —Señaló a la izquierda—. Por cierto, he tenido que arrastrar literalmente a ese hombre al frente de la clase. —Seguí su dedo con la vista y me topé con un amplio torso cubierto por un delantal amarillo con diminutas margaritas—. ¿Puedes hacer algo para que deje de fruncir el ceño?

Alcé la mirada hacia Cameron. No parecía contento. Estaba enfurruñado y con cara de pocos amigos: parecía un gato mojado. Me entraron ganas de sonreír.

—Pues me parece que no. Me da que esa es su cara.

Los labios de Cameron se tensaron en una de las comisuras.

—¿Cam? —dijo Josie con voz almibarada—. Anda, sé bueno y enséñale a Adalyn cómo se usa el torno. Has dicho que no era la primera vez que hacías un cuenco. Y hoy esto está a tope.

Eché un vistazo a mi alrededor, reparando en el amplio espacio dentro del granero, donde había varios grupos situados en torno a unas mesas altas. Vi a Diane, que fingía no mirar en nuestra dirección.

Me volví hacia Josie.

—Creo que esto es un pelín avanzado para mí. Soy novata.

Josie soltó una risilla.

—Una alfarera virgen. —Sonrió. Hice una mueca—. No te preocupes, estás en buenas manos. —Me dio un empujoncito en un hombro para conducirme a mi mesa. Hacia el hombre enfurruñado—. Vamos, hay que echarle valor a todo. ¡Hasta a la alfarería!

Me reuní a regañadientes con Cameron.

Él bajó la mirada y apretó los dientes.

—Bonito peto.

—Bonito delantal —repliqué mientras Josie empezaba a gritar instrucciones—. Las margaritas resaltan el color de tus ojos.

Cameron resopló y soltó una carcajada.

Hice una mueca y él bajó la mirada de nuevo. Rápido. Rapidísimo. Pero la capté. Contuve el impulso de recolocarme el peto.

—Bueno, ¿sabes cómo funciona? —Señalé la rueda que había encima del banco alto.

La mano de Cameron apareció en mi campo de visión. Pulsó un interruptor situado en un lateral y el plato empezó a girar despacio.

—¿Hay algo que no sepas hacer?

Fingió que meditaba la respuesta con aire teatral y tuvo el descaro de ponerse chulo al decir:

—No.

—¡Perfecto! —exclamó Josie, que me sobresaltó por la repentina cercanía de su voz. Dio unas palmaditas—. ¡Has encendido el torno! ¡Yuju! —Después se alejó de nuevo, alabando lo terapéutica que era la alfarería con la que ya reconocía como su voz de monitora.

—Pero vamos a ver —susurré dándome unos golpecitos en el pecho—, ¿cómo lo hace?

En vez de contestarme, Cameron dijo con sorna:

—Pues parece que vamos a hacer un puñetero cuenco.

—Yuju —murmuré mientras lo veía coger un trozo de barro. Clavé la vista en sus manos, en esos dedos largos y ásperos. Se había quitado el sello. Bajé la voz—: Puedo aprender sola. He leído sobre el tema y he visto algunos vídeos sobre cómo hacerlo. Vengo con los deberes hechos. —Dividió el trozo en dos y empezó a formar una bola con una mitad—. Lo digo en serio. Podrías limitarte a mirar. O irte.

Cameron extendió un brazo hacia mí, con la arcilla en la mano.

—Pon la bola en la rueda.

Titubeé.

Esos ojos verde bosque se clavaron en los míos.

—Deja de darle vueltas y ponla en el torno, ¿vale?

Volvió a su clásica cara enfurruñada, así que le quité la bola de la mano y la dejé caer en el torno con un golpe seco. La miré con el ceño fruncido.

—Oye, ¿por qué no estamos sentados? —Eché un vistazo a mi alrededor—. Todo lo que he visto y lo que he leído se hacía sentado. Voy a decirle a Josie...

—Trabajar en el torno de pie es mejor para la espalda —repuso serio, como si fuera una explicación válida—. Rodea la bola con las manos e intenta sellar los bordes a la superficie.

Apreté los labios e intenté hacer lo que me decía, pero solo conseguí que el plato del torno girara cada vez que hacía fuerza sobre la bola. Miré de reojo a Cameron, con temor a verlo regodeándose con mi frustración. Pero no le molestaron mis intentos fallidos. Parecía tranquilo. Paciente. Me recordó a la actitud que mostraba con las niñas. Ladeó la cabeza, a la espera. En ese momento comprendí que: o bien me estaba dejando aprender sola, o bien esperaba a que le pidiera ayuda.

Un pensamiento repentino me invadió. Sería un padre estupendo. Bajo esa fachada dura e irascible, había paciencia. Una autoridad amable. La calidez se extendió por... Joder. ¿Por qué aquella idea me provocaba ese efecto? ¿Por qué estaba... imaginándome cosas? Ni siquiera sabía si quería tener niños.

—¿Estás bien? —me preguntó.

—Eh... —Tragué saliva porque noté que me temblaba la voz. ¿Qué me pasaba?—. No sé hacerlo. Sola. ¿Podrías..., esto..., mmm..., ayudarme?

Las palmas de Cameron se colocaron de inmediato sobre mis manos.

Y de nuevo fue como si todo mi cuerpo sintiera la caricia de su piel. Levanté la cabeza y me encontré con su mirada por encima de la mesa.

—Así —dijo en voz baja mientras hacía presión sobre mis nudillos—. ¿Notas la tensión de mis manos? Haz lo mismo que yo. Siente cómo cede la arcilla.

Bajé la mirada, sorprendida y extrañamente complacida al ver nuestras manos fundidas sobre el barro. Tragué saliva, menos reacia que antes a dejar que llevara la iniciativa y más absorta en los movimientos controlados que se sucedían delante de mí.

Asentí con la cabeza en silencio y empecé a tomar notas lo mejor que pude mientras él seguía guiándome.

—Deja que el torno gire con el movimiento —dijo, y noté que le estaba cediendo el poco control que me quedaba. Dejaría que me guiase. Con las manos. Incondicionalmente—. Tienes que presionar los laterales para que se pegue. —El torno giraba con el movimiento de nuestras manos y su voz se convirtió en un murmullo concentrado—. Eso es, así. Sí. Así se hace.

En cuanto la bola estuvo pegada al plato, me cogió las muñecas y levanté las manos. Murmuró algo con voz ronca mientras observaba nuestro trabajo.

Abrí la boca para preguntarle si pasaba algo, pero en un abrir y cerrar de ojos me soltó y una de sus manos voló a la arcilla.

Le dio un manotazo a la bola.

Y luego otro. Y un tercero. Y yo...

Hostia. ¿Estaba azotando la arcilla? El corazón me dio un vuelco. ¿Por qué era incapaz de dejar de mirarle la mano? ¿Por qué tenía la sensación de que me ardía un fuego en las mejillas?

Me llevé una mano a la frente para comprobar la temperatura. Seguro que estaba incubando algo. Era imposible que aquello me pusiera tan cachonda.

No era erótico. Solo era arcilla.

—Parece que va bien —dijo Cameron antes de coger una esponja que ni siquiera había visto. La humedeció en un cuenco—. Podemos empezar a formar el centro.

—El centro —repetí con voz trémula.

Asintió con la cabeza, y cuando apretó la esponja con suavidad dejando que unas gotas de agua cayeran sobre el barro, no me quedaron dudas. Estaba enferma. Algo me pasaba. Era la única explicación a que me pareciera tan sugerente ver sus dedos húmedos deslizarse por la arcilla. Se me secó la garganta.

—¿Adalyn? —Su voz se abrió paso en la locura de mi mente.

Lo miré. Tenía una ceja levantada.

—Pisa el pedal, cariño.

—El... ¿qué?

—Que hagas girar el torno —contestó con un tono tan amable que me pareció irreconocible. Como si le hablase a otra persona—. Con el pedal.

Me temblaron los labios mientras mi comprensión de las indicaciones más básicas se veía limitada por esas imágenes tan inesperadas y sugerentes.

—¿A qué te refieres?

Cameron suspiró y de repente se movió para rodear la mesa. Se colocó detrás de mí.

—Estás poniendo las cosas muy difíciles, cariño —dijo, y antes de que pudiera asimilar sus palabras, me plantó una mano en el muslo. Unos dedos fuertes me rodearon la pierna y se deslizaron hasta mi rodilla. Me levantó la extremidad, que sentía entumecida, y mi pie cayó sobre algo. Esa mano cálida y grande hizo presión al tiempo que inclinaba un poco el cuerpo hacia mí con el movimiento.

—Deja de ponerme ojitos y céntrate en pisar el pedal, ¿quieres?

Estaba tan alterada, tan abrumada por la repentina cercanía del cuerpo de Cameron y por sus palabras que, en vez de pisarlo despacio, moví la pierna de golpe y lo presioné con demasiada fuerza.

El torno empezó a girar frenéticamente, salpicándolo todo de barro. Incluidos nosotros.

—¡Hostia puta! —masculló Cameron, que me rodeó con los brazos como si quisiera protegerme de las salpicaduras, al tiempo que reemplazaba mi pierna con la suya a toda prisa. El chisme redujo la velocidad.

—Tienes que empezar despacio —me explicó, con la boca muchísimo más cerca de lo que había estado segundos antes. Justo en la sien. Volvió a mover la pierna, haciendo que me diera cuenta de cómo se pegaba a la mía—. ¿Lo ves? —preguntó, pero yo no veía nada. No con él rodeándome—. Nosotros tenemos el control del torno. Nosotros.

«Nosotros».

«Los dos».

Me dio la sensación de que me costaba respirar, pero asentí con la cabeza con tanto entusiasmo que lo golpeé en la clavícula.

—Lo siento —susurré—. Me he… despistado.

«Por tu culpa. Por tu contacto. Porque me estás empotrando contra el borde de la mesa».

Cameron volvió a coger la esponja, y me rozó la mejilla con el mentón.

Me quedé sin aliento.

Sentí el suyo en la sien.

—Tú tampoco deberías distraerme con tanta facilidad.

«Tampoco». El fuego que sentía en la cara se extendió por mi cuello y se coló bajo el peto.

—¿Eso hago?

Cameron soltó una especie de gruñido que hizo que le vibrase el pecho. Me cogió las manos y me las colocó sobre la arcilla en movimiento.

—Si no está bien centrada —dijo al tiempo que aumentaba la velocidad del torno y mantenía las manos sobre las mías mientras el barro se deslizaba bajo mi piel. La cara interna de su muslo estaba pegaba a la externa del mío. Parecía un horno—, no quedará equilibrado.

Asentí con la cabeza a modo de respuesta, pero ya no le prestaba atención.

—Pisa despacio —me dijo levantando nuestras manos mientras rodeábamos la arcilla mojada—. Así damos forma al barro.

Otra vez ese plural. Me... gustaba.

También el movimiento hipnótico del torno y la sensación de su cuerpo rodeándome. Parecía que me gustaban demasiadas cosas de la situación. Y no deberían gustarme.

—Eso es, así —me dijo en un susurro ronco, con la misma emoción que yo sentía en el pecho. Se acercó un poco más, mientras sus brazos me envolvían por completo—. Muy bien, cariño. Buen trabajo.

Con ese halago, algo en mi interior cobró vida. Tenía el vago recuerdo de que eso ya había sucedido antes, pero mi corazón se desbocó. Me latía con fuerza en el pecho, igual que el de Cameron, y era una sensación increíble. Tan buena que me eché hacia atrás y apoyé la cabeza en su torso mientras trabajábamos.

Su respiración me hizo cosquillas por debajo de la oreja.

—Ahora vamos a bajarlo —dijo, entrelazando nuestros dedos húmedos, lo que me provocó una descarga que me subió por los brazos. Movió nuestras manos y la arcilla cambió de forma—. Está quedando increíble.

Sentí un aleteo en el pecho y enganché los pulgares en los suyos.

Otro gruñido brotó de la boca de Cameron.

El aleteo se intensificó, dejándome sin aliento. Quería darme la vuelta y ver su expresión. Comprobar si sentía lo mismo que yo. Pero no lo hice, no quería que desapareciera aquella sensación. Todavía no. Estaba atrapada en el momento. Capturada por su sólida presencia y el tacto de sus manos.

—Hace mucho que no le cogía la mano a otra persona —me oí admitir en voz alta—. No recuerdo que algo tan sencillo me provocara esta sensación.

Por un instante, Cameron detuvo sus manos sobre las mías. Fue solo eso, un segundo, tal vez menos, pero lo vi. Lo sentí. Titubeó.

Su reacción me catapultó al vacío.

De repente ya no estaba tranquila. Sentirme atrapada en aquello, fuera lo que fuera, ya no me parecía tan agradable. De pronto, las riendas que tanto me preocupaba mantener se tensaron en mis manos. Acababa de decirle a ese hombre —que me estaba ayudando por obligación— que era el primero en cogerme de la mano en mucho tiempo. Que me estaba haciendo sentir como nunca. ¿Qué sería lo siguiente? ¿Que ningún hombre, a excepción de Matthew, había tonteado conmigo desde hacía casi diez años? ¿Que mi única relación seria había resultado ser mentira? ¿Que el hombre que creí que estaba a punto de pedirme matrimonio solo me veía como un puente para llegar hasta mi padre?

«Tío, es frígida como ella sola. Es... aburridísima. Me libré de una buena. Una pena, porque cuando el padre la casque, seguramente herede casi todo su dinero. Pero ni de coña, tengo mis límites».

«Ni de coña».

Como si no fuera más que la guarnición insípida que nadie toca en el plato.

«Muchas gracias por las verduras al vapor como acompañamiento, pero ni de coña».

No me dolió. Me dio igual que David pusiera fin a una relación que había aportado tan poco a mi vida. Pero a medida que pasaba el tiempo, me fui aferrando a la idea de que al menos había tenido eso. Esa única relación que demostraba que no era... fría. Indiferente. Que podían quererme. Desearme.

Así que ¿cómo no iba a perder los papeles? ¿Cómo no se iba a romper algo en mi interior cuando oí que David se reía de mí y confesaba haber salido conmigo para colarse en el imperio de mi padre, que yo solo era algo de lo que se había librado?

El recuerdo de la cabeza de Sparkles a mis pies cristalizó en mi...

—Adalyn. —La voz de Cameron atravesó todo el ruido de mi cabeza. De nuevo. Como siempre—. Despierta, cariño. —Parecía furiosa. Cortante—. Vuelve conmigo.

Me obligué a encontrar sentido a lo que me rodeaba.

La arcilla descansaba en un ángulo raro.

Unas manos fuertes sujetaban las mías.

Unas manos preciosas, con algunos dedos torcidos que habían sufrido más lesiones de la cuenta. ¿Dónde estaba el sello que siempre llevaba en el meñique?

De pronto escuché el sonido de mi respiración. El vacío que me había arrastrado poco antes me había escupido sin más. No era la primera vez. No era la primera vez que me encontraba a punto de hiperventilar en brazos de ese hombre. Lo detestaba.

—¿Se puede saber qué te acaba de pasar? —preguntó Cameron; pero como no contesté, empezó a trazar pequeños círculos en el dorso de mis manos con los pulgares—. ¿Cuánto tiempo llevas sufriendo ataques de pánico?

Me puse rígida.

—No..., yo no... —¿Ataques de pánico?—. No ha sido un ataque de pánico. —No podía serlo.

¿Verdad?

Cameron murmuró algo, pero no supe si para darme la razón o para protestar. Me soltó una mano y quitó la bola aplastada del torno.

—¿Se ha estropeado? —le pregunté, detestando el deje de mi voz.

Lo tiró a un lado.

—Sí, se ha estropeado.

Pues claro.

209

Al cabo de unos segundos añadió con tono amable y sin alzar la voz, mientras me rodeaba con los brazos:

—¿Cariño?

—Puede que tengas razón —admití sin apartarme—. Puede que haya sido un ataque de pánico.

—Vale —se apresuró a decir—, pero iba a decir otra cosa.

—¿Que esto ha sido tan terapéutico como una patada en la espinilla?

Se le escapó una carcajada ronca, y el sonido pareció distinto a cualquier otra risa que le hubiera oído hasta ese momento.

—Iba a decir que todos nos están mirando. Y aunque me da igual, si no nos movemos, mañana seremos la comidilla del pueblo.

Levanté la cabeza de golpe. Eché un vistazo a mi alrededor. Cameron tenía razón.

Un pinchazo.

Un pinchazo en la rueda. Mierda.

Puse los brazos en jarras y me fijé en las manchas de barro del peto que me había prestado Josie. Genial. Otra cosa que tendría que dejar en el enorme montón de ropa sucia.

Y yo pensando que esa semana no podía caer más bajo después de verme obligada a lavar a mano la ropa interior y a colgarla en la cornamenta para que se secara. Claro que no. Primero el ataque de pánico. Y luego mi huida a toda pastilla de la clase de alfarería antes de que terminase. Y por si fuera poco, ahora un pinchazo. Miré de nuevo la rueda y sacudí la cabeza. Sentí un nudo en la boca del estómago. Me pregunté si iba a llorar.

Me toqué los ojos. Secos. De nuevo caí en la cuenta de que no recordaba la última vez que había derramado una lágrima. Se me escapó una carcajada amarga.

Seguida de otra porque estaba hecha un puñetero desastre. Antes de saber lo que pasaba, me descubrí riéndome con la vista clavada en el cielo nocturno. Liberándome de toda la frustración. Aunque pronto se convirtió en rabia. En incredulidad. En desesperación.

—Mierda —me oí decir entre dientes con una carcajada carente de humor—. Joder. —Dejé de reírme. Clavé la mirada en la rueda. Le di una patada—. ¡Vete a la mierda, puta rueda de los cojones!

—Joder, sí que te enfadas rápido.

Me quedé inmóvil. Enderecé la espalda.

—No me jodas —murmuré. No solía hablar tan mal, pero me había dado permiso para vivir el momento.

—Uf, vaya —dijo Cameron, y oí que se acercaba—. Por favor, no te cortes por mí. Lo estaba disfrutando.

Miré por encima del hombro y me lo encontré con la expresión burlona que esperaba por su tono de voz.

—Me alegro de que te hagan gracia mis problemas.

Se puso serio.

—No es eso —me aseguró mientras me miraba de arriba abajo. Con rapidez, pero con la suficiente intensidad como para que me diera cuenta. Tragó saliva—. Eres tú quien me divierte, Adalyn. Y no acabo de entender por qué. Pero me molesta. Y me fascina.

Sacudí la cabeza.

—¿Se supone que eso es un halago?

—Ni idea, cariño —respondió al tiempo que se acuclillaba. Echó un vistazo a la rueda pinchada y se levantó—. Vamos, te llevo de vuelta al Refugio del Alce Perezoso.

Se sacó las llaves de la camioneta y abrió las puertas con un elegante clic.

Abrí la boca, pero él me cortó:

—No te molestes.

—¿Cómo sabías que iba a decir algo? Ni siquiera me estás mirando.

—Porque no soy el único que tiene solo dos modos de funcionamiento —contestó seco—. Tú también. O le das demasiadas vueltas a las cosas o protestas. Son tus dos estados habituales, y normalmente están relacionados conmigo. —Abrió la puerta del copiloto y me miró por encima del capó de la camioneta—. Mientras te rodeaba con los brazos no parecías muy molesta, así que ahórrate las protestas y sube al coche.

«Te rodeaba con los brazos».

Me ardió la cara.

—Eso era diferente. La alfarería y meterme en un espacio cerrado con un hombre que tal vez esté planeando mi asesinato y tirar mi cuerpo a un arroyo en mitad del bosque, con la esperanza de que todo rastro de mis huesos desaparezca en cuestión de semanas gracias a la putrefacción y a los animales carroñeros, son dos cosas muy diferentes.

—Eso es muy… detallado. —Ladeó la cabeza—. Pero creativo. —Le temblaron las comisuras de los labios por la risa—. Anda, sube, que creo que sobrevivirás a este viajecito. De camino llamaré a Robbie para decirle que tu coche dormirá en la granja.

—Eso… no tiene nada que ver con lo que estaba diciendo, pero vale.

Cameron cambió de postura y apoyó un codo con gesto despreocupado en el capó de la camioneta, como si tuviera todo el tiempo del mundo para analizar mis palabras.

—¿Vale que vas a subir al coche o vale que vas a seguir despotricando aquí, en plena noche, sin chaqueta, solo para llevarme la contraria?

Fruncí el ceño. ¿Llevarle la contraria? Yo… De repente, me desinflé.

—No hago las cosas para llevarte la contraria, Cameron.

—Pues métete en el coche —replicó, y juraría que se le suavizó la voz—. Te prometo que no te echaré de comer a los peces.

—Gracias —dije con voz cortante, y eché a andar hacia la camioneta—. Y que conste, sé cambiar una rueda. —Mentira cochina—. Has dado por hecho que no.

Cuando llegué a su altura, lo oí soltar un gemido gutural y me colé por debajo de su brazo para entrar. Traté de ignorarlo, al igual que intentaba ignorar lo mal que me sentía por poner las cosas tan difíciles a propósito y por lo bien que olía su coche. Porque olía a él. Y a continuación también ignoré cómo cerró mi puerta, rodeó la camioneta, plantó su enorme cuerpo en el asiento del conductor e hizo eso de colocar el brazo detrás de mi reposacabezas para dar marcha atrás.

En líneas generales, ignoré todo lo que despertaba dentro de mí mientras volvíamos al Refugio del Alce Perezoso. Y él debía estar haciendo lo mismo, porque ninguno de los dos pronunció una palabra hasta que apagó el motor en el camino de la entrada.

—Llamaré a Robbie cuando entre —dijo, y su voz sonó muy… ronca, grave e íntima en el reducido interior de la camioneta—. Ya nos ocuparemos de la rueda mañana.

«Nos». Otra vez ese plural, como si fuéramos… algo. Un equipo. Mi pecho también se ablandó un poquito al pensarlo.

—Gracias —le dije. Estaba cansada de discutir con ese hombre—. Me ofrecería a llamar a Robbie, pero creo que no le caigo muy bien.

Cameron pareció sopesar algo al respecto.

—Sus hijos te adoran.

No sabía si lo había dicho para hacerme sentir mejor o porque era verdad.

—Yo no diría tanto. A María le caigo bien, pero en parte creo que es porque intenta demostrar al resto del equipo que no soy una bruja. —Me encogí de hombros—. Y Tony es un adolescente que me llama «señora» y apenas me dirige la palabra.

Me examinó la cara con la mirada.

—Tony no sabe cómo comportarse con una mujer guapa.

«Guapa».

Aparté los ojos de su rostro y clavé la mirada en el salpicadero.

—¿Qué quieres decir?

—Que ese crío está colado por ti, Adalyn. —Claro—. Por eso no sabe qué decir. Seguramente, por eso te llama «señora».

Así que Tony creía que era guapa. No Cameron. Vale. Mi aspecto nunca me había generado inseguridad ni necesitaba que nadie me halagara para hacerme sentir bien por mi apariencia. Claro que tenía otras inseguridades. Pero eso daba igual, y era una tontería creer que Cameron pudiera tener algún interés en mí después de cómo... había empezado nuestra relación.

—No te he dado las gracias —dijo, para mi sorpresa. Me estaba mirando fijamente—. Tony me reconoció en el campo y me cubriste. Te lo agradezco.

Negué con la cabeza. No merecía su gratitud. Toqueteé el cinturón de seguridad, abrumada por la repentina necesidad de salir del coche. Se soltó con un clic, y abrí la puerta.

—Gracias por traerme. Nos vemos..., mmm..., mañana. En el partido. Nos espera un gran día. ¡Buenas noches! —Y me bajé de un salto. Salí disparada en dirección a la cabaña, pero me detuve en seco—. Oh, no —masentuve en seco—. Oh, no —mascullé mientras rebuscaba en los bolsillos del peto prestado. Nada. Vacíos. Gemí—. Mierda.

Me di la vuelta, pero...

Me topé con un muro. Un muro que olía a pino y que parecía arder bajo mis dedos. Me tambaleé hacia atrás.

—Cameron.

—¿Por qué has salido corriendo? —preguntó el hombre-muro, mientras pegaba la barbilla al cuello para mirarse el pecho. Seguí el movimiento con la mirada y descubrí que tenía las manos plantadas en sus pectorales. Las aparté enseguida—. ¿Qué pasa? —insistió, ignorando que no hubiera contestado a su primera pregunta.

—Me he dejado las cosas. —Suspiré. Sí, me centraría en eso—. En el granero. La ropa, los zapatos, el móvil y las llaves. Creo que no he cerrado con llave, así que debería poder entrar, pero necesito el móvil.

—¿Qué? —masculló.

Fruncí el ceño.

—Iba a pedirte que me llevaras de vuelta. De noche hay ruidos raros en la cabaña, y no consigo dormir sin escuchar...

Cameron se movió.

Me rodeó a toda prisa. Cuando se me pasó la sorpresa, me di la vuelta y lo seguí.

—Te lo juro por lo más sagrado, Adalyn —lo oí mascullar cuando lo alcancé—, lo tuyo es increíble. —Agarró el pomo con la mano. La puerta se abrió sin oponer resistencia—. Joder.

—Ya te he dicho que seguramente estaría abierta —protesté. Clavé la mirada en su espalda. No se movía. Supuse que sería un alivio para él. Porque tendría la excusa perfecta para no llevarme de vuelta. Pero casi podía ver... la rabia que irradiaba su cuerpo a oleadas—. ¿Sabes qué? No pasa nada. Me las apañaré sin el móvil. Volveremos mañana por la mañana.

Siguió donde estaba.

—Todo ha salido bien, así que... buenas noches —insistí al tiempo que me ponía de puntillas para asomarme por encima de su hombro. Cameron entró. Encendió las luces—. Oye, ¿se puede saber qué haces...?

—¿Qué cojones es esto? —quiso saber. Sus palabras resonaron en el minúsculo interior. Lo volvió a preguntar, como si quisiera asegurarse de que yo lo había oído—: ¿Qué es esto, Adalyn?

—¿Mi cobertizo? —contesté con sorna, aunque estaba atenazada por el pánico. El sitio era... un horror. Y no quería que Cameron viera demasiado. Me tembló la voz—. ¿Te importaría marcharte? No te he invitado a entrar.

Hizo lo contrario, y en dos zancadas se plantó en el centro del cobertizo con los hombros tan tensos y la espalda tan recta que me sorprendió que no le saltaran las costuras de la chaqueta.

Tragué saliva y lo seguí. Vi las bragas colgadas de la cornamenta que había usado como tendedero improvisado después de lavarlas a mano. El colchón hinchable en el suelo. La cama con dosel medio desarmada a la que había dejado por imposible. Todas las cosas que había guardado en una maleta en cuestión de horas amontonadas en un rincón de aquella choza cutre.

—Explícate —me exigió Cameron—. Ayúdame a entenderlo, por favor.

—Es mi proyecto de renovación —dije con las mejillas ardiendo.

—Adalyn —susurró. Aunque fue casi una súplica—. Sigues durmiendo en el suelo. ¿Por qué?

Esos ojos verdes me miraban… cansados. También con una pizca de desesperación. Me desinflé. Me rendí.

—Tenía pensado desmontar la cama y sacarla de aquí, pero creo que está soldada. —Solté un suspiro entrecortado—. No hay lavadora, así que… —Señalé la ropa interior con la cabeza—. Pero el colchón hinchable es cómodo. No pasa nada. No me quedaré aquí para siempre.

Cameron apretó los dientes. Su expresión se ensombreció.

—¿Por qué no me has pedido ayuda?

Cerré los ojos. «Ayuda». ¿Cómo explicarle que en Miami estaban pasando de mí? Que me habían acusado de ser una niña mimada y consentida tantas veces que quería demostrar que se equivocaban. Que, a excepción de Josie, no tenía amigos y que no quería ser una molestia para la única que tenía. Que todo aquello era culpa mía, así que no me creía con derecho a quejarme.

—No necesito ayuda. Estoy bien.

Lo vi tragar saliva. Una vez, dos, hasta tres. Soltó todo el aire que tenía en los pulmones. De golpe.

—Joder —masculló—. Joder, Adalyn. —Sacudió la cabeza—. Madre mía, cariño. —Cerró los ojos y echó la cabeza hacia atrás—. Me cago en la puta.

Lo miré parpadeando. Confundida. También un poco sorprendida.

—No puedo con esto —siguió, como si hablara consigo mismo. Abrí la boca, pero él se dio la vuelta—. Primero el peto y ahora esto. No estoy preparado.

—Cam...

Salió en tromba de la cabaña.

Me quedé allí plantada, mirándome la ropa y preguntándome qué acababa de pasar. Mientras valoraba si debería cerrar la puerta y acostarme de una vez.

Cameron volvió.

Entró en el cobertizo tal como se había ido, soltando tacos como si le fuera la vida en ello, pero ahora con una caja metálica bajo el brazo. Lo miré a los ojos, pero él se negó a devolverme la mirada. Pasó a mi lado, se detuvo delante del caos de madera y soltó la caja en el suelo. Después se arrodilló y la abrió con un movimiento rápido.

—¿Cameron? —me atreví a preguntar, observándolo sin dar crédito—. ¿Qué haces?

Sin embargo, Cameron Caldani estaba con el piloto automático.

Me ignoró por completo y sacó un martillo gigante de aspecto amenazador antes de levantarse.

Y después, sin mediar palabra, se abalanzó sobre la cama en plan Hulk.

19

Cameron

Ni un puto respiro.

Negué con la cabeza mientras observaba el caos que tenía delante. Además de la comida de Willow desperdigada por el suelo de la cocina, también había charquitos de agua y... ¿Eso eran granos de café? Me agaché para averiguarlo. Sí, lo eran.

Y algunas plumas marrones.

—¿Willow? —dije poniéndome en pie. Esperé a oír el sonido de sus patas en el suelo de madera o uno de sus maullidos lastimeros, ya que estaba seguro de que la gata sabía lo que había hecho. Pero la cabaña permaneció en absoluto silencio—. ¿Willow? Más te vale no estar persiguiendo al gallo de los cojones. ¡Otra vez!

Y aunque esperaba que no lo hubiera hecho, sentí cierto alivio al pensar que tal vez ya no me despertaría sobresaltado por su canto. Al parecer, el bicho se había encariñado con el Refugio del Alce Perezoso después de picotear el sándwich de Adalyn.

Recordé la noche anterior y una oleada de frustración recorrió todo mi cuerpo. Había tardado una hora en desmontar la dichosa cama y llevarla a la camioneta. Y joder, los meses de inactividad me habían pasado factura. Tenía los brazos molidos, me dolía la espalda por haber desarmado esa monstruosidad y estaba casi seguro de que me había dado un tirón en el cuello cuando llevé a Adalyn de vuelta a la granja para que recogiera sus cosas. Me...

Negué con la cabeza.

Tenía mucho que hacer esa mañana, no podía permitirme pensar en ella. Ni en la noche anterior. Siempre empezaba de la misma manera: recordaba algo mínimamente relacionado con Adalyn y un montón de imágenes acudían en tropel.

Como el puñetero peto. Le quedaba muy ajustado, y eso hacía que pareciera... distinta. Cercana. Incitante. Casi relajada, para variar. Como si todas esas curvas suplicaran ser liberadas. Pidiendo a gritos mis caricias. El puto peto despertó en mí el deseo de quemar toda su ropa para que a partir de ese momento solo pudiera ponerse eso.

El sonido del móvil, que tenía en la encimera de la cocina, me libró de esos peligrosos pensamientos.

Eché a andar hacia el dispositivo y miré la pantalla.

Liam.

Descolgué.

—¿Qué?

—Vaya —protestó—. Buenos días para ti también, eres la alegría de la huerta.

Puse los ojos en blanco.

—Te despedí. ¿Por qué me sigues llamando?

—No me despediste —replicó con ese tono ufano que ya conocía—. Me animaste a dejar mi puesto. Y la mayoría de la gente valoraría que nuestra amistad sobreviva a una relación laboral finiquitada.

Sujeté el teléfono con el hombro y me serví una segunda taza de café.

—Eras mi representante, nunca has sido mi amigo.

—Dios, me había olvidado de lo capullo que eres —dijo Liam con un suspiro—. Pero te quiero igual, así que voy a hacer como si no acabaras de echar por tierra quince años de amistad.

—No finjas que me echas de menos. —Me llevé la taza a los labios y bebí un buen sorbo—. Los dos sabemos que trabajar conmigo era una pesadilla.

—Joder. Vaya humor de perros tienes hoy, colega.

Volví a coger el móvil con la mano y crucé el salón hasta los ventanales que daban a la parte delantera de la casa.

—No lo niego —repliqué mientras observaba el precioso prado verde que se extendía delante de mí. De alguna manera, mis ojos acabaron en la destartalada cabaña de la derecha. Me pregunté si Adalyn estaría despierta. Qué se pondría. Si se recogería el pelo o se lo dejaría suelto. De un tiempo a esta parte, lo llevaba suelto y yo... Joder—. ¿Qué quieres, Liam?

—¿Me creerías si te digo que te he llamado para saber cómo estás?

—No.

—Ya me imaginaba. De todas formas, haría falta un milagro para que hablases de tus sentimientos. —Hizo una pausa calculada—. ¿Cómo les va a mis chicas preferidas? ¿Ya te han dejado tirado?

Como si el hombre que llevaba en mi vida casi dos décadas la hubiera invocado, Pierogi se subió a la barandilla del porche. Estiró las patas y se tumbó a lo largo, convirtiéndose en una bola de pelo naranja.

—Pierogi está bien. Se pasa la mitad del tiempo durmiendo, como siempre. Y Willow... —Recordé cómo estaba el suelo de la cocina—. Willow sigue puteándome siempre que puede. Odia este sitio.

Oí la risa de Liam a través del teléfono.

—Esa es mi chica.

—En tus sueños —mascullé.

Se produjo una larga pausa. Una que destapó el motivo de la llamada. Conocía a mi representante como la palma de mi mano. Le tocaba los cojones porque él siempre me devolvía las pullas, pero en realidad éramos como hermanos. Habíamos llegado juntos a la cima y él había sido leal y honesto en todo momento. Dejarlo no fue fácil. Pero después de colgar las botas ya no tenía sentido contar con sus servicios, y él sabía el motivo. Por eso insistía en saber cómo estaba.

—Oye —dijo Liam, como sabía que haría—, sé que todavía no lo tienes claro, pero déjame que te repita otra vez la gran oportunidad que supone esto. La cadena...

Solté una carcajada, interrumpiéndolo sin más.

—Lo tengo claro. No necesito pensarme nada. Por eso cuando me llamaste el otro día te pedí que transmitieras amablemente mi respuesta a los de RBC Sports.

—Un «Vete a la mierda» no se puede transmitir amablemente, Caldani. Y mucho menos a la RBC.

—Pues tradúcelo a tu idioma. —Bebí otro sorbo de café mientras intentaba concentrarme en el líquido amargo y caliente en lugar de en mi estómago, cada vez más encogido—. Dilo de forma bonita, como a ellos les gusta.

—Cameron —me dijo Liam sin el menor rastro de humor en la voz—, sé que eres un gilipollas. —Resoplé—. Pero nunca te había tomado por tonto.

Y por eso había firmado con él cuando éramos dos desconocidos con grandes sueños. Liam nunca se andaba por las ramas, decía las cosas claras.

Después de que no me convocaran para jugar con la selección, me dio una charla y me dijo que era lo que había. Era demasiado mayor, y había sangre más joven y fresca. Y cuando lo más adecuado fue hacer las maletas y fichar por un equipo de la MSL, no intentó venderme la idea de que era un gran plan para convertirme en la leyenda que nunca sería. Me dijo que me mudara a Los Ángeles y disfrutara de un último momento de gloria. Que lo pusiera todo en marcha, ganara pasta y me librara del politiqueo de la Premier League, que nunca me había interesado.

Siempre le hice caso. Sabía que quería lo mejor para mí, para los dos. No la cagué. ¿La estaba cagando ahora?

—Es una oportunidad única —insistió. Aunque ya lo sabía. No me había caído de un guindo. La RBC no llamaba a cualquiera. Y mucho menos para el puesto de comentarista en un programa de máxima audiencia—. La oferta sigue en pie. Les he dicho que te lo estás pensando. Sopesando tus opciones. Creen que el puesto de director deportivo en Los Ángeles sigue sobre la mesa, y he hecho que uno de mis chicos haga correr la voz de que hay un par de equipos de la MLS interesados.

Se me formó una bola de plomo en el estómago al pensar en lo cerca que había estado de aceptar la oferta de los L. A. Stars para dirigir su escuela deportiva. En lo atrapado que estaría en una jaula de oro, con una vida y un plan que ya no tendría sentido de haber aceptado.

—No hay nada que pensar —le dije—. Estoy bien aquí.

—¿De verdad lo estás? —replicó Liam—. Tío, puede que estés bien ahora, pero no sabes cómo estarás dentro de tres meses. O de seis. O de un año. —Hizo una larga pausa, y supe que era intencionada—. Es tu oportunidad, Cameron. Es un buen trato. Tú... piénsatelo. Por favor.

Asimilé sus palabras. Aunque en un primer momento había rechazado la oferta, no quería que después me acusara de haberla cagado. Los chavales que se dieron un apretón de manos tras firmar mi primer contrato en Londres habían desaparecido hacía mucho, pero yo...

—Sé que tienes dudas respecto a tu vuelta —siguió Liam, consciente de los derroteros de mi cerebro—. Tendrías que volver a mudarte a Londres, porque los estudios están allí. —«Y, por tanto, perderías toda intimidad», debería añadir a continuación. Pero Liam era demasiado bueno en su trabajo como para ponerme en bandeja semejante excusa—. Allí te reconocerán. Y entiendo que no te apetezca después de lo sucedido en Los Ángeles. Lo sé, tío. Yo también estaría traumatizado.

Se me petrificaron todos los músculos y huesos del cuerpo.

—No estoy traumatizado.

—Vale, no lo estás. Fantástico. Por eso no te has escondido en un pueblecito en mitad de la nada. La cuestión es si te vas a esconder para siempre.

Noté el sudor en la nuca.

—No me escondo.

Chasqueó la lengua y continuó, ignorando mi protesta.

—Disfruta de la estancia. Descansa. Relájate. Sé que te gusta salir al campo, el aire libre y todas esas chorradas. Pero aquí también tenemos de eso. Las Highlands están a un paseo en coche de Londres. —Hizo una pausa—. Piensa en tu futuro, tío. Puede que ya no estés en el campo, pero tu carrera no se ha acabado. Te queda fútbol para rato.

Sentí una punzada de nostalgia al no tener que aclarar si hablábamos de fútbol europeo o americano, como siempre me pasaba en Estados Unidos. Llevaba en el país el tiempo suficiente como para haberme acostumbrado, pero… Joder. No lo sabía. No tenía un plan. Había ido a Green Oak sin más y decidí quedarme hasta cambiar de idea. Esa era la lógica que estaba utilizando desde aquel puñetero día.

Quizá sí que estaba traumatizado.

Recordé la noche anterior. Y lo sucedido hacía dos días. Había estado tan… ocupado con el huracán que Adalyn había desatado en Green Oak que no había tenido tiempo de pensar en nada más.

Como si la hubiera conjurado con el pensamiento, de repente la vi en el prado. Se dirigía a mi cabaña y, joder, menos mal que había vuelto a ponerse su traje habitual.

—¿Sabes? —me oí decir—. Puede que el relax esté sobrevalorado.

Liam se echó a reír, pero sin el menor rastro de humor.

—Así que esa es tu respuesta… ¿De todo lo que te he dicho solo te quedas con eso? Dime al menos que te lo pensarás.

Observé a Adalyn subir los escalones del porche y me di la vuelta para dirigirme a la puerta principal.

—¿Caldani? —insistió Liam.

Llegué al pasillo y las palabras brotaron de mi boca espontáneamente.

—Vale. Sí.

—Acabas de hacerme un hombre muy feliz —se apresuró a decir. Fruncí el ceño mientras me preguntaba por qué o cómo—. Te llamo en unos días. Cuando hayas pensado en el tema. Adiós, colega.

Y colgó.

Suspiré y me metí el móvil en el bolsillo del pantalón de chándal antes de abrir la puerta.

Me encontré con un puño en alto.

Adalyn bajó la mano y le vi la cara.

Ese día llevaba el pelo suelto, pero no tan liso como otras veces. Tenía ondas en las que no me había fijado al verla por el ventanal. Le suavizaban las facciones y hacían que sus labios parecieran más carnosos. Carraspeé.

—¿Qué quieres?

Adalyn no contestó, así que aparté la mirada de su boca. Me observaba fijamente, con los ojos clavados en un punto por debajo de mi garganta. Parpadeó. Y volvió a hacerlo.

Fruncí el ceño.

—Vas… —Dejó la frase en el aire. Un intenso rubor le cubrió las mejillas—. Vas desnudo.

Bajé la barbilla. Claro. Con Willow haciendo de las suyas y con Liam tocándome las pelotas, no había tenido tiempo de ducharme ni de ponerme una camiseta.

—Medio desnudo —masculló—. Y tatuado. Por todo el… —Se le escapó un suspiro—. El pecho. Y un brazo.

Me vi obligado a contener la sonrisilla ufana que mis labios amenazaban con formar. Pero me costó un huevo.

—Pues sí —le dije al tiempo que tensaba los músculos del pecho y los brazos como el chulo de mierda que era. Ella se quedó ojiplática—. Si me lo pides por favor, hasta me plantearía quitarme los pantalones. Tengo más tatuajes.

Adalyn separó los labios de repente. Sus ojos castaños se nublaron. Después levantó la cabeza de golpe.

—Espera, ¿qué?

Con parsimonia, me llevé la taza a los labios y bebí un sorbo de café sin apartar la mirada de ella.

—Digo que si me lo pides por favor...

—Sí, ya. —Sacudió la cabeza, pero seguía sonrojada. ¿Quién iba a imaginar que Adalyn Reyes se pondría nerviosa al ver un torso tatuado? De hecho, habría jurado que no le gustaban. ¿Qué cara pondría si viera el que tenía en la parte superior del muslo? ¿Qué diría si me bajara los pantalones y...?—. No creo que sea necesario que..., bueno..., que hagas eso. Quédate vestido, por favor.

Ladeé la cabeza. Sus palabras no me engañaron, pero en esa ocasión la dejé ganar.

—¿Y qué quieres de mí, cariño?

Tardó un momento en contestar.

—Me prometiste que me llevarías a la granja de los Vasquez. Para arreglar la rueda pinchada.

—Ya está solucionado. —Apoyé un hombro en la jamba de la puerta. Crucé las piernas a la altura de los tobillos y me llevé de nuevo la taza a los labios—. ¿Algo más?

Frunció el ceño.

—¿Qué quieres decir con eso de que está solucionado?

—Quiere decir que no te preocupes. Me he ocupado del tema. —Bebí otro sorbo de café y miré el contenido de la taza. Otro café de puta madre que me había cargado al dejar que se enfriara—. Arreglarán tu coche el lunes. —La miré otra vez—. ¿Irás así vestida al partido? Nos vamos a Rockstone en una hora. Recuerda coger tu archivador mágico, ¿vale? Quiero añadir algunas notas.

Adalyn torció el gesto, como si le costara asimilar mis palabras.

—Que vamos... Pero tú... Tú odias mis archivadores. Nos vamos en una hora... ¿adónde?

—No los odio, solo... —Atisbé algo detrás de ella. Cruzando por delante de la casa. Algo peludo que conocía muy bien. Y que se movía deprisa, persiguiendo algo—. Willow.

—Me llamo Adalyn.

—Mi gata —masculle—. Otra vez está persiguiendo al puñetero gallo.

—¿Qu...?

No esperé a que terminase la pregunta. Rodeé a Adalyn y bajé del porche a la carrera. Había acertado, Willow estaba aterrorizando al pobre bicho. Y me obligaba a perseguirla. Sin camiseta y derramando los restos de café frío.

Ni un puto respiro.

Cuando por fin atrapé a esa bola de pelo enfurecida, tuve que pegármela al pecho con un brazo para que no se me escapara de un salto.

—¿Ya estás contenta? —le pregunté mientras regresaba al porche. Willow maulló, pero tuve que admitir que ya no se comportaba como un depredador salvaje. Incluso me acarició el brazo con el hocico—. Que sí, que sí, corta el rollo de niña buena. —Puse los ojos en blanco y empecé a subir los escalones—. Papá no está contento.

—¿Papá?

Aparté la vista de mi gata y me encontré a Adalyn aún más estupefacta que antes mirándome de hito en hito. Y, joder, no era el momento de pensar en lo que me provocaba que pronunciase esa palabra para dirigirse a mí.

—Te presento a Willow. —Bajé la barbilla. Sus diminutas patas me rodeaban el antebrazo—. Ahora parece que no ha roto un plato, pero tiene la costumbre de deambular por ahí y perseguir a ese pobre gallo. —Adalyn parecía demasiado estupefacta como para responder—. La otra tiene mejores modales. Menos mal.

—La otra. —Adalyn miró con atención la bola que tenía en brazos—. Tienes dos gatas.

—Willow y Pierogi —confirmé—. El gallo no es mío. Pero ya hemos hablado de eso.

De pronto le cambió la cara.

—Madre mía —susurró—. Sebastian Stan.

Fruncí el ceño.

—¿Quién?

—María me dijo que se le había perdido un gallo —contestó Adalyn—. Se llama Sebastian Stan.

Ah.

—Joder... vale. —Miré de reojo a Willow—. Pues va a ser una conversación muy incómoda.

Willow maulló y levantó la cabeza, presa de la curiosidad por la presencia de Adalyn.

Me acerqué más para que las dos mujeres tan complicadas y frustrantes que me habían estado quitando el sueño pudieran verse mejor.

—Es preciosa —susurró Adalyn mientras Willow le olisqueaba la mano que había extendido—. Sus ojos son distintos, y su cara. Nunca había visto un gato como ella.

—Willow es una quimera —expliqué con la mirada clavada en Adalyn. Examinaba a mi gata con una sonrisa que apenas le curvaba los labios, y eso me gustó—. Nacen cuando dos embriones se fusionan. Por eso tiene este aspecto.

Willow ronroneó, Adalyn murmuró algo y sentí que me relajaba por primera vez esa mañana.

Supongo que por eso seguí hablando.

—Estaba ciega de un ojo cuando la adopté, y creí que tal vez se debiera a eso, así que investigué.

—Oh —susurró Adalyn—. Eso es... —dijo y se puso seria—, es muy tierno. Eres una caja de sorpresas, Cameron. —Que pronunciara mi nombre en un susurro hizo que se me encogiera el estómago—. Además de haber probado todas las aficiones habidas y por haber, tienes gatos que consideras parte de tu familia, y sabes de crestas, espolones y gallinas. Te dan miedo las cabras...

—No me dan miedo —la interrumpí—. Es que no me fío de ellas.

La vi poner cara de exasperación, pero me di cuenta de que estaba conteniendo una sonrisa. Una sonrisa de las de verdad.

—Da igual —dijo—, lo que quiero decir es que ahora me pregunto qué más ocultas.

—Animales salvajes. —La información brotó de mis labios—. No solo los de granja. Los salvajes y la naturaleza me resultan fascinantes. Llevo años viendo los programas de Animal Planet. Me ayuda a relajarme. A liberar tensión. —Me recoloqué a Willow entre los brazos—. Las crestas y los espolones son una minucia en comparación con lo que he aprendido en ese canal.

Ella ladeó la cabeza, y supe que tenía que prepararme.

—Dime un dato curioso.

—¿Quieres que te demuestre que es verdad?

—Si puedes… —contestó encogiéndose de hombros—. Sorpréndeme, señor Animal Planet.

Qué mujer. Se atrevía a retar de esa manera a alguien tan competitivo como yo.

La miré fijamente a esos ojos de color chocolate.

—En contra de lo que suele creerse, el verdadero rey de la jungla no es el león. En la jungla vive un porcentaje de leones muy reducido. Tanto que están en peligro. Los mejores candidatos a ese título serían el tigre de Bengala, el leopardo o el jaguar.

Asintió con la cabeza despacio, pero me di cuenta de que no estaba impresionada.

Dejé la taza en la barandilla del porche y levanté la mano libre.

—Las huellas dactilares de los koalas son tan parecidas a las nuestras que podrían confundirse con las de un ser humano.

Levantó las cejas de sorpresa.

Podía impresionarla aún más.

—Las gambas tienen el corazón en la cabeza. —Le puse la mano en la mejilla y le acaricié la sien con el dorso de los dedos, haciendo que entreabriera los labios por el contacto—. Y si una hurona en celo tarda mucho en aparearse, los crecientes niveles de estrógenos de su cuerpo pueden acabar matándola.

Pareció estremecerse. Dejé que mis dedos descendieran por el pelo que le caía sobre la mejilla.

—¿Moriría? —preguntó en una voz baja y tierna. Triste—. ¿Moriría si no puede encontrar pareja?

Me acerqué a ella y asentí con la cabeza.

Frunció un poco el ceño.

—Eso es... muy injusto.

Le recorrí el rostro con la mirada y me gustó su expresión vulnerable. Lo cerca que estábamos el uno del otro.

Debería haberle quitado hierro al asunto, meterme en casa para ducharme y no llegar tarde al partido, pero algo se despertó en mí. Algo cambió.

—Es muy cruel —dije mientras le acariciaba la mejilla con el pulgar—. ¿No crees?

Adalyn cerró los ojos despacio y, cuando contestó, lo hizo en un susurro.

—Sí.

Moví la mano y me deleité con el efecto que me provocó el contacto de su piel contra la mía. Con el efecto que le provocó a ella. A los dos.

—No creo que sea culpa de la hurona.

Adalyn tragó saliva sin abrir los ojos.

—Tal vez... —replicó. En esa ocasión, le acaricié la frente con el pulgar, justo donde se golpeó el primer día. Me costó contener el impulso de besarla ahí—. Tal vez no tenga tiempo de buscar pareja —añadió, un tanto jadeante—. O quizá no tenga nada que llame la atención de los hurones que la rodean. —Abrió los ojos. Esos ojos castaños... los tenía empañados—. A lo mejor creyó que estaría bien sola. ¿Cómo va a ser culpa suya?

—No lo es —le aseguré, acercándome aún más. Inclinándome hacia ella, hasta que casi no hubo espacio entre nosotros. Le tomé la cara con la mano—. Quizá no la han tratado bien —dije al tiempo que bajaba la cabeza. Por fin podía olerla de verdad. Su champú. Su jabón. Joder, olía de maravilla—. Puede que no se hayan fijado en ella. —Extendí los dedos y le rocé la comisura de los labios con el pulgar. Adalyn contuvo el aliento—. Quizá no hayan comprendido su dulzura. —Cambié la mano de posición y hundí los dedos en su pelo—. Qué machos tan idiotas.

Adalyn soltó el aire, y su aliento me rozó la barbilla.

Y yo... Joder. Yo...

Un dolor punzante rompió el hechizo, e hice una mueca.

Willow maulló en mis brazos. Y antes de que pudiera impedírselo, saltó al suelo y se coló por la puerta abierta. Intenté seguirla, pero tenía la mano de Adalyn en el brazo.

Bajé la mirada y sentí cómo sus dedos cálidos y suaves me acariciaban la piel mientras inspeccionaba el arañazo.

—No parece profundo —aseguró con un deje preocupado y tan dulce que me mató un poco. ¿Qué me estaba pasando?—. Pero creo que deberías desinfectarlo. —Me acarició la piel tatuada que rodeaba el rasguño con la punta del índice—. ¿Te duele?

Pues sí. Pero no de la forma a la que ella se refería.

—No.

—¿Estropeará el... diseño? —preguntó mientras el pulgar se posaba sobre las líneas negras que tardaron tantas horas en grabarme..

Apenas me quedaba un trozo de piel sin tatuar entre la clavícula y el antebrazo derecho. Lo mismo pasaba con el pectoral derecho. Y con la parte superior del muslo izquierdo. No eran tatuajes que mostrase alegremente, solo eran para mí, por eso siempre llevaba manga larga. Movió la mano y me distrajo. Había sufrido con los diseños más complicados, pero de alguna manera esas delicadas caricias de sus dedos sobre la piel parecían más punzantes que las agujas.

—Este es precioso. —Se detuvo en el lateral del bíceps, y me sentí tan envalentonado, tan motivado por su contacto, que moví el brazo para que pudiera verlo bien—. ¿Quién es?

De entre todos los tatuajes por los que podría haberme preguntado, tenía que ser ese. El que más me importaba.

—Creo que lo sabes, cariño.

—¿Tu abuela? —susurró. Asentí con la cabeza y dejé que siguiera inspeccionándolo. Agradecí que no fuera uno de los tatuajes vulgares o absurdos que me había hecho cuando era joven y estúpido. Ese era una chica de pelo negro en estilo tradicional. Sencillo. De trazos gruesos. Sin sombras, en blanco y negro salvo por las dos flores rojas que llevaba en la cabeza—. ¿Y los otros? ¿Qué representan?

Tuve que tragar saliva para que me salieran las palabras.

—El principio —contesté con la voz pastosa—. El final. Todo lo de en medio.

Volví a mirarla a la cara. Se estaba mordiendo el labio.

—¿Willow hace esto a menudo?

Negué con la cabeza, casi incapaz de responder cuando me prestaba toda su atención de esa manera. Me gustaba demasiado.

—Nunca lo había hecho, pero a lo mejor es porque nunca le he dado motivos para ponerse celosa.

—¿Celosa?

Asentí, todavía con la lengua paralizada. Como la cabeza. Y de repente me di cuenta de que no recordaba la última vez que una mujer me había curado las heridas.

¿Lo habían hecho alguna vez? ¿Alguna vez había sido... así?

—Oh. ¡Oh! —Adalyn se apartó de un salto, rompiendo el contacto. Sentí la piel fría allí donde hacía un momento tenía sus dedos. Ella resopló—. En fin, pues debe ser muy territorial si se ha puesto así por nada. —Sus ojos se posaron en cualquier sitio menos en mí—. Sé que no habría nada que gustara más que verme hacer las maletas y que me largara del pueblo sin mirar atrás —Hice una mueca y ella negó con la cabeza—. Esto es temporal. Me iré y nosotros... solo trabajamos juntos porque tenemos que hacerlo. Te obligué.

Fruncí el ceño. No esperaba que dijera eso. Que sacara a colación algo que parecía haber olvidado.

231

—En fin —dijo mientras me rodeaba y bajaba el primer escalón—, te veo en una hora. Cuando vayamos al... al partido. —Bajó los escalones—. Tú toca el pito... ¡El claxon! Toca el claxon. O mándame un mensaje. Vengo cuando estés listo. Supongo que esa es una de las ventajas de tener que aguantarme como vecina, ¿verdad?

Echó a correr, y me quedé allí plantado, viéndola volver a su cabaña.

Solo cuando cerró la puerta a su espalda atiné a decir:

—Verdad.

Porque tenía razón en que aquello era temporal y en que quería que hiciera las maletas.

¿Verdad?

20

Cameron

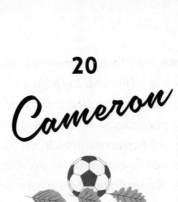

Las niñas abandonaron el centro del campo de las Rockstone y echaron a andar hacia el banquillo del equipo visitante con las mejillas coloradas y el pelo recogido en coletas, trenzas, moños y demás.

Las examiné en silencio, una a una, y no me sorprendió verlas arrastrar los pies y desplomarse en el suelo cerca de Adalyn y de mí.

—Vaya caca —murmuró Juniper, descargando su frustración contra la hierba que tenía bajo las piernas extendidas—. Somos una caca. Las peores. Somos tan caca que seguro que olemos peor que el culo de un mono.

Todas las cabezas asintieron para expresar su acuerdo y me vi obligado a dar una palmada para que me prestaran atención antes de que ese discurso se adentrase en terrenos más pantanosos.

—No sois una caca —le aseguré al equipo con voz firme—. Habéis jugado un buen partido. Habéis luchado, os lo habéis currado. Lo habéis dado todo en el césped.

—Pero hemos perdido —replicó Chelsea, que se tiró, furiosa, de la trenza medio deshecha. El tutú, que a esas alturas yo ya había aceptado como parte de su uniforme, le colgaba de lado—. Ni siquiera hemos marcado. Solo hemos marcado un gol en dos partidos. Y no contó.

Decidí no comentar que había sido en propia puerta.

—No habéis perdido. Es un empate a cero.

Chelsea se frotó la frente con dramatismo mientras suspiraba.

—Eso es tan triste como perder, entrenador Cam.

—Somos unas perdedoras —se quejó Juniper.

—Con lo que nos hemos esforzado esta semana... —añadió Chelsea, animada por la otra niña—. No he faltado al entrenamiento ni una vez. Ni por ballet. Siento que llevo un montonaaazo sin bailar. Le dije a mamá que podía hacer las dos cosas, pero ya no estoy tan segura. Tal vez papá tiene razón. Tal vez debería elegir una sola actividad y centrarme en eso.

—Yo tampoco he pasado tiempo con Brandy —refunfuñó María, estirándose en el césped—. Ni con Tilly. Ni con Carmen. Y Sebastian sigue sin aparecer.

Un murmullo apagado empezó a cobrar fuerza y volumen. Cada niña empezó a relatar su versión exagerada de los sacrificios que había tenido que hacer a fin de prepararse para el partido.

Me llevé los dedos a los labios y silbé.

Todas cerraron el pico.

—Así que sois unas perdedoras... —dije dando un paso al frente—. Creéis que os habéis esforzado mucho toda la semana, que habéis venido al partido, lo habéis dado todo y os han ganado. —A esas alturas todas me miraban con los ojos muy abiertos y brillantes, iluminados por una emoción que, de haber sido un poco más listo, habría interpretado como una señal para cerrar el pico. Pero me molestaba verlas así—. Pues, chicas, ya podéis espabilar, porque la vida no es todo purpurina y arcoíris. La vida es dura. A veces se gana y muchas veces se pierde. Pero esto es solo el resultado de un partido. Nos caemos y nos levantamos y vamos a por... la copa de la Liga Infantil.

Sentí que Adalyn se acercaba a mí.

—No hay copa —susurró, aunque todos la oímos—. El premio es un viaje al parque de atracciones Jungle Rapids.

—Me encanta Jungle Rapids —refunfuñó Juniper.

—Pues nos caemos, nos levantamos y vamos a por... el viaje

a Jungle Rapids —insistí—. Los tropiezos nos hacen más fuertes. Estos momentos son los que curten. Y nos quedan por delante al menos tres partidos, así que hay que hacer callo.

María se sorbió los mocos con fuerza.

—Pero... —sollozó—. Yo... No quiero ser fuerte. Ni tener callos. Quiero ser blanda. —Volvió la cabeza hacia Adalyn—. Señorita Adalyn, dile al entrenador Camaleón que las chicas podemos ser las dos cosas.

Mi mirada pasó de la niña a la mujer que estaba a mi lado y que en ese momento me fulminaba con los ojos.

—Es una forma de hablar —le aseguré. Pero mis palabras no surtieron efecto con ninguna de las dos, porque María volvió a los sollozos, y Adalyn pasó del cabreo a la... tristeza. Negué con la cabeza—. Las chicas pueden ser blandas y duras, sí, al mismo tiempo. Yo también quería ganar hoy, ¿vale? Quería que derrotaseis a esas chicas y les dierais un buen repaso. Pero no ha sido así. —Oí otro sollozo y abrí los ojos como platos—. Eso también era una forma de hablar. A ver...

—Entrenador —dijo Adalyn, me puso una mano en el brazo y sentí lo fría que estaba a través de la tela de mi chaqueta—, no creo que estés ayudando.

—Adalyn —repuse y me acerqué a ella, como si mi cuerpo funcionara por cuenta propia. Estaba helada—. Cariño.

—Estoy bien —dijo, pero seguro que mentía. Estaba tiritando con esa ridícula gabardina que se había empeñado en llevar porque, según ella, abrigaba bastante—. Pero las niñas no. Están tristes, y sé que tienes buenas intenciones, pero estás empeorando las cosas.

Oí algunos sollozos más a modo de confirmación.

—No se me dan bien las charlas motivacionales —susurré.

—Ya lo veo —replicó Adalyn, que bajó la voz para añadir—: Pero están llorando. Y no sé qué hacer cuando los niños lloran, Cameron.

Alguien carraspeó detrás de nosotros.

Me volví y vi que era Tony. Había seguido el partido desde las gradas, después de que Adalyn le pidiera que llevara a las niñas a Rockstone en un minibús que ella había alquilado.

—¿Puedo…? —dejó la pregunta en el aire mientras se rascaba la mata de pelo castaño desgreñado—. ¿Puedo hacerle una sugerencia, mmm…, señor? —Se sonrojó—. ¿Señora?

—Por supuesto —contestamos a la vez.

—*Granilados*.

—¿*Granilados*? —repetí.

—Sí —respondió él mientras asentía con la cabeza—. Es como un cucurucho, pero en vez de una bola de helado lleva granizado. Seguro que saben cuáles son. Mientras aparcaba el minibús he visto un puesto de café donde los venden. Hace frío, pero estoy seguro de que se volverán locas. Tenía un cartel con…

—Sí —lo interrumpí—. *Granilado*, por supuesto. Helados. —Algunas de las niñas nos miraron, todavía compungidas, pero repentinamente interesadas—. ¿Puedes traerlos rápido?

—¿Cómo de rápido?

Saqué la cartera y le puse dinero más que suficiente en una mano.

—Tráeme también algo caliente, ¿vale? —Miré la hora. Era más de mediodía—. Café no. Té, chocolate o lo que tengan. El tamaño más grande. Y quédate con el cambio.

—Sí, señor —dijo Tony, que bajó la mirada y abrió mucho los ojos—. Uau. Esto es…, gracias, señor.

—Te dije que me llamaras Cam. Y corre.

Tony se alejó a la carrera y desapareció entre la multitud de padres y vecinos de Rockstone congregados en el campo.

Entonces noté un apretón en la muñeca.

Con todo el jaleo, no me había dado cuenta de que Adalyn había bajado la mano hasta mi antebrazo y me lo agarraba con fuerza.

—Espero que los *granilados* funcionen.

—Yo también —dijo al tiempo que me daba un tironcito de la chaqueta. Sin pensarlo ni razonarlo, le tomé la mano entre las mías. Acto seguido, hice lo mismo con la otra y las aprisioné entre mis palmas. Cuando habló de nuevo, su voz sonó temblorosa—. Eres lo peor dando discursos.

Levanté la mirada, esperando encontrarla con el ceño fruncido a modo de protesta, pero no fue así. Tenía la nariz roja, los ojos vidriosos y un gesto en los labios que me dejó claro que agradecía el calor de mis manos al rodear las suyas.

—Tal vez sea lo único que no sé hacer —admití. Me llevé nuestras manos unidas al pecho, y al verla esbozar una de sus sonrisillas, tuve que contenerme para no tirar de ella y pegarla a mí—. No me puedo creer que les haya dicho que tienen que hacer callo.

—No me extraña que lloraran —replicó ella con voz seria—. Ha habido un momento que he pensado que ibas a llorar hasta tú. Ha sido un horror, en serio.

La miré fijamente. Le miré los labios, temblaban. Por la risa. Era increíble que se estuviera burlando de mí. Que se riera de mí.

Tiré de ella, con suavidad, pero con la firmeza suficiente para atraerla hacia mí. Nuestras manos quedaron entrelazadas entre nosotros.

—Ha merecido la pena.

Adalyn contuvo el aliento.

—¿El qué?

—Las lágrimas —respondí, con los ojos clavados en su boca—. Haber hecho el ridículo al hacer llorar a un equipo de niñas. Ha merecido la pena. Porque has sonreído.

Su expresión pareció petrificarse durante un breve instante. Entreabrió los labios, su mirada se tornó vidriosa y se le enrojecieron las mejillas, aunque no por el frío.

—Cameron —dijo. Solo eso. Mi nombre.

—Te lo advertí —repliqué, porque se lo dije en serio—. Soy un egoísta.

A su espalda se oyó un coro de risillas que reventó la burbuja en la que nos encontrábamos. Adalyn se zafó de mis manos y ambos nos giramos en esa dirección.

Tony, que había regresado con los *granilados*, estaba repartiendo tarrinas de colores y el ánimo del grupo mejoraba por momentos a medida que todas se hacían con los helados.

Cuando el adolescente llegó a nuestro lado, le di una palmada en el hombro.

—Bien hecho, Tony. Has sido rápido, tal y como te pedí. —Abrió mucho los ojos y se ruborizó. Bajé la voz y añadí—: Gracias también por no revelar mi identidad. No sabes cuánto te lo agradezco.

Tony movió los labios, pero su expresión se tornó seria.

—Lo entiendo, señor. Mmm... ¿Cam? ¿Entrenador Cam? Sé lo importante que es la privacidad. Cuando mi madre murió... —dejó la frase en el aire—. A veces, la gente es cotilla que te ca... —Miró a Adalyn con los ojos muy abiertos—. Que flipas. A veces la gente es muy cotilla, señorita.

Adalyn le colocó una mano en el otro hombro y le dio una palmada rápida y suave. El chico estuvo a punto de desmayarse.

Le quité la caja portavasos con los *granilados* que habían sobrado.

—¿Te has comprado algo con el cambio?

—Prefiero guardarlo para otra cosa, entrenador. Se supone que pronto iré a la universidad y estoy ahorrando todo lo que puedo para ayudar a mi padre.

La mirada de Adalyn pasó de mí al chico, y me di cuenta de que los engranajes de su cabeza estaban en funcionamiento.

—Tony —dijo—, ¿te gustaría ayudar con el equipo?

La cara del adolescente se iluminó.

—Me encantaría. Pero la granja... —Frunció el ceño—. No sé si tendré tiempo. Andamos escasos de trabajadores y no quiero dejar colgado a mi padre.

Su respuesta pareció desilusionar a Adalyn.

—Hablaremos con tu padre —me ofrecí—. Ve a sentarte. Nos iremos cuando las niñas terminen de comer.

El chico se marchó asintiendo con la cabeza.

—¿Te parece bien mi idea de contratar a Tony? —preguntó Adalyn—. Quizá debería habértelo comentado antes.

Saqué el té del portavasos.

—Qué va. Me parece una idea estupenda, jefa.

—Es un forofo del fútbol. Así que he pensado... —Bajó la mirada hacia el vaso de papel que yo le tendía—. ¿Qué es eso?

—Un té. Es para ti. Toma —le dije. Adalyn apretó los dientes. Tardó un momento, pero acabó rodeando el vaso con las manos. En esa ocasión lo que me encogió el estómago no fue el roce de sus dedos contra mi piel. Fue su expresión al mirarme, como si hubiera hecho algo grandioso por ella al comprarle un té.

—No me mires así, cariño.

—Es que... —Me había acordado de que no bebía café después del mediodía—, puedes ser muy amable, Cameron.

Después de cómo la había tratado al principio, no me sorprendía que pensara eso. Aunque no podía decirse que fuera un gilipollas, tampoco iba por ahí repartiendo sonrisas y abrazos. No le mentí al asegurarle que podía ser cruel. Lo había sido.

Le pasé un brazo por los hombros y la acompañé hasta el banquillo.

—Solo me aseguro de que la directora deportiva entre en calor, nada más —repliqué al tiempo que cogía un *granilado* para mí. Me acerqué más a ella, protegiéndola del viento que se había levantado—. Me repatearía tener que buscar una nueva. Seguramente acabaría cargando con Josie.

Adalyn me regaló otra de sus preciosas sonrisas como respuesta, y no pude evitar observarla en silencio mientras bebía un largo sorbo de té.

—¿Está bueno? —me preguntó, mirándome de reojo—. Creo que hace siglos que no me como uno.

Estaba a punto de decirle que tal vez fuera mejor que siguiese con el té, pero vi que había clavado los ojos en el helado con evidente curiosidad. ¿Y quién era yo para decirle si podía probarlo o no? Como le había dicho, era un egoísta.

—Pruébalo, cariño.

Levanté la tarrina a modo de invitación y vi cómo acercaba la boca al montículo de hielo con la lengua fuera para darle un pequeño lametón antes de hincarle el diente.

Se me aceleró el pulso y oí que una voz me decía en la cabeza: «Eres un puto salido». Pues sí. No podía negarlo. Estaba excitado. Por Adalyn, no por el hielo.

—Por cierto, entrenador Camuflaje —la voz de María penetró de pronto en la neblina de mi cerebro—. ¿Cómo tienes el cascarrabias?

Abrí mucho los ojos, que hasta ese momento estaban fijos en los labios de Adalyn. Y ella, que tenía la boca llena de helado, resopló.

Lo hizo con tanta fuerza que el granizado azul y rosa se le salió por la nariz. Al instante se llevó una mano a la cara para disimular el desastre.

Durante un segundo se produjo un tenso silencio.

Después, una de las niñas exclamó con lo que sin duda era asombro:

—¡HALA! Es lo más chulo que he visto en toda mi vida.

Adalyn, a la que seguía mirando, pareció sorprendida por las palabras de la pequeña.

Sin embargo, cuando Chelsea añadió «Sí, señorita Adalyn, ha sido superchulo. ¿Puedes enseñarnos cómo se hace?», la cara de esa mujer, que parecía capaz de sorprenderme en todo momento como nadie lo había hecho nunca, se iluminó con otra emoción al ver que el resto del equipo asentía con la cabeza mostrando conformidad.

Orgullo. Era orgullo.

Mientras las niñas se olvidaban del cascarrabias —por suerte, muy rápido—, su estado de ánimo mejoraba y los granizados desaparecían, mi mirada se mantuvo fija en la mujer que estaba sentada a mi lado. Esa mujer, tan irritante y aparentemente estirada, acababa de expulsar hielo por la nariz... y después de haber recibido la aprobación de las niñas, parecía de lo más feliz. El estómago se me encogió y por poco me quedo sin aliento. Algo dentro del pecho me dio un vuelco. Algo cálido. Que me dejó...

Petrificado.

—Joder.

Adalyn volvió la cabeza y me miró con esa expresión un poco avergonzada y casi alegre. Dios, nunca la había visto tan guapa como en ese momento...

—¿Qué te pasa?

—¿Eh? —Carraspeé—. ¿Qué?

—Nada, que has dicho «joder» —respondió ella sin más. ¿Había dicho eso?—. ¿Se te ha subido el granizado a la cabeza?

El granizado desde luego que no.

—¿A qué te refieres?

—El granizado —repitió y bebió un rápido sorbo de té—. Suele pasarme cuando pido café con hielo. Si me lo bebo muy deprisa, el frío se me sube a la cabeza. Ah, pero no, claro... Supongo que a los machotes no se les congela el cerebro con los helados.

—¿Eso es lo que piensas de mí? —me oí decir—. ¿Que soy un machote impresionante?

—Yo no he dicho nada de impresionante. —Puso cara de exasperación, pero, aun así, vi el asomo de una sonrisa en sus labios. Joder.

—¿Qué más piensas de mí? —le pregunté al tiempo que chocaba mi hombro con el suyo, empujado por algo que no supe definir. Algo provocado por mi agitación interna. Bajé la voz—. ¿Algo que te quite el sueño?

La vi abrir la boca y humedecerse los labios con la lengua. Y pensé: «Vamos, amor. Échame un cable». Quería que me tentara. Y sabía que ella quería hacerlo. Casi podía saborear las palabras que iban a salir de su boca, las sentía en la lengua.

Sin embargo, en ese momento miró a un punto situado a mi espalda. Y le cambió la cara.

Entonces todo se fue a la mierda.

21

Adalyn

Por un segundo pensé que me había equivocado.

Debía estar equivocada.

Porque ¿cómo iba a tener tan mala suerte? ¿Cuánta mala suerte podía tener que justo el día en el que estaba haciendo un avance increíble, el día en que por fin no me sentía como un fracaso —una patética chica a la que habían dejado de lado—, me tenían que recordar lo que verdaderamente era?

Estaba tan tranquila mirando a Cameron y dejándome llevar por la expresión de sus ojos, que me miraban como si descubrieran algo por primera vez, quizá un trocito de mí, o quizá a mí entera; mientras me tomaba el té que él le había pedido a Tony que me comprara porque había recordado que no bebía café después de mediodía. Envuelta por la calidez que empezaba a inundarme y que no tenía nada que ver con el té ni con la cercanía de su cuerpo.

Y de repente, ¡zas! Todo desapareció.

Al principio solo fue un destello de color. Una forma a la que no quise dar importancia. Pero después el chico se movió, como si su intención fuera acercarse a nosotros. Y cuando lo vi de frente, supe lo equivocada que había estado. Lo tonta que había sido.

Llevaba una sudadera con la imagen que había visto en la web de la bebida energética. La lata. El dibujo de mi cara. El eslogan: ELIGE LA DIVERSIÓN A LA DIGNIDAD.

Y en ese momento recordé que no había recibido noticias de Miami. Que no sabía cuándo habían emprendido acciones legales o si habían llegado a hacerlo. Lo único que sabía es que había un tío con mi cara en su sudadera. Aquí, en Carolina del Norte. Me invadió el pánico, me dio un vuelco al corazón y sentí que la sangre me abandonaba la cara, así que hice lo que probablemente tendría que haber hecho el día en que llegué a Green Oak, justo después de tomar la decisión que hizo que mi ordenada y pulcra vida desapareciera.

Eché a correr.

O lo intenté. Porque en vez de salir corriendo, me di la vuelta en el banco donde estaba sentada, tropecé con el barril de agua y caí de bruces al suelo mientras apretaba el vaso de té con tanta fuerza que la tapa de plástico salió volando y me lo tiré por encima.

No fue bonito de ver, y seguro que grité mientras me caía.

Debería haberme muerto de vergüenza y de humillación, porque últimamente no paraba de tropezarme y caerme y, la verdad, estaba harta. Pero a pesar de todo, pensé: «Bueno, al menos Cameron me mirará a mí, no al tío de la sudadera, y al menos la única persona del pueblo que no ha visto ese horrible vídeo no se enterará de esta forma de lo que me ha pasado».

Así que me quedé allí, en el suelo, sintiéndome ridícula y recuperando el aliento, y justo cuando toda la adrenalina empezaba a bajar y la vergüenza se apresuraba a sustituir al alivio, Cameron se acercó a ayudarme.

Me agarró con las manos. No quería ni mirarlo, porque ya no podía más, pero no pude evitarlo: solo le veía a él. De su boca salía una ristra de maldiciones mientras revisaba y examinaba cada parte de mi cuerpo con urgencia. Pensé en protestar, pero estaba demasiado aturdida. Por la caída y por recordar en qué se había convertido mi vida. Por el hecho de que un tío llevara una sudadera con mi cara y por las implicaciones que eso podía tener. Por la posibilidad real de que nunca volviera a mirarme como lo había hecho minutos antes. Por... todo.

Cameron se acercó un poco más al arrodillarse, y por fin empezó a decir palabras reales y comprensibles.

—¡Joder, Adalyn! —exclamó mientras esos penetrantes ojos verdes se encontraban con los míos y me miraban más serios de la cuenta. ¿Tan aparatosa había sido la caída?—. Dime que estás bien —me ordenó—. ¿Te has dado un golpe en la cabeza? —Negué con un gesto—. ¿Qué cojones ha pasado? —Me temblaban los labios—. ¿Por qué no hablas, amor? —«Amor». ¿Amor? Me quedé sin aliento—. Te he visto mirar detrás de mí. ¿Alguien te ha dicho algo? —Su expresión cambió e hizo amago de incorporarse—. Voy a...

—No —dije agarrándolo del brazo.

Se detuvo al instante, pero la expresión asesina no desapareció de sus ojos.

¿Por qué estaba tan enfadado?

Con el rabillo del ojo detecté un movimiento y, al mirar, vi al tío de la sudadera hablando con Tony y después darse la vuelta. Se iba sin hacernos caso, y debería haberme sentido aliviada, pero el corazón me latía a mil por hora y la cabeza me daba vueltas.

Volvía a mirar a Cameron y me di cuenta de que no se había movido ni un ápice. Me humedecí los labios, carraspeé para recuperar el habla y dije:

—¿Podemos irnos? —Él siguió sin moverse—. Por favor. ¿Puedes llevarme a casa?

Aquella emoción feroz y hostil desapareció de su cara y, sin mediar palabra, se puso en acción, recordándome que seguían sobre mi cuerpo. Me colocó una mano en la espalda y otra en la cintura. Esperó a que me incorporara y acercó un hombro para que pudiera apoyarme en él. Lo hice y me impulsé hacia arriba, pero en cuanto apoyé el peso en el pie izquierdo, me caí de nuevo.

—El tobillo —protesté—. Creo que me lo he torcido.

Al instante me levantó en volandas.

Sentí su cálido y sólido pecho junto a la sien. Su olor me envolvió y me hizo sentir algo que no quería aceptar. Cerré los ojos.

—Dios, qué vergüenza. —Solté un trémulo suspiro—. Me he puesto en evidencia y he ridiculizado al equipo. Lo siento mucho.

El torso de Cameron vibró con algo que me pareció un gruñido o un resoplido; no estaba segura, pero tampoco quería saberlo. Temía que me diera la razón y me dijese que había hecho un ridículo espantoso. Pero no pronunció esas palabras.

Siguió andando con zancadas largas y seguras, conmigo en brazos, y lo único que dijo fue:

—Ya te tengo, amor.

Cuando llegamos al Refugio del Alce Perezoso yo... no sabía ni cómo me llamaba.

En primer lugar, me dolía el tobillo. El viaje de vuelta no había sido largo, y el Abuelo Moe me pudo echar un vistazo rápido. Sin embargo, a medida que se enfriaba, el dolor se fue convirtiendo en una punzada intermitente, y mi cara lo reflejaba.

En segundo lugar, estaba avergonzada. Todavía. Me daba igual que Cameron no hubiera comentado nada sobre la caída. Me daba igual que se hubiera limitado a conducir en silencio, mirándome de reojo para comprobar si seguía a su lado. Desde el asiento del acompañante oía girar los engranajes de su cabeza. Sabía que me pasaba algo más.

Y en tercer y último lugar, pero no por ello menos importante, estaba experimentando una serie de emociones que iban de la confusión a la sorpresa, a la estupefacción, a la curiosidad y al vértigo para luego volver a la confusión.

Me había llamado «amor».

Me había llevado a su camioneta como la damisela en apuros que nunca me había permitido ser y me había llamado «amor». Hasta me había preparado una bolsa de hielo y me la había puesto en el tobillo después de que sus manos grandes y cálidas me examinaran y masajearan la pierna. Sus movimientos habían sido tan precisos, tan asépticos, tan expertos, que me había regañado a mí misma al sentir un cosquilleo por todo el cuerpo. Me enfadé por la corriente eléctrica que se extendía bajo mi piel cuando la intención de Cameron solo era la de examinarme.

Culpé a la palabra de cuatro letras que había salido de su boca.

Y al «Ya te tengo».

No lo entendía. Estaba confusa, además de dolorida y avergonzada y enfadada y aturdida y... cansada. Tan cansada que solo quería dormir. Cerrar los ojos y olvidarme de ese día, de la semana pasada y de la anterior. Quería hibernar hasta que desapareciera todo el caos de mi vida.

Así que cuando Cameron apagó el motor y aparcó en el sitio de siempre, salté de la camioneta con toda la dignidad que me quedaba y me alejé cojeando.

Y como cada vez que intentaba darme el lujo de hacer una de mis salidas dramáticas, él apareció a mi lado de la nada.

Me rodeó la cintura con las manos y me dijo:

—Déjame que...

Sin embargo, levanté un dedo y puse fin a su innecesaria misión de rescate con un simple:

—No.

—¿No? —repitió, aunque bajó las manos, algo que lo honraba.

Me tembló la voz cuando dije:

—No necesito que me lleves dentro como si fuera... —«Alguien que te importa. Alguien a quien le ofreces una bebida caliente cuando tiene frío. Alguien a quien llamas "amor"», pensé—, alguien.

Su expresión se tensó y, al mismo tiempo, se entristeció. Si hubiera tenido que describir lo que le pasaba, diría que parecía... dolido. Y me sentí como si acabara de darle una patada a un perrito. O a una cabrita.

Sacudí la cabeza mientras cojeaba hacia el porche, seguida de cerca por Cameron, y me encontré con una caja en la puerta del cobertizo. Bajé la cabeza para ver la etiqueta y reconocí la letra de Matthew. Me agaché, flexionando la pierna en la que me apoyaba para cogerla, pero en ese porche todo el mundo sabía que la flexibilidad no era lo mío y la tarea resultó imposible, la verdad.

En un abrir y cerrar de ojos, Cameron cogió la caja con una mano y me levantó en el aire con el otro brazo.

—Te he dicho que... —protesté.

—Déjate de gilipolleces, ¿vale? —me interrumpió. ¡Qué irritante me resultaba que me regañara con ese tono tan suave y amable!—. Bien. Ahora que has dejado de protestar, ¿puedes abrir la puerta?

Saqué la llave del bolso que todavía me colgaba del hombro y obedecí. Cameron abrió la puerta con el pie y entró en la cabaña conmigo y con la caja en brazos.

—La caja —masculló—. ¿Dónde?

—Junto a la cama —respondí con un suspiro—. Por favor.

Se movió en esa dirección.

—Esto no es una cama.

—Ya lo sé —admití casi sin fuerzas—. Quién sabe, a lo mejor Matthew se las ha arreglado para meter un colchón ahí.

Mi comentario solo pareció aumentar la frustración de Cameron, porque en vez de soltarla con cuidado, la tiró al suelo, donde cayó con un golpe sordo.

—Oye, ¿y si se ha roto?

—Te compro uno nuevo. —Se encogió de hombros, desplazando mi cuerpo y acercándome más a su pecho—. ¿Dónde?

—En la cama, por favor.

Con una delicadeza que en ese momento me resultaba imposible de asimilar, me depositó sobre el colchón. Me recorrió el cuerpo con la mirada. Hacia abajo, hacia arriba y otra vez hacia abajo. Lo vi apretar los dientes.

—Me pondré bien —murmuré—. Solo es un esguince.

Levantó una ceja, y aún sin mirarme a los ojos ladró unas cuantas órdenes.

—Ducha, hielo, analgésicos y a dormir.

—¿Por qué estás haciendo listas de cosas o mascullando palabras sueltas? —Me desabroché los botones de la gabardina sin mirarlos—. ¿Por qué no me hablas ni me miras? Ya te he pedido perdón por lo de antes.

Otra vez apretó los dientes, tensando el mentón.

—Lo que quiero no es una disculpa.

—Entonces ¿qué quieres? —Silencio. No obtuve respuesta—. Vale, no me hables.

Por fin me miró a los ojos.

—No hablo porque no me fío de mí mismo —dijo, y vi que la tormenta que había estado acumulándose en su interior se liberaba en el verde de sus ojos—. Porque si digo más de dos o tres palabras sueltas, tendrás más razones para odiarme, Adalyn. Montarás un pollo y me lo pondrás más difícil. Así que, por favor —añadió con voz ronca y baja—, ducha, hielo, analgésicos y a dormir.

«¿A qué te refieres? —quise preguntarle—. ¿Qué es lo que voy a ponerte más difícil?».

Pero sabía la respuesta. Todo. Iba a ponérselo todo más difícil. Porque era lo que mejor se me daba. Complicar las cosas. Así que asentí con la cabeza y le dije:

—Ya puedes irte. Gracias.

Cameron cerró los ojos y murmuró un «a tomar por culo» antes de darse la vuelta y marcharse.

Esperé a perderlo de vista y justo cuando escuché la puerta cerrarse hice todo lo contrario de lo que acababa de acordar con él. Cojeé hasta la cocina, cogí unas tijeras y volví junto a la caja. En su interior había una nota pegada a algo envuelto en papel de seda. Ponía:

COMPÉNSAME.
TU (ÚNICO) MEJOR AMIGO,
M.

«¿Qué tengo que compensarte?», me pregunté mientras rompía el papel. Si hubiera estado un poco más lúcida y menos dolorida, tal vez habría caído en la cuenta de inmediato, pero hasta que no quité todo el papel de seda y di la vuelta al objeto, no lo entendí.

Porque lo que tenía en las manos era una camiseta negra de manga larga con el número 13 y las siete sencillas letras de un apellido: CALDANI.

—Menudo imbécil —dije al tiempo que bajaba los brazos y soltaba la que había sido la camiseta de Cameron en los L. A. Stars durante los últimos años de su carrera—. El muy gilipollas me la ha mandado para que se la firme.

Cualquier otro día habría llamado a Matthew y le habría dicho que ya podía olvidarse. Quizá hasta le habría preguntado cómo se las había arreglado para enviar el paquete tan rápido. Pero ¿ese día? Me daba igual.

Cogí el pijama, cojeé hasta el pequeño cuarto de baño, lo dejé todo sobre la encimera y me metí en lo que supuestamente era la ducha para que el agua caliente me hiciera entrar en calor. Cuando terminé, descorrí la cortina y descubrí que tanto la ropa que me había quitado como el pijama se habían caído al suelo y estaba todo empapado.

—Genial.

Me envolví en una toalla y regresé cojeando a la cama. Mi mirada se posó en la camiseta negra con las estrellitas blancas sobre los hombros y la parte superior de las mangas. Casi sin pensarlo, la cogí y me la pasé por la cabeza. El poliéster y el nailon no eran tejidos ideales para dormir, pero al menos me taparían el culo.

Vestida con el escudo que Cameron había representado en su última etapa como portero, dejé caer el cuerpo sobre el colchón, me hice un ovillo, cerré los ojos y lloré hasta que me quedé dormida.

Todo fue muy rápido, y el último pensamiento consciente que me cruzó por la mente fue que al menos a partir de ese momento sabría cuál había sido la última vez que había llorado.

Cuando abrí los ojos, ya era de noche.

A lo largo del día me habían despertado las fuertes rachas de viento que golpeaban la cabaña, así que aprovechaba para tomarme un analgésico y volvía a dormirme. Menos esa última vez. A esas alturas el viento soplaba con violencia, tenía la cabeza aturdida por automedicarme de forma irresponsable y el dolor del tobillo me subía por la pierna a oleadas.

Me di la vuelta con una mueca de dolor, con la esperanza de que el cambio de postura lo aliviara, y me topé con algo. Con una fuente de... calor. Un momento. Había algo en mi cama. Algo vivo. En circunstancias normales habría salido corriendo de la cabaña, pero estaba tan ida que me descubrí extendiendo la mano. Toqué el objeto y lo tanteé con los dedos.

Maulló.

Cogí el móvil para encender la linterna y me encontré con dos ojos que ya había visto antes mirándome fijamente.

—¿Willow?

La gata hizo un ruido que interpreté como un sí y se subió a mi regazo, acurrucándose encima de mí. Empecé a acariciarla con confianza, como si fuera algo que hiciese cada noche. Su pequeño cuerpo empezó a vibrar contra mi estómago y mi pecho.

Sentir su ronroneo era una sensación rara, pero reconfortante. Casi mitigó las oleadas de dolor.

¿Por eso la gente tenía gatos?

¿Por eso Cameron había adoptado dos?

—¿También te acurrucas en su regazo y ronroneas? —me oí preguntarle en la oscuridad de la habitación.

Una ráfaga de viento golpeó uno de los laterales del cobertizo y Willow levantó la cabeza.

—Tranqui —dije—. El viento asusta, pero estoy contigo. —Un extraño pensamiento cruzó mi mente aturdida—. Nunca me han abrazado durante una tormenta, ¿sabes? Nunca le he dicho a nadie que me dan miedo. Lo que hago es abrazar con fuerza el edredón y darme ánimos. Pero tú tranquila, que yo te abrazo.

Willow se acomodó de nuevo, como si mi explicación la hubiera convencido.

—He estado en los brazos de Cameron, ¿sabes? —seguí—. Y tú en su regazo. —Willow levantó más la cabeza hasta apoyarla contra mis pechos—. Creo que eso nos convierte en amigas. —Fruncí el ceño—. ¿Tiene un buen regazo?

La gata me dio un golpecito con su hocico bicolor.

—Sí, me lo imaginaba. —Cerré los ojos, y a mi mente acudieron los recuerdos de un Cameron sin camiseta sosteniendo a esa misma gata. «Celosa». Había insinuado que Willow estaba celosa. De mí. Un pensamiento cobró forma—. Ay, no. Seguro que está muy preocupado por ti.

Abrí la aplicación de mensajes y empecé a escribir, pero tenía la vista nublada y las letras bailaban en la pantalla. Así que pulsé el simbolito del micrófono de la esquina y empecé a grabar un audio.

Y cuando terminé, le di a enviar.

22

Eché un vistazo al teléfono que reposaba en mi regazo, silencioso.

Me estaba sacando de quicio.

Llevaba todo el día en casa y, por más que intentara negar el motivo, no era por el mal tiempo. Era por ella.

¿Había sido un completo imbécil por hacerle caso y darle espacio? ¿Me había comportado como un idiota de proporciones épicas al salir corriendo de su cabaña de esa manera?

Sí. Quizá era la respuesta a ambas preguntas. Y pronto me volvería loco.

Eran las dos de la madrugada y estaba acostado con la mirada fija en el techo del dormitorio, parpadeando para alejar las imágenes que asaltaban mi mente. Adalyn en el partido. Su sonrisa. El bote que había dado en el banquillo como si hubiera visto un fantasma. Su cara de dolor cuando intentó levantarse. La vergüenza que la atormentaba en todo momento. Su disculpa por haber puesto en evidencia al equipo. Dios. ¿Por qué demonios se disculpaba?

No lo entendía. Yo...

Me llegó un mensaje al móvil, y en un abrir y cerrar de ojos extendí el brazo para encender la luz. Me senté en la cama y desbloqueé el teléfono.

En la pantalla había un mensaje de Adalyn. Un audio.

Con el ceño fruncido, pulsé el botón para reproducirlo.

—Eh, ¿qué tal? —la oí decir arrastrando las palabras. Algo iba mal. Adalyn no hablaba así ni usaba esas palabras ni esa entonación tan frágil. Me levanté y busqué mi ropa, mientras su voz reverberaba en el dormitorio—. Está aquí, conmigo. Estamos sentadas en mi cama que no tiene mucho de cama, esperando juntas a que pase la tormenta. Espero que te parezca bien, porque, si no te importa, me gustaría que se quedase. Solo esta noche. Las tormentas de Miami son peores, pero me da calorcito y me distrae del dolor y del ruido de fuera. —Suspiró.

En mi mente solo se repetía «Dolor, dolor, dolor. Le duele».

Mi dedo se movió automáticamente para detener el mensaje, ya que mi cuerpo estaba en modo emergencia, pero sus palabras me detuvieron.

—Creo que me he tomado demasiados analgésicos, yo qué sé. Qué estúpida…, de verdad. Tampoco me he puesto hielo en el tobillo. Como me dijisteis el Abuelo Moe y tú. Pero es que no tengo congelador. Ni hielo. Bueno… aquí tengo pocas cosas. No me quejé del cobertizo porque creí que no debía hacerlo, ¿sabes? Intentaba ser fuerte e independiente. Yo… creo que no tengo muchos amigos. —Una breve pausa—. Ni siquiera sé si tengo amigos en Miami. ¿Mi asistente cuenta? Salimos un día a cenar juntas, pero creo que no se lo pasó muy bien. —Oí un sonido extraño al otro lado de la línea—. A lo mejor no soy simpática. Ni agradable. Creo que hoy me has mirado con buenos ojos, pero por lo general no te caigo bien, así que… pues eso. En fin, que Willow está conmigo. ¿Te parece bien? Estoy segura de que tienes un regazo estupendo, pero parece muy cómoda en el mío.

Parpadeé con los ojos clavados en la pantalla, petrificado al lado de la cama. Lo único que se movía era mi corazón, que latía a toda pastilla.

Me llegó otro audio que me hizo reaccionar.

—Quería aclarar —la oí decir cuando pulsé para reproducir el mensaje— que no estoy pensando en tu regazo. No mucho. Pero si lo tienes tan duro como el pecho, eso explica por qué a Willow le gusta estar aquí. Porque yo soy suave. Y tú eres duro.

Un nuevo mensaje.

—Lo duro es tu regazo.

Y otro más.

—No tú. —Una pausa—. Aunque tú también eres duro, supongo. Un tío duro. Y tu cuerpo también, pero lo que no me gusta es tu personalidad.

Negué con la cabeza y levanté la mirada, descubriéndome a los pies de la cama con los pantalones de deporte y una sudadera con capucha en la mano. Me vestí lo más rápido que pude.

Cuando volví a mirar la pantalla, había un mensaje nuevo.

Por Dios, los enviaba según yo los reproducía. ¿Por qué no me llamaba?

Salí corriendo por la puerta.

Llegué a su porche en un tiempo récord y descubrí, por supuesto, que no había cerrado con llave. Qué irresponsabilidad. Me cagué en todo mientras entraba en aquel cobertizo con tres largas zancadas.

En cuanto mis ojos se toparon con la imagen de Adalyn acurrucada con Willow se me escapó un gemido ahogado. Corrí hacia la cama y me arrodillé. Y en ese instante me di de bruces con la realidad. Era imposible no reconocer la emoción que se agitaba con furia en mi pecho. Joder, me daban ganas de zarandearla. Y luego de abofetearme. Y de gritar por alguna razón desconocida más relacionada conmigo que con ella. Pero me obligué a reprimirlo todo porque estaba allí, inconsciente. Justo donde la había dejado. Vulnerable y sola.

Apreté los dientes y la rodeé con los brazos, colocándole uno en la espalda y otro por debajo de los muslos. Joder, qué suave estaba entre mis brazos. Y qué caliente. Demasiado. Contuve un gruñido, la apreté todo lo que pude contra mi pecho y la levanté.

Y en ese momento, cuando se le resbaló la manta, vi lo que llevaba puesto.

La camiseta negra con las estrellas en las mangas y los hombros, y el escudo del equipo en la parte derecha del pecho. Era mi camiseta de los L. A. Stars. La mía. No necesitaba ver la espalda, porque nadie más del equipo vestía de negro, solo yo en la portería.

Cerré los ojos. Necesitaba un momento. Unos segundos antes de cometer una imprudencia de la que me arrepentiría.

Revolvió la cabeza contra mi pecho y abrí los ojos justo cuando ella miraba hacia arriba.

—¿Cameron? —preguntó, parpadeando por la confusión. Por la sorpresa—. Estás aquí. ¿Qué haces aquí?

—No debería haberte dejado sola. —Tragué saliva con fuerza—. Lo siento mucho.

Adalyn parpadeó de nuevo, y luego otra vez, y joder, después esbozó una sonrisa. Enorme, tierna y preciosa. Tanto que el precioso marrón de sus ojos se iluminó.

Willow saltó del colchón con un maullido lastimero para llamar mi atención. La gata echó a andar despacio hacia la puerta, como si me señalara el camino. Animándome a llevarla a casa.

Volví a mirar a la mujer que tenía en brazos y seguí a mi gata.

Pensé que Adalyn iba a preguntarme adónde la llevaba, que protestaría o se resistiría. En cambio, murmuró:

—Pero no te pedido que vengas a buscarme.

Sus palabras me provocaron un nudo en la garganta.

—Ni falta que hace, amor.

23

Adalyn

Me desperté sobresaltada.

Primero me percaté de lo cómoda y calentita que estaba. De lo bien que olían las sábanas que me envolvían y de lo suave que era el edredón.

Me volví para ponerme de lado mientras parpadeaba y trataba de entender dónde estaba. Mis piernas chocaron con algo sólido y calentito.

—¿Qué...? —murmuré, mirando hacia abajo, donde encontré una bola de pelo de dos colores—. ¿Willow? ¿Por qué?

Y lo recordé todo. Por mi mente pasó un tropel de imágenes de las últimas veinticuatro horas.

El chico de la capucha. El pánico. El dolor del tobillo que me subía por la pantorrilla. Lo irresponsable que había sido con los analgésicos. Willow acurrucándose en mi regazo. Los brazos de Cameron. La sensación de su pecho bajo mi mejilla. Su mano contra mi pelo. El sonido tranquilizador de su voz.

Sus brazos.

Me había llevado a su cabaña. Con él. No sabía exactamente por qué. Pero si lo que acababa de recordar era cierto, incluso había llegado a... arrullarme para que volviera a dormirme. La imagen era demasiado clara, demasiado nítida como para tomarla por una fantasía. Se quedó sentado a mi lado, acariciándome el pelo, hasta que me dormí.

Una oleada de calor me subió por la cara. Joder, debía de estar hecha un cuadro.

Con más esfuerzo del que tendría que haber necesitado, me incorporé en la cama para sentarme y la gata me miró con desconcierto mientras estiraba las patas a mi lado.

—Lo siento, amiga —le dije, y ella bostezó—. ¿Te parece bien? ¿Que te haya llamado «amiga»? —Saltó por encima de mis piernas y se acurrucó contra mi cadera. Me lo tomé como un sí—. Gracias. Yo también creo que somos amigas después de lo de anoche.

Volvió a apoyar la cabeza en el edredón y, la verdad, caerle bien a la gata fue como una victoria que acepté con gusto. Sobre todo teniendo en cuenta la incómoda conversación que me esperaba ese día.

Me levanté de la cama con un suspiro y sentí una punzada de dolor al apoyar el pie derecho en el suelo. Lo aguanté. Tenía preocupaciones más urgentes de las que ocuparme. Salí de la habitación cojeando y enfilé el pasillo, deteniéndome cada pocos metros para asegurarme de que iba en la dirección correcta. Solo me faltaba encontrarme con Cameron en alguna situación incómoda como, yo qué sé, cambiándose, saliendo de la ducha o desnudándose...

«A lo mejor deberías dejar de pensar en Cameron desnudo», gritó una voz en mi cabeza.

Deseché todos los pensamientos relacionados con él y seguí dando saltitos. Se oía música al fondo del pasillo, así que me desvié hacia allí y descubrí la cocina y el salón.

Tras recuperar el aliento, me apoyé en la isla de mármol blanco y me tomé un respiro mientras dejaba que mi mirada vagara por la estancia. Un sofá con *chaise longue* de color crema en el centro, objetos decorativos rústicos y minimalistas en las estanterías, vigas de madera en el techo, preciosos ventanales que dejaban entrar la luz del sol, un hombre semidesnudo haciendo el pino, una mesa...

Mis ojos volvieron hacia atrás y allí se quedaron.

Uau.

Pocas veces en la vida me había sentido tan sorprendida y completamente aturdida como en ese momento. ¿Me lo estaba imaginando? No, era imposible que mi mente pudiera crear semejante perfección. Iba cortita de imaginación. Así que Cameron debía de estar allí, en el otro extremo del salón. Sin camiseta.

Y no había mentido.

A Cameron Caldani no solo se le daba bien el yoga. Se le daba de vicio.

Y al parecer a mí se me daba de vicio ponerme cachonda mientras lo miraba.

Porque toda la sangre se me subió a la cara al verlo sin camiseta. Con los antebrazos sobre la esterilla y las piernas en alto. La gravedad tiraba de los pantalones de deporte que llevaba, cortos y holgados, dejando a la vista sus preciosos cuádriceps. Mis ojos se detuvieron allí un segundo, en esa musculosa parte de sus piernas, brillante por el sudor. Distinguí el contorno de un dibujo. ¿Un tatuaje en el muslo? Dios, aquello era demasiado para mí. Por si no tenía bastante con ver flexionado el brazo tatuado o con esos pectorales —uno de ellos también cubierto por un precioso diseño— más marcados que nunca. Aquello era...

—¡Ay! —grité al apoyar sin querer el pie que había estado manteniendo en alto.

Cameron parpadeó. Y antes de que pudiera prepararme para decir algo, para hacer algo además de mirar boquiabierta ese cuerpo grande y brillante, tan flexible que me parecía ridículo, se desplomó en el suelo. De lado. Y aterrizó en la esterilla con un golpe seco.

Jadeé e hice amago de acercarme a él.

Sin embargo, lo oí mascullar desde el suelo:

—No te muevas. —Y me quedé paralizada en el sitio.

—¿Estás... bien?

—Me cago en la puta —dijo entre dientes en voz baja a modo de respuesta—. No estaba preparado.

Abrí la boca porque quería preguntarle para qué no estaba preparado, pero un destello anaranjado pasó de repente junto a mí y me distrajo.

—Se vengará por esto —dijo Cameron cuando volví a mirarlo, mientras se incorporaba con un gemido—. Esa es Pierogi. Le gusta tumbarse en un extremo de la esterilla mientras hago ejercicio.

Pierogi. Su otra gata. Sí, a mí también me gustaría, teniendo en cuenta las vistas.

—¿Seguro que estás bien?

Lo vi apretar los dientes, y cuando alzó la mirada sus ojos se posaron en mi pecho. En mis hombros. En mis piernas. Me miró por todas partes, como si no pudiera decidir qué observar a continuación. Tragó saliva.

—No tiene sentido negar que verte con mi camiseta me ha descolocado.

Abrí mucho los ojos. Su camiseta.

—No pretendía dormir con ella. Me la mandó Matthew para que... —Me detuve—. No le he hablado de ti. Se enteró de forma accidental, por una foto que le envié. Es tan forofo del fútbol que te reconoció al verte de perfil. Yo...

—Le daré una camiseta firmada —dijo Cameron. Sin más. En tono algo cortante.

—Te lo agradecerá. No, te adorará. —Y aunque no supe por qué, en ese momento recordé que no llevaba ropa interior. Me tiré del dobladillo—. Creo que deberíamos hablar. Anoche estaba hecha un desastre, y supongo que tendrás preguntas.

—¿Tú también? —Fruncí el ceño con gesto interrogante—. ¿Tú también me lo agradecerás? —puntualizó al tiempo que se ponía de pie con agilidad. Acortó la distancia que nos separaba con unas zancadas largas y decididas, y se detuvo delante de mí. Nuestras miradas se cruzaron—. Porque solo lo hago por ti.

Sinceramente, no supe qué hacer con esa información.

—Sí —me oí decir—. Te lo agradecería. —Ya lo hacía. Más de lo que se imaginaba.

Asintió con la cabeza.

—A ver, ¿de qué quieres hablar?

Debería haber respondido que de todo; pero estaba tan cerca, con toda esa piel tatuada y brillante al descubierto, y me miraba con tanta... intensidad que balbuceé lo primero que se me ocurrió.

—Te debo una disculpa. Por lo de anoche.

Cameron ladeó la cabeza.

—La verdad es que no. —Levantó un brazo y me rozó la frente con el dorso de la mano—. ¿Cómo va el dolor, cariño?

Abrí los labios al sentir la caricia. Y al oír la pregunta.

—Va..., va bien —murmuré—. No es para tanto.

Oí una especie de ruidito procedente de su garganta.

—Me pregunto quién te ha hecho creer que no mereces que te mimen —dijo tan claro y con tanta sinceridad que solo atiné a parpadear—. Anoche estaba preocupado y sigo estándolo. —Frunció el ceño—. Puede que incluso esté un poco enfadado.

—¿Puede?

Movió la yema del pulgar y me rozó el mentón un instante. Sentí que me derretía bajo aquella caricia.

—Deberías haberme llamado.

—¿Por qué? —susurré

—Porque me necesitabas y no estaba contigo, y eso me repatea. —Su gesto se tornó triste, y mi corazón empezó a latir al doble de velocidad por el peso de sus palabras—. Y luego recibo un montón de audios, y cuando voy a buscarte descubro que llevas mi camiseta. Que te ha mandado otro tío. —Dejó caer la mano—. Y nunca he sido celoso.

Celoso.

—Creo que necesito sentarme —dije al tiempo que saltaba hacia atrás para alejarme un poco.

Cameron me siguió.

—¿Adónde crees que vas?

—A sentarme en… —Me levantó en volandas—. ¡Eh! —Cerré las piernas de golpe, incapaz de hacer nada más mientras él se daba la vuelta conmigo en brazos—. En serio, tienes que dejar de levantarme así.

—Preferiría no hacerlo —replicó con voz seria antes de dejarme en un taburete de la isla de la cocina. Acto seguido, volvió sobre sus pasos y cogió un cojín pequeño.

Lo miré con los ojos entrecerrados.

—¿Cómo que preferirías no hacerlo?

Me rodeó las piernas con una mano —con una sola—, me las levantó y las colocó sobre el cojín que había dejado en el otro taburete.

—Cameron —masculle—. En serio, no vuelvas a hacerlo.

—A ver, dime por qué —dijo pasando de mí y colocándose a mi espalda. Sentí que se acercaba y el contacto de su barbilla al rozar mi hombro—. Seguro que hay una razón de peso para que no pueda ayudarte a sentarte en una silla. —Noté la caricia de su aliento en la cara y se me puso la piel de gallina—. ¿Feminismo? ¿Una canción de Taylor Swift? ¿Un plan de doce pasos para volverme loco?

—¿Qué…? —El taburete se movió, conmigo encima, porque él lo empujó para acercarlo a la isla. Me percaté de que la camiseta se me subía por las piernas—. Porque no llevo ropa interior —solté.

Se quedó petrificado.

Durante un instante ensordecedor, si es que un instante podía percibirse así.

—Oh —jadeó, y sentí su aliento en el cuello—. Me encantaría que no me hubieras dicho eso.

262

—No haberme preguntado —repliqué, porque ese era el motivo.

—Te traeré un pantalón corto o unos largos de deporte. —Soltó un largo suspiro y se alejó—. Después.

—¿Después de qué?

—De desayunar. —Rodeó la isla, abrió la nevera y me miró por encima del hombro—. ¿Dulce o salado?

Dudé un momento.

Un momento que bastó para que él empezara a sacar todo tipo de cosas. Un surtido de fruta, leche, zumo, mantequilla, huevos, botes de mermelada, algo que parecía unas gachas de avena preparadas la noche anterior, queso e incluso jamón. Jamón curado, si no me equivocaba. Una vez que estuvo todo sobre la encimera, se alejó hasta un armarito, lo abrió y arrojó una bolsa de pan de molde a la isla, que en ese momento ya estaba a rebosar.

Parpadeé ante aquel despliegue.

—¿Eres como una ardilla humana o algo así?

—Quizá haya cruasanes congelados —dijo como si tal cosa, como si no estuviera confirmando que, efectivamente, tenía tendencias almacenadoras de ardilla. Se acercó al congelador y me ofreció una magnífica panorámica de la parte posterior de su cuerpo semidesnudo salvo por esos pantalones tan cortos mientras se inclinaba y sacaba lo que debían de ser los cruasanes congelados.

Me quedé embobada observando todo lo que tenía delante, incluido a él, todavía atontada gracias a la visión que me había proporcionado de su culo en esos pantalones. Negué con la cabeza.

—¿Esto es... lo que sueles comer por la mañana?

Lo miré mientras encendía el horno.

—Yo ya he desayunado.

—¿Esperas a alguien para desayunar? —El recordatorio de que llevaba una camiseta de fútbol sin nada debajo me asaltó de nuevo—. Si va a venir alguien, tengo que cambiarme. —Intenté levantarme del taburete, pero tenía las piernas alzadas y me había acercado demasiado a la encimera—. Tengo que ducharme. Vestirme. Seguramente debería ir a ver a un médico para... ¡Mierda, mi coche! ¿Sigue en la granja de los Vasquez? Quizá pueda llamar a alguien para que vaya a recogerlo. No sé dónde está mi móvil. No...

Cameron se plantó de repente a mi lado.

—Ada, cariño —dijo con una sonrisa. Una sonrisa grande y tierna que me aturdió—. Lo que tienes que hacer es quedarte donde estás. En mi cocina. Hidratarte. Desayunar. Y luego, sofá o cama, lo que prefieras. El médico vendrá a verte. Ya le he llamado.

¿Qué?

—No...

—¿Que no te diga lo que tienes que hacer? ¿Que no te trate como si ayer no hubieras tenido un día espantoso y te merecieras un puto descanso? —Se encogió de hombros y me puso delante un plato que ni siquiera me había dado cuenta de que había cogido—. Primero, comida. Luego, ducha. Luego, médico. Luego, lo que quieras. Netflix and chill, o siesta hasta la hora de comer. —También me puso una taza delante—. Te he dejado toallas y un albornoz en tu dormitorio.

Toallas. Un albornoz.

En mi dormitorio.

Sentí algo raro en el pecho.

—¿Sabes lo que significa «Netflix and chill»?

—No. —Me dirigió otra sonrisa—. Pero me da igual, la verdad —dijo mientras volvía al otro lado de la isla—. No me has dicho si prefieres dulce o salado, así que esto es lo que hay.

—A menos que estés planeando alimentar a todo el pueblo, yo diría que es pasarse un poco.

Cameron echó un vistazo a lo que había colocado en la isla. Se llevó la mano al pecho y se acarició de forma distraída un punto justo encima de una rosa que se extendía por parte del pectoral tatuado. Decidí que ese era mi segundo tatuaje preferido. Me fijé en el movimiento de sus dedos y me pregunté cómo sería el tacto de su piel con tanta tinta. ¿Tendría textura? ¿Sería tan suave y lisa como el antebrazo que había tocado hacía una eternidad? Quería ponerle las manos encima y…

—Tienes que dejar de mirarme así, amor.

Mis ojos volvieron a su cara.

«Ada», «cariño». «Amor». Esa sonrisa otra vez.

No podía más.

—No te estaba mirando —susurré con las mejillas ardiendo.

—Sí que me estabas mirando, y a mi ego le encanta, joder. —Apoyó las manos en la isla y se inclinó hacia delante—. Y a otras partes de mí también.

Por poco me atraganto con mi propio aire. Empecé a bajar la mirada, pero me detuve. Nada de mirarlo. Y mucho menos, de cintura para abajo.

Se le escapó una risilla y el sonido me distrajo tanto como todo lo demás.

—Voy a darme una ducha rápida mientras se precalienta el horno. Antes de irme, te prepararé el desayuno.

Y sin esperar a que asintiera con la cabeza, se dio la vuelta y salió de la cocina, dejándome con mis pensamientos y con una serie de imágenes suyas absolutamente indecentes debajo del chorro de la ducha.

El domingo pasó tal cual llegó, sin que me diera cuenta, entre siesta y siesta. Y el lunes no estaba siendo muy distinto. Así que cuando Cameron volvió me encontró en el mismo sitio en el que me había dejado antes de salir corriendo a hacer unos recados: en su gigantesco sofá, con el albornoz color azul oscuro, el tobillo lesionado sobre un cojín y Willow acurrucada a mi lado.

Apareció delante de mí cargado con un montón de bolsas.

—¿Qué te ha dicho el médico?

Directo al grano, como siempre.

—No deberías haberle llamado para pedirle que viniera. Puedo moverme. Una visita a domicilio para examinar un esguince de tobillo es una exageración.

Cameron depositó todo con cuidado en la mesita del sofá e hizo oídos sordos a mis protestas. Volvió a mirarme con expresión expectante, paciente. Tranquila. Levantó las cejas.

Suspiré.

—Es un esguince leve. Que no apoye el pie durante unos días y estaré bien en una semana.

Me miró con escepticismo.

Yo puse cara de exasperación.

—De una a tres semanas. Depende.

—Ya decía yo. —Asintió despacio con la cabeza—. ¿Tienes hambre?

—Sigo llena del desayuno —admití. Había sacado tanta comida otra vez que devoré todo lo que me había puesto delante para que no tuviera que tirarlo. Y eso incluía una nueva bolsa de minicruasanes. Aparté la mirada y reuní todo el valor posible para soltar el discurso que había estado pensando durante su ausencia—. A ver, te agradezco que hayas vaciado tu despensa, que me hayas dado de comer y que me... hayas ayudado, pero creo que debo irme ya.

—¿Por qué?

Ese hombre y sus preguntas.

—Porque sí.

—¿Cómo que porque sí?

Levanté la mirada. Me observaba con expresión penetrante.

—Porque esta es tu casa, Cameron. Porque aquí no tengo mi ropa ni mis cosas ni... —La verdad, después de lo del día anterior, no me quedaba ni una pizca de dignidad—. Eres un anfitrión excelente y un vecino aún mejor. Si tuviera que ponerte una reseña en internet diría «Te cuida mejor que tu abuela», pero sé ocuparme de mí misma y así los dos podremos volver a la normalidad.

—«Mejor que tu abuela» —repitió y se rio entre dientes—. No esperaba que me compararan con una abuela. ¿En qué me parezco yo a una abuela?

—A ver, mírame. —Agité los brazos en el aire—. Me has alimentado, me has dado un albornoz calentito y me has ofrecido todos los cojines de la casa.

—¿No estás cómoda?

Asentí con la cabeza.

—Claro que lo estoy. Creo que en mi vida he estado tan a gusto.

Le temblaron los labios por la risa, y me resultó increíble que tuviera tanto morro. Hizo un gesto hacia mi regazo.

—A Willow no le gusta la gente. Odia a todo el mundo, y desde que la traje a este lugar, también me odia a mí. —Ladeó la cabeza—. Creo que ya no está tan enfadada.

Miré a la gata y recordé la primera vez que la había visto. El día que le arañó el brazo.

—A lo mejor siente que ha pasado algo y se compadece de mí.

—Es posible que ya no aguante estar lejos de ti.

¿Que ya no aguante estar lejos de mí? Nos miramos a los ojos. Tenía una mirada tan intensa, tan distinta que me sonrojé. ¿Estábamos hablando de Willow?

—A lo mejor... me gusta saber que le caigo bien. Eso hace que me sienta especial. ¿Parezco muy tonta?

—Qué va —dijo, y vi que se le movía la nuez al tragar—. Pero si insistes en ser tan tierna, quizá se quede a tu lado y no quiera irse nunca. Y eso... —le cambió la cara—, eso complicaría las cosas.

El corazón me latía con fuerza en el pecho.

—No voy a robarte a la gata —mascullé, sintiendo que me ardía la piel bajo el albornoz—. Y en serio, debería irme.

Siguió mirándome un instante y luego devolvió la atención a

las bolsas. Sacó su contenido. Jerséis, camisetas de manga corta y larga, chaquetas de lana con forro polar, pantalones y calcetines. Todo en tonos verdes, burdeos y grises. Todo igual que lo que él tenía. Ropa práctica... y pequeña. Mucho más pequeña que la que suponía que era su talla.

—¿Cameron? —dije, y se me quebró la voz porque no podía creerlo. ¿En serio?—. ¿Qué es todo esto?

Cogió un gorro de lana color mostaza y lo examinó de cerca.

—Pues ropa. Diseñada para mantener el cuerpo caliente y protegido. Y sí, son prendas apropiadas para la zona y la época del año, aunque no estén a la altura de *Vogue*.

—Has vivido en Los Ángeles, así que deberías saber que no soy una adicta a la moda, o lo que sea que estés insinuando, ni de lejos. Has salido con...

—Tu tobillo no está de acuerdo.

—Mis zapatos...

—No los necesitas. —Se acercó a otra bolsa y sacó unas botas de montaña—. Con estas estarás tan guapa e imponente como siempre. —Abrí los labios, pero no emití sonido alguno. ¿Guapa e imponente?—. Cuando te baje la inflamación, claro. Hasta entonces... —dijo e hizo una pausa mientras sus ojos recorrían el albornoz y una emoción extraña cruzó su cara—, te quedas donde estás. Tengo que volver al pueblo para el entrenamiento, así que Josie vendrá a verte. Ha insistido en hacerlo después de enterarse de lo que te ha pasado. —Otra pausa—. También ha dicho algo sobre ayudarte a trasladar tus cosas aquí, así que prepárate.

Mi cuerpo se levantó de repente.

—No voy a mudarme.

Cameron se encogió de hombros, pero bajo esa fingida indiferencia había una sonrisa satisfecha.

—Ni hablar —masculló, incorporándome en el sofá—. No es necesario.

—Vamos a poner en pausa tu vena independiente, ¿vale?

—replicó en un susurro, sin rastro del buen humor de antes—. Te quedarás aquí hasta que puedas andar. Yo me ocupo de ti, ¿queda claro? Déjame hacerlo. Y espero no tener que discutir contigo por esto, Adalyn, porque no pienso echarme atrás. Como si tengo que prender fuego al cobertizo de los cojones.

Adalyn. Me resultaba extraño oírlo decir mi nombre. Me sonaba… muy normal, después de saber lo que me provocaba cuando me llamaba «Ada», «cariño» o «amor».

Dios. Iba cuesta abajo y sin frenos.

—Vale —claudiqué. Y debía de estar siendo un poco insoportable, porque Cameron me miró sorprendido al escucharme. Me sentí fatal. Me dejé caer de nuevo en el sofá con un suspiro—. Gracias por ocuparte de todas estas cosas. —«Gracias por cuidar de mí»—. Pero, por favor, no prendas fuego al cobertizo. No me gustaría tener que pagar la fianza para sacarte del calabozo después de que te arresten por pirómano.

Me regaló una de sus sonrisas burlonas.

Desvié la mirada. El efecto de que se preocupara tanto por mí era tan palpable en mi cabeza que temía que se me notase y que Cameron me lo viera en la cara. Lo bien que me hacía sentir. Lo bonito que me parecía que me comprara ropa. Aunque fuera fea.

La verdad era que no tenía mucha experiencia en situaciones como esa.

Cuando salía con David, nos pasábamos casi todo el tiempo ocupados con nuestras respectivas vidas. Nunca se desvivió por mí, y yo por él tampoco. La verdad, empezamos a salir porque nos lo sugirieron nuestros padres. Tal vez era lo que se esperaba de nosotros. Parecía lógico que el hijo y la hija de los socios de una empresa fueran pareja. Así que… eso hicimos. No era perfecto ni romántico, pero me conformé. Me convencí de que estaba contenta, de que cada relación era diferente. No era una mujer cariñosa ni dada a las muestras de afecto, así que supuse que tampoco debía esperarlas de mi pareja.

269

Y en ese momento el hombre que tenía delante, el que había dejado tan claro que no le caía bien, estaba haciendo todo aquello por mí. Me había rescatado, me había preparado el desayuno, me había comprado ropa y decía que iba a cuidarme. No entendía cómo habíamos llegado a ese punto. Y no sabía qué hacer con todas las emociones que se me agolpaban en el pecho, presionándome el corazón.

—¿Cariño? —La voz de Cameron me devolvió a su salón, al sofá en el que con tanto cuidado me había dejado acostada después de llevarme en brazos, y a los mullidos cojines que había colocado a mi alrededor—. ¿Qué pasó ayer? ¿Qué te asustó?

Qué me asustó. Me había asustado, ¿verdad?

Dejé escapar un suspiro tembloroso y, de repente, me sentí tan cansada de preguntarme por qué le importaba, o por qué me lo preguntaba, que no me molesté en luchar contra él. Respondí con la verdad.

—Alguien me recordó por qué estoy aquí. Me recordó que la cagué en Miami, y no se me ocurre otra forma de arreglarlo que no sea obedecer a todo lo que me dicen. Ayer estuve a punto de engañarme pensando que todo iba bien y que esta situación no estaba tan mal, que no era un desastre absoluto. —Me encogí de hombros, y tal vez fue por cómo me miró Cameron, sin rastro de reproche, o quizá por otro motivo, pero añadí—: Me miraste como lo estás haciendo ahora. Justo así. No quería que dejaras de hacerlo.

—¿Así cómo? —me preguntó en voz baja, casi susurrando.

—Como si yo fuera algo valioso. Algo que vale la pena mirar.

Le cambió la cara, parecía sorprendido.

—¿Por qué te resulta tan extraño?

—Porque nadie me ha mirado nunca así.

24
Adalyn

Mi pijama no estaba.

Tal como me había dicho Cameron, Josie apareció mientras él estaba en el entrenamiento. Y no iba en broma: llegó con una caja en los brazos. Contenía todas mis cosas.

—¡Día de mudanza! —anunció con voz cantarina.

No discutí con ella. No creía tener la fuerza ni la voluntad necesaria para hacerlo. La conversación con Cameron me había dejado… tocada.

Y aunque seguía creyendo que no había hecho nada para ganarme la amabilidad de Josie, era de agradecer. Así que dejé que me mimara y que se enfadara un poquito por no decir nada sobre las condiciones en las que había estado viviendo. Sobre el cobertizo cutre.

Dijo que era «una tonta» y «una orgullosa», y después me metió un trozo de tarta en la boca y me ordenó que dejara de ser tan cabezota. Me pregunté si Cameron y Josie se habían aliado contra mí o si de verdad había sido tan difícil tratar conmigo.

Seguramente fuera una mezcla de ambas cosas.

Suspiré y saqué la camiseta de los L. A. Stars de la secadora, me quité el albornoz y me la puse. Tendría que dormir con ella, aunque al menos esa vez podría ponerme ropa interior debajo. Metí de nuevo los brazos en el grueso y suave albornoz, y me lo cerré en el pecho. Quise saber si Cameron se lo ponía para estar por casa. A lo mejor al levantarse. O tal vez cuando se relajaba. ¿Qué llevaría debajo? ¿El pijama? ¿O era de los que dormían en ropa interior? Me asaltó una imagen suya solo con el bóxer puesto, y me ardió la piel. Recordé lo que había pasado el día anterior. Su torso desnudo. El hueso de sus caderas. El tatuaje del muslo. Ojalá le hubiera podido ver más de cerca. Me...

Unos golpecitos en la puerta del lavadero me sacaron de esos peligrosísimos pensamientos. Al volverme, vi al hombre al que me había estado imaginando medio desnudo de pie en el vano de la puerta, con ropa de deporte y el pelo algo húmedo. Me pregunté si estaba lloviendo o si el entrenamiento había sido muy intenso.

—Hola —conseguí decir con voz entrecortada.

—Hola —replicó él.

Nos miramos fijamente, y algo sucedió entre nosotros. Lo sentí. Durante nuestra última conversación dije algunas cosas que quizá debería haberme callado. Volvía a mirarme de la misma manera. Y eso hizo que me doliera el pecho con... algo que se parecía mucho al deseo.

—¿Cariño?

Carraspeé.

—¿Qué tal el entrenamiento?

Le temblaron las comisuras de los labios por la risa al oír la pregunta.

—Las niñas te han hecho una tarjeta deseándote que te recuperes pronto.

Sentí un calorcillo en el pecho.

—Qué detalle —repliqué. De verdad. Pero después...—. Espero que María no las obligara a firmarla.

—Créeme, están todas muy preocupadas. Nos dejaste así el sábado. Incluso Diane me ha preguntado si estabas bien. —Cameron avanzó un pasito—. Te he dejado la tarjeta en tu mesita de noche. —Mi mesita de noche—. ¿Lo has lavado todo?

—Sí —contesté al tiempo que asentía con la cabeza—. Eh... detesto pedírtelo, pero ¿por casualidad me has comprado un pijama con todo lo demás? No encuentro el mío por ninguna parte.

Su expresión se tornó pétrea.

—No.

—Oh, vale. No pasa nada. —Me rasqué la sien, un poco incómoda bajo su escrutinio—. Parezco una imbécil, ¿verdad? No dejas de hacer un montón de cosas por mí y yo no dejo de pedir más y más. Lo siento. Dormiré con otra cosa.

—Puedo prestarte una camiseta.

Me abrí el albornoz a la altura del pecho.

—Me he puesto esta.

El verde de los ojos de Cameron cambió de tonalidad.

—Es... —Se interrumpió con un extraño suspiro. Frunció el ceño—. Es perfecta. ¿Te vas a la cama?

—Todavía no, ¿no? —Jugueteé con los bordes del albornoz—. La verdad es que tengo un poco de hambre. Y nada de sueño después de pasarme el día durmiendo.

Cameron echó a andar hacia mí, y en dos zancadas lo tuve delante. Su aroma me golpeó. Olía a limpio, a bosque, con un toque de sudor. El estómago me dio un vuelco por su cercanía. Se me aceleró el corazón.

—Estoy empapado y sudoroso —dijo, y sus palabras me rozaron la sien—. Pero me gustaría llevarte al sofá. ¿Puedo?

Lo miré fijamente, sorprendida por la pregunta. El impulso de levantar los brazos y de acariciar esos mechones oscuros y húmedos me abrumó.

—Sé que lo odias —siguió—. Pero si el sudor te molesta...

—Por favor —susurré. Solo eso. Porque no podía estar más equivocado.

En un abrir y cerrar de ojos, me rodeó y me cogió en brazos. Mi mejilla acabó contra su pecho. Cameron olía a lluvia. A esfuerzo físico. Cerré los ojos.

—Podría acostumbrarme a esto.

Sentí más que oí el sonido que hizo que le vibrase el torso, y me dejó en el sofá en lo que me pareció un suspiro. Siguió rodeándome con los brazos más tiempo del necesario, así que abrí los ojos.

Me obligué a hablar, a dejar de concentrarme en esa cara que estaba tan cerca de la mía.

—Josie ha dejado puré de patatas y estofado de pollo en la nevera —dije, y la voz me salió fatal—. Yo…

Me puso una mano en un muslo, cálida, pesada y sólida. Bajé la mirada mientras deseaba que el grueso albornoz no se interpusiera entre nosotros.

—Deja que lo haga yo —dijo Cameron. Como no protesté, se incorporó. Me recorrió el cuerpo con la mirada—. Me muero de hambre.

Sentí algo muy raro en el estómago.

—Yo también.

—Bien. Meteré la comida en el horno para que se vaya calentando mientras me ducho.

Y tras decir eso, rodeó el sofá y desapareció de mi vista.

Cuando terminamos de cenar, tenía el pulso acelerado.

Por aquella escena tan doméstica. Porque me había traído un plato lleno de comida. Porque me había dejado un vaso con agua y los analgésicos en la mesita de café, justo delante de mí. Por la posición que teníamos en el sofá, con su muslo tan pegado a mis piernas en alto que podía sentir su calor hasta en la punta de los pies. Yo vestida con un albornoz y Cameron con una sudadera que hacía que me muriera por deslizar las manos por debajo para comprobar hasta qué punto le calentaba la piel. ¿Llevaba una camiseta de manga corta debajo? Me daba que no.

Y me daba que tampoco quería saber la respuesta a la pregunta que no dejaba de rondar por mi mente. ¿Era eso —justo eso— lo que se sentía al tener una relación normal? ¿Era eso lo que se sentía cuando las parejas se iban de escapada a las montañas? Teníamos hasta dos gatas...

La idea —la posibilidad— me emocionó, me excitó, despertó mi curiosidad. Pero también me puso muy triste. Me hizo llorar por lo que nunca había tenido. Me hizo desear más. Y esa era una idea peligrosa. Y también aterradora.

Me incorporé de pronto y Willow, acurrucada a mi lado, protestó.

—Lo siento —me disculpé—, pero no puedo hacer esto. —Me alejé del sofá cojeando todo lo deprisa que pude—. ¿Dónde está?

Cameron se puso en pie de inmediato, pero debió de darse cuenta del cambio, de la necesidad de espacio, de hacer algo, porque no me siguió. Se limitó a mirarme.

—¿Cariño?

«Cariño». Ya no me molestaba, decidí. No. Me encantaba oírlo.

—Mi archivador. El rojo. ¿Lo has visto? —pregunté al llegar a la cocina. Me aseguré de mantener el equilibrio sobre una pierna y empecé a abrir cajones. Cubiertos. Papel de aluminio y film transparente. Velas—. Tienes velas. Velas de té. Y también perfumadas. ¿Por qué?

—¿Por qué no iba a tenerlas?

Cerré el cajón de golpe.

—Porque me encantan las velas perfumadas y tú eres... Yo qué sé. Eres un hombre. Eres británico. —Un hombre que se suponía que no debería resultarme más atractivo por el simple hecho de tener un cajón lleno de velas.

—¿Qué te molesta más: que sea británico o que sea hombre?

Pasé al siguiente cajón y solo encontré utensilios de repostería. ¿Además hacía dulces? Lo cerré también de golpe.

—Lo empeora todo.

—¿El qué?

Joder, estaba tan pancho, tan paciente, como si no estuviera registrando su cocina como una loca en busca de un archivador. Me di la vuelta y lo vi junto a la pared de la entrada.

—¡Ja! —exclamé al tiempo que cojeaba hacia allí. Cogí el archivador, volví al sofá dando saltitos y se lo estampé en el pecho—. Tenemos trabajo. No puedo quedarme aquí sentada y… pillarme unas vacaciones. No es una escapada de fin de semana.

Cameron sostuvo el archivador contra el pecho y después, con una maniobra que no pude anticipar ni comprender, me rodeó una muñeca con la mano y los dos caímos al sofá.

—Muy bien —dijo con voz calmada. Tenía su cadera pegada a la mía y el archivador sobre una rodilla.

Lo miré boquiabierta mientras se quedaba allí sentado, ocupado con un asunto que tanto le había molestado en el pasado. Lo abrió y empezó a hojearlo, como si buscara algo. Lo hizo todo con una mano, mientras… su pulgar se deslizaba bajo la manga del albornoz, lo que me hizo comprender que con la otra me había rodeado la muñeca de la que me había dado el tirón. Aún no me había soltado.

Carraspeé y dije:

—Tenemos tres partidos por delante: Fairhill, Yellow Springs y New Mount. Hay… —Cameron movió el pulgar, de izquierda a derecha—. Las niñas necesitan puntos. De momento, han perdido una vez y empatado otra. Tienen que ganar los próximos tres partidos. Si no lo hacen… —En ese momento él cambió de postura, acomodándose contra el respaldo y apañándoselas para tirar de mí—. Si no lo hacen, ni siquiera jugarán para conseguir el tercer o el cuarto puesto. Tengo… —Dejé la frase en el aire. Antes del sábado, había hablado con varios medios de comunicación locales, pero no había cerrado nada. Y en ese momento… no estaba segura de querer la presencia de la prensa—. Tengo que venderle una historia de superación a Miami. Las Green Warriors tiene que ganar el Seis Colinas.

La lengua de Cameron asomó para humedecerse los labios.

—Vale —dijo al tiempo que dejaba el archivador en el poco espacio que había entre nosotros. Me soltó la muñeca y me puso la mano en el muslo—. Elige a una niña. —Extendió los dedos—. O a un equipo al que tengamos que enfrentemos.

Abrí los ojos como platos horrorizada, o excitada, no estaba segura, porque ese leve contacto me subió por las piernas como una descarga.

—¿¡Cómo que «vale»!? —Cogí el archivador y me centré en él—. ¿Ningún comentario sobre el puñetero archivador? ¿Ni una miradita a la sección tan detallada que te dedico? —Lo miré fijamente, estupefacta, mientras él adoptaba una expresión pensativa…, pero relajada—. ¿Por qué no protestas ni te pones de morros? ¿Por qué no sales en tromba del salón porque soy insoportable?

—No eres insoportable —replicó despacio y se le escapó un gemido raro al colocarme el pulgar en la rodilla—. Aunque puedes serlo. Cuando quieres. Antes no entendía el motivo. Pero empiezo a comprenderlo. Sea como sea, no voy a volver a hacerlo.

—¿Que no vas a…? —pregunté con un hilillo de voz. Aunque lo que me estaba volviendo loca era el comentario de que empezaba a comprender el motivo—. ¿Qué me dices de las actividades programadas? Seguimos apuntados a todas y cada una de ellas. ¿Se te ha olvidado que te arrastré conmigo? Porque a mí no. —Tragué saliva con fuerza. Era consciente de que lo que decía casi no tenía sentido. De que… empezaba a tener mucho miedo—. Me gustaría que lo recordaras.

—Muy bien.

Muy bien. ¿Muy bien qué? ¿Y por qué seguía tan tranquilo?

—Bueno, ¿eso tampoco vas a seguir haciéndolo? Porque un esguince de tobillo no me va a detener. No es una herida de guerra, aunque tú me trates como si lo fuera.

Cameron me soltó la rodilla, y justo cuando creía que se iba a poner de pie o que empezaría a gritar por la que le estaba liando sin merecérselo, me puso la mano a un lado de la cara.

—¿Quieres jugar, amor? —Su voz tenía un deje peligroso. Flexionó los dedos—. ¿Quieres un hombre que no salga corriendo asustado? ¿Un hombre que se deje la puñetera piel en el juego? —El corazón me dio un vuelco—. Porque si es así, soy todo tuyo.

25

Adalyn

Las palabras de Cameron me persiguieron durante toda la semana.

«¿Quieres jugar, amor? Porque si es así, soy todo tuyo».

Eso me pasaba por... por estar con un deportista profesional. No estar en el sentido de ser pareja, sino de trabajar codo con codo. Y de dormir bajo el mismo techo. Y de comer juntos. Y...

En fin. Daba igual.

Lo importante era que a partir de ese día iba a volver a la normalidad. Una semana de arresto domiciliario era más de lo que podía permitirme. Ya me había perdido tres entrenamientos y un partido, la primera victoria de las Green Warriors.

Por eso estaba allí, caminando —o cojeando un pelín— en el campo con una caja pesada en los brazos. Y me encontraba bien. Muy bien, la verdad.

Como si hubiera sonado algún tipo de alarma en su cabeza, Cameron se dio la vuelta. De repente. Pero despacio. Como si fuera un modelo atractivo y duro en un anuncio de algo como... maquinillas de afeitar para hombres. Porque ¿se había recortado la barba? ¿Cuándo? Lo había visto por la mañana y seguía con todo ese vello facial tan desaliñado como de costumbre.

Me miró con cara de pocos amigos desde el otro lado del campo.

En fin. Todo había vuelto a la normalidad.

Al menos, ya sabía a qué se debía el ceño fruncido. Cameron no tenía ni idea de que me iba a presentar en el entrenamiento. Técnicamente, porque debería —quizá— estar descansando. Por eso yo había llamado a Josie, quien a su vez había hablado con Gabriel, que le había pedido a su marido, Isaac, que me recogiera en el Refugio del Alce Perezoso y me llevara al pueblo. Era una complicada cadena de favores que no comprendía, pero tal como Isaac me había dicho en cuanto protesté y le pedí mil disculpas por molestar: «Así se hacen las cosas en los pueblos, cielo». También me dijo que cerrara el pico, y después se puso a despotricar por todo el tiempo que había estado viviendo en Charlotte por trabajo —por culpa del «inútil de mierda de su jefe»— y me halagó por mi ropa. Aunque sus palabras exactas fueron «No entiendo cómo consigues que combine» mientras me miraba de arriba abajo desde la camisa hasta las botas de montaña. Me cayó bien, y me dio la impresión de que el sentimiento era mutuo.

A diferencia de la persona que en ese momento estaba en mitad del césped, rodeado de niñas de nueve años y de una de siete con tutú, y con una barba recién recortada que lo hacía incluso más guapo.

Cameron susurró algo a Tony, el nuevo ayudante del entrenador de las Green Warriors, y echó a andar hacia mí.

Se me encogió el estómago. Y no por miedo. Era una sensación arrolladora y burbujeante que me daba alas, pese a la mirada asesina que me estaba echando.

—¿Qué tal el nuevo? —le pregunté cuando se detuvo delante de mí.

Con un movimiento rápido, me quitó la caja de las manos como si estuviera indignado.

—Adalyn —masculló, y me pareció furioso y... tierno. Uf. Me repateaba que hiciera eso—, esto pesa una tonelada.

Me obligué a poner los ojos en blanco, aunque la rebelión

efervescente que sentía en el estómago empeoraba por momentos.

—Ya lo sé —admití—. Y antes de que lo preguntes, sí, estoy aquí. Y sí, estoy bien y lista para trabajar. Y no, no me duele el tobillo. Y sí, las botas que insistes en que me ponga a todas horas son, de hecho, comodísimas para ser tan feas. Y no, no voy a sentarme ni a seguir viviendo como una reclusa porque ya he desatendido demasiado tiempo al equipo. Ah, por cierto: puede que hoy vuelva a mi cobertizo.

Me miró un buen rato antes de decir, muy chulo y confiado:

—Que te lo crees tú.

Entrecerré los ojos.

—¿Qué has hecho?

Se encogió de hombros.

—¿Qué le has hecho a mi cobertizo, Cameron?

—Hay una fuga de agua en el cuarto de baño.

Lo miré impávida.

—¿Has ido con un cubo para asegurarte? —Él sonrió y sí, al verlo, el corazón me dio un vuelco. Suspiré. La verdad era que estaba muy cómoda en su cabaña. Con él. Tampoco quería irme—. ¿Siempre te sales con la tuya?

Avanzó un paso, y se acercó tanto que tuve que echar la cabeza hacia atrás para mirarlo a los ojos.

—Con suerte.

Perdí el hilo por completo. Quería hacerle preguntas. Estaba segura de que tenía muchas. Preguntas importantes sobre el cobertizo. Pero su lengua asomó para humedecerse el labio inferior, y toda mi atención se desvió a ese punto.

—Te has recortado la barba. —Le temblaron los labios por la risa y levanté una mano. De forma inconsciente. Sin pensar. La detuve—. Te sienta bien.

Me rodeó la muñeca con los dedos de la mano libre.

—Puedes tocarme. —Se llevó mi mano a la cara, y me quedé sin aliento. Sin embargo, fui yo la que acortó la distancia para rozarle la mejilla. Le acaricié el mentón y la barba, que, por increíble que pareciera, me resultó suave, igual que la piel de su cara y la de su cuello.

Lo vi cerrar los ojos.

Moví la mano y le acaricié la cara con las uñas con delicadeza.

—Qué gustito —susurró Cameron con voz sensual.

A mí también me lo daba. Me...

Un silbato sonó cerca.

Bajé la mano de golpe.

—Han llegado las equipaciones —dije, volviendo a esos ojos verdes, tan nublados como mi cerebro—. Por fin —añadí con un hilo de voz—. Es lo que..., mmm..., lo que está en la caja. Debería dejar de acariciarte la barba y... echarles un vistazo.

Cameron soltó una carcajada entrecortada.

—Jolines, cariño. —Negó con la cabeza—. ¿A eso llamas «acariciarme»? —Otra carcajada—. Menuda manera de bajarle los humos a un hombre.

Me sonrojé. Pero me negué a que me distrajera de nuevo.

—¿Acabas de decir «jolines»?

—Ya no suelto tacos delante de las niñas. La directora deportiva dijo que era poco profesional.

Oh.

—Eso es..., mmm... —Fue como si se me escapara todo el aire de los pulmones—. Es muy tierno. Gracias por esforzarte tanto, entrenador.

Le cambió la cara. Entonces negó con la cabeza, como si... no pudiera creérselo.

—Dios. —Se le escapó otra de esas carcajadas—. Tocado y hundido, amor.

Fruncí el ceño. Incluso me puse más colorada con ese «amor».

Por suerte, antes de que pudiera decir o hacer algo raro como caer desplomada en el césped hecha un manojo de emociones que no comprendía, me asaltaron por un lateral y me tambaleé.

—Cuidado —dijo Cameron con voz firme, aunque comedida, al tiempo que me ponía una mano en el hombro. Me ayudó a mantener el equilibrio, y sus dedos me rozaron la nuca. Sentí que un cosquilleo me bajaba por el brazo.

Desvié la mirada y vi a María abrazada a mí.

—Es que me alegro mucho de verte —susurró la niña contra mi costado. Levantó la cabeza y vi que tenía una expresión seria en la cara. Noté una punzada en el pecho al verla—. ¿Recibiste la tarjeta? ¿Viste que Brandy y Tilly también la firmaron? Les pinté las pezuñas y las obligué a firmar con ellas.

De modo que los manchurrones de tinta fueron obra de las cabras.

—Sí —respondí con voz débil—. Me encantó. Me... —No iba a ponerme sensiblona. De verdad que no—. Un detalle precioso. Muchísimas gracias.

—Nos alegramos de que estés bien —dijo Juniper desde el grupo, y las demás asintieron con la cabeza.

—Yo también me alegro, señorita..., Adalyn —dijo Tony, que estaba al lado de Cameron—. Les he dicho que pueden hacer un descanso de cinco minutos, entrenador.

Este apartó los ojos de mí el tiempo justo para darle el visto bueno a Tony con un gesto de la cabeza.

María me soltó y me cogió de la mano antes de alejarse un paso.

—Bueno, ¿qué hay en la caja? ¿Son regalos? —Frunció el ceño—. Deberías habernos dicho que ibas a venir. Podríamos haber organizado una fiesta de bienvenida.

—No pasa nada —le aseguré al tiempo que le apretaba la mano. La sonrisa de la niña se ensanchó—. Y sí, he venido con regalos. Es una sorpresa. Para todos los miembros del equipo. Ojalá os gusten.

—Me encaaaaaantan las sorpresas —replicó María mientras las demás reaccionaban con un largo «ooooooh». Después se adelantó un paso y clavó un dedo en la caja que sujetaba Ca-

283

meron—. ¿A ti también te encantan las sorpresas, señorita Adalyn?

—Claro —contesté mientras sentía la mirada del entrenador clavada en mí.

—¡Perfecto! —exclamó María—. Así hoy podemos intercambiarnos sorpresas. Será como… en Navidad. Pero en otoño. Ah, ¿vendrás a la Fiesta de Otoño? ¿Tendrás bien el pie? Podemos recoger manzanas, vaciar calabazas o apuntarnos a la carrera del laberinto encantado de maíz. —María sonreía de oreja a oreja, vibraba con tanta emoción que me resultó imposible no asentir con la cabeza—. ¡Genial! —Miró de nuevo la caja—. ¡Vamos a intercambiar las sorpresas!

—María —le advirtió Cameron—, ¿qué hemos dicho hace un rato?

Sin embargo, a la niña nunca le había intimidado ese hombre serio que en el fondo era un trozo de pan, así que siguió a lo suyo.

—Sé que has dicho que no estaba lista, pero creo que la señorita Adalyn se merece su sorpresa. Ha estado malita, y a mí siempre me animan las sorpresas cuando estoy enferma o triste. Además, ha traído regalos para el equipo y no le hemos organizado una fiesta sorpresa como nos prometiste para cuando volviera. —Miró a Cameron con expresión hosca—. Vuelves a estar más gruñón de la cuenta, entrenador Cam.

Él suspiró.

Miré boquiabierta a la niña.

—Oye, acabas de llamarlo «entrenador Cam» —dije, y María puso los ojos en blanco—. Claro que también le has dicho que es gruñón —bromeé, mirando a Cameron. Él también puso los ojos en blanco—. No tengo nada que objetar.

—Sí, porque el entrenador no dejó de refunfuñar durante los entrenamientos de la semana pasada. Hasta el sábado, y eso que ganamos. Y también ha estado muy ocupado con la sorpresa. Aunque mi padre le dijo cien veces que no hacía falta que ayudara. —Sacudió la cabeza, y yo también, pero de desconcierto—. A lo mejor es por el cascarrabias...

—María —la interrumpió Tony—. Dios, no empieces otra vez con eso. Cuéntale a la señorita Adalyn lo de la caseta y ya.

Cameron gruñó.

Fruncí el ceño.

—¿La caseta?

—Vaaale —dijo María, alargando la palabra—. El entrenador Cam, mi padre y mi hermano han convertido la caseta del material en un despacho. Para ti. Es pequeño, pero el entrenador ha ayudado y estaba muy orgulloso antes de que llegaras. Quedará monísimo, te lo prometo.

26

Adalyn

Las Green Warriors ganaron por segunda vez.

Cameron aseguró que había sido gracias a las nuevas equipaciones. A las niñas les habían encantado, porque, tal y como había dicho María, eran «lo más». Y las hicieron ser «lo más». Las camisetas eran negras y verde menta, con los nombres de las jugadoras y su número pintado en rosa pastel a la espalda y el escudo de los Miami Flames delante. Había encargado las medias en verde y en negro, para que pudieran elegir. Y hasta conseguí una falda que parecía un tutú para Chelsea. No fue fácil, pero se emocionó y se sorprendió tanto que hasta me pareció que se quedaba sin aliento. Incluso Diane parecía conmovida. Pero yo no fui la responsable de la victoria. Fueron ellas. Jugaron bien. Y eso no era cosa mía.

Eso fue obra de Cameron.

Cameron, que para el partido se había puesto el chándal a juego que le había encargado. Cameron, al que estaba evitando en ese momento.

Me había construido un despacho. Para que no tuviera que sentarme en las gradas. Lo había pagado de su bolsillo y había trabajado con Robbie en secreto. Así que mientras que yo estaba sentada en su sofá, allí plantada como una... damisela en apuros, él estaba doblando el lomo para montarme unas estanterías. María me había contado todos los detalles.

De modo que llevaba unos días enfadada, desde que me enseñaron el despacho. Conmigo, no con él, porque había sido el detalle más bonito y considerado que nadie había tenido conmigo en la vida. En la vida. Y si lo estaba evitando era porque, por más que lo intentara, era incapaz de pensar con él cerca. Me derretía y solo podía pensar en el despacho. En los *scones* que me había traído esa mañana. En su mano en mi muslo. En la barba que se afanaba por mantener recortada y aseada. En el impulso de tocarla, y de tocarlo a él, una vez más.

Uf.

Suspiré y me centré en los puestos que tenía delante con la esperanza —y la necesidad— de distraerme con la Fiesta de Otoño. Había un escenario vacío —que ojalá no significara otra noche de boogie—, algunos puestos de comida, otro de artesanía y manualidades y el Café de Josie.

Me acerqué a su caseta y parpadeé al ver el colorido despliegue. Había calabazas en la base, manzanas que colgaban de cordeles y pequeñas balas de heno decorando el fondo y el tejado. Incluso había algo parecido a un... espantapájaros. Era una chica, a juzgar por las trenzas, las largas pestañas, las mejillas sonrosadas y el cartel que le colgaba del cuello: Abajo el patriarcado, más calabazas y menos pepinos.

De repente, la cabeza de Josie apareció por debajo del mostrador del puesto y me asustó.

—Uy —dijo con su característica sonrisa de oreja a oreja—. Lo siento, no quería... espantarte. —Me guiñó un ojo—. ¿Te gusta mi puestecito? Este año he decidido darle un toque feminista. Ya sabes, desmontar el estereotipo masculino y todo eso.

—Desde luego, a veces un hombre es lo más inconveniente —admití—. Y me encanta el puesto. El pueblo está superfestivo, pero este es mi sitio favorito.

Se echó a reír, y fue una risa alegre y despreocupada que me hizo preguntarme si alguna vez yo había demostrado esa actitud.

—Como puedes ver —dijo al tiempo que extendía los brazos—, nadie hace una fiesta de otoño como nosotros. Aquí es donde se funden la montaña y el encanto sureño. —Bajó los brazos—. En fin, ¿qué te pongo?

—¿Qué me recomiendas?

Sonrió con más ganas y un brillo travieso le iluminó los ojos. Sacó una pizarra con las bebidas especiales y me la puso delante.

—El Subidón de Calabaza de Josie es mi preferido. Pero si te apetece algo más fuerte, te sugiero una Hoguera Chispeante. Y por último, pero no por ello peor, el Corazón de Manzana y Chocolate si no quieres cafeína.

Miré la pizarra y a la mujer que la sostenía, y de repente me sentí… feliz de estar allí. En Green Oak.

—Ponme un Corazón de Manzana y Chocolate, que suena genial.

—Uau —dijo al tiempo que le cambiaba la cara—. Estás sonriendo de verdad, y por algún motivo tengo la sensación de que debería abrazarte. ¿Quieres que lo haga?

—Vale —me oí susurrar. Josie no tardó nada en encaramarse por encima del puesto para achucharme. Le correspondí el achuchón—. Lo siento —dije cuando me soltó—. Hoy estaba un poco gruñona. Y la idea de tomarme una de tus bebidas me ha alegrado. Hasta el espantapájaros, y eso que nunca me han hecho mucha gracia.

Josie soltó una risilla.

—¿Sabes lo que te digo? —Por un instante desvió la mirada hacia un punto a mi espalda para luego añadir—: Creo que voy a prepararte una Hoguera Chispeante, invita la casa. A lo mejor quieres dársela a alguien. —Eso me reveló qué era lo que miraba a lo lejos. O más bien a quién—. Mientras, puedes contarme qué ha hecho para que estés tan gruñona.

Abrí la boca para cortar de raíz la conversación, pero…

—Me ha hecho un despacho. En la caseta que hay junto al campo de fútbol. Me ha ayudado, no sé si con las manos, o con herramientas o qué.

Josie asintió despacio con la cabeza.

—Y eso es... —Dejó la frase en el aire mientras sacaba una caja con botes de sirope de debajo de la barra.

—Bueno —terminé—. Es un detalle. Muy tierno. —Josie sonrió con más ganas—. Y también es malísimo —añadí, y ella frunció el ceño—. No sé. No me decido. No estoy acostumbrada a estas cosas.

—Cosas como... ¿que alguien se tome la molestia de hacer algo por ti? ¿Que se gane poco a poco tu confianza? ¿Que te cuide? ¿Que tontee contigo? ¿Que quiera echarte un buen polv...?

—Josie —susurré.

Ella esbozó una sonrisilla.

—Solo digo lo que veo.

¿Cameron estaba haciendo todo eso? Creía que sí, pero, a ver, ¿qué sabía yo?

—Te dejó tocada, ¿eh? —dijo Josie tras un largo suspiro—. No fue él quien te hizo tanto daño. Él no es el malo. Más bien es todo lo contrario. —Negó con la cabeza—. Ese hombre es como una sandía. Duro por fuera, pero blando por dentro. Igual que tú. A lo mejor deberías darle una oportunidad. —Apartó la mirada de lo que estaba haciendo para clavarla en mis ojos—. Y dártela a ti también.

Darme una oportunidad.

Tragué saliva en un intento por disolver el repentino nudo de emociones que me atascaba la garganta. Aparté la mirada, abrumada por las palabras de Josie.

María apareció a lo lejos. Estaba con otras niñas del equipo, todas con manzanas caramelizadas ensartadas en palos largos. Me vio y me saludó entusiasmada con la mano.

Le devolví el saludo.

—Esa niña te adora, lo sabes, ¿no? —dijo Josie, recuperando mi atención.

Cuando volví a mirarla, estaba abriendo un cartón de leche.

—Es mutuo.

Josie sonrió.

—Me alegra oírlo. —Cogió unas pincitas metálicas de una estantería—. Creo que le ha cambiado el nombre a una de las cabritas y le ha puesto Adalina.

Se me escapó una carcajada.

—Supongo que podría haber sido peor.

—No todos los habitantes del pueblo disfrutan del privilegio de que uno de los animales de los Vasquez lleve su nombre. —Soltó una risotada, pero se puso seria de inmediato—. Bromas aparte, creo que te ha tomado como modelo. Le recuerdas a su madre.

No entendía cómo una niña tan abierta y feliz podía ver algo maternal en mí, pero me había encariñado con ella. Me preocupaba por María. Y las palabras de Josie me llenaron de satisfacción.

—¿Cuánto hace que murió?

—María tendría unos seis años —contestó Josie con una mueca triste—. Los Vasquez llegaron al pueblo cuando Tony era pequeño, compraron una granja que estaba en las últimas y la reformaron de arriba abajo. Han hecho más por la comunidad en unos años que el resto de los vecinos en generaciones. Y Robbie sigue ofreciéndose a celebrar en su propiedad todas y cada una de las actividades y fiestas del pueblo. La mayoría sin cobrar nada. Este sitio, por ejemplo, forma parte de la granja.

—Seguramente sea mucho trabajo para Robbie. Encargarse él solo de su familia, de la granja y de todo lo demás no debe de ser fácil.

—No es fácil, te lo aseguro —convino Josie al tiempo que terminaba una de las bebidas con nata montada—. La granja pasó una mala racha después de que muriera la madre de María. —Bajó la voz—. Y a Robbie no le gusta hablar del tema, pero tenía, y quizá siga teniendo, una buena deuda. —Suspiró—. Por suerte para nosotros, tenemos una especie de ángel de la guarda que cuida de Green Oak. Me gusta pensar en ella como en un hada madrina moderna. Porque sí, es una mujer y tiene la cara de Oprah. —Cogió un rotulador y empezó a escribir en un vaso—. Nadie sabe quién es, pero cuando un negocio local tiene problemas... —Agitó el rotulador como si fuera una varita mágica—: ¡Bibidí babidí bu!

Se me escapó una risilla, sorprendida por sus locuras.

—Mmm, ¿como una madrina inversora?

—Sí —respondió—. Pero nosotros creemos más en la magia que en los nombrecitos. —Se encogió de hombros—. Lo cierto es que la granja de los Vasquez ahora va viento en popa. Así que solo necesito que Robbie tenga su final feliz. Pero ya estoy en ello. Soy una casamentera estupenda.

Miré por encima del hombro y vi a María entre la multitud hablando de algo que requería el uso de las dos manos.

—Les irá bien —dijo Josie—. A los dos, a Tony y a ella. Yo también me crie con un solo progenitor y mira lo bien que he salido.

—¿En serio? —pregunté.

—Ajá. No conozco a mi padre. —Me puso un segundo vaso delante—. Solo sé que decidió no tener nada que ver conmigo y que mi madre guardó el dinero que mandaba todos los meses en una cuenta a mi nombre.

Me asaltaron un montón de preguntas, pero Josie me distrajo con una carcajada.

Fruncí el ceño.

—¿Qué?

Me pasó dos elaboradísimas bebidas de colores.

—Date prisa y rescata a ese pobre hombre antes de que mate a alguien. En concreto, a la presidenta de la Asociación de familias.

Miré hacia atrás y me encontré a Cameron con expresión muy tensa hablando con Diane. O mejor dicho, escuchando a Diane, a juzgar por la velocidad supersónica a la que se le movía la boca. Cameron torció el gesto. Esa expresión me sonaba.

—Madre mía —masculié al tiempo que me volvía hacia Josie—, mejor me voy. ¿Qué te debo?

—Ya me pagarás mañana, que tengo que pedirte un favor muy gordo —contestó ella sin dejar de mirar a mi espalda. Arqueó las cejas—. Oh. ¡Oh! Creo que... ¿Diane le está tirando los trastos a Cameron?

Cogí las bebidas y me di la vuelta, caminando lo más deprisa que pude mientras ignoraba las carcajadas procedentes del puesto de Josie. Sabía por qué se reía. Creía que estaba celosa. Pero no lo estaba. Cameron y yo éramos... un equipo, más o menos, pensé. Éramos colegas. Compañeros de trabajo. Le debía una. Sí, por eso apretaba el paso. No por el hecho de que Diane estuviera tonteando con él.

Tardó unos segundos en localizarme entre el gentío. Abrió mucho los ojos y pareció suplicarme con la mirada: «Date prisa».

Daba la sensación de que Diane era totalmente ajena a su evidente incomodidad. A medida que me acercaba, la urgencia dio paso a... la guasa.

Le miré y puse los ojos en blanco. «Madura», le solté a través de la línea invisible por la que nos comunicábamos.

Vi por la expresión de su cara que lo entendía. Después esbozó una sonrisilla torcida: «Oblígame».

«Mira que eres chulo y competitivo», pensé. Y dio la impresión de que también lo captaba, porque me sonrió. Y me sonrojé.

Cuando llegué a su altura, estaba tan distraída que apenas entendía las palabras de Diane. Algo sobre su divorcio o una manguera que había que revisar en su casa.

—Hay una emergencia —dije. Diane dejó de hablar de inmediato—. Y necesito a Cameron. —Él sonrió con más ganas—. Es superurgente. —¿Superurgente? Claro que sí, Adalyn.

292

El entrenador carraspeó, pero me di cuenta de que lo hizo para evitar una carcajada.

Diane soltó una risita incómoda.

—¿No puedes buscarte a otro? Estaba explicándole a Cam lo importante que es para Chelsea conseguir el equilibrio entre las clases de ballet y los entrenamientos de fútbol.

Fruncí el ceño. ¿En serio? Juraría que había dicho algo de una manguera y de su exmarido. Cameron abrió mucho los ojos a modo de advertencia y no apartó su mirada de mí.

—Me temo que la emergencia no puede esperar. —Me puse seria—. Ha habido un accidente. Junto al puesto de quesos. —Diane me miró con escepticismo—. Necesitan a Cameron. En concreto. Por su conocimiento en… quesos blandos. En especial.

—¿Quesos blandos? —Diane parpadeó.

—Mozzarella —expliqué—. Y… brie. Ricotta y puede que también feta. Ya sabes, quesos que son blandos o que se deshacen cuando…

—Creo que mejor nos vamos —terció él—. Para comprobar en persona la…, esto…, emergencia de quesos blandos. Parece importante. —Asentí con la cabeza—. No me gustaría que los quesos se deshicieran demasiado.

—Pero… —protestó Diane.

Sin embargo, Cameron ya me había rodeado los hombros con un brazo, me había colocado su enorme mano en el costado y nos habíamos dado la vuelta. Acto seguido, bajó la voz y agachó la cabeza de modo que quedó tan cerca de mi oreja que sentí su aliento en la piel.

—No me jodas, cariño. —Echó a andar, llevándome con él para alejarnos de Diane—. ¿Quesos blandos? ¿No se te ha ocurrido nada mejor?

—Esa mujer me pone de los nervios. —Le puse el vaso de Josie en las manos—. Una Hoguera Chispeante para ti.

Murmuró algo, y me di cuenta de que caminábamos sin que apartase el brazo de mis hombros.

No me quejé.

—Es una de las bebidas de temporada de Josie. Yo me he pedido un Corazón de Manzana y Chocolate. —Levanté el vaso con nata montada y bebí un buen sorbo—. Uau.

—¿Está bueno? —preguntó.

—Está de muerte, la verdad —contesté mientras aquella infinidad de sabores me ofrecía un consuelo inesperado. Miré la bebida de Cameron y recordé lo que había dicho Josie—. Prueba la tuya. Ya tiene que ser buena, porque me ha costado «un favor muy gordo», sea lo que sea. —Hice una pausa—. Es un detalle para demostrarte mi gratitud. Una forma de darte las gracias. Por el despacho. Y por todo lo demás, la verdad. —Levanté la cabeza y clavé la mirada en su perfil. Le temblaba la comisura de los labios por la risa. No. No sobreviviría a otra sonrisa. No a la velocidad a la que caminábamos. Devolví la mirada al sendero de tierra que teníamos delante—. Que no se te suba a la cabeza. Recuerda que te he salvado hace un minuto. —Me di cuenta de que fruncía el ceño—. ¿De verdad estaba... coqueteando contigo?

Cameron aceleró el paso, con el brazo rodeándome con fuerza y la mano en mi cintura.

—¿Estás celosa?

No contesté.

Me di cuenta (o percibí, gracias al sexto sentido que acababa de desarrollar en lo referente a Cameron Caldani) de que sonreía. De oreja a oreja. Una sonrisa elocuente.

Estaba a punto de replicar cuando Diane nos llamó desde atrás:

—¡Oye, que el puesto de quesos está justo ahí! ¡Os lo habéis pasado!

—Mierda —mascullé al tiempo que echaba una miradita—. Nos está siguiendo.

—¿Tienes bien el tobillo o debería echarte al hombro?

—¿Eh?

—A la mierda —dijo él. Y con un rápido movimiento que no me esperaba, acabé entre sus brazos. Con las bebidas intactas.

—Cameron... —protesté al tiempo que me aferraba a su chaqueta con una mano y sujetaba el vaso con la otra. Vi a Diane por encima de su hombro. Levantaba el índice y estaba apretando el paso—. Vale, hora de salir corriendo.

Nada más oírme, salió disparado entre roncas y maravillosas carcajadas. Que hacían que su pecho vibrara contra mi cuerpo. Torció de repente a la izquierda y, madre mía, se me escapó una risilla. Mientras atravesaba a la carrera el espacio entre dos puestos soltó algo a medio camino entre una risa y un taco a modo de respuesta, y rodeó una enorme camioneta aparcada a unos metros de distancia.

Se detuvo junto a la parte de atrás del vehículo, que estaba lleno de heno y ofrecía un buen escondite. Asomó la cabeza, seguramente para comprobar si aún nos perseguía.

Cuando me miró, la respiración acelerada me agitaba el pecho. El corazón me latía desbocado por la adrenalina, aunque tenía poco que ver con la carrera y mucho con el hombre que aún me sostenía entre sus brazos.

Fue como si el tiempo se detuviera, como si se condensara mientras me bajaba para que me pusiera en pie, y en cuanto toqué el suelo con las botas me asaltó una oleada de emociones de todo tipo.

—Oye —dijo Cameron con una voz ronca que parecía tan tensa como yo—, ¿qué pasa?

—Nada —creí susurrar. Lo miré a los ojos. Casi tan verdes como las copas de los árboles que tenía a la espalda—. Estaba..., estaba un poco celosa. —Mis palabras flotaron en el reducido espacio que nos separaba. Tan reducido que podría acortarse en un suspiro—. Estaba celosa de Diane. No me ha gustado que tontee contigo. Pero ahora me siento mal por haber salido corriendo. Me...

Me cogió la barbilla con la mano libre, y sentí la calidez de su palma cuando extendió los dedos para acariciarme la cara.

—Lo sé —dijo mientras bajaba la cabeza. Tenía la mandíbula tensa con una emoción que no supe identificar—. Luego nos disculpamos, si te hace sentir mejor. —Apretó los dientes un instante—. Le diré que no me interesa. Que te pedí que te inventaras una excusa tonta para evitar una conversación incómoda.

Se me secó la boca al oír sus palabras, y sentí una descarga de arriba abajo por la emoción que me provocaba su cercanía y su caricia.

—Mi excusa no ha sido tan tonta.

A Cameron le temblaron los labios de la risa, pero no sonrió. En cambio, los entreabrió y suspiró. Esos ojos verdes se oscurecieron antes de acercarse más a mí, hasta que acabé con la espalda pegada a la camioneta.

Se me detuvo el corazón, y juraría que se me escapó un gemido por la sensación. Por el roce de su torso, de sus caderas y de sus muslos contra mí. Por la ardiente y cosquilleante sensación que me provocaba allí donde nuestros cuerpos se rozaban. Porque todas mis terminaciones nerviosas habían cobrado vida. Iba a estallar.

Soltó una especie de gemido, y esa enorme mano que me había puesto en la cara se deslizó por el cuello, el hombro y el costado hasta llegar a la cintura. Me dio un apretón.

—Me da muchos quebraderos de cabeza.

—¿El qué? —susurré.

—No saber si te apetece que hagamos esto —contestó con el ceño fruncido. Abrí la boca para decirle que claro que sí, que cómo no iba a apetecerme, que cómo no iba a desearlo, que precisamente lo que me asustaba era lo mucho que lo deseaba, pero apartó la mano. Me aferró la chaqueta—. Ese gemidito que acabas de soltar —dijo Cameron con voz temblorosa—. Lo hiciste la primera noche. Cuando te metí en la cama.

Cerré los ojos.

—¿En serio?

Noté que me soltaba la chaqueta. Después me colocó la mano en la espalda. Extendió los dedos, subiéndome por los omóplatos hasta llegar a la nuca.

—También me diste un tirón para meterme en la cama, ¿lo sabes?

Me pareció que negaba con la cabeza. No lo sabía a ciencia cierta. Estaba demasiado distraída, demasiado abrumada por esos dedos que me acariciaban la cabeza, enredándose en mi pelo, pegándome a él, contra su cuerpo.

—Hiciste el mismo ruidito y me tiraste de la camiseta —siguió con voz ronca, y sentí sus palabras justo contra la mejilla—. Tuve que contentarme con acariciarte el pelo hasta que te quedaste dormida.

Mi mano libre se movió por voluntad propia y se aferró a su antebrazo. No me salían las palabras, era incapaz de pensar. Así que me dejé llevar. Me di una oportunidad. Como Josie me había sugerido.

Le di un tirón de la manga, con fuerza, como supuse que había hecho aquella noche. Cameron me cubrió con el cuerpo. Sin abrir los ojos, lo sentí, sentí su peso, su calidez y el roce de la cara interna de sus muslos al rodear los míos. Oí que algo caía al suelo. Y después noté que me tomaba la cara con las manos.

—Adalyn —dijo, y la palabra me rozó los labios—, abre los ojos, amor.

Los abrí, y por primera vez me permití mirarlo de verdad. Era tan guapo, tenía una expresión tan feroz, tan intensa, que me quedé sin aliento.

—Me gusta que me mires —siguió mientras me acariciaba la barbilla con el pulgar, despacio, con ternura, provocándome un sinfín de descargas eléctricas a su paso. Me rozó la comisura de los labios, y vi que humedecía los suyos—. ¿Qué quieres de mí?

Le aferré el brazo con más fuerza.

—Una oportunidad.

Resopló, aunque me pareció que titubeaba.

—Me haces sentir —me oí susurrar. Y no sabía si me saldría algo coherente, pero, Dios, quería intentarlo—. Contigo me siento como no me he sentido con nadie, Cameron. Contigo deseo cosas que nunca he deseado.

Se le escapó un gemido. Me aferró la cara con más desesperación, con más ternura, si ambos sentimientos podían darse a la vez. Pegó sus caderas a las mías, y suspiramos al mismo tiempo. Sentí su cuerpo… grande y duro, sobre mí. Me miraba con deseo. Bajó la mirada a mis labios con expresión frenética mientras me deslizaba el pulgar hasta el labio inferior.

Dios, deseaba sentirlo. Contra los labios. Volví la cabeza. Le besé el pulgar.

—Joder —gruñó, y algo cobró vida en sus ojos; se desató algo poderoso y profundo.

Me incliné hacia delante, porque se me había agotado la paciencia. Cameron hizo lo mismo.

Nuestros cuerpos se estremecieron, pero el sonido de un motor al arrancar irrumpió en ese instante.

Nos miramos parpadeando un segundo, con el pecho agitado por la respiración jadeante, mientras intentábamos ubicarnos.

—Es la camioneta —susurró al cabo de un momento, y después inclinó la cabeza para apoyarme la frente en un hombro. Masculló una maldición.

Ah. Claro. Se me había olvidado.

Cameron levantó la cabeza y me apartó de la parte trasera del vehículo.

Ver sus manos hizo que el corazón me diera un vuelco. Y me recordó algo.

—Creo que hemos tirado las bebidas —dije al tiempo que bajaba la mirada y las veía en el suelo. Lo observé de nuevo. Me sonrojé—. Es... Estás sonriendo de oreja a oreja. —Algo aleteó en mi pecho, así que me obligué a preguntar—: ¿Por qué?

—Porque acabas de darme un motivo.

—Un motivo ¿para qué?

—Para jugar el partido más largo de mi vida.

27

Cameron

A la lasaña le quedaban cinco minutos en el horno y Adalyn no había aparecido.

Me acerqué a la encimera, donde estaba el móvil, y lo cogí. Abrí los contactos, pero... dejé el dedo suspendido en el aire. Ya me imaginaba su cara. Pondría los ojos en blanco y soltaría una bordería sobre lo impaciente que era. Tal vez me llamaría «*nonna*» otra vez, como el día que le puse más comida en el plato sin preguntarle.

Esbocé una sonrisilla y, tras negar con la cabeza, solté el teléfono.

Era un cabrón impaciente, sí. Pero no me importaba. Era demasiado mayor y tenía demasiadas manías como para cambiar. Tampoco me veía capaz de hacerlo. De la misma manera que era incapaz de controlar la necesidad de... cuidar de ella. Sobre todo porque ella no lo hacía. O peor aún, porque no esperaba que nadie más lo hiciera.

Que Willow y Pierogi echaran a correr hacia la puerta principal fue el indicio que necesité para saber que Adalyn estaba en casa. En casa. Un sentimiento cálido se extendió por mi pecho.

Me volví hacia la entrada de la cocina, casi como habían hecho mis gatas, y esperé en silencio a que apareciera. Me llegó una letanía de ronroneos, seguida del sonido de la voz de Adalyn. Siempre usaba una voz más suave con ellas, y me fascinaba. Me encantaba la relación que mantenía con mis gatas, con Willow en concreto. Cada vez que me las encontraba acurrucadas en el sofá, tenía que controlarme para no... sentarme a su lado y suplicarle que me acariciase a mí.

Joder, era ridículo.

Su cuerpo apareció por el pasillo, con las mejillas sonrosadas por el aire cada vez más frío. La vi desabrocharse la chaqueta que le había comprado, puede que sin darse cuenta de que yo estaba allí, mirándola embobado, concentrado en esas manos que soñaba con tener encima de mí. La chaqueta se abrió y dejó al descubierto una de esas camisas de vestir que tanto le gustaban. La llevaba con unos vaqueros y las botas. Le había comprado todas y cada una de esas prendas salvo la camisa y la ropa interior. Y una parte de mí se rebelaba por eso. Quería mimarla. Comprarle un montón de cosas bonitas que ella seguramente podía permitirse. Me daba igual.

—Hola —me saludó cuando por fin reparó en mi presencia. Las mejillas se le tiñeron de un rojo más intenso mientras me recorría con la mirada. Algo que solía hacer últimamente. Y me encantaba, joder—. ¿Cameron?

Tragué saliva.

—Me encanta cómo llevas el pelo hoy. —De verdad. Lo llevaba suelto, ondulado, libre, no alisado ni recogido en un moño tirante.

Vi que le temblaban los labios.

—Yo... Ah. Gracias. —Frunció el ceño—. Estás..., mmm..., raro. Como a punto de estornudar. ¿O... tienes hambre? —Abrió mucho los ojos—. Dios, llego tardísimo, ¿verdad? —Sacó el móvil y miró la pantalla—. Por favor, dime que no he llegado demasiado tarde y se ha enfriado la cena.

La preocupación sincera de su cara me provocó el impulso de acercarme. Me obligué a quedarme donde estaba.

—Has llegado justo a tiempo —le aseguré, aunque mi voz seguía sonando un pelín más ronca de la cuenta—. Y no estaba a punto de estornudar. Ni era por hambre. Es mi cara normal.

—«Contigo cerca. De un tiempo a esta parte. Siempre». Tendría que ponerle remedio.

Su preocupación desapareció y dio paso a esa vena juguetona que me había estado mostrando durante los últimos días.

—Estás guapo de todas formas —dijo en voz baja—. Huele que alimenta, por cierto. Me muero por ver qué has preparado.

Embobado, la observé acercarse hasta la isla de la cocina y sentarse.

—¿La cosa ha ido mal?

Se le escapó un suspiro.

—Bastante. Josie y yo hemos necesitado dos rondas de batidos para animarlas a todas.

Cogí la botella de vino que había comprado de camino a casa tras el partido. Ya había dejado dos copas en la isla.

—¿Te apetece vino tinto? —le pregunté, y la intimidad de la situación me pilló desprevenido. Otro tipo de calidez se extendió por mi pecho. Me... gustaba eso. Esa sensación. Carraspeé—. También hay una botella de blanco en la nevera.

—Oh —susurró, separando los labios con suavidad. Y clavé la mirada en su boca—. ¿A qué viene esto? Aunque no perdiéramos, me cuesta celebrar el resultado del partido.

—Tú también mereces un poco de consuelo, cariño. Las niñas no han sido las únicas que no han conseguido los puntos suficientes para llegar a la final.

Adalyn suspiró.

—El tinto es perfecto. Gracias, entrenador.

Tuve que contener las ganas de sonreír al oír que me llamaba así. O de gruñir, no estaba seguro.

—No me lo agradezcas todavía —murmuré antes de servirle una copa—. Bueno, ¿dos rondas de batidos?

—Sí. Las niñas estaban tan hechas polvo que me he puesto a pedir todo lo que Josie tenía en el mostrador. No ha quedado nada, ni siquiera las galletas de pasas. —Rodeó el tallo de la copa con los dedos—. A ver, todas sabíamos que si no ganábamos el partido contra las New Mount Eagles, solo podríamos luchar por el tercer o el cuarto puesto. Pero... —Apartó la mirada, y sus labios se cerraron en torno al borde de la copa para beber un buen sorbo—. No sé.

Habíamos hablado largo y tendido sobre eso. Teníamos una estrategia, y ese día las niñas habían salido al campo con un grito de guerra, literalmente. Adalyn lo había grabado todo. Al ver que solo conseguíamos otro empate, me preparé para lidiar con las consecuencias que eso podría tener en ella. Estaba preparado para capear el temporal. Porque sabía lo mucho que Adalyn deseaba —necesitaba— que las niñas llegaran a una final que ya no estaba a su alcance. Pero ella no se lo había tomado... mal. No. Se había preocupado tanto por la reacción de sus jugadoras que ni siquiera había expresado su disgusto. Había esbozado su mejor sonrisa.

En aquel momento me costó la vida no besarla.

A esas alturas, era imposible.

—¿No estás un pelín desmoralizada? Conmigo no es necesario que pongas buena cara, amor.

Adalyn dejó el vino en la isla.

—Estoy decepcionada. Me jugaba mucho. —Frunció el ceño—. Pero no, no estoy desmoralizada. Y no lo entiendo. Fui yo quien les dio esperanzas. Quería conseguirlo por ellas.

«Me jugaba mucho».

Sabía que de alguna manera había metido la pata y que intentaba redimirse. Pero empezaba a creer que había algo más.

—¿Qué te jugabas exactamente? —pregunté.

Ella negó con la cabeza.

—Sabes para qué me mandaron aquí los Miami Flames —respondió. Sí, lo sabía. Pero la dejé hablar. Porque en ese momento estaba seguro de que había pasado algo por alto. Y estaba allí delante, incapaz de mirarme a la cara. Tensó los hombros—. Sé que la condición nunca fue ganar, pero... En fin, esperaba que lo hiciéramos. Una victoria es siempre una victoria. Y es más fácil vendérsela a la prensa. Todos sabemos que la gente adora a los vencedores. Pero aún tengo mucho material con el que trabajar. Y pienso hacer algo a lo grande para el último partido. Da igual en qué puesto quedemos. No deja de ser una historia de superación.

Fruncí el ceño. ¿«Condición»? ¿Por qué había usado esa palabra en vez de «objetivo» o «meta»? Pero además...

—No había prensa en el partido de hoy. Ni en el anterior. —Recordaba muy bien que dijo algo de hablar con la prensa local—. ¿Por qué?

Se llevó de nuevo la copa a los labios. Pero supe que era para ganar tiempo.

La miré a los ojos en silencio. Animándola a contarme el motivo, aunque ya lo sabía. Lo había hecho por mí. Y eso... hizo que quisiera gritar por una razón muy distinta.

—Adalyn...

—Ya basta de hablar de mí, por favor. —Intentó sonreír por detrás de la copa, pero no me engañaba. Era esa sonrisa falsa que no me gustaba nada. La que no era suya—. ¿Qué me dices de ti? ¿Qué planes tiene Cameron Caldani? ¿Hasta... cuándo te vas a quedar en Green Oak?

Guardé silencio. En parte por cómo me había interrumpido y en parte por el recordatorio de que ninguno de los dos estaba allí para quedarse. Tal vez yo sí. No lo sabía.

Adalyn debió de darse cuenta de mi reticencia a hablar del tema, porque extendió una mano y me tocó el brazo.

—No tenemos que hablar de eso. —Y susurró—: ¿Puedo hacerte una pregunta?

Cogí la copa y me la llevé a los labios para darle un buen sorbo.

—Puedes preguntarme lo que quieras —contesté al tiempo que dejaba el vino en la isla. Ojalá ella me dijera lo mismo.

—Es sobre tu retirada.

Me tensé. Tanto que tuve que concentrarme en la caricia de sus dedos en el brazo para calmarme lo suficiente y poder decir:

—¿Qué pasa con mi retirada?

—He... leído sobre el tema —admitió—. También sobre ti. Mucho. —Volvió a sonrojarse, pero no por vergüenza. De hecho, por todo lo contrario. Y el tonto que llevaba dentro pensó: «Esa es mi chica». Pero no era mi chica. Aún no—. Fue repentina. Todavía te quedaban unos años. Los porteros suelen... —Sacudió la cabeza—. Creo que no hace falta que te lo explique, vamos. Pero tu retirada fue una sorpresa. Me preguntaba si había un motivo.

Me di cuenta de que me echaba hacia atrás y de que la mano de Adalyn se alejaba de mi brazo.

Me acerqué al horno y saqué la lasaña. Las palabras se me atascaban en la garganta, pero en esa ocasión no se debía a que no quisiera compartir lo vivido, sino porque me estaba preparando para compartirlo con ella. Me parecía crucial hacerlo. Pero no era fácil.

Un momento antes, me había dolido que ella evitase mi pregunta. Pero ¿cómo podía esperar que se sincerara conmigo cuando yo no lo hacía?

Me apoyé en la encimera y me di cuenta de que sostenía una espátula.

La dejé junto a la lasaña y apoyé las manos en el mármol.

Cerré los ojos y recordé aquella noche.

—Alguien se coló en mi casa —dije con un suspiro largo y entrecortado—. En mi casa de Los Ángeles.

Esperé mientras oía mis palabras resonar en la cocina y experimenté la conocida presión que siempre acompañaba a ese recuerdo. La espantosa noche. Abrí los ojos y la miré. Se había quedado blanca.

—Todavía no me explico cómo pasó. —Dejé caer los brazos a los lados—. Fue la noche siguiente a volver de un partido en Austin. Willow y Pierogi solían quedarse con una vecina, una anciana que aseguraba que era una antigua estrella de Hollywood. No llegué a reconocerla en ninguna peli, pero las cuidaba, así que me fiaba de ella. —Negué con la cabeza—. Estuve tentado de dejarlas con ella otra noche e irme a la cama del tirón. Me quedan... me quedaban aún unos años, en eso has acertado, pero los partidos fuera de casa empezaban a pasarme factura. La cuestión es que echaba de menos a mis gatas y me preocupaba que Willow estuviera siendo una mosca cojonera, así que las recogí, me volví a casa y caí rendido.

Adalyn estaba tan nerviosa que tuve que apartar la mirada.

—Yo... —Recordé con absoluta claridad lo que sucedió aquel día—. Creo que dormí unas cinco horas antes de oír los maullidos de Willow, así que... abrí los ojos y me lo encontré allí.

Adalyn soltó una especie de gemido.

Cerré los ojos con fuerza.

—Por un segundo creí que estaba soñando. Pero luego el tío se movió, y supe que alguien había entrado en casa. Y estaba en mi habitación. Junto a mi cama. —Empezó a temblarme todo el cuerpo. No tanto como al principio. Pero de vez en cuando aún me echaba a temblar—. Ni siquiera sabía cuánto tiempo llevaba en mi dormitorio. ¿Minutos, horas, todo el fin de semana que había estado fuera? Yo... —Me quedé sin palabras. Ya no me funcionaban las cuerdas vocales—. Joder, yo...

Adalyn se me echó encima.

Con tanta fuerza que me tambaleé contra la encimera. Me rodeó el torso con los brazos, pegándose a mi espalda, y me apretó con fuerza. Me abrazó. Más fuerte de lo que nadie me había abrazado jamás. Se me escapó una carcajada entrecortada al tiempo que le rodeaba los hombros con los brazos y la atraía más hacia mi pecho. Al máximo. De haber podido, me habría tatuado su esencia. Hasta ese punto me gustaba que Adalyn Reyes me estrechase con tanta fuerza.

—Vaya, así que esto es lo que hacía falta —añadí más para mí que para ella. Apoyé el mentón en su coronilla y permití que me reconfortase como nadie lo había hecho desde lo sucedido aquella noche.

A cada segundo que seguíamos abrazados, sentía cómo algo denso se extendía por mi estómago. Tener entre los brazos a esa mujer a la que deseaba, necesitaba y anhelaba debería haber hecho que me sintiera mejor. Pero logró algo más. Hizo que uno de mis mayores miedos después de aquella noche cristalizara.

—¿Y si hubiera tenido familia en casa? ¿Mujer? ¿Niños? ¿Y si...? —«¿Y si hubieses estado en mi cama?»—. ¿Y si hubiera habido en casa alguien más que Willow y Pierogi? —Me costó la vida tragar saliva por el nudo que se me había formado en la garganta—. No hubiese podido hacer nada, Adalyn. Absolutamente nada. Y todo habría sido por mi culpa. Por la profesión que elegí cuando solo era un crío. Por la vida que había perseguido llevado por el orgullo. A mi familia no le faltaría de nada, pero ¿qué clase de vida podría darles? —Empecé a respirar de forma entrecortada—. Ese tío era un fan pirado al que detuvieron y quitaron de en medio, pero ¿y si llegase a aparecer otra persona?

Me estrechó la cintura con más fuerza.

—Nunca sería por tu culpa. No eres responsable de los actos de los demás. Ni siquiera cuando aseguran que lo hacen por amor, adoración o fascinación. —Se le quebró la voz—. No eres responsable. ¿Me oyes? No lo eres.

Me permití tomar una honda bocanada de aire, puede que la primera desde hacía un rato. Me llené los pulmones de su aroma y, joder, qué bien sentaba. De maravilla.

Me apartó la cabeza del pecho y levantó la mirada.

—Que sepas que nunca habría dicho nada —me aseguró

con esos ojos castaños brillantes por una emoción en concreto. El sentimiento de culpa—. Cameron, te juro que cuando amenacé con decirle a todo el pueblo quién eras, no... —Se interrumpió—. Joder, lo siento muchísimo. Yo...

—Lo sé —le dije. Y me di cuenta de lo seguro que estaba. Y de que lo había estado antes—. Ya lo sé, ¿de acuerdo?

Seguía con los ojos vidriosos. Como se echara a llorar me partiría en dos.

—Seguro que te hice sentir en peligro. Y debiste de odiarme mucho. ¿Por qué no te fuiste?

—Porque soy más terco que una mula —contesté con sinceridad—. Ya te dije que soy orgulloso. Y egoísta. —Tragué saliva y le acaricié la espalda arriba y abajo, más para tranquilizarme yo que para tranquilizarla a ella—. Y no te odié. Nunca podría odiarte. —Se le suavizó la expresión, aunque solo un poquito. Fue un alivio—. Yo tampoco es que fuese un ángel, amor. Te traté fatal. Te dije cosas que no debería haber dicho y que nunca pensé de verdad. Fui cruel contigo. —Me aferré a su camisa—. Y me jode haberlo sido.

En ese momento, Adalyn me soltó. Retrocedió un paso, y me sentí como si me hubieran dado un puñetazo en el estómago.

—No pasa nada —repuso, pillándome desprevenido—. Tenías buenos motivos.

Sentí algo parecido al alivio, porque no huía de mí, pero también me invadió la inquietud. ¿Por qué no seguía entre mis brazos? ¿Por qué se estaba alejando de mí?

—La verdad, me lo merecía. Ahora lo que importa es que me has perdonado.

Palidecí. ¿Se lo merecía?

—Adalyn...

—Voy un momentito al baño, ¿vale? Vuelvo enseguida para que podamos cenar. —Se obligó a sonreír—. Me muero de hambre y tengo la impresión de que esa lasaña ha salido del recetario de tu *nonna*.

Pues sí. La había preparado con el ragú que ella hacía cuando era pequeño.

Sin embargo, antes de que pudiera decir nada, se alejó, y me quedé allí, mirándola. Hice amago de seguirla, pero me detuve. Le daría el minuto que estaba claro que necesitaba.

Oí el sonido de una notificación procedente del móvil.

Un correo electrónico de Liam.

Estuve a punto de soltar el teléfono, pero algo me llamó la atención: «Miami Flames».

Lo desbloqueé y abrí el mensaje.

De: liam.acrey@zmail.com
Para: c.caldani11@zmail.com
Asunto: Miami Flames

C, ¿te acuerdas de que hice correr el rumor de
que había equipos de la MLS interesados en ti? Pues
ya no es un rumor. Parece ser que los Flames buscan
a alguien de renombre para el puesto de director deportivo.
Me aseguran que es para arreglar el follón mediático (tienes
el enlace abajo) o para llamar la atención. Yo creo que es otra
cosa. En cualquier caso, es un pastizal. ¿Te interesa?

L.

P.D.: En la RBC se están poniendo nerviosos, tienes hasta
finales de octubre para decidirte. Deja de tocarte los huevos
y acepta.

De inmediato, pulsé en el enlace.

Se abrió un vídeo que empezó a reproducirse sin que yo tuviera que hacer nada.

Una mujer entró en el que parecía ser el estadio de los Miami Flames, caminando a grandes zancadas hacia la mascota del equipo, que iba con un disfraz de pájaro. Alguien dijo: «Tío, ¿lo estás grabando?», y la cámara se acercó más, captando su cara.

Se me heló la sangre.

Adalyn.

Cuando volvió a correrme la sangre por las venas, lo veía todo rojo.

—No me jodas.

28

Adalyn

Cuando volví a la cocina, me encontré con un Cameron muy distinto del que había dejado poco antes.

El que tenía delante no me miraba con la ternura y la vulnerabilidad que me habían encogido el corazón. Ese Cameron estaba enfadado. Molesto.

Desconcertado.

—Adalyn —dijo. Nada más. Solo mi nombre.

Me detuve. Lo miré todo con detenimiento —su cara, su postura, la cocina— en busca de una explicación. ¿Era culpa mía? ¿Qué había hecho yo? Minutos antes me había lanzado a sus brazos sin poder evitarlo. Me había sentido tan mal por haberle atacado con algo tan doloroso para él, que sentí la necesidad de mostrarle todo mi arrepentimiento. De otro modo, habría acabado destrozada. Minutos antes él me había llamado «amor» y me había dicho que le repateaba haberse portado tan mal conmigo. No sabía que estaba acostumbrada a que no me quisieran en ningún sitio, que estaba acostumbrada a imponerme en la vida y en las situaciones de los demás, salvo en contadas excepciones, como con Matthew o mi madre.

Cameron levantó el brazo, para que me fijara en el teléfono.

—¿Qué es esto? —masculló entre dientes.

Solo necesité un nanosegundo. Un simple vistazo.

Me había estado preparando mentalmente para eso, para

que se enterara, desde la conversación con Diane y Gabriel. Después de descubrir que no lo sabía y que, al parecer, no había sentido suficiente curiosidad como para googlearme. Pero por encima de todo, durante las últimas semanas había temido que llegara ese momento. Durante los últimos días. Me rondaba por la cabeza. Sabía que acabaría viéndolo.

Sin embargo, eso no quería decir que estuviese preparada.

Sentí que mi calor corporal me abandonaba, y quizá me tambaleé hacia un lado, porque la tormenta emocional que rugía en sus ojos vaciló un instante. Me tendió la mano.

Separé los pies para estabilizarme. Negué con la cabeza y me ordené mantenerme erguida. ¿Qué era lo que Cameron les decía a las niñas? «¡Atentas!».

—Creo que es evidente —le dije—. ¿Lo has visto entero?

Soltó el aire de golpe.

—No lo entiendo.

Yo tampoco. No entendía por qué estaba tan enfadado, a menos que detestara que le ocultasen cosas o que lo pillaran desprevenido. Tal vez se sintiera traicionado por no haberle dicho que yo era una bomba de relojería para la prensa. Al fin y al cabo, me había convertido en meme, en un vídeo viral de treinta segundos y en un reclamo para vender bebidas energéticas. ELIGE LA DIVERSIÓN A LA DIGNIDAD. Yo representaba todo aquello de lo que él huía.

—No hay nada que entender —repliqué.

—De todas formas, explícame lo del vídeo —me suplicó, y en ese momento lo detecté en su voz. Lo dolido que estaba. Lo frustrado que se sentía—. Por favor.

Desvié la mirada.

—¿Cuál has visto? ¿El remix tecno? ¿El de música clásica? O a lo mejor el de las coreografías, o en el que doblan las voces. La gente tiene mucho talento. —Me encogí de hombros—. O a lo mejor es el anuncio con mi cara. Seguro que ya aparece debajo de mi hashtag.

—Hay un anuncio... —dijo Cameron muy despacio. Como si no pudiera ni hablar—. ¿Con tu cara?

Se me revolvió el estómago. Estaba segura de que iba a vomitar, pero asentí con la cabeza.

Se produjo un largo silencio antes de que él volviera a hablar.

—¿Qué hizo?

Noté que fruncía el ceño, que entrecerraba los ojos por la duda. Mi madre me había hecho la misma pregunta.

—Nada. Sparkles no tuvo la culpa, ni Paul. Fui yo.

Volvió a sumirse en el silencio durante lo que me pareció una eternidad. Seguramente por eso volví a clavar la mirada en él. En su cara. Parecía perdido. Indefenso. Y no me gustaba ser la responsable de eso.

—No me refería a la mascota, sino a tu padre. Es el dueño del club. ¿Qué hizo al respecto?

Parpadeé varias veces. Cameron ya sabía la respuesta a esa pregunta.

—Mandarme aquí. —Le cambió la cara. Moví las manos nerviosa—. El vídeo se hizo viral en menos de un día. —Señalé el teléfono que sujetaba—. Me convertí en un problema de relaciones públicas para el club. No, joder, me convertí en un problema para él, y por eso me envió aquí con una misión.

Toda su rabia se disolvió.

—No digas eso.

—¿El qué?

—Que eres un problema. —Se le quebró la voz—. No eres un problema, joder, Adalyn.

La coraza que había descuidado durante los últimos días reapareció con todas sus fuerzas.

—No finjas que nunca me has visto como un problema, Cameron. —No lo dije con aspereza ni a modo de acusación. Me limité a constatar un hecho. Y no estaba ni enfadada ni dolida. Entendía por qué había reaccionado así conmigo. Pero eso no significaba que pudiera quedarme tan tranquila viendo que se ponía de mi parte cuando en ese asunto no había ningún bando—. ¿Qué habrías hecho tú en su lugar? ¿No habrías protegido al equipo? ¿La empresa? ¿El imperio que ha construido? ¿Su apellido? Porque yo lo habría hecho. Todo eso corría peligro por mi culpa. Me convertí en un chiste con patas, y lo sigo siendo. Así que, dime, ¿qué habrías hecho en su lugar?

—Joder, Adalyn —dijo—. Te habría protegido. Nada más. Habría hecho cualquier cosa para protegerte.

Sus palabras me golpearon con tanta fuerza que por poco doy un traspiés. Apoyé una mano en el respaldo de un taburete.

—¿Y cómo lo habrías hecho, Cameron? ¿Habrías ido de puerta en puerta diciéndole a la gente que dejara de ver el vídeo? ¿Les habrías arrancado los móviles de las manos para estamparlos contra el suelo? ¿Le habrías gritado a la prensa que pasara de mí y se centrara en la temporada tan mediocre que está haciendo el equipo? O...

—Sí —me interrumpió. Y el monosílabo quedó suspendido en el aire durante lo que me pareció una eternidad—. Habría hecho todas esas cosas. —Cruzó la distancia que nos separaba—. Habría hecho todo lo que estuviera en mi mano.

No fui capaz de seguir respirando.

Las manos de Cameron me rodearon la cara. El roce de su piel contra la mía me mareó, me abrumó de un modo que no estaba preparada para asimilar en ese momento. Pero tampoco quería apartarme. Todavía no. Sentí su tacto.

—Habría hecho todo lo que estuviera en mi mano para protegerte. —Me acarició las mejillas con los pulgares, y por enfadado que siguiese pareciendo, su voz era muy suave, muy tierna—. Te estaban acosando online, joder, así que habría intentado arreglarlo. Y nunca, jamás, te habría considerado un problema ni te habría alejado de mí para quitarte de en medio.

Sentí cómo empezaba a ahogarme, y lo que creía haber sentido desapareció, convirtiéndose en dolor. Un dolor que no quería experimentar, pero que parecía inevitable.

—Pero tú también querías que me fuera de aquí. Y no te culpo. No estoy enfadada ni resentida. —Se me hizo un nudo en la garganta—. Cuando llegué a Green Oak, era una carga para ti y querías echarme. Y admito que tengo parte de culpa, pero no es muy distinto de lo que hizo mi padre.

Cameron soltó un gemido gutural y apoyó su frente en la mía. Levanté las manos y le rodeé las muñecas con los dedos. Para demostrarle que lo quería justo allí, donde estaba.

—Joder, a mí me habría importado, amor. Y te lo voy a demostrar, ¿vale? —No alcanzaba a imaginar cómo, pero hice un pequeño gesto de asentimiento con la cabeza que pareció tranquilizarlo—. No soy tu padre, en realidad no lo conozco. Pero así no... —Sentí que negaba con la cabeza todavía apoyada en la mía—. Su reacción me parece odiosa. —Bajó las manos por mis mejillas y las detuvo a ambos lados de mi cuello—. Y si crees que no soy lo bastante testarudo como para ir puerta por puerta arrojando móviles al suelo es que no me conoces.

Solté una extraña bocanada de aire, pero no distinguí si fue un sollozo o una carcajada. Seguramente no fuera ninguna de las dos cosas. Porque aquello era demasiado. Demasiado intenso. Y no creía contar con las herramientas necesarias para asimilarlo. Deseé poder dejar los ojos cerrados hasta que desaparecieran todas las densas y complicadas emociones que guardaba en el pecho. No quería retroceder en el tiempo y evitar esa conversación, porque había estado destinada a producirse desde el principio, pero sí trasladarme a la cama por arte de magia y que el resto de la noche desapareciera. Despertarme al día siguiente acurrucada bajo el edredón de la habitación de invitados de Cameron.

Y por supuesto, ese hombre que me acariciaba la cara entre

las manos como si su vida dependiera de ello pareció leerme el pensamiento, porque, sin mediar palabra, me levantó del suelo y me dejó sobre los mullidos y suaves cojines del sofá. Suspiré, en parte contenta porque mi deseo se había hecho realidad, pero también un poco triste porque eso significaba que él se iría. Sin embargo, en ese momento ese cuerpo tan grande se tumbó junto al mío y me pasó un brazo por la cintura para pegarme a su torso.

—Sé que no te gusta que te coja en brazos —me dijo a escasos centímetros—. Pero llevo toda la noche controlándome para no hacerlo. Quizá toda la semana.

Una avalancha de sentimientos contradictorios me abrumó mientras colocaba las manos entre nuestros cuerpos, dejando las palmas sobre su pecho y la frente apoyada en su barbilla.

—No lo odio.

Era la verdad. Me resistía a él porque me gustaba demasiado estar en sus brazos. Me resistía lo justo para recordarme a mí misma que Green Oak era una burbuja y que había una vida esperándome en Miami. Una vida a la que había luchado mucho por volver, pero a la que empezaba a sentir que ya no pertenecía. No como antes.

¿Dónde me dejaba eso? ¿Dónde nos dejaba a Cameron y a mí?

Pasamos la noche en el sofá.

O eso creí. Porque mientras parpadeaba con los ojos clavados en el espacio vacío que había a mi lado, no tenía claro si había dormido sola.

Willow sacó la cabeza de debajo del sofá. La única advertencia que me dio antes de acurrucarse en mi regazo fue un maullido. La acaricié detrás de las orejas, como había descubierto que le gustaba, preguntándome qué hora sería, pero sin querer abandonar la seguridad del sofá ni la manta que me envolvía.

¿Me lo había imaginado todo? ¿Lo de la noche anterior había sido un sueño?

Dejé caer la mano a un lado y noté que el cojín seguía caliente.

Así que Cameron había dormido a mi lado, no había sido producto de mi imaginación.

No me había imaginado que le deslizaba las manos por debajo de la camisa, ni el tacto de su piel suave y cálida bajo la yema de los dedos. No me había imaginado que me rodeaba con los brazos y me colocaba las manos en la espalda. Ni que introducía los pulgares por la cinturilla de mis vaqueros y emitía un gemido ronco. Cerré los ojos y exhalé todo el aire de golpe.

Con razón me había despertado excitada. No, esa no era la palabra adecuada para describir lo que sentía.

Cachonda. Esa sí. Estaba cachonda. Y salida. Y mojada. Y él ni siquiera estaba a mi lado.

Cuando abrí los ojos, me topé con la mirada bicolor de Willow. La gata me observó un momento y después soltó una especie de maullido que interpreté como: «Estás pensando demasiado alto y quiero dormir».

—Lo siento, chica —le dije acariciándole de nuevo la cabeza. Fruncí el ceño, porque de repente caí en la cuenta de algo—. Mmm... Nunca me había sentido tan frustrada sexualmente, así que intento sobrellevarlo como puedo.

Oí una risa ahogada procedente de la cocina.

Me incorporé y volví la cabeza.

Cameron estaba apoyado en la isla, acariciando a Pierogi con una mano y con una taza en la otra. Tenía una enorme sonrisa en la cara.

—Buenos días a ti también, amor.

Uf.

Me dejé caer de espaldas para esconderme de su mirada tras el sofá. Me llevé las manos a la cara y contuve un gemido. No sabía que Cameron estaba escuchando.

Su cabeza reapareció por encima del respaldo y apoyó los codos en él, con la sonrisa más flipada del mundo en la cara.

—Que no se te suba a la cabeza —dije acariciando a Willow para mantener las manos ocupadas. Fingiendo una despreocupación que no sentía—. Es como… una erección mañanera. Pero en versión femenina. No tiene nada que ver contigo. Ocurre porque sí. —Negué con la cabeza—. La frustración sexual es algo muy común.

En esa ocasión, soltó una carcajada.

—Claro —dijo—. Solo que ambos sabemos que es por mí. De hecho, sería fácil demostrar hasta qué punto. —Justo cuando yo arqueaba una ceja, él levantó un brazo y flexionó el bíceps—. ¿Lo ves?

Me encantaban sus brazos. Sobre todo cuando se le tensaban los músculos así. Solté un bufido.

—En serio —dije sin inflexión en la voz—, ¿tienes diez años o qué?

Cameron se levantó. Y con un movimiento rápido e imprevisto, se quitó la camiseta.

Cerré la boca. Me sonrojé. El calor se me extendió por todo el cuerpo. Ni siquiera necesitaba hacer alarde de sus músculos. Tragué saliva. Con fuerza. Estaba más cachonda que nunca.

—Siempre se me olvida que te encanta ganar —susurré.

—No —replicó él, ensanchando la sonrisa—, cariño, sigues dándome motivos para esforzarme al máximo en el partido más largo de mi vida.

Me vinieron a la mente retazos de la noche anterior, no de cuando nos tumbamos en el sofá, sino de la conversación. Las revelaciones que nos había ofrecido, cruciales para entendernos. Fue un momento intenso pero necesario. Y me sentí más cerca de Cameron que de cualquier otra persona. Se había sincerado conmigo y sabía lo duro que había sido para él. Me sabía fatal no haber hecho lo mismo. No del todo. Pero ¿cómo iba a contarle al detalle lo que me había llevado a cometer mi mayor error? Seguía teniendo miedo de que me mirara con otros ojos. Como mi padre o David. Estaba aterrorizada.

Como si percibiera mi batalla interior, su actitud bromista desapareció y se apartó de mí.

Lo seguí con la mirada mientras se alejaba hasta la otra punta del salón y vi que los esculpidos músculos de su espalda se movían con cada paso, haciéndome perder el hilo de mis pensamientos. De repente, se arrodilló, desapareció de mi vista durante un segundo y volvió a aparecer con una esterilla en las manos. Con la Esterilla. Lo que significaba que era la Hora del Yoga. Me encantaba la Hora del Yoga. Era el momento del día en el que podía mirarlo sin disimular.

—Hoy te libras —anunció con un gesto cómplice—. Pero mañana me acompañarás. —Se puso serio—. Quiero que intentes meditar. Sé que no soy el más indicado para sermonear a nadie, está claro que yo también tengo unos cuantos problemas por resolver, pero creo que te ayudará. Con la ansiedad que tienes a veces.

—Los... ataques de pánico.

—Sí. —Me hizo un gesto con la cabeza—. No los arreglará. He descubierto que la terapia es la clave para eso. Pero ni soy terapeuta ni soy tu... —Se interrumpió, y el corazón me dio un vuelco—. Es un comienzo. Debes ir paso a paso, ¿vale? —Asentí con la cabeza y él soltó el aire, como si lo aliviara mi buena disposición a permitir que intentase ayudarme. Dios. Qué hombre...—. Muy bien. Te guiaré en lo básico. Mañana. En el peor de los casos, el entrenamiento te distraerá un rato.

Lo vi extender la esterilla. Pero mantuvo una expresión preocupada que no me gustó.

—En ese caso, tendrás que ponerte una camiseta —le dije—. De lo contrario, no creo que pueda relajar la mente.

Me regaló una sonrisa, como si quisiera decirme que me agradecía que intentara mejorar su estado de ánimo. Pero siguió frunciendo el ceño.

—¿Cameron? —dije. Él me miró, dejando lo que estaba haciendo—. No deberías preocuparte tanto. Quiero probar el yoga y la meditación. Contigo. Pero... estoy bien. O eso creo. Después de lo de anoche, no quiero que sientas que es tu deber solucionarme la vida. Llevo mucho tiempo arreglándomelas sola.

—Lo sé —replicó sin más—. Empiezo a entender cuánto. —La emoción de sus ojos pareció suavizarse, haciendo que sus iris verdes brillaran como de costumbre. No podía mirar a otra parte—. No tengo intención de matar tus monstruos por ti. No porque no quiera, en serio, te aseguro que estoy deseándolo. Sino porque sé que te cabrearía y que no necesitas que lo haga.

Sentí una extraña presión en la parte posterior de los ojos. Y algo raro. Algo en mitad del pecho. Un aleteo incomprensible. Un anhelo por lo que él acababa de decir que yo no necesitaba.

Le cambió la cara, y a juzgar por su forma de plantar los pies en el suelo, deduje que estaba conteniéndose para no acercarse a mí. Carraspeó.

—Josie te recogerá en una hora, ¿verdad?

—Sí. Mañana de chicas.

Cameron se miró los pies un momento.

—Le he pedido que te traiga después del almuerzo. Y la he obligado a prometerme que no se retrasará, para tenerte pronto de vuelta. Tengo algo planeado. ¿Te parece bien?

«Para tenerte pronto de vuelta». El extraño aleteo se repitió.

—Por supuesto.

El alivio que lo invadió fue tan evidente que me dejó pasmada.

Había supuesto que iba a decirle que no.

—Será mejor que vaya a ducharme —dije dándome la vuelta. Di dos pasos antes de volverme. Seguía mirándome. No se había movido—. No me cabrearía, ¿sabes? —le dije, y frunció el ceño—. No me cabrearía si mataras mis monstruos por mí.

29
Adalyn

—¿Seguro que estás bien?

Asentí con la cabeza, sin atreverme a apartar la mirada del sendero.

—Ya casi estamos —anunció Cameron. Me di cuenta de que se estaba acercando. Hasta ese momento había ido andando detrás de mí, tocándome de vez en cuando la espalda o el hombro, como si supiera que nos aproximábamos a una roca más grande o a un punto irregular del camino. Me apoyó la palma de la mano en la parte baja de la espalda y se acercó para decirme al oído—: Lo estás haciendo muy bien.

Solté el aire de repente y balbuceé:

—Solo estoy andando. —Me agarró de la cintura y me dio un apretón. Tuve que tragar saliva antes de añadir—: Ni siquiera es una excursión o una caminata. Es más bien un pas... —Me rozó la mejilla con el mentón, interrumpiendo mis pensamientos.

—¿Qué decías? —murmuró. Como me callé, soltó una risilla. Ese sonido grave y gutural se me clavó en las entrañas. Puede que incluso más abajo—. ¿Estás cansada o te duele algo?

—¿Eh? ¿Qué? —Fruncí el ceño al darme cuenta de que me había detenido. Ah. Vaya. Reanudé la marcha—. Estoy bien. Y antes de que me preguntes o te ofrezcas, tampoco necesito que me lleven como a una princesa. —Aunque si lo hacía no iba a protestar, la verdad. No me gustaba mucho... lo que estábamos haciendo.

—La esperanza es lo último que se pierde —replicó al tiempo que dejaba caer el brazo y esperaba a que yo tomase la iniciativa.

Antes de aceptar su oferta, aceleré —o mejor dicho reanudé— el ritmo moderado que llevaba desde hacía veinte minutos. Con la risilla de Cameron detrás de mí, me esforcé por mantener la atención en el sendero. En mis piernas. En los latidos cada vez más rápidos de mi corazón, que no tenían absolutamente nada que ver con el esfuerzo que estaba realizando.

—A ver... —dije mirándolo por encima del hombro. Error. El polar verde musgo que llevaba hacía que los ojos le brillaran como esmeraldas. Negué con la cabeza. Nunca había comparado los ojos de nadie con piedras preciosas—. A ver, tenía entendido que no se deben hacer caminatas por el bosque con el sol a punto de ponerse.

—No tienes el pie para caminatas —replicó Cameron.

Fruncí el ceño con la mirada en el sendero que tenía delante.

—¿Y qué vamos a hacer entonces?

—Algo parecido.

Puse cara de pocos amigos, dispuesta a protestar por tanto misterio, pero en ese momento volvió a pasarme el brazo por la cintura y me guio hacia la izquierda.

Uf, olía tan bien —a algo amaderado pero fresco e increíble— que no pude contenerme. Lo olisqueé. Como hacían Willow o Pierogi. Y él, que se dio cuenta de lo que estaba haciendo, soltó una especie de gemido.

Como si ese sonido ronco y gutural no fuera suficiente, bajó la cabeza y dijo:

—Me cuesta mucho mantener las manos lejos de ti. —Me detuve un instante, incapaz de procesar las burbujas que brotaban entre mi estómago y mi pecho. Me indicó que avanzara—. La culpa la tiene toda esta ropa que te he comprado.

Una nueva oleada de calor me subió por la cara. Pero... me

gustaba. No. No solo me gustaba. Me sentía genial. Oír sus palabras, su confesión, me produjo un placer que nunca antes había experimentado. Tal vez por eso sentí el impulso de interrogarlo. De comprenderlo todo. Bajé la mirada para darme un repaso.

—Pero si estoy tapada de arriba abajo y llevo un montón de capas… —musité. Era imposible que le resultara atractiva. O sensual—. Voy en plan cebolla con ropa de montaña. Porque has insistido. ¿Cómo es posible que te parezca… atractiva?

Cameron volvió a soltar una risa grave.

—¿Tan horrible es que se me ponga dura al verte calentita y abrigada?

Me dejó muerta.

Me fallaron las piernas. Perdí el equilibrio y me tambaleé hacia él justo cuando levantaba el otro brazo para sostenerme y pegarme a su costado con un gruñido.

«¿Tan horrible es que se me ponga dura al verte calentita y abrigada?».

Algo raro le pasaba a mi cuerpo. Temblaba, me estremecían sus palabras. Hice ademán de volverme, porque sentía la necesidad de verle la cara después de lo que acababa de decirme.

Sin embargo, algo delante de nosotros me detuvo.

—¿Cameron? —dije, y parpadeé varias veces, preguntándome cómo era posible que hasta ese momento no hubiera visto lo que había allí—. ¿Qué es esto?

La verdad, no podía haberle hecho una pregunta más tonta. Pero si a él también se lo pareció, no me lo dijo.

—Esta noche vamos a ver las estrellas. —Se adelantó y señaló a su derecha—. La tienda es solo por precaución. Por si tienes mucho frío y quieres refugiarte un rato. He venido antes a dejar unas mantas y un termo. Pero no vamos a acampar toda la noche. —Se volvió para mirarme y me regaló una sonrisilla—. La camioneta solo está a un cuarto de hora, así que podemos volver cuando quieras.

«Esta noche vamos a ver las estrellas».

Sentí una punzada en el pecho y en las entrañas.

—Tú... —La palabra salió tan áspera que tuve que carraspear—. ¿Has venido antes para organizarlo? ¿Por eso no estabas en casa cuando Josie me dejó allí?

La cabeza de Cameron se inclinó hacia un lado y apretó los dientes. Una emoción cruzó por su cara. Pero desapareció antes de que pudiera identificarla.

—¿Pasa algo? —susurré.

—Nada. Ahora mismo todo es perfecto. —Estiró la mano y extendió esos cinco dedos largos con los que me estaba obsesionando—. Ven aquí.

Crucé sin atisbo de duda el reducido espacio que nos separaba. Miré su mano mientras flotaba en el aire, esperándome. Esperándonos. Cuando la cogí, sentí su contacto en lo más profundo de mis entrañas. Algo cambió en ese instante, lo percibí. Sentí el cambio. Cameron me llevó hasta la tienda y me soltó para quitarse de la espalda la mochila que llevaba. Sacó una manta gruesa que desenrolló y extendió en el suelo y después cogió de la tienda una versión más rústica de lo que me pareció una cesta de pícnic. Por último, se sentó en la manta y estiró las piernas.

Cuando me miró y esbozó una lenta sonrisa, me di cuenta de que no me había movido. Me dio un tirón del borde de la chaqueta con esa sonrisa que tanto me gustaba. Sin embargo, seguí sin moverme.

—Cariño —protestó con tono divertido—, si sigues mirándome así, te aseguro que esta noche no vas a ver ni una sola estrella.

«Prométemelo —quise decirle—. Prométeme que no veré ninguna. Prométeme que eres lo único que voy a ver esta noche». Pero no lo hice. Me reuní con él en la manta, con el corazón acelerado por la impaciencia y... la emoción. Sí, eso debía de explicar mi dificultad para respirar. Sentí que me ponía un recipiente calentito en las manos con delicadeza y, cuando levanté la vista, me estaba mirando a los ojos. Con expresión tierna y dura a la vez.

—Gracias —susurré.

Señaló con la cabeza en dirección a mi regazo, a modo de respuesta. El termo. Lo levanté y bebí con cuidado, saboreando el cacao y la leche. Me invadió el calor, en parte por la bebida, pero sobre todo por el hombre que estaba a mi lado. Clavé los ojos en el horizonte que teníamos delante, en la línea que se apreciaba con nitidez por la pendiente del paisaje, bajo la que el sol casi había desaparecido.

—No sé qué decir —confesé con sinceridad, mirándolo de reojo y descubriendo que no había dejado de mirarme—. No estoy acostumbrada a... esto. —Sabía que Cameron comprendía que no me refería al aire libre, ni a las vistas, ni a las bebidas calientes, ni a las mantas gruesas. Seguramente por eso me volví para observar el cielo, cada vez más oscuro. En muy poco rato, unos puntitos luminosos dispersos cobrarían vida encima de nuestras cabezas—. El sol aún no se ha puesto y esto ya es precioso. No me lo esperaba.

—Pues sí, es precioso —convino, y sentí sus ojos clavados en mí. Joder—. Tú me diste la idea.

Fruncí el ceño.

—¿Cómo?

—La noche del lago —respondió con una risita—. Allí tumbada boca arriba, encima del montón de mierda de cabra mientras mirabas las estrellas. Ni frunciste el ceño ni hiciste una sola mueca de dolor. Estabas tan contenta. —Negó con la cabeza—. Jamás te había visto con esa cara. Y al darme cuenta de lo preciosa que eras y de lo muchísimo que te deseaba, caí en la cuenta. Me pilló tan desprevenido que ni siquiera pude hablar. —Apretó los dientes—. Y luego lo empeoraste.

Sus palabras me dejaron boquiabierta.

—¿Ah, sí?

—Cuando te metiste en el lago para sacar a la dichosa cabra

del agua como si tu vida dependiera de ello —contestó con una carcajada carente de humor—. Tú, con tacones y un puto traje que... —Soltó el aire de golpe—. Dios, en la vida había estado tan sorprendido y excitado. —Tragó saliva, y vi que se le movía la nuez—. Creo que aquella noche una parte de mí decidió traerte aquí.

Volví a llevarme el termo a los labios, deseando que se me calmara el pulso, que dejara de latirme con tanta fuerza en las sienes y me permitiera disfrutar de la paz de aquel impresionante lugar. Pero las palabras de Cameron seguían resonando en mi cabeza. Su peso y lo que implicaban. Para nosotros.

Parpadeé con rapidez y, sin meditarlo mucho, le pregunté:

—¿Qué planes tienes para el futuro, Cam?

La exclamación que brotó de su garganta me hizo darme cuenta de que lo había llamado Cam, no Cameron.

—No lo sé —respondió, y percibí sinceridad en su voz. También me di cuenta de que había una pizca de... miedo, tal vez. Incertidumbre—. Tengo una propuesta de trabajo importante sobre la mesa, con la RBC, en Londres. Pero no la quiero.

«¿Por qué? —quise preguntar—. Entonces ¿te quedas en Estados Unidos?». Pero no sabía si tendría valor para hacerlo. Una parte de mí no quería oír la respuesta. No quería que se fuera, pero eso era injusto. Porque yo tampoco me iba a quedar en Green Oak. Me marcharía pronto.

Cameron se movió sobre la manta para acercarse a mí. Empecé a tiritar de nuevo, pero no era por frío, y me pareció que él lo sabía.

—¿Tienes ganas de volver a casa? —preguntó.

—No lo sé. —Me miré los pies. «A casa»—. Pensé que me alegraría cuando todo esto acabase y pudiera recuperar mi vida. Pero... Es raro. Jamás he sentido que no formara parte de los Miami Flames, pero cuanto más tiempo paso aquí, más desapego siento. Como si nunca hubiera sido parte del equipo. No del todo.

Cameron posó la palma en mi muslo, y su peso y su calor se filtraron a través del grueso tejido de los pantalones que había insistido en que me pusiera. Me dio un apretón, y sus dedos largos se me clavaron de una manera que me hizo pensar (o más bien desear) que era mucho más que un simple apretón.

—Siempre he soñado con dirigir el club —me oí confesar—. Ya sabes, tomar el relevo de mi padre. Quizá por eso no dudé en venir aquí. Era una forma de redimirme y de volver a ganarme su respeto después de avergonzarlo. —Rememoré las palabras que me había dicho David aquel día—. Aunque creo que nunca ha creído en mí. Y supongo que he acabado dándole la razón.

—Ya vale —dijo Cameron, que seguía a mi lado—. Deja de justificar a todos los que te tratan a patadas. —Frunció el ceño, y al verlo abrir los labios supe lo que iba a preguntarme—. ¿Qué pasó, amor? —Y añadió con ternura—. ¿Qué te han hecho para destrozarte de esta manera?

Para destrozarme.

Porque me habían dejado hecha polvo, ¿verdad?

Sí, no había duda.

Me mareé ligeramente al recordar retazos dispersos de ese día, del vídeo, pero sobre todo de la reacción de Cameron al verlo. Sus palabras.

«Habría hecho cualquier cosa para protegerte».

—No me han hecho nada —respondí como pude. Noté que me temblaban las manos y dejé el termo a mi lado—. Soy la única responsable de mis actos, y creer lo contrario sería ridículo. E inmaduro. —Negué con la cabeza—. No merece la pena desperdiciar esta noche tan bonita hablando de lo que pasó.

Cameron apartó la mano que tenía en mi muslo y me la puso en la nuca. Me enterró los dedos en el pelo y me ladeó la cabeza para que lo mirara.

—Deja que sea yo quien decida en qué merece la pena invertir mi tiempo —replicó, sin rastro de ternura.

Y lo vi en sus ojos, tan claro como el agua. «Joder, por supuesto que me habría importado. Cuéntamelo. Confía en mí».

Y empecé a hablar como si mi lengua tuviera vida propia.

—Mi ex, David, me había estado mintiendo. Me había utilizado. Y mi padre fue cómplice.

Los ojos de Cameron se oscurecieron con una ira que me recordó a la de la noche anterior, a su reacción al ver el maldito vídeo. Por un segundo, pensé que me soltaría, que se apartaría; en cambio, la mano con la que me aferraba la cabeza se volvió más posesiva, más decidida. Como si temiera que huyese. O que volviera a romperme.

—Resulta que solo fui una garantía en una transacción comercial —le dije. Joder, se me revolvió el estómago al oír mis propias palabras. Al ver en perspectiva el tema por primera vez. Me esforcé por seguir—. David nunca quiso salir conmigo, no de verdad. Solo le interesaba la hija de Andrew Underwood. Y mi padre nos animó a estar juntos porque... parecía lo más lógico. David era el hijo de uno de sus socios y yo, su hija. Los mismos círculos, la misma edad. Él... —La expresión de Cameron se tensó y se me escapó una carcajada amarga—. Le prometió a David un alto cargo directivo en el club si se casaba conmigo. Como si yo fuera una... acción o un objeto que pudiera intercambiar. O peor aún, como si creyera que David no estaría dispuesto a hacerlo, ni él ni nadie, sin algún aliciente o compensación. No lo sé.

El hombre que tenía delante no rechistó. Su única respuesta fue una caricia de su pulgar en mi mentón. Relajante. Alentadora. Mientras una tormenta se fraguaba tras el verde de sus ojos.

—Mi padre no iba desencaminado —seguí—. David nunca tuvo la intención de casarse conmigo. Seguramente ni siquiera entraba en sus planes que saliéramos juntos, porque soy «frígida, aburrida y olvidable en la cama». —Hice el gesto de las comillas con los dedos porque eran sus palabras exactas. Y no debería haberme afectado, pero... me afectó. Al menos a una parte de mí—. Por eso, en cuanto logró el puesto y se anunció, me dejó caer como el lastre que era. «Me libré de una buena». —Solté una risilla amarga—. Ni me imagino el cabreo de mi padre cuando vio que le salía el tiro por la culata y que, encima, David lo había extorsionado.

Podía imaginarme la cara de mi padre. Su expresión descompuesta cuando algo no salía como él quería. Y lo más raro de todo, ¿cómo era posible que se la hubieran colado de esa forma cuando él estaba acostumbrado a manipular a la gente?

—¿Extorsionado en qué sentido? —preguntó Cameron, y caí en la cuenta de que estaba ensimismada.

—David amenazó con contarlo todo si mi padre lo despedía o lo destituía. —El día del incidente con Sparkles era la fiesta de aniversario, y hubo un cóctel antes de la celebración. Ya sabía qué efecto tenía el alcohol en David. Lo volvía engreído. Fanfarrón—. Le oí por casualidad. Estaba contentísimo, contándoselo todo a... Paul. A Sparkles. Le estaba confesando todos sus secretos a la mascota del equipo. Un pájaro gigante con plumas de mentira. Allí mismo, en el hueco de la escalera, donde cualquiera podría haberlo oído. Como si fuera una anécdota de vestuario que pudiera compartir sin más con sus compañeros de equipo, como si no estuviera hablando de... mi vida. —Me detuve, porque necesitaba un segundo. Me concentré en las caricias de Cameron—. Sentí que no valía nada —seguí, con la voz rota—. Insuficiente, según David. Incapaz de encontrar pareja, que era una de las cosas más naturales de la vida, según mi padre. Inepta. Y lo peor de todo: me sentí traicionada por el club al que tanto había dado. Que quien se enterara de eso fuera Sparkles lo empeoraba todo. —Mi voz volvió a flaquear—. Así que cuando diez minutos después vi a ese ridículo pájaro en la celebración meneando el culo delante de todos y de todo lo que representaban los Miami Flames como si no hubiera pasado nada, como si no hubieran puesto mi mundo patas arriba, estallé.

Cameron me miró de arriba abajo, la cara, el cuerpo, con

desesperación y sin rumbo. Y cuando por fin volvió a mirarme a los ojos, reconocí la pregunta en ellos. Asentí con la cabeza —cómo no hacerlo—, y en un abrir y cerrar de ojos ya me tenía en su regazo y me estrechaba contra su pecho.

—Lo último que recuerdo es ir directa hacia Paul —susurré, y los brazos de Cameron me rodearon los hombros y la cintura. Con fuerza. Nunca me habían abrazado tan fuerte—. Y de repente vi la cabeza de Sparkles a mis pies.

Cameron gimió, y el sonido reverberó contra mi cuerpo.

—No te culpo si piensas que estoy loca —me oí decir—. Porque después de lo que pasó, después de todo lo que oí, aquí estoy, demostrándoles lo que valgo. Demostrándoselo a él. En vez de plantarles cara. —Y bajé la voz hasta convertirla en un susurro para añadir—: Pero supongo que no soy tan valiente. Y encima he acabado cagándola. Odio las cagadas. Suelo ser yo la que se encarga de solucionarlas.

El club era lo único que conocía. Mi vida eran los Miami Flames y, por tanto, mi padre. Así que, ¿qué iba a hacer sino intentar recuperarlos?

—¿Quieres saber lo que pienso? —me preguntó Cameron.

Cerré los ojos, acomodé la cabeza bajo su barbilla y le enterré la nariz en el pecho. Dios, me encantaba estar allí. Me encantaba lo sólido que era su cuerpo contra el mío. Lo segura que me sentía entre sus brazos. No quería perder esa sensación.

—No, la verdad es que no. Pero sé que vas a decírmelo de todos modos.

Sentí el roce de su aliento en la sien, y por un instante el pánico se abrió paso por mis entrañas ante su silencio. Me importaba lo que Cameron pensara de mí. Me importaba lo que sentía y la imagen que tenía de mí. Me importaba demasiado, y en ese momento comprendí que no era una novedad. A una parte de mí siempre le había importado.

—Creo —dijo al final, mientras me colocaba una mano en la cara para atraer mi mirada— que eres durísima contigo misma

331

cuando te pasas la vida intentando justificar el comportamiento asqueroso de los demás. —El verde de sus ojos se oscureció y se pasó la lengua por el labio inferior, como si se estuviera preparando para lo que estaba por llegar—. Creo que te has esforzado tanto por contenerte, por mantener el control y la seguridad detrás de esa dura coraza que te has puesto, que era inevitable que acabara rompiéndose. —Bajó la mirada hasta mis labios, y trazó el contorno con el pulgar—. También sé que tendré que hacer un esfuerzo sobrehumano para no coger un avión a Miami en cuanto nos levantemos de esta manta. —Su expresión era seria. Concentrada. Cautivadora—. Y por último, pero no por ello menos importante... —añadió con voz ronca, aunque dejó la frase en el aire.

Solo atiné a mirar a ese hombre que me estaba abrazando al tiempo que tomaba una honda bocanada de aire, como si necesitara una pausa. Un instante. Masculló una palabrota y, sin que pudiera prepararme, movió las manos, me rodeó la cintura y me puso a horcajadas sobre su regazo, de manera que quedamos frente a frente.

Mi cuerpo estalló en llamas mientras le colocaba las manos en el pecho. El corazón me latía con fuerza, sincronizado con las vibraciones de su torso contra mis palmas.

—Por último, pero no por ello menos importante —repitió con la voz tan baja que no la habría oído si no estuviera tan cerca—, estoy convencido..., vamos, lo tengo clarísimo, que una vez superada la impresión y la rabia contra este mundo de mierda tan asqueroso, nunca me he sentido tan asombrado, tan pasmado y tan excitado como me dejaste tú con ese arranque de ira. —Usó las piernas para levantarme y que nuestros ojos quedaran al mismo nivel, de manera que acabé con las rodillas en la manta, sobre sus caderas—. Hasta el punto de que, desde que vi el vídeo, me he estado conteniendo para no besarte. Para no apoderarme de tu boca y sentir en la lengua todo ese fuego que llevas en tu interior.

«Todo ese fuego».

Fuego. Cameron veía fuego en mí.

Y tuve la impresión de que unas llamas me lamían la piel por dentro y me provocaban un calor tan repentino que me costaba respirar. Solo podía pensar: «Bésame. Por favor. Apodérate de mi boca».

—Eso es ridículo —susurré.

—Es posible —replicó él con expresión tensa y un rictus duro en los labios—. Pero no por ello es menos cierto.

Me aferré a su chaqueta. Jamás había experimentado una necesidad semejante. Una atracción tan vertiginosa que trascendía la apariencia, los tatuajes y los músculos. Era él. Cameron. Él era el causante de ese deseo que se había apoderado de mí.

Bajó la barbilla.

—¿No lo ves? Eres cualquier cosa menos frígida, Adalyn. Eres implacable, decidida, ardiente y, joder, has hecho que cada momento que he pasado a tu lado haya sido tan intenso como el sol cuando lo ilumina todo al amanecer. Quien no lo vea, o está ciego, o es un hijo de p...

—Cameron —susurré, deteniendo sus palabras.

Algo sucedió entre nosotros.

Lo vi apretar los dientes.

—Dilo —murmuró. Se me aceleró el corazón, como si quisiera salírseme del pecho. Me estrechó la cintura con fuerza, clavándome los dedos en la piel sin mucha delicadeza—. Dame permiso para...

Acorté la distancia entre nuestras bocas.

Durante una fracción de segundo se quedó pasmado, como si hubiera esperado una negativa por mi parte, y después se fundió conmigo con un gemido ahogado y gutural. Movió su boca sobre la mía, con los labios entreabiertos, y me colocó la mano en la nuca para acercarme más a él.

Cada célula de mi cuerpo, de mi ser, cobró vida contra sus labios. El beso se tornó más apasionado, y cuando me oyó gemir, me enterró los dedos en el pelo. A modo de respuesta, le rodeé el cuello con los brazos, pegándome a él y estrechándolo con una desesperación que jamás había experimentado.

Lo oí gemir de nuevo, y el sonido reverberó contra mi pecho, mi boca, mi cuerpo, y sentí cómo bajaba la otra mano y la detenía en la base de mi columna. Acto seguido, me atrajo más hacia él. Nuestras caderas chocaron, y, Dios, lo sentí duro y caliente, tan sólido contra mi cuerpo, que perdí el sentido.

Me separé para tomar aire con un jadeo. Cameron aprovechó para dejarme un reguero de besos por el mentón, el cuello y la oreja. Una vez allí, mordisqueó una zona erógena que me hizo cerrar los ojos, y en ese instante se oyó un gemido en la creciente oscuridad del bosque que no tuve claro si era mío.

—Joder —masculló contra mi piel.

Una especie de cosquilleo —o chispas o lo que fuera— me recorrió el cuerpo mientras el deseo se extendía por mis venas, directo a ese lugar entre mis muslos que estaba pegado a Cameron. Abrí los ojos y descubrí que me miraba fijamente, con decisión, como diciendo que no había vuelta atrás. Ese beso cambiaba algo, y yo debía saberlo. Me lo estaba dejando claro. Y no pensaba seguir luchando contra él ni contra esa decisión.

Iba a darme una oportunidad.

Moví los dedos, trémulos a esas alturas, y se los puse en la nuca. En esa ocasión saboreé sus labios a placer, memoricé el roce de esa lengua contra la mía y dejé que mi cuerpo se estremeciera con la experiencia de besar y de que me besaran de esa forma.

Nos separamos a la vez sin aliento, embriagados, y Cameron susurró:

—Dime que tú también lo sientes.

Le hice un gesto con la cabeza, diciéndole sin palabras que quería sentirlo todavía más. Que quería sentirlo todo. Levantó las caderas y solté un gemido por la fricción, por la sensación que se extendía desde esa zona entre mis muslos, cada vez más sensible. Dios, si hasta estaba palpitando. Palpitaba de deseo.

—¿Más? —preguntó Cameron contra mis labios. Como no respondí, me sujetó con más fuerza y tiró de mí con delicadeza mientras él volvía a elevar las caderas. Otra fricción enérgica. Separé los labios con un gemido, y dijo—: Eso me parecía.

Volví a cerrar los ojos, intentando controlar todas esas sensaciones que estallaban en mi interior y me empujaban hacia la oscuridad de la noche. Hacia él. Hacia Cameron.

De repente se movió, separó las piernas y me colocó de un modo que aumentó el deseo que me abrumaba, porque lo sentí durísimo debajo de mí. Noté el calor que irradiaba. Moví las caderas hacia atrás y hacia delante de manera instintiva.

Ah, Dios.

—Otra vez —ordenó mientras me colocaba las manos en la nuca. Como no reaccionaba, al estar demasiado aturdida por las maravillosas sensaciones que me provocaba, se apoderó de mis labios, suplicándome y ordenándome que me moviera. Lo hice. Y repetí el movimiento una y otra vez. Hasta que puso fin al beso y me susurró al oído—: Buena chica.

Se me escapó un gemido insolente a modo de respuesta, porque algo en mi interior despertó de repente para imponerse al sentido común y me hizo acelerar y frotarme contra él con una desesperación frenética.

—Déjame ver cómo te corres —me susurró al oído al tiempo que empezaba a seguir el compás de mis caderas. A esas alturas me temblaba todo el cuerpo, palpitaba de deseo con cada fricción. Empecé a mover las manos, en un desesperado intento por apartar la ropa que se interponía entre nosotros. Le di un tirón de la chaqueta, tratando de desgarrarla. Intentando quitarla de en medio. Sin embargo, él me agarró por las muñecas con una mano—. Más, más... —ordenó con una voz que no podía ser más erótica.

Me las soltó un instante, pero solo para sujetarlas a mi espalda. El cambio hizo que arqueara el cuerpo, y al mover las caderas la fricción me llegó justo al clítoris.

—Necesito sentirte —murmuré, y no me refería a sus manos en las muñecas. Quería sentirlo a él—. Necesito sentir tu piel.

—No voy a quitarte la ropa ni voy a quitármela yo —susurró contra mi boca—. ¿Qué te he dicho ya, amor? —Volvió a elevar las caderas para pegarme más a él—. Soy un poco cruel cuando tengo que serlo. Así que muévete y córrete así, encima de mí.

Me pareció oír un ruido —un sonido que debería haber reconocido— procedente de algún lugar cercano. Pero no me importó. No podía parar de gemir. Perdida en el momento, en lo que estaba pasando entre nosotros. Seguí frotándome contra él, obedeciéndolo y dejándome llevar por ese cuerpo tan duro que se restregaba sin miramientos contra mi clítoris. Dios.

—Cameron —gemí.

—Córrete, amor —me dijo con tanta desesperación, con tanto anhelo, que me llevó al límite. Su mano libre bajó por mi espalda y se detuvo en mi culo, para darme un apretón y obligarme a moverme más deprisa. Con más ímpetu—. Quiero verte arder, joder, córrete.

Se produjo una explosión detrás de mis párpados y todo mi cuerpo se convirtió en puro nervio que empezó a estremecerse y a palpitar con un orgasmo tan intenso que creí que jamás acabaría.

—Joder —susurró Cameron, soltándome las muñecas y el culo para tomarme la cara entre las manos. Tiró de mí y me besó con fuerza en la boca—. Eres preciosa —murmuró al tiempo que pegaba su frente a la mía.

Murmuré algo en respuesta, agotada y entumecida, mientras me desplomaba sobre él. Me di cuenta de que había cerrado los ojos cuando los abrí y vi que Cameron respiraba con fuerza por la nariz. Había separado los labios y estaba sin aliento. Moví las manos sobre su pecho, para sentirlo jadear.

Me encontré con su mirada y vi que el deseo se arremolinaba en esas profundidades verdes. Quería verlo. Quería...

Volvió a besarme. Con pasión y ternura a la vez. Me derretí contra él y empecé a explorarlo con las manos, que bajaron hasta el borde de la chaqueta. Introduje los dedos por debajo, como no había podido hacer antes, y enganché los pulgares en las trabillas de su pantalón.

—No, amor —susurró, y se le escapó una carcajada carente de humor—. No voy a follarte en medio del bosque.

Le di un tirón de los pantalones mientras soltaba el aire por la boca.

—Pero solo he terminado yo. Te debo un orgasmo.

—No me debes nada. —Me besó la punta de la nariz y bajó la voz hasta convertirla en un ronco susurro—: Prometo correrme más fuerte que nunca cuando por fin esté dentro de ti. Pero aquí no.

Tragué saliva y me temblaron los labios por el dulce sabor de la felicidad y la emoción, pero contuve la sonrisa.

—Un poco flipado por tu parte pensar que eso está sobre la mesa, ¿no?

Su sonrisa torcida hizo acto de presencia.

—Un poco ingenuo por tu parte no darte cuenta de que este es un juego de resistencia, uno que no voy a perder.

Me quedé muy seria y el corazón se me subió a la garganta. Le devolví la mirada, tratando de contener la esperanza que sentía en las entrañas, la necesidad de exigirle que dijera esas palabras en serio.

—Cam...

Mi teléfono comenzó a sonar y... ¿Me habían llamado antes? Creí recordar que lo había oído.

Cameron gruñó mientras estiraba el brazo y sacaba el móvil del bolsillo delantero de la mochila.

Me lo dio y acepté la llamada sin apartar los ojos de él.

«... ingenuo por tu parte no darte cuenta de que este es un juego de resistencia, uno que no voy a perder».

«¿Cuánto aguantarás? —quise preguntarle—. ¿Hasta...?».

A lo lejos oí la voz de Josie, procedente del teléfono, pero estaba tan concentrada en los ojos de Cameron, en la esperanza y en el miedo que se extendían por mi pecho que no capté ni una palabra. Hasta que oí una frase.

—¿Qué? —dije de golpe, volviendo al mundo real—. ¿Qué quieres decir con que mi madre está aquí?

30

Adalyn

Cameron aparcó junto a El Café de Josie.

Apagó el motor, y el silencio que se hizo en el interior del coche me permitió oír los latidos de mi corazón.

—Lo siento muchísimo —susurré.

Me volvió a poner la mano en el muslo, cálida y pesada, y todo mi cuerpo se activó por el contacto. Madre mía, ¿era eso tener las hormonas revolucionadas? Los nervios, esa abrumadora calidez que me corría por las venas, estar tan... cachonda.

—¿Por qué lo sientes, amor? —preguntó el hombre que tenía al lado como si no tuviera como cien motivos para disculparme.

—Pues que has organizado una noche preciosa, y en vez de estar mirando las estrellas me las he apañado para soltarte un rollo, dejarte a medias y obligarte a venir a recoger a mi madre.

Se le escapó una carcajada y me volví hacia él. Uf, estaba guapísimo cuando se reía de esa manera.

—Creía que lo había dejado claro... —dijo al tiempo que abría la puerta.

Iba a ponerle mala cara, pero entonces salió del coche y me quedé mirándole el culo, los hombros, todo el cuerpo, mientras caminaba con paso firme. Aquello era aún peor que volver a la adolescencia.

Cameron me abrió la puerta y se inclinó hacia delante.

—Las estrellas del cielo no se van a mover —dijo con una

voz que solo podía describir como un ronco gruñido—. Y no me has soltado ningún rollo. Me has contado algo después de que yo te lo preguntara. —Agachó la cabeza y me miró serio—. Ni tampoco me has dejado a medias —añadió mientras me recorría el cuello con la mirada y bajaba hasta llegar a mi pecho antes de subir de nuevo a mis labios—. Más bien excitado. —Carraspeó—. Y siento curiosidad y algo de emoción por la idea de conocer a tu madre.

—Pues claro —murmuré—. Todo el mundo siente curiosidad y algo de emoción por Maricela Reyes.

—Vamos —dijo antes de darme un pico en los labios—. Y olvida lo que sea que te tiene tan preocupada. Ahora ya no sirve de nada. —Durante un segundo, apoyó su frente en la mía. Solo una caricia—. Estoy aquí.

Sentí un nudo en la garganta mientras lo miraba. Pero esa noche había desaparecido esa parte de mí que siempre estaba dispuesta a discutir, a contradecirlo, y quizá desapareciera del todo a partir de ese momento, teniendo en cuenta que ya era incapaz de resistirme a Cameron Caldani. La verdad era que me encantaba que hiciese eso, que hablase con tanta seguridad. Hacía que me sintiera más ligera, con menos preocupaciones. Me hacía desear cederle el control solo para que me demostrase que podía hacerlo.

Suspiré antes de decir:

—Ve tú delante.

Me cogió de la mano y me dio un tironcito para sacarme del coche. No me la soltó. Ni siquiera cuando me abrió la puerta y esperó a que entrara yo primero, y tampoco mientras echaba un vistazo por la cafetería, que estaba hasta arriba. Descubrí a mi madre rodeada por varios vecinos que se reían a carcajadas.

—¿Mamá? —dije, y Cameron debió de captar algo en mi voz, porque me apretó la mano.

Mi madre volvió la cabeza y se le iluminó la cara al verme.

—¡Adalyn, *mi amor*! —Se levantó a toda prisa de la silla en la que estaba sentada con elegancia—. Perdonadme —le dijo al grupo que estaba con ella mientras se acercaba a nosotros—, ¡ya está aquí mi hija!

Maricela Reyes se abalanzó sobre mí con un:

—¡Ay, *hija!* —Le tembló la voz, y sentí que a mí también me temblaba algo en el pecho. Uf. Eso era lo que había intentado evitar durante todo ese tiempo—. Me tenías preocupadísima. —Me soltó y entonces me colocó las manos en los hombros. Entrecerró los ojos—. ¿Estás malita? Tienes las mejillas coloradas y los labios hinchados.

Me habría llevado una mano a la boca, de no ser porque estaba agarrada a Cameron.

Maricela chasqueó la lengua y me miró de arriba abajo.

—Tu padre no quería decirme dónde estabas, ¿te lo puedes creer? —Sacudió la cabeza—. Siempre con sus secreticos, aunque eso no es nuevo. Pero hacerle eso a mi hija, como si fueras una de sus piezas de ajedrez... *Ay, no.* —Miró por encima del hombro—. Josie, cielo, ¿puedes traerle un poco de agua a mi hija? Parece como si fuese a desmayarse. —Desvió la mirada hacia mi derecha. Entrecerró los ojos—. Casi mejor dos vasos, no uno.

—Soy... —comenzó Cameron, y me di cuenta de que no se lo había presentado.

—Cam —terminó mi madre en su lugar—. El entrenador Cam. He oído hablar de ti. Ahora mismo. Te has llevado a mi hija al bosque. De noche.

Cameron ni se inmutó. En cambio, sentí que me acariciaba el dorso de la mano con el pulgar.

—El mismo, sí.

—En fin, Cam —dijo mi madre al tiempo que levantaba las cejas—, ojalá tuvieras malas intenciones. Porque mi hija necesita un...

—*Mami* —le advertí.

Maricela Reyes puso los ojos en blanco y en ese momento Josie apareció junto a ella con dos vasos de agua.

—Gracias, Josie. Tenías razón, pegan. Incluso llevan ropa combinada, y nunca había visto a mi hija con botas de montaña, eso te lo aseguro.

Cameron agachó la cabeza y susurró:

—Me cae bien.

—Pues claro —masculé.

Era evidente que Cameron estaba encantado con el hecho de que hubiera alabado las dichosas botas, pero a ver, ¿a quién no le caería bien Maricela Reyes con lo guapa y simpática que era?

—¿Qué estáis cuchicheando vosotros dos? —preguntó mi madre antes de plantarnos en el pecho los vasos de agua que tenía en las manos—. Bebed —ordenó—. Y luego puedes decirme qué intenciones tienes con mi Adalyn.

Por poco se me sale el agua por la nariz.

—Mamá.

—*Siempre* mamá esto y mamá lo otro. —Agitó una mano en el aire—. *Soy tu madre*, digo las cosas como son. No pasé por diez horas de parto para subirme por los árboles.

—Querrás decir «andarme por las ramas» —la corregí.

—Me gusta más lo otro —replicó como si nada—. Viene de cuando se cazaba, que lo sepas. Lo leí en una revista —añadió mientras miraba a Josie como si fuera su nueva mejor amiga. Levantó los brazos—. Se subían a los árboles para esconderse. No andaban. ¡Cómo van a andar! ¿Tú sabes lo peligroso que es ponerse a andar por una rama? No te ofendas, pero algunas de las cosas que dices no tienen sentido.

Josie chasqueó la lengua.

—Madre mía, que a lo mejor tiene razón y todo.

—A ver… —Solté el aire despacio, preparándome para preguntarle qué se le había perdido en Green Oak, pero una pareja que reconocí como los padres de una de las jugadoras del equipo entró en la cafetería seguida por una entusiasmada niña de nueve años.

Por primera vez, reparé en el interior del local y en que estaba atestado para la hora que era; había mucho ambiente.

Miré a Josie con expresión interrogante.

—¿Qué está pasando?

Ella parpadeó.

—Te lo he dicho por teléfono —contestó, pero debí de mirarla con el ceño fruncido, porque se apresuró a continuar—: Han descalificado a uno de los equipos que ha llegado a la final de las Seis Colinas. —Dio unas palmadas, y fruncí el ceño todavía más—. Dieron el chivatazo al *County Gazette* de que al parecer tenían en la alineación a niñas de trece años. Todos los equipos de la liga suben un puesto. Lo que quiere decir que...

—Las Green Warriors pasan a la final —terminé por ella.

Josie dio unos saltitos de emoción, y yo solo atiné a mirarla con la boca abierta.

«Las Green Warriors pasan a la final».

Por un segundo me quedé demasiado pasmada como para hablar. O para moverme.

Y entonces volví a mi ser. Como aquel día de hacía ya tantas semanas, cuando mi vida se puso patas arriba. Solo que en esa ocasión la presa se había roto por un motivo totalmente distinto.

Me abalancé sobre Josie, que abrió los brazos entre carcajadas de sorpresa. Nos abrazamos y, cuando la solté, me di la vuelta.

Cameron me estaba mirando, como imaginaba, con arruguitas alrededor de los ojos por la sonrisa. También me abalancé sobre él. Y cuando caí sobre su pecho, ya tenía los brazos abiertos. Se le escapó una profunda carcajada que se me clavó en el corazón.

Estaba feliz. Eufórica.

—Lo hemos conseguido, entrenador —le dije al oído. Me daba igual que mi madre estuviera allí, o Josie, o todo el equipo y medio pueblo. También me daba igual que solo fuera un equipo amateur de niñas. Me daba igual que aún no hubiéramos ganado nada y que estuviera celebrando la descalificación de otro equipo. Solo pensaba en lo contentas que estarían mis chicas. En la enorme sonrisa de María. En lo estupendo que sería para el pueblo.

—¡Lo conseguimos, toma ya!

Cameron me pegó los labios a la oreja y me dijo en voz muy baja, para que solo yo lo oyera:

—Podría devorarte ahora mismo, joder. —Y eso me hizo reír como una tonta.

—*Mira, mira.* Pero mira —oí que decía mi madre con una carcajada—. Lo han hecho, fijo. ¿Crees que ya han pasado la fase de derecho a roce?

Oí la carcajada de Josie.

—Eso espero, Maricela.

Cameron soltó un gruñido que me tomé como una promesa.

Aparté la cabeza de su cuello, pero no me soltó. Supuse que no se veía raro, ya que las habilidades sociales nunca habían sido su fuerte.

—¿Dónde has aprendido eso, mamá?

—Ahora tengo TicTac.

—¿TikTok?

Puso los ojos en blanco.

—Un reloj siempre hace tictac, tictac, así que en todo caso ese nombre está mal.

Dios.

Tenía razón.

Cameron me dio un beso en la cabeza antes de coger la enorme maleta de mi madre y marcharse.

Maricela lo vio alejarse, como yo había estado haciendo, y después se volvió para echarme una miradita.

—¿Qué? —susurré.

—No, *nada* —contestó al tiempo que levantaba las manos. Pero vi su sonrisilla. Sacó uno de los taburetes de la isla de Cameron y se sentó—. Siéntate conmigo.

—*Mami* —le advertí con un suspiro—, Cameron volverá enseguida y hoy va a dormir en el sofá. Seguramente deberíamos dejarlo aquí y tener esta conversación por la mañana, cuando todos hayamos dormido.

—Vale, en primer lugar. —Levantó de nuevo las manos—. No hace falta que os cortéis por mí. Podéis compartir cama. —Me asaltaron varios recuerdos de la noche anterior, dejándome sin aliento. Mi madre chasqueó la lengua—. Y en segundo lugar: ese hombre no volverá hasta que vayas a buscarlo. Ha dicho que prepararía las habitaciones, pero nos está dando espacio para hablar. Así que siéntate.

Me crucé de brazos.

—Pero...

—*Ahora*, Adalyn.

Saqué otro taburete mientras ponía los ojos en blanco.

—¿Contenta?

—Pues no mucho —contestó seria—. ¿Por qué no volviste a casa de inmediato? ¿Por qué decidiste seguirle el jueguecito a tu padre? Y lo más importante, ¿por qué he tenido que sobornar a Matthew para enterarme de dónde estabas?

—¿Qué le has ofrecido para que me venda de esta manera?

Mi madre se encogió de hombros.

—No pienso decírtelo. Una madre jamás traiciona a sus hijos. Y ese hombre es como el hijo que nunca he tenido.

Abrí la boca para protestar, pero ella levantó las cejas, recordándome que todavía no había contestado a sus preguntas.

—Esto no es un juego. Metí la pata hasta el fondo, mamá. Mi contrato incluye un código de conducta...

—Eres su hija —me interrumpió—. No deberían importarle esas cosas.

—También trabajo para él —repliqué mientras comenzaba a

sentir esa presión en el pecho que impedía que me llegase el aire a los pulmones—. Y con suerte, como soy ambas cosas, algún día me elegirá para sustituirlo. —Eran unas palabras que había pronunciado en más de una ocasión, para las que había trabajado, a las que me había dedicado en cuerpo y alma, pero de alguna manera... De alguna manera, en ese momento me dejaron un regusto amargo en la boca. Traté de ignorar la sensación—. Tenía que arreglarlo. Demostrarle que podía confiar en mí. Y quería ayudar al equipo después de mi... desliz.

Maricela negó con la cabeza, haciendo que se agitaran las preciosas ondas oscuras que le enmarcaban la cara.

—Hay algo que no me estás contando. Lo sé.

Me obligué a mantener una expresión calmada, sin revelar nada. No podía contarle a mi madre lo de David, ni lo que mi padre había hecho por... cierto sentido de la responsabilidad que hizo que me sintiera ridícula e inadecuada. Si mi madre se enteraba, lo sucedido con Sparkles se quedaría en nada comparado con lo que haría ella. Cogería un avión de vuelta a Miami en ese preciso momento y...

Así había reaccionado Cameron al enterarse de la historia. Esa noche. Me quedó claro por sus palabras, por la expresión de su cara, por su forma de abrazarme, por todo. Se... preocupaba por mí. Y mucho.

—Ya sabes que me encanta mi trabajo —seguí, aunque me costaba respirar—. El club. Lo mucho que respeto el esfuerzo de papá.

—Lo has entendido todo mal, *mi amor*. —Soltó el aire por la nariz—. Yo quería a tu padre. Todavía lo quiero. No creo que se pueda dejar de querer a tu primer gran amor, y eso es lo que él fue para mí. Pero desde niña, lo tienes en un pedestal que nadie más puede alcanzar. Ni siquiera tú.

—¿Eso es malo? —le pregunté con sinceridad—. ¿Es tan malo aspirar a ser como él? ¿Querer impresionarlo?

—No lo sé. —Negó con la cabeza, y la creí—. Pero mientras subes a ese punto, la altura es cada vez mayor, y me da

346

miedo que acabes estrellándote contra el suelo. Me da miedo que haga algo que destroce toda la confianza que has depositado en él.

El estómago me dio otro vuelco. Mi padre había puesto a prueba esa confianza, ¿verdad? Claro que también había cedido a las exigencias de David para proteger nuestra relación. Para evitarme el dolor después de que yo descubriera que fue él quien le pidió que se casara conmigo. Y eso significaba algo. Estaba convencida.

—Tu padre es un buen hombre —añadió mi madre—. O lo era, en otra época. Ahora tiene muchas ínfulas. Cree que todos los que lo rodean están a su disposición, para hacer y deshacer a su antojo. —Volvió a levantar las manos y extendió y agitó los dedos—. Se cree el titiritero mayor.

—No se llega adonde él ha llegado sin esos tejemanejes.

—No sabría decirte. —Apartó la mirada un segundo, y cuando esos ojos castaños como los míos me miraron de nuevo, supe que estaba a punto de contarme algo que nunca me había dicho—. No me gusta que me hayas ocultado cosas. Mucho menos después de que lo hiciera tu padre. Secretos.

—Lo siento, *mami*. —Para bien o para mal, tenía razón—. En el fondo lo hice para no preocuparte. ¿Crees que papá quiso hacer lo mismo? ¿Con sus secretos?

—No lo creo. De lo contrario, sabría de dónde ha salido —contestó—. Hay un borrón negro que cubre gran parte de su pasado. Ha hecho creer a la gente que es de Miami, pero no es cierto. —Sacudió la cabeza—. Lo descubrí por las cartas.

—¿Las cartas?

—Justo antes de saber que estaba embarazada de ti, encontré un montón de cartas en su mesa. Y no estaba cotilleando. —Puso los ojos en blanco antes de que pudiera decir nada—. Todas eran de una mujer, dirigidas a él, y cuando le pregunté por ellas, palideció como si hubiera visto un fantasma y masculló algo de su infancia. Así me enteré. Sabes que tu padre no se altera con facilidad.

—¿Estaba...?

—¿Poniéndome los cuernos? —terminó en mi lugar—. No. Me juró que no era eso, y lo creí. —Se dio unos golpecitos en la sien con un dedo—. Sabes que siempre adivino cuando alguien me miente. —Y era verdad—. Pero nunca me contó qué estaba pasando. —Extendió un brazo por encima de la mesa y, cuando me dio la mano, le di un apretón—. Por eso nunca me casé con él. Siento no haberte dado una familia normal, pero no pude. No fue por las cartas, fue porque él no confió en mí lo suficiente como para contarme la verdad. Yo era un libro abierto, se lo di todo. Y que me ocultara cosas que lo habían convertido en el hombre que era... me demostró que jamás había sido su igual.

—Nunca me habías contado esto —dije, conteniendo la emoción a duras penas—. Y tú eres mi familia, ¿vale? —¿De verdad creía que la culpaba por no haberse casado con mi padre? ¿Por el hecho de que nuestra familia no fuese normal?—. Eres la única familia que necesitaba de pequeña. —Carraspeé—. Y seamos sinceras, consigues que cualquier habitación, que cualquier casa, parezca abarrotada.

Aunque lo había dicho de broma, era la pura verdad.

Mi madre sonrió y empezaron a llenársele los ojos de lágrimas.

—El amor es un juego muy curioso, *mi reina*. No hay reglas, y por mucho que intentes ganar, de una manera u otra, tu corazón siempre está en peligro. —Se le escapó un trémulo suspiro—. Siento no habértelo contado antes. No quería cambiar la imagen que tienes de él.

Le tomé la mano entre las mías. Sopesé sus palabras y me di cuenta de lo sinceras que eran. Lo terrible que debió de ser para ella saber que estaba embarazada y que tenía que compartir la vida con un hombre al que quería, pero que no la amaba lo suficiente como para confiar en ella.

Sacudió la cabeza.

—Bueno, hablando de amor, ¿me vas a explicar de una vez

qué haces viviendo con un hombre? —Me guiñó un ojo, y por suerte no me dio pie para responder—. Aunque no voy a quejarme. El Cameron este es muy guapo. Y alto. Ay, qué alto es. —Levantó las cejas—. Y me apuesto lo que quieras a que podría cogernos en volandas a las dos sin despeinarse. ¿Y lo que tiene en los brazos son tatuajes? —Esbozó una sonrisilla traviesa—. ¿Tiene más en…?

—*Mami*, no. —No pensaba hablar de los posibles tatuajes ocultos de Cameron con mi madre.

—Ay, cuánto secretismo —protestó al tiempo que se encogía de hombros—. Dime al menos que es el motivo de que no hayas vuelto a Miami. ¿Te trata como te mereces?

Me puse coloradísima.

—Me… —Dejé la frase en el aire, de repente me había quedado sin palabras. «¿Me trata como me merezco?». El corazón se me desbocó con la respuesta—: Sí, me trata como nadie lo ha hecho antes.

Mi madre parpadeó una, dos, hasta tres veces. Y para mi más absoluta sorpresa, estalló en carcajadas.

—*Dios mío, hija.*

Sentí que me ardían hasta las orejas.

—Nunca te había visto así. —Se dio unas palmaditas en el pecho y soltó una última carcajada antes de ponerse seria. Me miró fijamente—. Estás igualita.

—¿Igualita?

—Que él, *mi amor.* —Se bajó de un salto del taburete y se plantó delante de mí. Me tomó la cara entre las manos—. Llevo en el pueblo dos horas y no ha dejado de mirarte como si fueras *un pastelito* que quisiera comerse. —Bajó la voz hasta susurrar—: Lo de que lo habéis hecho era broma. Quería ver si reaccionaba de un modo sospechoso. —Abrí los ojos, espantada—. No te preocupes, ha pasado la prueba. Ahora en serio, ¿lo has besado? —Me quedé boquiabierta—. Ya, eso me parecía.

Las palabras de Cameron resonaron en mi cabeza: «Podría devorarte ahora mismo, joder». Después recordé sus labios contra los míos. Sus manos por todo mi cuerpo. Su forma de... No. No podía pensar en eso con mi madre allí, porque al parecer era una bruja.

—Me gusta verte así —dijo en voz tan baja que apenas la oí—. Tan ardiente...

«Quiero verte arder, joder, córrete».

El corazón me dio un vuelco en el pecho, y mi madre soltó una risilla antes de venir a mí para ahogarme en el clásico abrazo de Maricela Reyes.

—Es lo único que quería. Asegurarme de que estabas bien. Ahora que lo sé, solo me quedaré una noche. —Suspiró, pero no con tristeza—. Sé que ese hombre no te va a tocar mientras yo esté aquí, y deja que te diga, *hija*, que necesitas un...

—Mamá. Por Dios, ya vale —le supliqué. Pero esa vez con una carcajada.

Y por suerte, me hizo caso. Aunque no sin decirme antes:

—No creo que ni tú ni yo debamos meter a Dios en esta conversación, *mi reina*.

No podía dormir.

Tenía demasiado ruido en la cabeza. La conversación con mi madre me había dejado... inquieta, tanto para bien como para mal. En primer lugar, tenía la sensación de entenderla más que nunca. Ojalá hubiéramos hablado antes del tema. Ojalá no la hubiera cortado en tantas ocasiones y le hubiese dado la oportunidad de contármelo todo. También me sentía mal por no haberme puesto más veces de su parte. Me sentía fatal. Culpable por haberle permitido a mi padre jurar que la quería cuando jamás consiguió respaldar las palabras con hechos.

Ese no era el único motivo de mi inquietud. Tenía un runrún

constante en el fondo de la mente. Un runrún que estaba allí desde que conocí a Cameron. Más insistente con cada día que transcurría. Con cada segundo que pasaba en esa montaña rusa que era nuestra relación. Un runrún que había cambiado unas horas atrás. Un runrún que batía las alas cada vez que recordaba todos los instantes hasta llegar a esa noche. O lo que sentía por él. O el hecho de que nunca me hubieran mirado como él me miraba. Ni siquiera al principio, cuando discutíamos, nos enfrentábamos y nos picábamos, me sentí invisible delante de él. Cameron siempre me había prestado toda su atención. Para bien o para mal.

Y en ese momento..., en ese momento quería más. Quería algo más que su atención. Quería volver a sentirlo. Sentir que no era invisible. Sentirme conectada. Pero no con cualquiera, sino con él. Con Cameron.

Sin saber muy bien cómo, me bajé de su enorme cama y caminé descalza sobre el suelo de madera. Llegué al salón y clavé la mirada en su silueta.

Ocupaba casi todo el sofá y tenía arrugada en la cintura la manta con la que se había tapado. El impulso de acercarme a él aumentó. La necesidad de acurrucarme a su lado y arroparme con él. No era algo sexual, aunque sabía que, en cuanto lo tocase, el deseo correría de nuevo por mis venas. No, era otra cosa.

Me acerqué. Casi no quedaba espacio a su lado, pero me dio igual. Me sentía frágil, como si me hubieran vuelto del revés y las partes más vulnerables de mí estuvieran expuestas. Coloqué una rodilla junto a su cadera y me acurruqué despacio a su lado.

Soltó un gruñido, y con un rápido movimiento me rodeó con los brazos mientras se colocaba de costado. Me miró, con los ojos entornados, y me estrechó contra su torso.

—Hola —susurré.

Murmuró algo, y sentí la vibración en el abdomen y en el pecho.

—¿No puedes dormir?

Negué con la cabeza. Sin mediar palabra, moví las manos hasta llegar al dobladillo de la camiseta con la que dormía. Sin apartar los ojos de él, deslicé los dedos por debajo. Planté las manos en su cuerpo suave y musculoso, dejando que la calidez me subiera por los brazos y me bajara por la espalda.

Cameron soltó un suspiro entrecortado.

—Amor —dijo, y supe que era una advertencia.

—Solo necesito tocarte —le aseguré mientras subía las manos y le clavaba las yemas de los dedos en la piel—. Necesito sentirte cerca. —Se le oscurecieron los ojos y apretó la boca con fuerza. Me miraba muy serio. Muy atento. Como si mi súplica fuera algo trascendental—. Quiero tenerte más cerca de lo que nunca ha estado nadie.

Me estrechó con fuerza entre los brazos y me pegó todavía más a él, anclándome a su cuerpo y atrapándome allí. Sentía los latidos desbocados de su corazón.

—¿Mejor?

Asentí con la cabeza y cerré los ojos, encantada con aquella sensación.

—¿Puedes tocarme?

Un gruñido brotó de sus labios, y supe que su control pendía de un hilo, pero accedió. Claro que lo hizo. Tiró de la manta hacia arriba para arroparnos. Después introdujo las manos por debajo de lo único que yo llevaba sobre la ropa interior (una de sus camisetas) y dejó que se arrugase hacia arriba mientras me subía las manos por la espalda.

Volví a cambiar de postura al sentir su erección contra mi estómago. Suspiré. Y antes de que pudiera moverme de nuevo, Cameron me inmovilizó contra su cuerpo.

—¿Cameron? —susurré—. ¿Puedo pedirte algo más?

—No me pidas que te folle, amor —replicó con una voz que era más un gruñido—, porque lo haré.

Se me escapó una risa leve.

—Me encantaría que lo hicieras —le aseguré, y lo decía en

serio. Y debió de sorprenderle mucho mi confesión, porque se quedó petrificado debajo de mí. Solo un segundo. Después cobró vida con un estremecimiento, pero noté que se le aceleraba el pulso bajo mis manos y que su deseo aumentaba con el mío—. Pero sé que no sería justo con mi madre al otro lado del pasillo. Sé que...

Tragué saliva por el pensamiento y lo dejé a medio pronunciar.

Sin embargo, sabía en lo más hondo de mi ser —por lo sucedido esa noche y por el instinto y una parte de mí que solo reaccionaba con él— que el sexo con Cameron no sería rápido y silencioso. No sería algo que me gustaría hacer con mi madre en la habitación de al lado.

—Mmm —dije—. Pensándolo bien, creo que deberíamos llevar a mi madre a la Cabaña el Paraíso.

—No es una cabaña —se apresuró a mascullar. Fruncí el ceño, pero me cambió de postura y metió una rodilla entre mis muslos, distrayéndome—. ¿Y ese plural que has usado como si nada? —Una pausa—. Casi me mata. Así que pídeme lo que sea.

—¿Puedes decirme si me parezco un poco a ella? —Se me escapó un leve suspiro, y Cameron esperó, como si supiera que no era eso lo que quería decir—. ¿O a su lado soy invisible? ¿Como si estuviera en vez de a color en blanco y negro, distante y aburrida?

Mi madre y yo siempre habíamos sido muy diferentes, y a veces... A veces me preguntaba por qué no podía parecerme un poco más a ella. En ese momento, también me habría gustado saber si mi padre me había visto de verdad antes de ese vídeo. Si el mundo me había visto. Si Cameron veía lo que había en mi interior.

Me acarició la frente con la suya, hasta que lo miré. Le brillaban tanto los ojos, su expresión era tan sincera y abierta, que el corazón me dio un vuelco.

—Solo te veo a ti —me dijo con los labios pegados a los míos—. Te veo hasta cuando cierro los ojos.

En ese momento fui yo la que murmuró contra su piel, aunque solo fuera para calmar el rugido de mi corazón. Siempre hacía lo mismo. Me ofrecía unas respuestas perfectas que casi no podía creerme.

—¿Cameron?

—Dime, amor.

—Cuéntame un secreto. Algo que no sepa nadie —le pedí con un hilo de voz.

Si mis palabras lo sorprendieron, no lo dijo ni reaccionó de una manera concreta. Se limitó a subir un poco más una mano por mi espalda, hasta dejármela en la nuca.

—Tuve mucho miedo —dijo, y supe a qué se refería. Me colocó la cabeza sobre su pecho con delicadeza, ofreciéndose como almohada. Pidiéndome un consuelo que nunca le negaría—. Sigo aterrado. —Conté sus latidos bajo mi mejilla (uno, dos, tres, cinco, diez), deseando quedarme así para siempre. Todas las noches. Hasta el final de los tiempos—. Nunca salí con Jasmine Hill. Fue cosa de Liam, mi representante. Me preparó una encerrona y cené con ella para no parecer grosero. La prensa lo sacó de madre, pero no he estado con nadie desde que llegué a Estados Unidos.

Guardamos silencio un momento, y estaba tan ocupada intentando controlarme después de esa última confesión que por poco no oigo lo que dijo después.

—La cabaña ya es mía —anunció, y me quedé de piedra—. No ha sido fácil, pero esta mañana he firmado la compra del Refugio el Alce Perezoso.

El corazón se me detuvo un segundo. Y después empezó a latirme al doble, al triple, al cuádruple de velocidad.

—¿Qué? —susurré. Pero en realidad quería preguntar por qué.

Cameron pareció entenderlo.

—Cuando quiero algo no me corto. Ni tampoco a la hora de gastarme el dinero, me ha costado mucho conseguirlo. —Empezó a hablar en un tono relajado, seguro. Con esa chulería que solo le funcionaba a él—. Y ese cobertizo se va fuera. Te construiré otra cosa.

Quise... dejar que lo hiciera. Deseaba descubrir las implicaciones de todo aquello. Me hacía feliz. Más feliz de lo que lo había sido en mucho tiempo. Y me provocaba un montón de emociones que no me creía capaz de soportar si no hubiera estado entre sus brazos.

—Eso es más de un secreto —señalé—. Y solo te he pedido uno.

Pasaron los segundos sin que pronunciáramos una palabra, y estaba tan calentita, tan a gusto y tan segura contra su cuerpo que empecé a sucumbir al sueño. Estaba medio dormida y medio despierta. De modo que, cuando volvió a hablar, me llevé sus palabras conmigo. A mis sueños.

—Siempre te daré más de lo que pidas, amor. Aunque no sepas lo que quieres.

31

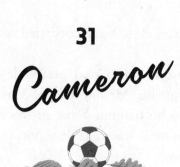

Observé a Tony desde la banda.

Estaba en la línea de medio campo, rodeado por un grupo de niñas de nueve años que lo miraban emocionadas, poniéndole ojitos, como si fuera el rey del universo.

Esbocé una sonrisa torcida. Era un buen chico, y saltaba a la vista que hacía mucho que le apasionaba el fútbol. Le había costado acostumbrarse a las miradas embobadas de las jugadoras —a la de la seria y precavida Juniper en particular—, pero había conseguido encauzar esa atención hacia el trabajo.

La primera parte del entrenamiento de ese día había sido intensa. Habíamos pasado de ejercicios sencillos como «proteger el cono» a otros más complicados para mejorar su técnica en los pases. No había sido fácil, pero las niñas se mostraron muy entusiasmadas. Incluso Juniper, con la que hice un uno contra uno para trabajar sus habilidades como portera, se alegró de pasar del entrenamiento de control del balón a tirarnos al suelo para ensayar paradas. Nos habíamos ensuciado, pero había valido la pena. Lo había hecho genial.

Pensé en cierta directora deportiva que estaba encantada con la evolución de las chicas. Miré de reojo lo que hasta hacía unas semanas solo era una caseta, preguntándome qué estaría haciendo. ¿La temperatura era lo bastante alta? Octubre era cada vez más frío, y aunque había comprado una de esas estufas eléctricas en el Bazar de Moe, fuera hacía un frío de pelotas. O en palabras de Moe: «Hacía más frío que en la mili».

Me saqué el móvil del bolsillo de la sudadera con capucha que me había puesto y miré la pantalla. Si llamaba a Liam en ese momento, tal vez lo pillaría. Después iría a ver qué tal estaba Adalyn.

Pulsé en su nombre y me pegué el teléfono a la oreja.

—El fin del mundo debe de andar cerca si Cameron Caldani me está llamando.

Suspiré.

—Y mira lo que consigo. —No esperé a que replicase—. Tengo preguntas. Sobre tu correo.

—¡Vaya! Directo al grano, ¿no? —Soltó una carcajada—. Vale, dispara.

—Dices que los Miami Flames buscan un nuevo director deportivo —dije, asegurándome de mantener un tono lo más neutro posible—. Por lo que entendí, para arreglar un lío mediático.

—Ajá —me confirmó Liam. Otra risa, y supe lo que iba a decir—. ¿Has visto el vídeo? Esa mujer estaba...

—Sí. —Pronuncié la palabra con tono seco. Cerré los ojos mientras intentaba contener el pánico que me atenazaba el estómago—. Lo he visto. Claro que lo he visto. Dices que sospechas que el motivo es otro. Algo que no tiene nada que ver con eso.

Oí un suspiro al otro lado.

—Pues sí. Casi todos mis contactos están en la costa oeste, pero tengo ojos y oídos en Miami. La cosa es que... —Titubeó—. No hay nada confirmado. Ahora mismo solo son rumores. La situación no está clara. Creo que puede que todo esté relacionado con esa metedura de pata mediática.

En mi cabeza aparecieron unos enormes ojos castaños. Unos labios preciosos. La calidez y la suavidad de sus manos sobre mi piel.

—Cuéntame lo que sepas.

Se hizo el silencio un momento.

—¿Estás bien, tío? —Como no contesté, Liam chasqueó la lengua—. Pues vale. He oído que puede que el equipo cambie de manos. Pronto. Eso podría explicar por qué alguien anda tanteando el terreno. Pero son suposiciones mías, claro.

Joder. Me llevé una mano a la cara en un intento de secar el repentino sudor que la cubría. ¿Una compra? ¿Una absorción? Lo peor era que Adalyn seguro que no sabía nada, porque de lo contrario me lo habría dicho. Se habría subido al primer avión.

—¿Hay algo confirmado?

—De momento solo son rumores.

—¿Estás seguro?

—Sí, tío. —Una pausa—. Pero ¿a qué viene esto?

—¿Puedes confirmarlo? ¿Y mantenerme informado si te enteras de algo? Aunque creas que no es importante. Quiero saberlo. —No esperé a que contestara; sabía que lo haría porque se lo había pedido—. Por cierto, gracias por ayudarme con el otro tema. Con la cabaña. No te había dado las gracias como es debido.

Liam se echó a reír.

—¿Ahora me das las gracias? Hostia, Cameron. —Lo oí soltar el aire—. Oye, me da igual lo que te traigas entre manos, aclara las cosas pronto. Y aclárate tú también y decide si quieres poner fin a tu carrera. Al menos… intenta acabar lo antes posible con esta fase contemplativa de vive, ríe y ama, ¿vale? Se acabó lo de jugar a las casitas contigo. No soy tu asistente ni tu representante, ya no, y tengo trabajo. Así que decide cuáles son tus prioridades.

—Tengo claras mis prioridades —le aseguré sin titubear—. Rechaza todas las ofertas que hay sobre la mesa. —Y colgué.

Alguien carraspeó a mi lado.

Me di la vuelta y me encontré con esa preciosa sonrisilla a la que me estaba volviendo adicto a marchas forzadas. Sentí una punzada entre el pecho y el estómago con una claridad que hacía mucho tiempo que no experimentaba.

—¿Tomándote un descanso, entrenador?

Me temblaron los labios por la risa al oírla, e intenté olvidarme de la información que acababa de recibir. No pensaba preocupar a Adalyn con algo de lo que no estaba seguro. La distraería y acabaría con la esperanza y la emoción que veía que sentía por las Green Warriors. Quería proteger a esa mujer de cualquier dolor o golpe. Cuando Liam averiguara los pormenores y yo estuviera seguro de lo que pasaba, solo entonces, la llevaría en persona a Miami y le exigiría una explicación a su padre. Nos enfrentaríamos a eso juntos. Hasta entonces, se merecía disfrutar de ese día, de la cena de esa noche y del partido del día siguiente. Ganáramos o perdiéramos, haría lo que fuera por ofrecerle un poquito de la felicidad que podía brindarle.

—¿Estás bien? —me preguntó con el ceño fruncido.

Erguí la espalda. Me olvidé de todo y me centré en lo que tenía delante. En ese día.

—No sé, jefa. —La miré de arriba abajo sin disimulo—. Dímelo tú. ¿He metido la pata?

Apretó los labios, y el rubor de sus mejillas me lo dijo todo.

—Es posible. —Le temblaba la voz por el deseo apenas contenido—. Ahora que te he pillado delegando tus funciones en Tony y que solo quedan unos minutos de entrenamiento, quiero hablar contigo de algo. —Tragó saliva con fuerza—. ¿Puedes venir a mi despacho? —Levantó la barbilla—. Ahora.

Para ser sincero, se me puso dura al oír ese tono mandón. Acorté la distancia que nos separaba y me acerqué tanto que tuvo que echar la cabeza hacia atrás para mirarme. Clavé los ojos en su boca.

—Usted primero. —Me humedecí los labios—. Señorita Reyes.

Esperé hasta que se movió. Como el cabrón egoísta que era, lo hice para poder disfrutar de la visión de ese culo enfundado en los vaqueros mientras caminaba. Del movimiento de su pelo sobre los hombros y del contoneo de sus caderas con cada paso firme. Joder... Me moría por ella.

Una vez estuvimos dentro del limpio aunque atestado espacio, cerré la puerta a mi espalda y la observé mientras se daba la vuelta para mirarme. Estaba sonrojada y se apoyó en el borde de la mesa.

—¿Puedes..., mmm..., cerrar la puerta? —Una pausa—. ¿Entrenador?

Ladeé la cabeza mientras contenía una sonrisa. La puerta ya estaba cerrada, pero no dije nada y asentí con la cabeza. Me encantaba verla tan alterada. Me encantaba hacerla reaccionar de esa manera. Porque así me sentía yo casi todo el tiempo. Bajé la mirada y le contemplé los pechos, la cintura y las piernas antes de ascender de nuevo hasta esa preciosa cara que me decía que estaba tramando algo. Algo que la hacía humedecerse los labios.

El entrenamiento acabaría en cualquier momento, y nunca me había alegrado tanto de que Tony estuviera en el campo. Llevé la mano hacia atrás y eché el pestillo.

—Yo... —susurró Adalyn—. Tú... —Se humedeció de nuevo los labios mientras jugueteaba con las manos—. En realidad no has metido la pata. O puede que sí. Supongo que depende.

Al verla tan nerviosa fruncí el ceño, y tuve que morderme la lengua para no soltar alguna chorrada como «Te pones guapa cuando te enfurruñas de esa manera». Me acerque a ella. Abrí y cerré las manos por el deseo de tocarla, pero las dejé inmóviles a los lados, esperé y la animé a decir lo que quisiera con un gesto.

—Bueno... —empezó de nuevo en voz baja— quería darte las gracias oficialmente. —Extendió los brazos un segundo antes de dejarlos caer—. Por esto. Por lo de anoche. Por todas y cada una de las cosas que has hecho por mí. Estoy... —Su lengua asomó un instante para humedecerse los labios—. No sé qué he hecho para merecerlo, pero agradezco tu consideración. —Levantó una mano y atravesó el corto espacio que nos separaba hasta apoyarse en mi pecho. Volví a mirarla a los ojos—. Y quiero demostrarte hasta qué punto.

Me guio con la palma de la mano para que rodeara su mesa. No opuse resistencia. Me dejé llevar.

Cuando toqué su sillón con las corvas, me puso la otra mano en el pecho. Las deslizó hacia arriba, hasta mis hombros. Y empujó hacia abajo.

—Siéntate —dijo en voz baja. Tan baja que me entraron ganas de inclinarme hacia ella. Pero me dejé caer en el sillón, fascinado, hechizado por la determinación de su mirada. Por la expectación que delataban esos labios entreabiertos. Qué mujer más guapa y valiente. Me dolía el pecho de solo mirarla.

Estaba delante de mí, a un paso. Se llevó las manos a la cremallera de la chaqueta. Se la quitó. Tenía el pecho agitado por la respiración entrecortada, y la camisa pegada a la piel. La línea de diminutos botones que la cerraban se tensó. Y yo solo atinaba a pensar: «Puñetera camisa. Se la desabrocharía con los dientes».

Me aferré a los brazos del sillón, apretando con fuerza los dedos para no abalanzarme sobre ella.

Adalyn se colocó entre mis piernas separadas sin dejar de mirarme a la cara. Entonces bajó la vista. Muy abajo. Toda la sangre se me agolpó en ese punto. Como hiciera lo que creía —esperaba, ansiaba— que iba a hacer, perdería el control. En un abrir y cerrar de ojos. Estaba seguro.

—Adalyn. —Su nombre brotó de mis labios—. Cariño…

Me apoyó las manos en los muslos y se arrodilló.

Cerré los ojos al tiempo que solté un taco entre dientes.

Sentí que subía las manos por mis piernas con gesto delicado pero decidido, haciendo que me empalmara todavía más. Haciendo que se me disparase el pulso.

—Adalyn —repetí, en esa ocasión más como una plegaria que como una advertencia. Abrí los ojos y me la encontré mirando el creciente bulto que me tensaba los pantalones. Joder. La tenía durísima y ni siquiera había…—. ¿Vas a tocarme, amor? —le pregunté y me di cuenta de que se me quebraba la voz.

Adalyn se mordió el labio inferior. Estaba pensando. Presa del deseo. Asintió con un gesto rápido de la cabeza, pero se tomó su tiempo antes de mover las manos. Gemí, impaciente, y el sonido le arrancó una sonrisa. Cuando por fin las movió, me deslizó los dedos por debajo de la sudadera. Los enganchó en la cinturilla de los pantalones.

Dio un tirón.

—Dímelo —le pedí, y oí que mi voz se quebraba por el anhelo. Dios, la deseaba. Ya. Llevaba días deseándola. Semanas—. Dime lo que vas a hacerme y levanto las caderas.

—Yo... —Alzó la cabeza para mirarme a los ojos. Por el amor de Dios. Esa mujer despampanante e increíble estaba arrodillada entre mis piernas—. Quiero ser sexi. Quiero que me veas así. Llevo planeando este momento todo el día. Quiero bajarte los pantalones y... —dijo y cerró los ojos un segundo— metérmela en la boca. Quiero hacerte sentir como tú me hiciste sentir a mí la otra noche. Pero... —Sacudió la cabeza—. Pero me están entrando dudas. No sé cómo ponerme al mando en estas situaciones. Preferiría que tú...

No tuvo que terminar la frase.

La miré a los ojos un segundo más, dejando al descubierto mi deseo, permitiendo que se me reflejase en la cara.

—Sácala —le ordené con lo que pareció un gruñido—. No tengas miedo de demostrar lo que quieres hacer, te ayudaré. —Agachó la mirada y levanté las caderas. Mi gruesa erección presionaba contra la tela—. Joder —jadeé al verla. Adalyn aferró con más fuerza la cinturilla de los pantalones, pero no movió las manos—. Nunca la he tenido tan dura, amor. ¿Vas a hacer algo al respecto?

Se quedó sin respiración un segundo y movió las manos, que durante un instante quedaron suspendidas en el aire. Titubeantes. Indicándome que quería que la guiase. Que la animara. Que... Me la rozó con los dedos a través del chándal. Gemí. Un sonido ronco, gutural y anhelante.

Por fin me bajó los pantalones, liberándome de una de las capas de tela que me separaban de ella.

Sabía cuánto iba a durar en ese sillón.

—Tienes dos minutos para jugar conmigo —le dije, incapaz de contenerme para no levantar las caderas contra sus manos. Me la agarró en respuesta, acariciándomela despacio a través de la tela. No era suficiente—. El bóxer —gruñí—. Ya, por favor.

Me bajó los calzoncillos de un tirón y mi polla se sacudió un momento antes de quedar apoyada en mi estómago.

—No sabes cuántas veces he imaginado esto —dijo, y su confesión en voz baja me devolvió a la Tierra durante un segundo. Algo en mi interior se derritió por sus palabras. Me miró a los ojos—. Creo que te deseaba desde hace mucho, Cameron.

Los brazos del sillón crujieron cuando me agarré a ellos.

—Pues tócame. —Solté todo el aire por la nariz—. Chúpame, lámeme o tortúrame como quieras. Hazlo ya, antes de que pierda la cabeza.

La curiosidad mezclada con el anhelo en esos ojos castaños avivó mi deseo. Antes de que me diera cuenta, me la rodeó con las manos, piel con piel, y me acarició una vez con fuerza.

Cerré los ojos y di un respingo en el sillón.

—Más fuerte —le dije. Le exigí. Le supliqué. Adalyn obedeció, acariciándome de nuevo. De la punta a la base—. Sí, así —la animé. Volvió a hacerlo—. Hazme suplicar, cariño. Tortúrame hasta que te pida más.

Noté que cambiaba de postura entre mis piernas, que se acercaba, que se inclinaba hacia delante, y cuando dejó de tocarme, supe lo que iba a suceder. Abrí los ojos y clavé la mirada en esa preciosa boca suya mientras se cerraba en torno a mi polla.

Joder. Dios. Sí. No había rogado tanto en la vida, pero Dios... Veneraría esa boca. A esa mujer. Su corazón. Levanté las caderas, enterrándome más en su boca. Adalyn gimió y yo… ya no estaba para contemplaciones. Estaba a punto. Iba a estallar.

—Me la puedes chupar tres veces —dije entre dientes—. Ni una más.

Adalyn levantó la cabeza y la bajó por segunda vez, y al oír el gemido que brotó de su garganta y sentirlo en torno a mí, algo se desató en mi interior.

—Te he mentido —dije al tiempo que le colocaba las manos en la cabeza y la apartaba con cuidado, pero sin titubear. Tenía los labios enrojecidos y las mejillas teñidas del rubor más bonito que le había visto nunca—. Impresionante, increíble, preciosa —murmuré, haciendo que me mirase como nunca. Se me desbocó el corazón, impulsando la sangre por mis venas a un ritmo frenético—. Tú ganas, amor. De verdad. Has ganado.

Antes de que pudiera replicar, la agarré de las muñecas y me levanté, llevándola conmigo. Después la obligué a darse la vuelta.

—Las manos en la mesa —le dije casi con un gruñido. Ella obedeció, y cuando sus palmas tocaron la madera, me pegué a ella—. Muy bien —le dije al oído—. Será rápido.

—No quiero que sea rápido —protestó ella con un hilo de voz. Le deslicé las manos hacia la parte delantera, enterrando los dedos en la camisa—. Quiero…, quiero…

—Esta puta camisa me ha estado volviendo loco —confesé mientras tiraba de la seda—. Se ha colado en mis sueños —susurré contra la piel de su nuca—. Me muero por arrancar todos estos botones. No he dejado de pensar en lo que escondes debajo.

Esos preciosos pechos. Esa piel tersa. Ese maravilloso corazón.

Se estremeció bajo mi cuerpo y echó las caderas hacia atrás, pegando el culo contra mi erección.

—Sí. A todo.

Le abrí la camisa, haciendo saltar los diminutos botones.

—Joder. ¡Joder! —Sin perder un segundo, atraje su cuerpo contra el mío, arqueándole la espalda, para poder echarle un buen vistazo. Unos pechos gloriosos cubiertos de encaje. Lavanda—. Mis fantasías no hacen justicia a la realidad. A la mujer tan increíble que eres.

—¿Cameron? —Mi nombre brotó de sus labios con un hilo de voz. Pero mis manos no dejaban de moverse, recorriéndole la piel mientras mis dedos le buscaban los pechos y los agarraban con gesto posesivo. Cerró los ojos—. Vamos a pasarlo bien.

«Vamos. Los dos.».

Eso me catapultó.

Un sonido incomprensible brotó de mis labios antes de volver a ponerle las manos en la mesa y pegarme a ella por la espalda. Le desabroché los vaqueros, le metí una mano y encontré más encaje. Tras asegurarme de que la tocaba por encima de las bragas —o se me iría del todo la puta cabeza—, le acaricié los pliegues con los dedos.

—Mi Adalyn, tan mojada y tan perfecta.

Se estremeció debajo de mí, y empecé a restregarme contra su culo.

Moví los dedos y presioné al llegar a la parte superior antes de trazar círculos sobre su clítoris.

—Ahí fuera —comencé a decir mientras me llevaba la mano libre a la polla para acariciármela mientras la acariciaba a ella— puedes darme órdenes. Pídeme lo que quieras y te obedeceré. Me tienes comiendo de tu mano. —Me di cuenta de que empezaba a ponerse frenética bajo mis caricias y de que tenía la tela de las bragas empapadísima. Empecé a masturbarme con la mano libre mientras seguía frotándome contra ella—. Pero ¿detrás de una puerta cerrada? —Me detuve, le di la vuelta y prácticamente la empotré contra la mesa. Me encaramé sobre ella y me coloqué entre sus piernas abiertas—. Aquí... —seguí mientras la miraba a los ojos. Volví a acariciármela con el puño, de modo que la rozaba a ella con los nudillos. Contuvimos un gemido cuando le rocé las bragas empapadas con la polla—. Aquí mando yo.

Entreabrió los labios y dejó escapar un gemido que supe que era un «sí». Un «por favor». Luz verde. Y cuando empecé a moverme de nuevo, restregándome contra ella al tiempo que movía la mano arriba y abajo y la rozaba con los nudillos, me echó los brazos al cuello.

—Cameron —dijo con una voz entrecortada que me sonó a música celestial.

Pegué mi frente a la suya mientras seguía moviendo las caderas.

—Vamos, amor. —Me impulsé asegurándome de darle siempre con la punta donde más le gustaba—. Si te corres, te juro que esta noche te follaré con calma, fuerte y lento.

Adalyn se sacudió entera, y yo la seguí enseguida, derramándome sobre su abdomen. Bajó la mirada y se le nublaron los ojos como nunca por el placer, haciendo que me entraran ganas de arrancarle las bragas y metérsela. Se me pondría dura en un minuto. Llevaba días empalmado.

Aunque no lo hice. Apoyé mi frente en la suya y la rodeé con los brazos para sentirla contra mí. Fui incapaz de contenerme, fue superior a mis fuerzas. La deseaba allí. Debajo de mí, contra mi cuerpo, entre mis brazos. Deseaba estar dentro de esa mujer como fuera.

Me rozó la comisura de los labios con la boca, como si supiera lo que estaba pensando, y me apoderé de su boca con un beso brusco y desesperado. No era suficiente. Quería más. Pero me aparté. Sin mediar palabra, le quité la camisa rasgada y la usé para limpiarla.

Tras darle un pico en los labios, la levanté de la mesa y le abroché los vaqueros. En un mundo ideal no estaríamos en un despacho improvisado sin apenas calefacción. En ese mundo, el entrenamiento no habría terminado y no tendríamos que ayudar a organizar la cena de la víspera del partido. No, le podría quitar la ropa y lamer cada centímetro de su cuerpo. Pero no estábamos en un mundo ideal, así que me la metí en los pantalones y pasé por alto que me estaba empalmando otra vez.

Me quité la sudadera.

—Levanta los brazos —le dije, y se la puse por la cabeza cuando lo hizo.

—¿Y tú qué? —oí que preguntaba, aunque su voz quedó amortiguada por la prenda mientras se la ponía.

Le metí los brazos en las mangas.

—Solo necesito recordar cómo te has corrido contra mí para entrar en calor.

Adalyn soltó una especie de gemido al que intenté no prestar atención. En ese momento parecía muy… mía. Me dejaba sin palabras.

—Esta noche —prometí mientras soltaba el aire por la nariz.

Adalyn me dedicó una sonrisa tan tímida y bonita que estuve a punto de volver a convertirme en un troglodita.

—Esta noche.

32

Adalyn

«Esta noche».

Esa noche era la noche. Y nunca me había sentido tan poco preparada.

¿Se podía perder la virginidad más de una vez? Tampoco había pasado tanto tiempo desde la última vez que mantuve relaciones sexuales. O quizá sí. En cierto modo, todo me parecía borroso. Las experiencias pasadas se habían desvanecido, y me parecían grises desde que había descubierto las caricias de Cameron.

Esa noche era distinta.

Parecía más.

Algo más que sexo. Algo más que simple deseo. Que simple atracción física.

El anhelo descarnado que llevaba en mi interior era muy insistente. Me pedía estar cerca de Cameron. Cada vez más cerca. Quería que me besara y que me hiciera suya. Quería que me mirara como lo había hecho antes, con esa ternura. Pero también como si desease comerme entera. Quería que me regalara su sonrisa lenta y su ceño fruncido, y ese gesto con la cabeza que hacía cuando intentaba leerme el pensamiento. Quería hacerlo reír y que me llamara «amor», no porque me pareciera tierno o sensual con su acento británico, sino porque nadie me había llamado nunca así, y me encantaba que él fuera el único. Pero sobre todo quería que me deseara. Que se volviera loco por mí.

Como si lo impulsara esa sensación que se extendía desde el pecho e iluminaba todo lo demás. Como yo lo deseaba a él.

El roce de su mano en mi muslo me devolvió a la realidad, y cuando lo miré, un destello verde en los ojos lo delató.

Estaba deseando salir corriendo de allí. No se había ido..., no nos habíamos ido, en plural, porque le había pedido que se quedara un poco más. Josie había organizado una cena de buena suerte para todas las familias de las jugadoras del equipo que quisieran apuntarse, y habían asistido casi todos los padres.

—¿Por qué estás tan serio, entrenador? —le pregunté con una sonrisa en los labios—. Es una cena de buena suerte. No te tenía por un hombre dado a rechazar un ritual tan bonito como este.

La sonrisa que me regaló me hizo sonrojar. Se inclinó hacia delante y me susurró, rozándome la oreja:

—Se me ocurren un par de cosas que podríamos hacer para atraer la buena suerte. —El roce de sus labios en la piel me provocó un escalofrío—. Si nos vamos ahora mismo.

El corazón se me aceleró.

—Creo que... —Tragué saliva y me pregunté si quedaría muy raro abalanzarme a su regazo con medio pueblo sentado a la mesa—. Creo que podemos hablarlo. Pero todavía no nos vamos. Órdenes de la jefa.

Murmuró algo contra mi piel, y aunque apartó los labios, no alejó mucho la cabeza.

Uf. A lo mejor estaba tirando piedras contra mi propio tejado. ¿Cuánto se suponía que duraban las cenas de este tipo?

Oí que me llegaba un mensaje al móvil, así que lo cogí y miré las notificaciones. Era mi madre.

—¿Ha llegado bien? —preguntó Cameron con lo que sabía que era genuina preocupación.

—«El viaje bien» —le leí en voz alta.

Cameron suspiró.

—Podría haberla llevado yo, Asheville solo está a un par de horas.

La verdad, me derretí contra su costado al recordar que se ofreció a hacerlo.

—«He dejado que condujera Vincent» —seguí leyendo—. «Es joven, pero podría darle un par de lecciones». —Hice una pausa—. Ay, madre.

—¿Quién es Vincent?

Lo miré.

—El primo de la amiga de Josie, ¿no? Vino al pueblo para hablar de un tema con ella y regresaba hoy a Asheville. —Cameron murmuró algo y le puse la mano en la mejilla—. No seas tan tierno. Me… Me cuesta mucho no tocarte, Cam.

Se apoyó en mi mano con un suspiro.

—Vuelve a llamarme Cam.

Bajé la voz y dije:

—Cam.

Él soltó un gruñidito.

—Vale, ahora explícame por qué dices que soy tan tierno y por qué debería dejar de serlo.

—Te preocupas por mi madre —le expliqué, incapaz de pasar por alto los atronadores latidos de mi corazón—. Eso me complica la tarea de resistirme.

Volvió la cabeza, me rozó la palma de la mano con los labios y descendió hasta la muñeca.

—¿Por qué quieres resistirte? —Me dio un mordisco inesperado—. Está mal visto. Los expertos recomiendan no resistirse a las cosas buenas de la vida.

Solté una risilla. ¡Una risilla!

Los ojos de Cameron se clavaron en los míos, y cuando me susurró «Podría pasarme toda la vida oyendo ese sonido…», no dudé de sus palabras, sabía que eran ciertas.

El pecho se me hinchó.

—Es…

Alguien carraspeó a mi lado y ambos nos volvimos.

—Hola —dijo el señor Vasquez, Robbie, con expresión cautelosa. María estaba a su lado y le dio un codazo en la pierna antes de sonreírme. Se apresuró a decir—: Siento interrumpir.

—Tranquilo —repliqué. Lo decía en serio—. No interrumpes nada.

Cameron murmuró algo a modo de protesta.

Robbie lo miró de reojo antes de volver a centrarse en mi cara.

—Solo quería darte las gracias. Por lo que has hecho por Tony y por María, y por... todo. Desde que Tony empezó a pasar tiempo con el equipo, ha vuelto a ser el que era. Eso me ha hecho comprender que pasaba mucho tiempo en la granja. Trabaja demasiado, y solo es un crío. Yo... —Tragó saliva—. Gracias por ofrecerle una responsabilidad haciendo algo que le gusta. —Miró a su hija con una sonrisa—. ¿Contenta?

María intentó susurrar, pero no lo logró:

—Pídele las entradas.

Su padre soltó una palabrota en voz baja.

—María...

—Hazlo —insistió ella—. Me dijiste que fuiste un «gili... pichis» con ella, así que discúlpate. A mí me obligas a disculparme si soy maleducada... No pasa nada si le pides perdón. A Tony le encantará. Sabes que quiere jugar en el equipo de Charlotte. Se pondrá como loco de contento.

Robbie apretó los labios y me dirigió una mirada de disculpa.

—Por favor, no hagas caso...

—Eso está hecho —lo interrumpí—. Ya concretaremos fechas mañana, después del partido de las chicas. De todas formas, quiero preguntarte algo. Pero puede esperar. Ya hablaremos mañana. —Robbie aún parecía inseguro, así que sentí la necesidad de volver a mi antiguo yo—. Los Miami Flames estarán encantados de recibir vuestra visita, te lo prometo.

El cuerpo de Cameron se puso rígido contra el mío. Fue un instante, pero todos esos músculos tan duros en los que me había apoyado se tensaron mientras contenía la respiración.

María dio una palmada y me distrajo.

—¡Sí! —exclamó la niña, que se abalanzó sobre mí sin previo aviso—. ¡Abrazo de celebración! —chilló, y no tuve más remedio que estrecharla entre mis brazos. Después, como si no fuera consciente de que lo decía en voz alta, susurró—: Uf, qué bien sienta esto. Deberíamos hacerlo más a menudo.

La abracé aún más fuerte.

Me soltó con una enorme sonrisa, y aunque no sabía qué cara poner, me derretí de amor.

—Hasta mañana, señorita Adalyn. —Entonces se volvió hacia Cameron—. Y hasta mañana a ti también, entrenador Campanario.

Robbie murmuró algo.

Cameron rio entre dientes, me rodeó los hombros con los brazos y volvió a acercarme a él.

—¡Oh! —dijo María que ya se alejaba tirando de la mano de su padre—. ¡Que no se te olvide darle la camiseta al entrenador! —Después se alejó hacia el otro extremo de la larga mesa, arrastrando a su padre.

—¿Qué camiseta? —preguntó Cameron.

Suspiré.

—Se suponía que era una sorpresa. —Negué con la cabeza—. Está en ca… —Me detuve. Sin saber por qué, pero lo hice. Carraspeé—. En el Refugio del Alce Perezoso.

Cameron soltó una especie de suspiro.

—Casi —murmuró, rodeándome la cintura con el brazo—. No pasa nada, amor. No soy de los que se rinden a mitad del partido.

Cameron abrió la puerta de la cabaña y se hizo a un lado.

Miré hacia el interior, hacia el pasillo que giraba a la derecha y que conducía a su dormitorio. Justo enfrente del que había sido el mío. Cerré los ojos un instante.

Me di la vuelta y lo miré de frente. Cortándole el paso. Él me clavó la mirada, verde y penetrante, y le dije:

—Hola.

—Hola —replicó él.

Lo vi mover los labios y creí que iba a regalarme una sonrisa lenta que me deslumbraría y que quizá me haría perder el hilo de mis pensamientos. Pero apretó los dientes. Me observó hasta posar los ojos sobre mis labios durante lo me pareció un buen rato, aunque solo fueron unos segundos, y sentí que en mi interior burbujeaba el mismo vértigo, la misma impaciencia que había experimentado antes de que Cameron fuera tan inequívocamente mío.

—¿En qué piensas? —le pregunté.

Me acercó una mano a la cara y me rozó una mejilla con los nudillos.

—En varias cosas —contestó con un tono de voz tranquilo y serio, como si no le importara que me hubiera quedado plantada en mitad del vano de la puerta—. En primer lugar: «¡Gracias a Dios que ya se ha acabado la cena!». —Sonreí al oírlo, y la yema de su pulgar me rozó el labio inferior—. Y en segundo: «Joder. Qué guapa está con el brillo de la luna llena sobre nosotros. ¿Quedaré muy cursi si se lo digo? ¿Se reirá de mí? Me encanta su risa».

Mi sonrisa se desvaneció y mi corazón dio un vuelco un poco raro dentro de mi pecho.

—Sería una de las cosas más bonitas que me han dicho en la vida. —Le rodeé la muñeca con los dedos y noté su pulso. Rápido, acelerado. ¿También estaba nervioso?—. No me reiré. Puede que retrase el momento un poco más.

—Retrasar el momento —repitió despacio—. Dime por qué.

Abrí la boca para decir algo que sospechaba que sería más o menos: «Porque eres tú, y soy yo. Y nunca me he sentido así». Pero solo me salió decir:

—Es difícil de explicar.

Si aquellos últimos días habían demostrado algo era que tenía poco de seductora. Pero con Cameron no me importaba. «Aquí mando yo». Ya me lo había dicho, y quería que volviera a hacerlo. Que se pusiera al mando. Nunca me había sentido tan segura ni tan libre como cuando tomaba el control. Sin embargo..., los nervios me hacían dudar de mí misma. ¿Qué había hecho yo para merecer eso, para que me quisiera tanto? No...

—Inténtalo —dijo él.

—Pues... —empecé, a sabiendas de que seguramente lo expresaría de una forma que no tendría sentido— siempre he tenido la sensación de que no encajaba en ningún sitio. De que tenía que esforzarme más para demostrar que merecía estar donde estaba. Pero tú... —Sacudí la cabeza—. Me da la sensación de que cruzarías el puente para llegar a mi lado. Que no necesito convencerte. Que...

—Que le den por culo a ese tío —me interrumpió Cameron, atrayendo mi mirada—. Y a todos los que te han hecho sentir que no vales lo que mereces.

Sentí algo en el pecho. Algo muy intenso. Muy cerca del corazón.

—No hace falta que...

De repente, me levantó en volandas y me colocó sobre uno de sus anchos hombros.

—Deja de darle vueltas a todo —dijo entrando en la casa—. Deja de dudar sobre lo que siento por ti. No llevo una hora aguantando canciones de campamento para que ahora te saques de la manga un motivo que justifique darme largas cuando por fin te tengo en casa. —Me colocó la otra mano en los muslos para pegarme a él, como si temiera que intentase saltar de sus brazos—. Esto —dijo, mientras entraba en el salón—. He tenido

374

que contenerme para no cogerte en brazos y sacarte de allí en volandas. Josie canta fatal.

Parpadeé mientras le miraba la espalda, el culo, esas piernas tan largas y... me eché a reír.

Él se detuvo de inmediato, aflojó el brazo con el que me sujetaba y me dejó de nuevo en el suelo, delante de él. Me apoyé en su pecho.

—Me tienta hacerlo de nuevo —dijo mientras sus ojos saltaban de mi boca a mis pupilas. Sentía los fuertes latidos de su corazón en las manos, más acelerados que antes—. Podría hacerlo todos los días. En cada puerta.

—Ya lo veremos. —Todavía seguía riéndome, pero al verlo apretar los dientes, me puse seria—. Vale, debería darte tu sorpresa que ya no es una sorpresa.

Abrió la boca, pero ya me había alejado de él y me había dado la vuelta. Entré en la habitación de invitados y saqué el regalo del armario donde lo había escondido.

Cuando me volví, Cameron estaba apoyado en el marco de la puerta de su dormitorio, justo enfrente del mío. Tragué saliva. Me acerqué a él con la bolsa rosa en las manos.

Se la ofrecí.

Cameron la abrió y sacó lo que había dentro. La bolsa cayó a nuestros pies. Sostenía la camiseta en el aire.

—«Este entrenador es el más mejor» —leyó en voz alta. Tragó saliva—. «Entrenador Camomila de las Green Warriors de Green Oak. Liga Infantil de las Seis Colinas, Carolina del Norte».

Se me aceleró el corazón.

—Es una tontería —dije, y noté que hablaba en voz baja y cautelosa—. La he encargado para que las niñas puedan firmarla mañana. —Se me escapó un suspiro tembloroso—. María me ayudó con la primera parte.

Cameron bajó los brazos. Me miró con una emoción que no reconocí. Una emoción que no se parecía a ninguna de las que esperaba que le provocase la camiseta.

—Era una especie de broma —dije—. Bueno… pensé que te haría gracia.

Apretó los dientes.

—Mañana no habrá prensa en el partido, ¿verdad?

Se me cayó el alma a los pies.

—Claro que no.

—No ha habido prensa en ningún partido.

Sentí un nudo en la garganta y tuve que tragar saliva.

—Nunca pondría en peligro tu anonimato ni tu intimidad. No después de lo que me contaste.

—Pero de eso te has enterado hace poco… —me recordó, dando un paso hacia mí—. Cambiaste de opinión antes de saberlo. ¿Por qué?

Sentí que me estremecía. Estaba temblando.

—Podía encargarme de que saliera bien de todas formas.

Otro paso.

—¿A costa de tu billete de vuelta a Miami?

Apreté los labios. Se me aceleró el corazón. Cerré los ojos.

Los dedos de Cameron me rozaron la mejilla.

—¿Sí o no, amor?

Le miré a los ojos, y gran parte de lo que encontré reflejaba mis sentimientos. Desesperación. Deseo. Iba cuesta abajo y sin frenos con él, en caída libre.

—Sí —contesté—. A costa de lo que sea. Te protegí y te protegeré cueste lo que cueste.

Me acarició la cara.

—Puedo ver tu interior, Adalyn. —Dejó que la camiseta cayera al suelo, a nuestros pies, y me puso la otra mano en la cara—. Joder, te veo desde el principio, amor. Pero ¿ver que por fin te sinceras conmigo así? Imposible no corresponderte.

Le agarré las muñecas.

—¿Y cómo lo harías?

—Mimando esa faceta que escondes —contestó contra mi boca—. Quiero mimarla mucho, porque me da la gana. Quiero enterrarte entre almohadones cuando tengas frío y llevarte en brazos a mi cama todas las noches. Besarte de repente cuando discutamos y recordarte que me vuelves loco.

Sentí una punzada desconocida en el pecho que me subió hasta los ojos provocándome un escozor repentino. Y quise estallar. Estallar de verdad. Estaba tan feliz, tan contenta, tan... pletórica de eso que no me veía capaz de decir en voz alta, ni siquiera de pensar, que quería estallar y que él lo viera.

Se me escapó una risa entrecortada, y ni siquiera me reconocí cuando dije:

—Creo que mi sorpresa ha sido un churro.

—Tu sorpresa me ha encantado —susurró con una voz tan tierna que parecía una caricia. Me atrajo hacia él y empezó a caminar hacia atrás, en dirección a su dormitorio—. Cuando pierda el control esta noche, le echaré la culpa a tu sorpresa.

Negué con la cabeza, y una lágrima solitaria se deslizó por mi mejilla sin que pudiera detenerla.

—¿Por qué?

—Porque ahora sé que eres feliz, feliz de verdad. ¿Y esta lágrima? —añadió, acercando la boca a mi piel para seguir su húmedo rastro con los labios—. Es la prueba de lo inmensa que es esta felicidad. —Me echó la cabeza hacia atrás para besar la ceja del ojo culpable. Su mirada bajó hasta mis labios—. Ahora puedo apoderarme de tu boca convencido de que sabes lo que siento. De que sabes que no necesitas ganarte nada. De que ya es tuyo.

En esa ocasión no esperó a que yo acortara la distancia que nos separaba para besarlo. Lo hizo él.

Se apoderó de mi boca y me separó los labios con tanto ímpetu que tuve que aferrarme a su cuello para no perder el equilibrio. Nuestras lenguas se rozaron y tiré de él hacia mí con fuerza, presa de un deseo palpitante en las entrañas, en los oídos, en las extremidades, en el pecho, en todas partes. Él soltó un gruñido y avanzó un paso más. Me deslizó las manos por el cuello, por los hombros, por la cintura, me rodeó las caderas y las detuvo al llegar al culo. Una vez allí, me levantó del suelo.

Como si lo hubiera hecho cientos de veces, le rodeé la cintura con las piernas. Le coloqué los brazos en los hombros y me impulsé hacia arriba, buscando el punto adecuado, hasta rozar el bulto de la bragueta de sus pantalones. Sentí la vibración de su pecho cuando gimió, y cuando se separó para respirar, vi que el verde de sus ojos brillaba como nunca. Volvió al ataque, sin perder ni un segundo, y me rozó el lateral del cuello con los dientes.

Eché la cabeza hacia atrás, gemí, y en ese momento caí sobre algo blando. Su cama.

Su olor me envolvió como una nube. La sensación me llenó tanto el pecho, me provocó tal felicidad que por poco echo a volar.

—Esa sonrisa —lo oí mascullar desde los pies de la cama. Lo miré con la sonrisa firme en los labios—. Ven aquí —dijo tirando de mi pie—. Necesito esa sonrisa contra mi boca.

Me agarró de los tobillos y dejé que me arrastrara hasta donde él estaba. Me puse de rodillas y le miré a los ojos, todavía sonriendo, todavía con la sensación de estar a punto de estallar. Me abalancé sobre él y fundí mi boca con la suya, obedeciéndolo.

Se le escapó un gemido y procedió a recorrerme la cara con los labios. Con besos tiernos pero decididos, de izquierda a derecha y de arriba abajo, provocándome un millar de escalofríos en los brazos.

—Nunca he deseado así a nadie —susurré contra su boca al tiempo que apoyaba la palma de las manos en sus hombros. Solté un suspiro y dejé que mis dedos descendieran por su torso hasta llegar al borde de uno de esos forros polares que a esas alturas tanto me gustaban. Aferré la prenda entre las manos—. Nunca me he sentido tan segura, tan querida, tan deseada, tan...

—Amada—. Te deseo muchísimo.

Sentí que todo su cuerpo se estremecía. ¿Conteniéndose? ¿Por el anhelo? ¿Por ese sentimiento que me daba tanto miedo expresar? No lo sabía. Y no creía que importara. No en ese instante, mientras sentía que sus manos rodeaban las mías y tiraban hacia arriba.

—Desnúdame —me dijo con voz ronca.

Le levanté el forro polar, y al ver que no podía pasárselo por los brazos, me soltó las manos para ayudarme. Ante mis ojos apareció un precioso *collage* de tinta y piel. Sentí un anhelo diferente. El anhelo de tocarlo, de memorizarlo, de dejar mi huella en él y de hacerlo mío.

—Demuéstramelo —me dijo, empujando su cuerpo contra mis manos—. Demuéstrame cuánto me deseas.

Con deliberada lentitud, apreté los labios contra su pecho, justo por encima de su corazón, tatuado con una rosa. Sentí que sus pectorales se flexionaban en respuesta. Tenía la piel muy suave por encima de esos músculos tan duros y marcados, y el corazón le latía muy fuerte, casi demasiado deprisa. Cuando rocé el tatuaje con los dientes, me colocó una mano en la nuca.

Me moví hacia arriba, dejando un reguero de besos húmedos hasta llegar al hueco de su garganta, y sentí que me enterraba los dedos en el pelo. Le mordisqueé la piel, en esa ocasión un poco más fuerte, y lo oí gemir. Era increíble que un hombre tan imponente se derrumbara de ese modo bajo mis caricias.

Cerré los ojos al pensarlo, y antes de que pudiera anticipar su siguiente movimiento, me descubrí tumbada en la cama con él encima.

Su olor me envolvió, llenándome de nuevo los pulmones, y haciéndome sentir más. Su peso era tan maravilloso que le eché los brazos al cuello y tiré de él para acercarlo más. Él se resistió y siguió apoyado en la mano que había colocado al lado de mi cabeza.

—Voy a derribar todos los muros que queden en pie —me dijo al oído mientras trepaba por mi costado con la otra mano,

379

arrastrando a su paso el jersey y la camisa que llevaba—. Y cuando esté dentro de ti... —añadió entre jadeos, al tiempo que me rozaba la parte inferior de un pecho con la yema del pulgar. Movió los dedos sobre mi sujetador, con brusquedad, con desesperación—. Voy a meterme tan adentro, tan profundo —siguió, bajándome el encaje del sujetador para liberar el pecho—, que no podrás distinguir dónde acabas tú y dónde empiezo yo.

—Sí —susurré—. Sí a todo. Sí. Cien veces.

Soltó una carcajada perversa en respuesta. Acto seguido, me levantó los brazos por encima de la cabeza y los inmovilizó contra el edredón. Bajó hasta mis pechos y se me cortó la respiración. Lo sentí murmurar contra mi piel y después me rozó un pezón con los dientes. Lo chupó. Lo mordió. Haciéndome arquear la espalda sobre la cama.

Siguió con el otro, y protesté porque me tenía atrapada y necesitaba tocarlo. Yo también quería saborearlo.

La ropa que aún llevaba, arrugada, desapareció de repente cuando me la quitó, junto con el sujetador, con un movimiento enérgico. Sentí la caricia del aire frío sobre la piel y cerré los párpados sin darme cuenta, abrumada por la sensación de estar desnuda bajo su mirada. Hacía mucho que nadie me veía así, pero lo que estaba pasando era más que desnudar la piel.

Dejó escapar un gruñido. Seguido de una palabrota.

Abrí los ojos, me di cuenta de que los había cerrado, y descubrí a Cameron a horcajadas sobre mis caderas, con toda su envergadura agitada por la respiración y un montón de tatuajes que se movían cada vez que flexionaba los músculos.

—Podría pasarme toda la noche mirándote —dijo al tiempo que me agarraba de los costados con fuerza—. Me vuelves loco. —Arrastró los dedos hacia abajo, hasta llegar a la cinturilla de mis vaqueros—. En el mejor de los sentidos. —Me desabrochó el botón—. Levántate.

Lo hice, sin dudarlo. Y no perdió ni un segundo en bajarme

los vaqueros por las piernas y en quitármelos para tirarlos al suelo.

Volvió a inclinarse, despacio, y me dio un beso húmedo justo donde me latía el pulso en el cuello.

—Cameron —le dije en tono de súplica. Mis manos volaron hasta la cinturilla de sus pantalones y enganché los dedos en las trabillas del cinturón mientras él descendía dejando un rastro de besos por mis pechos hasta llegar al ombligo. Y después a las caderas. Tuve que soltar las trabillas—. Te necesito dentro de mí. Ya.

Soltó una carcajada erótica.

—Pero si ni siquiera sé a qué sabes todavía.

Y así, sin más, me separó las piernas, primero con las manos, luego con los hombros y, por último, colocó la cabeza entre mis muslos. A esas alturas yo estaba jadeando y me costaba respirar. El deseo y la impaciencia eran tan intensos que juraría que los sentía arremolinarse en mis venas con cada latido del corazón.

Cameron colocó los labios sobre ese punto erógeno oculto bajo la ropa interior. De repente, me invadió la urgencia, se apoderó de mi cuerpo y empecé a maldecir entre dientes.

Siguió acariciándome arriba y abajo, y sentí sus labios a través de la tela, esa barba recortada que tanto me gustaba, despertando un sinfín de terminaciones nerviosas. Todo era demasiado: demasiado rápido, demasiado intenso, pero de repente me retiró las bragas con los dientes y repitió el movimiento anterior. Me chupó, me penetró con la lengua y entonces sí que vi estrellitas detrás de los párpados cerrados. Las sentí bajo la piel.

Gimió sobre mi clítoris, y el pulgar con el que hasta ese momento me acariciaba los pezones se unió a su boca para trazar círculos sobre ese punto palpitante que exigía atención. La cabeza me daba vueltas. Se me aceleró el pulso. Todo mi cuerpo se estremeció.

Sin detener los maravillosos movimientos de la mano, Cameron subió por mi cuerpo para capturar mis labios de nuevo y tragarse todos mis gemidos.

—Abre los ojos —me ordenó. Y lo hice—. Mírame —dijo, como si pudiera mirar a otro sitio que no fuera su cara transformada por el deseo y la ferocidad.

Sin dejar de mirarme, se puso de rodillas y se desabrochó los pantalones, haciendo que desviara los ojos hacia abajo justo a tiempo para ver cómo se la sacaba. Se la agarró con una mano y se acarició con brusquedad.

—Joder —dijo antes de soltarla para coger mis bragas con fuerza y arrancármelas. Las lanzó a un lado y siguió acariciándome los pliegues y el clítoris.

Gemí más fuerte, aunque creía que era imposible, y cuando vi que apartaba la mano de mi sexo para agarrársela otra vez y acariciarse, creí que me corría. Solo me hizo falta verlo cubrirse con mi humedad. Bajé la mano y me toqué, despojada de todo control.

—Es mío —me advirtió, aferrándome la mano y colocándose encima de mí. Sentí su dura y húmeda erección justo sobre el clítoris—. Condón —dijo entre jadeos—. Necesito...

—Píldora —susurré—. Tomo la píldora. Te deseo. Solo a ti. Estoy limpia. ¿Tú estás...?

—Sí. —Me rodeó las muñecas con los dedos y volvió a ponérmelas por encima de la cabeza. Se colocó en posición, encajando las caderas con las mías y separándome los muslos—. Ahora —dijo al tiempo que me rozaba con la punta—. Ahora, muévete conmigo. —Empujó y arqueé la espalda al tiempo que soltaba un fuerte gemido al sentirle. Volvió a embestirme. Esa vez con más fuerza. Y una tercera—. Córrete para mí.

Y lo hice en cuanto me lo ordenó. Sentí un millón de estrellas detrás de mis párpados, el placer me invadió y me catapultó a la oscuridad durante un momento de éxtasis. Joder. Por Dios. Nunca había llegado tan rápido.

—Estás preciosa cuando te corres —me susurró al oído, moviéndose sin parar para prolongar mi orgasmo hasta dejarme convertida en un amasijo sin fuerzas—. Eres puro fuego.

Abrí la boca, pero no me salieron las palabras; estaba demasiado perdida en las sensaciones, demasiado aturdida por sus movimientos, por la plenitud de su invasión.

Sentí un áspero beso en los labios justo antes de que me diera la vuelta y tumbara boca abajo.

Me colocó las manos a los lados, y cuando me levantó lo sentí caliente, duro y húmedo a la espalda. Esas manos ásperas me recorrieron los costados, el abdomen y los muslos antes de subir hasta los pechos. Me pellizcó un pezón, reavivando el deseo. Noté que movía los muslos y sentí el roce de su erección. Estaba a punto de penetrarme desde atrás, y la urgencia me hizo volver la cabeza y pegarme a él.

—Dímelo —ordenó, y me rozó el cuello con los dientes—. Dime que me deseas así. —Movió las caderas, restregándose contra mi clítoris—. Dime que eres mía si quieres que lo haga.

—Cameron —dije con un gemido, y él me recompensó con un beso en el hombro—. Solo te he deseado a ti —solté casi sin aire. Fue un susurro áspero y cargado de deseo, pero era verdad—. Te deseo de todas las formas posibles.

Se movió y metió solo la punta.

—Entonces pídeme que te folle.

—Fóllame —susurré—. Por favor.

Con un solo movimiento entró hasta el fondo. La postura, su tamaño y el encaje de nuestros cuerpos nos hicieron gemir a la vez.

—Joder, amor —masculló, hundiéndose en mí—. Eres perfecta y suave. —Me rodeó la cintura con los brazos y sus embestidas perdieron el ritmo por la velocidad—. Estoy dentro de ti. —Movió una mano hacia el lugar donde nuestros cuerpos estaban unidos y presionó con la palma—. Quizá alguna vez nos enfademos. Puede que discutamos. Pero siempre follaremos así. —Trazó un círculo con los dedos sobre mi clítoris—. Siempre te follaré así, pase lo que pase. Esto es lo que somos.

—Sí —gemí, y me dejé llevar de nuevo por el tsunami de sensaciones que se abalanzaba sobre mí—. Esto es lo que somos. Solo contigo. Tú y yo. —Gimió detrás de mí justo cuando cambiaba el ángulo para rozarme en un sitio diferente. Más estrellas. Más oleadas de sensaciones intensas y descarnadas. Era demasiado y a la vez insuficiente—. Haz que me corra. Córrete dentro de mí.

Su mano libre me agarró del mentón con suavidad y firmeza al mismo tiempo mientras aceleraba las embestidas.

—Te lo prometí, ¿verdad? —Me movió la cabeza, obligándome a mirarlo a los ojos—. Mírame, mira lo que me haces. —Perdió el ritmo—. Córrete conmigo, amor. —Se le quebró la voz—. Déjame ver tu fuego.

El orgasmo me asaltó de repente, apoderándose de mí y haciendo que todo mi cuerpo se estremeciera mientras gritaba su nombre.

Como si estuviera sincronizado, ese cuerpo grande y musculoso se estremeció detrás de mí y empezó a temblar en las garras del orgasmo. Lo oí gruñir mi nombre también mientras me abrazaba como nadie lo había hecho en la vida.

Cabalgamos la ola durante un rato, Cameron siguió moviéndose una y otra vez al tiempo que me acariciaba el clítoris, y todavía lo sentía duro en mi interior. Me besó la mandíbula y eché la cabeza hacia atrás para apoyarla en su torso.

No sé cuánto tiempo nos quedamos así, en esa postura, pero en un momento dado salió de mí y me estrechó entre sus brazos. Me devolvió al mundo de los vivos con un beso y me dijo que fuera al baño porque se había corrido dentro de mí y era importante que hiciera pis. Después nos metimos en la ducha, donde ya había abierto el grifo, y me acercó a su pecho. Dejamos que el chorro de agua caliente cayera sobre nosotros, volviendo nuestra piel escurridiza bajo los dedos del otro.

—Adalyn, amor —me susurró al oído, mientras me acariciaba la espalda de arriba abajo—. Esto ya no es un juego. —Sentí que se me hinchaba el corazón al oír sus palabras. Por la posibilidad que transmitían. Por la verdad que yo escondía—. Dime que lo entiendes.

Separé la cabeza de su pecho y le miré a los ojos. Claro que lo entendía. Tanto que comprendí que mi destino siempre había estado sellado. Desde que puse un pie en Green Oak, no tuve escapatoria. Pero a esas alturas también estaba arriesgando el corazón. Lo que estaba en juego era más importante que la redención. Más importante que arreglar un desastre mediático o recuperar la confianza de alguien.

Pero era Cameron. Y nunca había confiado en nadie como en él. Lo tenía clarísimo. Así que lo besé en el centro del pecho, y cuando dije «Lo sé», iba en serio.

33

Adalyn

Me desperté porque noté un golpecito en la cara y el característico zumbido de un móvil.

Abrí los ojos y me topé con una mirada que no esperaba.

—¿Willow? —murmuré.

La gata me dio otro toquecito con la pata mientras se colocaba en la almohada, apoyada en mi mejilla.

Miré detrás de ella y comprobé que el lado de la cama donde había dormido Cameron estaba vacío.

Después de la que había sido la mejor noche de sueño desde hacía semanas (meses, quizá incluso años), no me había dado cuenta de que se había levantado. Me sentía renovada y exhausta en el mejor de los sentidos. Sí. El sexo de la noche anterior había sido el mejor de mi vida, el mejor de los orgasmos múltiples y estremecedores.

¿Y Cameron? Le encantaba abrazarme. Mimarme. Y aunque nunca había sido dada a los abrazos, había descubierto que con él eran el preludio del mejor sexo a mitad de la noche. Lento, sensual y...

El teléfono que había ignorado volvió a sonar, así que me volví en dirección al zumbido.

Me incorporé y apoyé la espalda contra el cabecero al que Cameron se había agarrado durante algunos de esos momentos nocturnos...

Willow maulló para avisarme.

—Sí, sí. Lo sé —dije, dejándola sobre mi regazo mientras cogía el móvil—. Estoy obsesionada con tu padre.

—¿Que estás qué? —preguntó una voz masculina a través del teléfono.

Levanté la mirada y me encontré con la cara de Matthew en la pantalla. ¡Ostras! Había aceptado la videollamada sin darme cuenta.

—Que estoy… —Empecé, pero me fijé en las bolsas oscuras que tenía bajo los ojos. En su pelo alborotado en todas direcciones—. ¿Qué te pasa?

—¿Eso es un gato? —preguntó él, pasando de mi pregunta. Willow maulló y levantó la cabeza para mirar la pantalla—. ¿Qué haces con un gato?

—Matthew —dije seria—. ¿Qué pasa? Es muy temprano para que me llames. —Me atravesó una punzada de culpabilidad. Había estado tan absorta en mi vida que hacía mucho que no lo llamaba—. ¿Qué pasa?

Apretó los dientes y no necesitó pronunciar ni una sola palabra para darme cuenta de que pasaba algo. Seguramente varias cosas.

—Matthew…

—Hostia —gimió de repente. Cerró los ojos de forma exagerada—. ¿Estás desnuda debajo de ese gato? Espera. No me lo digas.

—Hay un edredón entre la gata y yo.

Se oyó una voz femenina de fondo.

Matthew suspiró antes de volver la cabeza y gritar:

—¡MAMÁ! TE HE DICHO QUE IBA A LLAMAR POR TELÉFONO.

Parpadeé por la sorpresa.

—¿Has vuelto a casa? ¿A Massachusetts?

—¿Es Adalyn? —oí que alguien preguntaba por detrás—. Dile que venga a verte. Bien sabe Dios que necesitas…

387

—YA ESTÁ BIEN, MAMÁ. —Y añadió, mirándome—: Es una larga historia. —Sacudió la cabeza—. En fin. Supongo que eso explica por qué estás... —Se interrumpió y puso cara de estar triste—. Así.

—Así ¿cómo? —dije con un resoplido.

—Preciosa —respondió Cameron—. Impresionante, la verdad.

Volví la cabeza hacia esa voz grave, sensual y con acento británico que la noche anterior me había susurrado todo tipo de cosas al oído. Iba sin camiseta, y estaba tan guapo y atractivo allí plantado en el vano de la puerta que solo atiné a mirarlo boquiabierta.

—Y bien follada —añadió, dejándome muerta.

Oí que Matthew hacía un ruido raro desde el teléfono.

Cameron pasó de todo. Cruzó la distancia que nos separaba con unas zancadas largas y decididas, y esos ojos verdes clavados en los míos. Al llegar junto a la cama se inclinó hacia delante.

—Estás desnuda, en mi cama, con mi gata en el regazo, hablando con otro hombre. ¿Debería preocuparme, amor?

—Cameron —murmuré como una idiota, en vez de decir un simple «no». O un «No seas ridículo, ¿no es evidente que estoy loca por ti?». O un «Sí, preocúpate, porque como sigas diciendo esas cosas, voy a acabar completamente enamorada de ti». Pero no me funcionaba el cerebro.

—¿CAMERON? —masculló mi mejor amigo desde el teléfono—. ¿Cameron Caldani..., CAMERON CALDANI en carne y hueso? —Hubo una pausa provocada por el pánico—. ¿Esa gata es de Cameron Caldani? Estás en la CAMA de Cameron Caldani. —Y alzó la voz para añadir—: ¿Cameron Caldani es quien te ha dejado bien foll...?

—Matthew —lo interrumpí—, ¿puedes parar de decir su nombre así, por favor? Y si no te importa, deja de enfatizarlo todo.

Cameron me puso una taza en las manos y me besó. Con fuerza. Fue un beso breve pero intenso, lo bastante para que me separara los labios.

Matthew ahogó un grito.

Y yo... me quedé encandilada por el beso. Distraída. Quería más besos así. Quería volver a escuchar cómo gemía, quería...

—Estás con Cameron Caldani —murmuró mi mejor amigo, como si acabara de asimilarlo—. Tengo preguntas. La primera: ¿dónde está mi camiseta? La segunda: ¿vais en serio? ¿Cómo ha ocurrido? ¿Seremos cuñados?

Cameron se sentó en el borde de la cama, me pasó un brazo por los hombros y murmuró:

—Esto será divertido.

Suspiré.

—Cameron, este es mi mejor amigo, Matthew Flanagan. Y, Matty, este es...

—Cameron Caldani —terminó por mí, con la mirada desorbitada. Al menos ya no chillaba—. Soy un gran admirador, señor Caldani. He seguido su carrera durante años. Yo... —Se detuvo—. Un momento, antes de seguir, creo que, como mejor amigo de Adalyn, debería hacerle una advertencia.

—Matthew, no —susurré en voz alta—. Y deja de llamarle «señor» y de hablarle de usted. Es muy raro.

Cameron tiró de mí con el brazo que me había echado sobre los hombros para acercarme, y cuando estuve acurrucada contra su costado, metió la mano por debajo del edredón y me la colocó sobre el muslo desnudo.

—Déjale hablar, mujer. —Me dio un apretón en la pierna y se me aceleró la sangre, que se agolpó en ese punto exacto—. Tampoco es que me vaya a asustar.

Mi mejor amigo parecía tan asombrado que dudé de que en ese momento fuera capaz de asustar a una mosca, pero carraspeó.

—El último novio de Adalyn era un gilipollas integral.

—De momento vamos bien —murmuró Cameron, y su mano se movió hacia mi abdomen, acercándome más a él.

Matthew siguió:

—Desde que lo conocí, supe que acabaría deseando partirle la cara. —Me puse tensa. Matthew no sabía lo que le había contado a Cameron—. Esperé a que me diera una razón, una razón de peso que pudiera usar si necesitaba defenderme en un tribunal, pero no lo conseguí. —Se produjo un breve silencio—. En realidad, no te conozco, Cameron. Pero me caes bien. Muy bien. Si supieras cuánto me gustas, quizá incluso te parecería un poco raro, pero...

—Joder, Matthew —siseé—. Ve directo a la advertencia porque tenemos que irnos a un partido.

Matthew puso los ojos en blanco y su expresión se tornó seria.

—Pero por mucho que me gustes como futbolista, te partiré la cara si le haces daño. —Suspiré, no porque dudara de él, sino por todo lo contrario. Y temí que eso ahuyentara a Cameron—. Me encantaría que siguieras con ella, que le dieras una familia de gatos monísimos, de bebés o de lo que sea que nos convierta en buenos amigos para toda la vida, pero no le rompas el corazón. Porque como lo hagas, te juro que...

—No lo haré —interrumpió Cameron. Con firmeza. Sin titubear—. Es ella quien tiene el poder y la capacidad de decidir hacer o no todas esas cosas. No yo. Solo estoy esperando a que ella me deje hacerlo.

Me dio un vuelco el corazón. Era incluso posible que se me hubiera salido el alma del cuerpo.

Iba a desmayarme. O a vomitar. En serio.

¿Qué estaba pasando? ¿Por qué hablaban sobre familias de gatos y bebés, y por qué Cameron lo hacía como si...? ¿Como si yo solo tuviera que firmar en la línea de puntos para conseguirlo? Ni siquiera habíamos hablado de lo que significaba eso. Del futuro. Iba a irme de Green Oak. Poco después de que se celebrara ese último partido, supuestamente. Y él... Acababa de comprar el refugio.

«Solo estoy esperando a que ella me deje hacerlo».

El corazón me hacía piruetas. Necesitábamos hablar. No de gatos ni de bebés, porque era ridículo, sino de lo que vendría después de aquello. Después del presente.

—Muy bien —dijo Matthew, dando una palmada y devolviéndome a la realidad—. Ahora que ya nos hemos quitado eso de encima, ¿puedo hacerle unas preguntas, señor Caldani?

El hombre que estaba a mi lado se estremeció. Sin embargo, dijo:

—Claro.

—No —dije con firmeza, recuperando por fin el sentido común—. Nada de preguntas. Nada de interrogatorios periodísticos. Ni hablar.

Mi mejor amigo se quedó un momento con la boca abierta y el ceño fruncido.

—Pero...

—He dicho que no —repetí, consciente de las emociones que transmitía mi voz—. Cameron ha aceptado porque eres mi amigo. Pero su vida personal no es asunto tuyo ni de nadie. Hablará cuando quiera, y si no lo hace nunca, no pasa nada.

Matthew se recuperó con rapidez, como siempre. Dios, me sentía como una imbécil, pero ya le había hecho daño a Cameron amenazándolo con desenmascararlo. Y aunque parecía haber pasado una eternidad desde entonces, temblaba por la culpa al pensar en volver a ponerlo en esa tesitura.

—Lo siento —se disculpó Matthew, y supe que iba en serio. Sus ojos se volvieron a Cameron—. Creo que podría quedarse contigo, tío. Adalyn nunca se pone en plan rottweiler conmigo. Salvo aquella vez, el día de San Patricio, que la arrastré a...

—Matthew, por favor —gemí—. Me prometiste no volver a hablar de eso.

—Vale —claudicó mi mejor amigo—. Ahora sí que tengo que irme. —Se puso muy serio de repente—. ¿Addy? —dijo, y me di cuenta de que el diminutivo ya no me molestaba—. Tienes que ver algo. Por eso te llamaba. Te lo mando por correo electrónico. —Miró de nuevo al hombre que estaba a mi lado—. Cuídala, ¿vale? Ella... Es capaz de superarlo todo, pero a veces es mejor no tener que hacerlo solo.

Detrás de la silla de Matthew se oyó algo, pero antes de que pudiera distinguirlo o asimilar sus palabras, cortó la videollamada.

Cameron me quitó la taza de la mano.

—Oye, que no me he terminado el... —protesté.

Sin embargo, se apoderó de mi boca, me puso las manos en la cintura, y de repente me encontré de espaldas sobre el colchón. Acto seguido, se colocó encima de mí y tuve la sensación de que todo estaba bien. Me sentí segura, excitada y muy a gusto, de manera que dejé de pensar.

Willow maulló a lo lejos, como si hubiera salido corriendo del dormitorio, y Cameron volvió a morderme el labio, reclamando de nuevo toda mi atención.

—Eres preciosa y feroz —dijo contra mis labios. Sus caderas se acomodaron entre las mías—. Me has protegido. —Me recorrió el cuello con la boca—. Y me la has puesto dura como una piedra.

Levanté las manos hacia su cabeza y le enterré los dedos en el pelo, resistiendo a duras penas la sensación de su boca mientras seguía descendiendo.

—Creía que tú... —Me dio un mordisquito en un pezón y arqueé la espalda—. Creo que... —Me dejó un rastro húmedo con la lengua hasta el abdomen—. Creo... —Me besó en una cadera—. Creo que...

Levantó la cabeza, y su mirada se encontró con la mía.

—¿Qué crees que debemos hacer, amor?

Mi pecho subía y bajaba, estaba tan abrumada por el deseo que no podía ni pensar.

—Hablar. Creo que deberíamos hablar.

Esperé a ver cómo reaccionaba, casi temerosa de que le restara importancia o se marchara.

Sin embargo, le temblaron los labios y me dirigió una sonrisa cegadora.

—Pues hablemos. —Volvió a besarme en el vientre y después fue subiendo hasta detenerse en el mentón. Se me cerraron los ojos, y cuando volví a abrirlos estaba de pie a un lado de la cama, mirándome mientras yo yacía despatarrada sobre el edredón. Sin moverme—. Tenemos unas horas hasta el partido. Te he dejado el desayuno en la cocina. También hay café recién hecho. Me voy a la ducha para ocuparme de esto. —Se la agarró por encima de los pantalones con los que dormía. Tragué saliva—. Es una invitación para que te unas. De todas formas, hablamos antes de ir al partido.

Sin salir de mi asombro, lo vi sacarse algo del bolsillo de los pantalones. Luego se inclinó hacia delante y me lo pasó por la cabeza. Miré hacia abajo y descubrí su sello, colgando de una cadena en mi cuello.

—Para que te dé buena suerte —dijo—. Para que no olvides lo supersticioso que soy. —Y tras decir eso, se dio la vuelta y me dejó donde estaba.

Madre mía. ¿Esa era mi vida? ¿Los hombres guapos y apasionados me invitaban a echar un polvo en la ducha y me ponían en el cuello las joyas heredadas de su familia?

«Es una invitación para que te unas».

Me levanté de un salto y mi pies aterrizaron en el suelo con tanta fuerza que seguramente dejé una marca. Íbamos a hablar de todas formas. Me lo había dicho. Así que antes podríamos tener unos cuantos orgasmos, ¿no? Me había dado la oportunidad de elegir. Como siempre. Sabía que estaba distraída pensando en algo y me había dejado escoger. Se había asegurado de que, en cualquier caso, supiera que él me estaría esperando.

Tocándose.

Eché a andar hacia el cuarto de baño, pero volvió a sonarme el móvil.

Casi por instinto, eché un vistazo a la notificación. El correo de Matthew.

Su actitud y lo que había dicho me habían dejado intranquila. Le pasaba algo, y la respuesta quizá estuviera en ese mensaje.

Cogí el teléfono. Lo desbloqueé. Abrí la bandeja de entrada y pulsé sobre el correo.

34

Adalyn

La voz de Cameron me devolvió a la realidad.

—¿Adalyn?

Parpadeé, y vi que la pantalla del móvil ya se había apagado.

¿Cuánto tiempo llevaba con la mirada perdida?

Tenía una especie de vacío en la mente. No recordaba haberme puesto una de las camisetas de Cameron ni ir a la cocina. Solo abrir el correo electrónico de Matthew y la necesidad de moverme. La sensación de frío. La necesidad de un vaso de agua. La necesidad de respirar.

—¿Adalyn? —Escuché de nuevo la voz de Cameron, en esa ocasión con un deje aterrado. Oí sus pasos y luego me tomó la cara entre las manos—. Tienes que respirar, amor.

¿No estaba respirando?

El aire se me atascó en la garganta y me hizo jadear, ofreciéndome así la respuesta.

Cameron tenía el ceño fruncido y una expresión preocupada en la cara. Llevaba razón. Llevaba razón desde el principio. Aquello tenía que ser un ataque de pánico. Y era algo que no podía pasar por alto. Debería tratar el problema con un especialista. Seguramente tenía desencadenantes que era mejor conocer. Yo...

—Tengo que irme —dije con la voz rota—. Es mi padre. Un correo de Matthew. Debo volver a Miami.

Cambió las manos de posición y me echó la cabeza hacia atrás. Me miró a los ojos.

—Respira.

Tenía razón, eso era lo que necesitaba.

—Así —dijo mientras me limitaba a inhalar y exhalar grandes bocanadas de aire—. Muy bien, cariño.

El ruido de mi cabeza empezó a desvanecerse. Los latidos de mi corazón se ralentizaron poco a poco. Pero después me asaltaron nuevas emociones. La culpa. La pena. La conmoción. Cameron debió de asustarse mucho al encontrarme así. Preocuparse, sorprenderse por... mí. Negué con la cabeza.

—Mi padre va a vender el club. —Las palabras brotaron a borbotones de mis labios. La presión que sentía en el pecho aumentó. Me concentré en la cara de Cameron. Para que el verde de sus ojos me tranquilizara—. Va a vendérselo a David, según lo que le ha dicho a Matthew uno de los periodistas de su cadena. Y seguro que es por mi culpa. Seguro que mi padre no tiene alternativa después de mi metedura de pata. David lo estará chantajeando, y me está usando otra vez como garantía. Debe de estar aprovechándose de la situación en la que he puesto al club con el vídeo. De lo contrario, mi padre nunca lo haría. Él... —A Cameron le cambió la cara—. Mi padre nunca vendería.

—Nada de esto es culpa tuya —replicó con seguridad. Con determinación. Con esa necesidad de arreglar las cosas, de quitarme esa losa de encima—. ¿Me entiendes? Nada. No eres responsable de esto.

Sus palabras me aliviaron, pero... ¿Por qué no estaba sorprendido? ¿Qué había sido esa emoción que había visto cruzar por su cara?

—Adalyn... —dijo. Despacio, con tiento—, ayer...

En ese momento lo entendí.

—Lo sabías.

Se hizo el silencio. Un silencio que no quería entender.

Me eché hacia atrás. Le miré a la cara. A esa preciosa cara que quería con locura. Sí, me encantaban muchas cosas de Cameron. Pero... Me obligué a hablar pese al enorme nudo que tenía en la garganta. Aunque solo fuera para repetir esas dos palabras.

—Lo sabías.

La expresión de Cameron cambió, pero supe que no iba a negarlo. Tampoco iba a restarle importancia. No era de esos.

—No estaba seguro.

Tuve la sensación de que me iban a fallar las piernas.

Abrí y cerré la boca sin pronunciar palabra, hasta que conseguí que me saliera la voz:

—¿Cuánto hace que lo sabes?

—Un día —contestó—. Pero no lo sabía. No con seguridad. —Apartó las manos a regañadientes, como si supiera que necesitaba espacio pero no tuviera claro si debía soltarme—. Liam, mi antiguo representante. Le han llegado rumores y me lo mencionó porque los Miami Flames se interesaron por mí.

Los Miami Flames. ¿Se habían interesado por Cameron? ¿Qué más se me había escapado? Evidentemente, demasiado.

—No lo sabía —murmuré—, pero debería haberlo sabido. Todo.

—No creo que tu padre quisiera que estuvieras al tanto —repuso Cameron de forma tan sencilla y clara que una parte de mí deseó enfadarse. Pero no lo estaba. Me sentía confundida. Y dolida. Extendió un brazo, pero se detuvo. Acabó apretando el puño a un costado—. No fue una oferta como tal; de haberlo sido, habrías sido la primera en saberlo, aunque solo me lo hubiera pensado. Pero no es eso lo que te tiene tan alterada. —Se detuvo y yo... Joder, ¿por qué me sentía tan... perdida en ese momento? ¿Por qué tenía la sensación de que todos me ocultaban cosas de mi propia vida?—. Iba a contarte lo de los rumores, amor. Pero no voy a mentirte, quería esperar hasta después.

Y eso era lo que no podía entender.

Debería estar haciendo las maletas en ese instante, debería reservar un vuelo de vuelta a Miami para arreglar eso. Para detenerlo. Para decirle a mi padre que no dejara que David lo manipulase, que sabía lo del soborno. Que no vendiera. En cambio, estaba allí, intentando averiguar por qué me sentía tan... destrozada. Tan traicionada.

Como necesitaba pensar, poner en orden mis pensamientos y el caos de mi cabeza, me aparté. Puse distancia entre nosotros y me detuve junto a la encimera, en el otro extremo de la cocina.

Cameron dejó escapar un gemido gutural.

Hice caso omiso al malestar que eso me provocó, a lo mucho que detestaba ser la causante de esa muestra de angustia, pero cuando me tocaba era incapaz de pensar. Solo lo sentía a él.

—Sabías lo que estaba haciendo David —le dije mientras intentaba comprender—. También sabes lo importante que es para mí el club. —Negué con la cabeza—. Y dejaste que me quedara en este... mundo de fantasía. Jugando. —Traté de ignorar el dolor que me atenazaba el pecho al oír mis propias palabras—. Vete a saber lo que David ha tenido que hacer para que mi padre considere la venta. Es todo culpa mía.

Cameron dio un paso hacia mí. Abrió la boca.

Levanté una mano.

—No intentes excusarme. Ahora no, por favor. —Me llevé las manos a las sienes. Cerré los ojos un segundo. Dios. ¿Qué estaba haciendo?—. Debería estar haciendo el equipaje, no jugando a las casitas contigo.

Cameron apretó la mandíbula con tanta fuerza que apenas le veía los labios.

—Nunca ha sido un juego. —Avanzó un paso. Yo retrocedí otro, golpeándome la base de la espalda con la encimera que tenía detrás—. Joder, Adalyn, no estaba jugando. Y me dijiste que lo entendías. Anoche.

—Pero me ocultaste cosas —le recordé con una voz baja y ronca que no me gustó. Cameron abrió la boca, pero no pronunció una sola palabra—. Como ellos. Aunque solo haya sido por un día. —Negué con la cabeza—. ¿Sabes? Lo único que he querido siempre es que me... tengan en cuenta. Dejar huella. Ganarme su aprobación y demostrar a todo el mundo que podía ser como mi padre. —Esas palabras resonaron en mis oídos, como si las hubiera pronunciado por primera vez y las estuviera oyendo—. Y ahora es posible que llegue demasiado tarde y que no pueda hacer nada para remediarlo. —Se me quebró la voz y tuve que carraspear antes de seguir—: Me gustaría que tuvieras razón. Me gustaría que todo esto no fuera un juego, pero la vida lo es. Y por mucho que lo intento, me da la impresión de que siempre pierdo. Siempre. —Cerré los ojos porque la cabeza me daba vueltas. Mis pensamientos no dejaban de mezclarse y de chocar unos con otros—. De todas formas, mi presencia aquí siempre ha sido temporal.

—No —dijo Cameron.

Tenía un nudo en la garganta, y sentí que un punto entre el pecho y el estómago se rasgaba, que se debilitaba.

—Tengo que irme. Ya debería estar en un avión. Tengo que arreglar esto antes de que sea demasiado tarde.

Cameron dio un paso hacia mí con tanta cautela y lentitud que ni siquiera me quedó claro que se hubiera movido.

—Adalyn...

—No. —Hice un gesto seco con la cabeza. No quería oírle poner excusas en mi nombre. Ni que se pusiera de mi parte. No quería que volviera a decir que eso no era un juego—. Deberías habérmelo contado en cuanto te enterastre. Aunque fueran rumores.

—Quizá debería haberlo hecho. —Se le tensó la cara, como si quisiera encerrarse en sí mismo, pero no pudiera. Todas y cada una de las emociones empezaron a aflorar. Resopló por la nariz—. Pero no lo hice, así que no. —Parpadeé, sorprendida por la tajante admisión—. No —repitió con firmeza—. Hice lo que hice, y por mucho que me repatee que te hayas enterado de esta manera, no me arrepiento de haber tomado la decisión de no contártelo hasta estar seguro de lo que pasaba. ¿Sabes por qué? Porque me niego a permitir que te sigan arrebatando lo que es tuyo, joder.

Sentí cómo la presión de mi pecho se extendía y crecía, volviéndome tan vulnerable que me aterraba seguir escuchándolo.

Su pose apenas contenida desapareció.

—Cuando dije que te había calado, hablaba en serio. —Bajó el brazo—. Te entiendo, joder, y veo lo que te ha hecho tu padre. Y también lo que te ha hecho David. —El verde de sus ojos echaba chispas de frustración, y tenía la boca tensa de contener las palabras—. Que sepamos, es posible que ese puto sinvergüenza haya hecho correr el rumor para hacerte daño. Necesitaba asegurarme de que no era así.

Abrí los ojos como platos por la posibilidad de que David estuviera detrás de aquello. Detrás de la información que contenía el correo de Matthew.

Cameron siguió con voz más calmada:

—Soy egoísta, Adalyn. Y quería que vivieras esto. No quería que él, que los dos, te jodieran el día. Esto para lo que has trabajado tanto, hostia. La liga infantil me importa una mierda, pero quería ganarla por ti. Quería que fueras al partido y te volvieras loca de felicidad. Sin una sola preocupación. Que sonrieras y rieras como haces tan pocas veces. Que te lo pasaras bien conmigo y con las niñas, y que recibieras la alegría que te mereces. El puto amor que no necesitas ganarte. Eso es lo que mi egoísmo me obliga a hacer.

Empecé a experimentar una sensación rara en la punta de los dedos. Una especie de entumecimiento. Y un cosquilleo. Todo a la vez.

—No me digas que sonría más. O que me preocupe menos. —Junté las manos, por miedo a que empezaran a temblarme. Y esa sensación rara me corrió por los brazos—. Soy quien soy.

—Lo sé, amor. —Le tembló la voz—. No quiero cambiarte.

No cambiaría absolutamente nada de ti, aunque a veces me vuelvas loco. —Sacudió la cabeza un segundo, como si estuviera perdido—. Eres como eres. Y me encanta. Y, joder, sigue sonriendo poco, si quieres, pero cuando lo hagas, quiero poder verlo.

«Eres como eres».

«Y me encanta».

«Sigue sonriendo poco, si quieres, pero cuando lo hagas, quiero poder verlo».

«Quiero poder verlo».

Me dio un vuelco al corazón y ese ridículo agujero que se me había abierto en mitad del pecho cobró vida y empezó a vibrar por el anhelo, exigiendo que lo llenaran.

Apenas me salieron las palabras cuando repliqué:

—Eso es irrelevante.

Me arrepentí de esas palabras. Casi de inmediato. No era irrelevante. Lo que él había dicho… lo era todo. Absolutamente todo.

La mirada de Cameron no vaciló.

—Muy bien. —Avanzó un paso—. Seré tu saco de boxeo. —Otro paso—. Seré lo que necesites que sea. Me subiré a un avión y te cogeré de la mano. Te ayudaré a destrozar algo. Joder, me quedaré allí plantado mirando. —Extendió los brazos hacia mí, y todo mi cuerpo reaccionó. A su cercanía. A sus palabras—. Lo que necesites. ¿Quieres irte ya? Pues nos vamos.

«Eres como eres».

«Y me encanta».

—No necesito que me protejas —le dije, y deseé creer lo que decía. Deseé librarme de la sensación de que solo quería abalanzarme a sus brazos. Porque eso me convertía en la mujer que aquel día había perdido el control de su vida. La mujer incapaz de controlar sus emociones—. Por esto. Por esto no me lo contaste. No confías en que pueda hacerme cargo sola. Y puede que me lo merezca, después de lo sucedido con Sparkles y de las veces que me has visto perder el control, pero llevo toda la vida haciéndome cargo de las cosas, Cameron. Y me ha ido bien.

—¿Crees que no lo sé? —Resopló, y en ese momento supe que se estaba hundiendo. Se estaba desmoronando—. Sé que no me necesitas, ni a mí ni a nadie. Sé que estás bien sola. Joder, Adalyn, justo eso es lo que me impulsa a vigilarte como un puñetero perro guardián.

En ese momento me agarró la cara entre las manos y, Dios, fue maravilloso. Su contacto era reconfortante, cálido, y me hacía sentir viva. Cerré los ojos.

Él siguió hablando en voz baja.

—Eres tan fuerte y tan independiente que quiero hacerte feliz y mantenerte a salvo antes de que tengas que hacerlo tú. —Me acarició el mentón. Y en ese instante me di cuenta de que estaba casi tiritando por la necesidad de contenerme—. Confío en ti. Ni una sola vez he dudado de tu capacidad para soportar lo que la vida te eche. Pero eso no quiere decir que no desee evitar que algo vuelva a hacerte daño.

El corazón se me iba a salir del pecho, y los latidos me resonaban en las sienes y en la cabeza. Cerré los ojos de nuevo mientras me esforzaba por llevar oxígeno a los pulmones. Inhalar por la boca. Exhalar por la nariz.

«Eso es lo que me impulsa a vigilarte como un puñetero perro guardián».

Inhalar por la boca. Exhalar por la nariz.

«Confío en ti».

Abrí los ojos.

—Deberías aceptar el trabajo de la RBC. Es una oportunidad única en la vida.

Soltó otro de sus gruñidos. A esas alturas, el corazón me retumbaba en las sienes. «Retira las palabras —me suplicó una voz en la cabeza—. Retíralas. Pídele que te acompañe a Miami. No tienes que hacerlo sola si no es necesario».

—No —dijo Cameron. Lo afirmó. Con seguridad. Sin el menor rastro de duda en la voz. Qué hombre más cabezota y obstinado. Su perseverancia me daba ganas de gritar. De llorar. De lanzarme a sus brazos—. Nunca me lo he planteado, pero ahora ni se me pasaría por la cabeza. No pienso irme.

El corazón me latía con tanta fuerza que apenas me oí cuando le pregunté:

—¿Por qué? ¿Por qué no aceptas? Inglaterra es tu hogar.

Cameron apretó los dientes. Dejó caer las manos.

—No. —Negó con la cabeza—. No me hagas decirlo en voz alta. Ahora no. No justo antes de que intentes apartarme de tu lado.

Decirlo.

¿Qué tenía que decir?

¿Lo mismo que intentaba brotar de mí a la fuerza?

Supuse que daba igual. Daba igual lo que él creyera que no se había dicho. Porque aunque comprendiera por qué me lo había ocultado, ya no pertenecíamos a ese mundo donde las niñas de nueve años jugaban al fútbol, asistíamos a festivales de otoño y compartíamos una cabaña.

Había llegado la hora de que volviera al lugar que me correspondía.

Al ver que seguía callada, Cameron cerró los ojos. Se quedó allí plantado, más o menos un segundo. Y después se marchó.

Durante unos instantes solo se oyó mi respiración superficial y sus pasos hacia la puerta. No podía dejar de pensar en el desastre que había provocado con todo el tiempo que llevaba aguantando el tipo. Con todas las veces que me habían acusado de no demostrar emoción alguna.

«Sigue sonriendo poco, si quieres, pero cuando lo hagas, quiero poder verlo».

Me llevé una mano al pecho, pero no conseguí reducir la presión que me atenazaba.

—¿Iba en serio, amor? —me preguntó, y en ese momento me di cuenta de que me miraba desde la puerta. No se había marchado—. Cuando me dijiste que no te cabrearías si matara tus monstruos por ti. —Algo se rompió en mi interior—. ¿Iba en serio?

Lo dije en serio. De corazón.

Sin embargo, todo había cambiado. No se trataba de ocupar su habitación de invitados ni de trabajar con él en el equipo. No se trataba de aceptar que necesitaba sus caricias. La burbuja había reventado, el cuento de hadas había acabado, y yo me había estrellado contra el suelo. Como mi madre había predicho. Así era la vida real. Y mi padre iba a vender el club que siempre había considerado mi hogar al hombre que me usó para manipularlo.

35

Cameron

La había cagado.

A lo bestia.

Nunca actuaba sin motivo, sin un plan bien meditado. Pero en esa ocasión había cometido un error. Adalyn estaba en lo cierto, no debería haber decidido lo que era mejor para ella sin tener en cuenta su opinión. Aunque solo quisiera ofrecerle ese puñetero momento. Aunque la conocía y sabía que sacrificaría su felicidad. Iría a Miami y arreglaría un problema del que no era responsable.

Esos cabrones de mierda la estaban usando como un peón en su retorcido juego de poder. Y me hervía la sangre de solo pensarlo.

Sin embargo, por más que quisiera protegerla, había calculado mal. La había cagado. Y en ese momento también sabía que no debería haberme largado de la cabaña. No debería haberme convencido de que Adalyn necesitaba espacio. No debería haberme ido con la esperanza de que todo se arreglase. Debería haberme quedado.

Porque Adalyn no estaba allí. No iba a ir al partido, y no sabía si volvería a verla.

Me miré los pies mientras el ruido de la creciente multitud y de las niñas se reducía a un runrún de fondo.

«No necesito que me protejas… No confías en que pueda hacerme cargo sola».

Dios. Qué gilipollas había sido. Eso era lo que Adalyn pensaba. Lo que le había hecho creer. Aunque yo sabía que era fuerte y valiente. Y me preocupaba darme cuenta de lo poco que en realidad me necesitaba.

En ese momento iba de camino al aeropuerto mientras yo me quedaba allí, atado de manos por culpa de mis propios actos. Se me encogió el estómago al imaginármela sola en el avión. Sin nadie que la cogiera de la mano si necesitaba ánimos. Saqué el móvil y abrí una app de vuelos, pero recordé sus palabras y eso me detuvo.

«No confías en que pueda hacerme cargo sola».

Le confiaría hasta mi vida. Pero ¿lo creería si me plantaba en Miami? ¿Creería que estaba haciendo precisamente lo que me había reprochado? ¿Me acusaría de intentar librar sus batallas por ella?

Solté el aire con fuerza. Sacudí la cabeza. Bloqueé el teléfono. Hice amago de guardármelo, pero luego lo volví a sacar y lo desbloqueé.

—Joder —mascullé—. Me cago en la puta —añadí, y en mi cabeza apareció su imagen. «Esa boca, entrenador», diría con su sonrisilla torcida. Fue como un puñetazo en plena cara—. Idiota. —Cerré los ojos—. ¿Cómo has podido mentirle, ca…?

—¿Entrenador Cam?

—María —dije al tiempo que sacudía la cabeza y recuperaba la compostura antes de darme la vuelta—. Oye, me has llamado Cam.

María encogió un hombro.

—Llevas tu camiseta especial —me dijo como si eso justificara el motivo. Joder, otra vez esa punzada en el pecho—. Eso es bueno. Pero ¿quién es un idiota? ¿Y a quién le ha mentido?

Suspiré, incapaz de reunir las fuerzas necesarias para pensar en una respuesta.

La niña me miró con los ojos entrecerrados, pero no con recelo, sino como si me entendiera.

—¿Por eso la señorita Adalyn llega tarde? Creí que iba a hacerme la trenza. Como la última vez. —Señaló el centro del campo, donde empezaba a congregarse el equipo—. Chelsea ha traído pintura de guerra, así que hoy no tendrá que usar ese pintalabios caro para hacernos rayas en la cara.

—Pues… —Joder. No podía hacerlo. El aire se me atascaba en la garganta—. No creo que la señorita Adalyn venga al partido, María.

—¿Por qué?

—Ha habido una emergencia en Miami y ha tenido que volver.

La niña ladeó la cabeza.

—¿Y por qué no te has ido con ella? —preguntó. Joder… Era una pregunta tan sencilla, hecha con tanta sorpresa, como si la única opción posible fuese que yo la acompañara, que casi me caigo de rodillas.

Al final… solo pude contarle la verdad.

—He metido la pata. Por mi culpa ahora cree que no confío en ella para encargarse de las cosas sola. La he… —«Tratado igual que el hombre de quien intentaba protegerla», pensé—. Pero volverá. Volverá. Sois muy importantes para ella.

María me miró a los ojos mientras me preparaba. Si había una niña en el equipo que no se cortaría a la hora de soltarme una fresca, era ella. Y me la merecía. Me merecía todas las malas caras y las miradas escépticas que me habían dirigido por cómo había tratado a Adalyn al principio. Y eso también lo aceptaría.

María hizo una mueca y después ladeó de nuevo la cabeza.

—¿Te sentirías mejor si me hicieras una trenza?

Abrí la boca para decirle que no, pero me vi asintiendo con la cabeza.

—Vale —dijo con un suspiro antes de cogerme de la mano y llevarme hasta el banquillo—. Siéntate aquí —me ordenó. Y me senté. Se quedó de pie delante de mí—. Espero que lo hagas mejor que Tony. Sus trenzas son un churro.

Le miré la melena alborotada y acepté de buena gana la sensación de tener un objetivo, aunque solo fuera por unos minutos, antes de ponerme manos a la obra.

—Entrenador Cam, ¿has tenido muchas novias?

Fruncí el ceño porque su pregunta me había pillado desprevenido.

—No. Hace tiempo que no tengo novia.

Suspiró, y ese suspiro debería habérmelo dicho todo.

—¿Quieres a la señorita Adalyn?

Me quedé paralizado y habría jurado que se me detuvo el corazón.

—Sí —conseguí decir con voz ronca antes de seguir haciéndole la trenza como buenamente podía.

—¿Se lo has dicho?

Carraspeé antes de contestar:

—No.

María resopló.

—¿Y entonces cómo va a volver? —En ese momento, sentí cómo algo se me volvía a romper en medio del pecho—. ¿Cómo va a poder seguir a su corazón?

Cerré los ojos. Joder.

—Me temo que eso es parte del problema.

—El amor nunca es parte del problema —replicó María. Dios, ¿por qué me afectaban tanto las palabras de una niña de nueve años?

—Es un pelín más complicado, cielo.

—Pero he visto la cara que pone cuando la tocas.

Mis dedos se quedaron paralizados un segundo.

—¿Y qué cara es?

—La misma que pone Brandy cuando se da cuenta de que soy yo la que la acaricia —contestó, y tuve que contener una carcajada. Pero luego siguió—: Como si por fin pudiera estar tranquila. Como si hubiera tenido miedo, pero se le acabara de pasar. Porque conmigo siempre, siempre, está a salvo.

«Contigo me siento como no me he sentido con nadie, Cameron. Contigo deseo cosas que nunca he deseado». Fue como si su voz se formase en mi cabeza, eclipsando los latidos de mi corazón.

Ajena al tremendo efecto que sus palabras tenían en mí, María añadió:

—Nos dijiste que la vida es dura. Que una derrota solo es el resultado de un partido. Que deberíamos levantarnos e ir a por el premio. Que perder un partido solo es un tropiezo que nos hace más fuertes si nos levantamos.

—Yo…, pues sí. —Les había dicho eso a las niñas. Y estaba seguro de que mis palabras las habían destrozado. Y en ese momento me las estaba devolviendo, destrozándome a su vez.

María me pasó un coletero por encima del hombro.

—¿La señorita Adalyn es tu premio?

—No. —Tragué saliva con dificultad—. No es un premio que haya que ganar. —Cogí la goma—. No es… un partido, ni un juego. Es mucho más que algo que se gana. Es más que una derrota. Es el motivo por el que vale la pena jugar. Lo que hay entre una cosa y otra.

—¿Lo ves? —preguntó con ese descaro que solo tienen los niños—. El amor nunca es el problema. El amor es fácil, como en las pelis. Lo complicamos nosotros. Por eso la perdonaré por perderse el partido. —Terminé de ponerle el coletero—. Pero si ella es el motivo de todo lo que haces y está ocupándose de algo importante, ¿no deberías estar con ella? Aunque hayas metido la pata. ¿Y si necesita un suplente que la sustituya? Puede que ahora esté un poco enfadada, pero eso no quiere decir que no quiera que la acompañes.

Antes de que pudiera responderle, se dio la vuelta.

Me miró con esos ojos marrones, y le devolví la mirada sin dar crédito. Pensando en lo que había dicho. Pensando en que sus palabras tenían mucho sentido. En lo fácil que parecía cuando lo expresaba de esa manera.

—¿Me dejas el teléfono? —me preguntó.

Se lo di mientras la cabeza seguía dándome vueltas.

María se miró en lo que supuse que era la cámara del dispositivo. Suspiró.

—¿Entrenador Cam? —dijo, y volví los ojos hacia ella—. Vaya churro de trenza. —Me dio el móvil mientras la miraba parpadeando—. ¿Le pedirás a la señorita Adalyn que te enseñe?

Y como el hombre imbécil y desesperado que era, susurré:

—¿Cuándo?

María apretó los labios, como si fuera la respuesta más obvia del mundo.

—Cuando la recuperes.

36

Adalyn

Me odiaba a mí misma por las palabras que estaban a punto de salir de mi boca, de verdad.

—¿Quieres conservar tu trabajo? —chillé, sintiéndome peor de lo que imaginaba—. Pero ¿tú sabes quién soy?

—Sí. —El hombre parpadeó—. Y le han revocado el acceso, señorita Reyes. No puedo dejarla entrar.

Así que lo sabía. ¡Qué cabrón!

«¡Qué cabrón!». Eso sería lo que Cameron habría dicho. Hasta oí en mi mente las palabras con su voz. Si él estuviera allí...

No.

Solté una carcajada amarga que no tardó en transformarse en algo muy parecido a un sollozo. Llevaba un día al borde de todo. Al borde del llanto. Al borde del bajón. Al borde de llamar a Cameron. Al borde de enviarle un mensaje a Josie para suplicarle que se disculpara en mi nombre con las chicas. Al borde de convencerme de que estaba cometiendo un error.

El hombre estoico que tenía delante frunció el ceño.

—A ver —dije despacio, al tiempo que me ponía firme y levantaba la barbilla—, sé que es tarde, y está claro que solo haces tu trabajo. Te aplaudo y te doy las gracias por eso. Pero es una emergencia, y sé que mi padre está aquí. Siempre está aquí, y su chófer sigue fuera. —Lo miré a los ojos con cara de súplica—. Déjame pasar, por favor.

Dudó. Miró a su alrededor, pero acabó negando con la cabeza.

—No puedo, señorita Reyes.

Cerré los ojos, renunciando a derrumbarme delante de ese hombre.

Era increíble que no me dejaran entrar en el lugar donde había trabajado toda mi vida adulta. Era increíble no poder entrar en el lugar que durante tanto tiempo había deseado poseer algún día. Era increíble que mi padre no hubiera contestado al teléfono ninguna de las veces que lo había llamado. Ni siquiera una. Era...

—¿Jefa?

Levanté la mirada y vi una cara que no esperaba en ese momento.

—No me puedo creer que seas tú —siguió Kelly, que echó a andar hacia mí acompañada por el repiqueteo de sus zapatos de tacón—. ¡Estás deslumbrante! Podrías desfilar en una pasarela. Y el pelo. Por favor, tan desenfadado y... divino.

Eché un vistazo rápido hacia abajo, fijándome en los vaqueros, en las botas y en el atuendo práctico que llevaba. Después negué con la cabeza.

—Kelly —dije y la miré a los ojos con suficiente seriedad como para que acabase parpadeando—. ¿Puedes decirle a...?

—Billie —dijo el hombre cuando lo miré—. Ellis.

Kelly lo miró.

—¿En serio?

Billie suspiró.

—Soy quince años mayor que ella, señorita. Y el parecido con su nombre es pura coincidencia.

—Me parto —murmuró Kelly, observándolo sin sonreír—. ¿Eres nuevo? —Billie movió los labios, claramente sorprendido—. Eres muy mono. ¿Cómo te llaman, «Billie Ei-

412

lish Dos» o algo así? —Apagó la pantalla del móvil—. Yo diría...

—Kelly —solté en un tono desesperado, cansado y... derrotado, la verdad—. ¿Puedes explicarle al señor Ellis que necesito pasar para ocuparme de la emergencia de la que hemos hablado por teléfono? —Mi antigua asistente me miró y parpadeó varias veces—. Cree que me han revocado el acceso, pero recuerdo claramente que mi padre me ha pedido que viniera. Hoy mismo. —Le guiñé un ojo—. Te acuerdas, ¿verdad?

Kelly asintió despacio con la cabeza.

—¡Aaaaaah! Sí. Sí. —Volvió la cabeza en dirección al pasillo vacío, antes de mirarnos de nuevo—. La emergencia —resolvió con seguridad—. Billie, ¿quieres convertirte en el hombre que no dejó entrar a la hija del jefazo durante la crisis más gorda del año? —dijo mientras levantaba las manos con gesto dramático.

Billie frunció el ceño, pero sus mejillas se tiñeron de un leve rubor.

—Exacto —siguió Kelly—. No tiene buena pinta, ¿verdad? —El hombre negó con la cabeza—. Estupendo. Pues déjala entrar para que pueda sacarnos del apuro. —Puso los brazos en jarras—. A menos que seas de los que creen que una mujer no puede ser una heroína. ¿Es eso lo que pasa?

—¿Cómo? —Abrió los ojos como platos—. No. Soy feminista.

Kelly le regaló una sonrisa.

—¿La puerta, por favor?

Murmuró una palabrota, y aunque tardó unos segundos, enseguida la puerta de cristal que daba acceso a la zona de oficinas se abrió.

Corrí por el pasillo en dirección al despacho de mi padre, seguida por el repiqueteo de los zapatón de tacón de Kelly.

—¿Jefa? —me llamó, y como no me volví ni me detuve, aceleró—. ¡Vaya! Qué rápido corres con esas botas. —Pues sí.

413

Tal vez acabaran gustándome—. Siento haberte dado de lado, pero es que no me quedó otra y...

—No pasa nada, Kelly —le aseguré, doblando la esquina.

—Vale, ¡uf! —replicó ella, un poco jadeante a esas alturas—. Ahora que me he quitado ese peso de encima, hay algo que deberías saber antes de...

—Lo sé —la interrumpí, acelerando—. Y voy a detener esto de una forma u otra.

—Pero, jefa, son...

Llegué a la puerta y fui vagamente consciente de que Kelly me ponía una mano en el hombro y me decía algo, aunque no estaba dispuesta a perder ni un segundo. Ya había dejado que aquello durara demasiado. Iba a recuperar el control y a acabar con la manipulación de David. Le diría a mi padre que lo sabía todo y él cancelaría la venta. Abrí la puerta de golpe.

Dos cabezas se volvieron hacia mí.

—Adalyn —dijo mi padre con una voz tranquila y fría que me detuvo en seco.

Iba a decir algo, cualquiera de las cosas que había ensayado en mi mente, pero lo único que se me ocurrió fue: «¿Qué tiene David en las manos?». Porque aquello no podía ser...

—Hola, bombón —dijo David con una sonrisa que no entendí cómo en el pasado me había podido resultar agradable, porque estaba claro que era una mueca de desprecio—. Un momento, ¿allí saben lo que son los bombones? —Me dio un repaso de arriba abajo y sentí un escalofrío en los brazos—. Menuda sorpresa. ¿Por qué vas disfrazada de leñadora buenorra?

Kelly resopló detrás de mí.

Mi padre suspiró.

—David... —dijo como única advertencia. Como si ese tío no acabara de faltarme al respeto.

¿Por qué me irritó tanto de repente? Esa costumbre de pasar por alto lo que me decían delante de él. Esa desidia surgida de la confianza de que era capaz de arreglármelas sola. Sí que lo era, pero ¿no debía hacer él algo más?

David se encogió de hombros.

—Lo siento. Oye, tengo una sorpresa para ti. —Levantó lo que llevaba en la mano—. Mola, ¿eh?

Se me secó la boca. Era una de las camisetas de los Miami Flames. La reconocí. Pero llevaba el nombre del patrocinador impreso en la parte delantera. Eso era nuevo. Era el logotipo de la bebida energética. El de mi cara.

Me quedé muerta. Me... «Concéntrate, Adalyn». Miré de nuevo a mi padre.

—Lo sé. —Vi que vacilaba. El pulso me retumbó en los oídos—. Lo sé todo, papá. Así que ya puedes detener todo esto.

—David —dijo al instante—. Danos un minuto. —Él estuvo a punto de protestar, pero mi padre levantó la mano—. A solas. Este todavía no es tu despacho.

Todavía.

David me miró fijamente mientras se acercaba y, al pasar a mi lado, me guiñó un ojo. Se me puso la piel de gallina.

La puerta se cerró a mi espalda, y solo entonces me permití avanzar, acortando la distancia que me separaba de la silla ahora vacía frente a la mesa de mi padre. Me había sentado allí no hacía mucho. Solo que en ese momento me parecía que había pasado toda una vida.

Los ojos verdes de Cameron aparecieron en mi cabeza, y sentí que se me aflojaban las rodillas al tiempo que una sensación abrumadora se me extendía por el pecho. «Ojalá estuviera aquí», parecía canturrear una voz en mi cabeza. No cogiéndome la mano, pero sí cerca, lo bastante como para cogérmela si lo necesitaba. Como si intentara atenuar el vacío, me palpé el pecho hasta dar con algo que llevaba bajo la camisa.

El sello de Cameron. Allí seguía, colgado de la cadena que me había puesto al cuello esa mañana.

—He ocultado todo esto para protegerte —dijo mi padre, devolviéndome al presente.

Tragué saliva con fuerza y recordé al último hombre que me había dicho algo parecido. Pero eso... en cierto modo era distinto. Tenía un efecto diferente. Una parte de mí parecía dudar de las palabras de mi padre.

—No necesito que me protejas. No soy una niña. Podría haber asumido la verdad.

Mi padre exhaló un suspiró cortante y rápido con el que logró transmitir mucho.

—Eso es lo que me dijo tu madre. —Ladeó la cabeza—. Hoy te pareces mucho a ella.

—¿Sí?

Asintió.

—Nunca quise que esto pasara así —siguió mi padre, que agachó la mirada hacia la mesa—. Es lo único de lo que me he arrepentido durante todo este tiempo. Lo que me alejó de tu madre y de ti. —Sacudió la cabeza—. Parece que siempre repito los mismos errores. ¿Me guarda rencor, Adalyn? ¿Ella también me guarda rencor?

Abrí la boca, pero algo me impidió hablar. ¿Ella?

—¿Mamá? ¿Por qué iba a guardarte rencor por esto?

Mi padre frunció el ceño, extrañado. No se refería a mi madre.

—¿A quién te refieres? —le pregunté. Y el hormigueo que empecé a sentir en la nuca me llevó a añadir—: ¿Quién debería guardarte rencor, papá?

Andrew Underwood pareció tan confuso durante un segundo que, cuando respondió, su voz apenas fue un ronco susurro.

—Josephine.

El corazón dejó de latirme un momento. ¿Josephine? Aquello era...

—¿Qué tiene que ver Josie con la venta del club?

Mi padre se quedó blanco.

En ese momento, las rodillas me fallaron de verdad. Me apoyé con una mano en la silla y lo miré boquiabierta. Asimilando su expresión. Parecía un fantasma. Y eso me recordó lo que había dicho mi madre. Las cartas.

«Tu padre tiene secretos».

Y de repente empecé a recordar detalles que no había unido hasta ese momento.

«Te irás mañana. Con una misión... Es algo que quiero reforzar desde hace tiempo».

«Tenemos una especie de ángel de la guarda que cuida de Green Oak».

«Y a Robbie no le gusta hablar del tema, pero tenía, y quizá siga teniendo, una buena deuda».

—Eres el padrino inversor de Green Oak. —Recuperé el aliento, pero el nudo siguió allí, casi impidiéndome hablar. Aferré el anillo de Cameron. Y recordé algo que me había dicho Josie aquel día. Algo que no podía significar lo que yo creía. Pero debía de ser así—. ¿Qué intentas decirme? ¿Por qué has sacado el tema de Josie? Necesito oírlo. En voz alta.

Mi padre me miró a los ojos y dijo:

—Josephine es tu medio hermana. —La confirmación fue como si me lanzaran un cubo de agua a la cara—. Es mi hija —añadió sin rastro de culpabilidad en su voz o en su expresión. No había vergüenza. Ni remordimiento. Ni tristeza. No había nada. Nada de nada—. Creí que te habrías dado cuenta —siguió—. Pensaba que esa era la razón por la que estabas aquí, el motivo de tu dramática aparición. Como has dicho que lo sabías todo...

Yo... casi no podía respirar. Tenía una hermana. Una medio hermana. Mi padre tenía otra hija.

—¿Creías que sabía lo de Josie? Pero... no... —Le miré a los ojos. Estaba impasible—. No estás sorprendido ni enfadado. Pareces normal. Yo... —La cabeza me daba vueltas, y me asaltaban un sinfín de pensamientos. Me puse a atar cabos. No podía respirar bien—. ¿Esperabas que me enterara de lo de Josie? —Era imposible, ¿verdad?—. ¿Por eso me enviaste allí?

—Sí y no —se apresuró a responder. Demasiado rápido para que lo asimilara—. Te envié allí porque Green Oak parecía una experiencia de la que podrías beneficiarte. Pero mentiría si dijera que en ningún momento se me ocurrió que acabarías enterándote. —Se encogió de hombros—. Supongo que me equivoqué.

Sus palabras resonaron en mi cabeza mientras lo miraba a los ojos. Eran del mismo azul claro de Josie. Pero sin todo lo que transmitían los suyos. Me invadió una poderosa emoción al darme cuenta, al percatarme de lo obvio que era, del desprecio que acababa de demostrarme mi padre por no haberlo descubierto yo sola.

Siempre hacía lo mismo. Despreciarme. Ocultarme cosas.

—¿Supones que te equivocaste? —repetí mientras algo se agitaba en mi pecho. Algo que no tenía nada que ver con lo que antes me impedía respirar—. Me enviaste allí a sabiendas de que podría enterarme de la existencia de la hermana que me has estado ocultando, a sabiendas de que me relacionaría con ella, que quizá trabaría amistad con ella, ¿y te limitas a encogerte de hombros como si nada?

—Te repito que creía que habías venido por eso —respondió. Me empezaron a pitar los oídos. Joder, el ruido me invadía la cabeza. No podía pensar. Echaba de menos las manos de Cameron, que me anclaban al mundo—. Hacía tiempo que esperaba esto.

Cerré los ojos un instante, concediéndome unos segundos para librarme de aquel tsunami de emociones amargas y abrumadoras.

—He venido porque me ha llegado el rumor de que ibas a vender los Miami Flames. A David. Porque sé que te está utilizando. Utilizándome. Porque en cierto modo me creía responsable de que él te hubiera chantajeado.

Suspiró.

—Es tarde. Vámonos a casa y ya retomaremos esto en otro momento. De todas formas, la venta ya no puede cancelarse, pero estoy seguro de que tienes preguntas al respecto. Le pediré a mi chófer que te deje en tu apartamento.

El rugido de la sangre al correr por mis venas, inundándome los pulmones y la cabeza, fue tan fuerte tras oír sus palabras que creí no entenderlo. Al fin y al cabo, era imposible que alguien le diera a su propia hija una noticia que le cambiaría la vida y después soltara eso. Levanté la cabeza, y mi mente, hasta entonces dispersa, se centró.

—No —repliqué de mala manera, atenta a su cara inexpresiva—. No me vas a despachar así. He renunciado a mucho para estar aquí ahora. —Había defraudado a las niñas. Había dejado atrás a un Cameron desconsolado.

Mi padre volvió a mirar el reloj.

—Es tarde, Adalyn —dijo despacio—. Y es evidente que estás nerviosa y que no es momento de discutir. Lo hago por tu bien. Como todo lo demás.

—¿Te refieres a ocultarme que tengo una hermana o a pedirle a David que se case conmigo a cambio de un trabajo, como si yo fuera una vaca con la que se comercia?

Apretó los dientes.

—Eso es una exageración.

De repente, sentí una claridad que no había experimentado antes.

—¿A qué te refieres, si no? ¿Quizá a tu forma de despreciar mis esfuerzos para impresionarte? ¿Para ganarme tu aprobación y respeto? ¿Lo hiciste por mi bien?

—Nunca te he tratado con desprecio, Adalyn.

—Entonces ¿por qué lo hiciste? —le pregunté con una voz tan serena que resultaba aterradora—. ¿Por qué le ofreciste tu hija a un hombre tan desagradable? ¿Por qué permitiste que jugara con nosotros al no decírmelo cuando deberías haberlo hecho? Tuve que enterarme de sus labios durante la celebración del aniversario del club. ¿Cómo es posible que lo hicieras por mi bien? ¿De qué manera me benefició que me enviaras lejos, que me desterraras? No me has llamado ni una vez para ver cómo estaba. —Me llevé la mano al pecho—. Eres mi padre.

Lo vi asentir despacio con la cabeza y luego soltó una risa que no entendí.

—¿Así que eso fue lo que te sacó de quicio hasta el punto de atacar a Sparkles? Por Dios, Adalyn. Casi me cuesta el club.

Cualquier atisbo de esperanza que quedara en mí se desvaneció.

—Eso es lo único que se te ocurre decir —repliqué. Era una afirmación, no una pregunta. Porque no necesitaba respuesta. Ya me la había dado. Negué con la cabeza—. Nunca has pensado en mí, ¿verdad? Nunca.

—Todo lo que hago es por nosotros —respondió, como si lo hubiera ofendido—. David me amenazó con contar la historia de nuestro acuerdo a alguna web de cotilleos si lo destituía de la vicepresidencia. Y con decírselo a los patrocinadores. Pero eso es agua pasada. La verdad, creía que tenías suficiente amor propio como para no dejar que eso te afectase.

Así que mi padre nunca había protegido nuestra relación. Ni a mí. Solo se había protegido a sí mismo. Su nombre. Eso me rompió el corazón. Había estado desgarrándose durante toda la conversación, pero me di cuenta de que en ese momento ya estaba hecho añicos.

Se hizo el silencio durante un buen rato. Me resultaba increíble haber ido a Miami, haber traicionado la confianza de las niñas. Haberme perdido el partido. Había retrocedido cien pasos, y eso hizo que me doliera el pecho como nunca. Apreté el sello de Cameron dentro del puño.

—¿A cuánto asciende la deuda de la granja de los Vasquez? —No hizo falta que añadiera nada más, sabía que lo entendía.

—Es una cantidad alta.

Asentí con la cabeza.

—Josie. ¿Cómo ocurrió?

Mi padre entrecerró los ojos, y en cualquier otro momento esa mirada habría bastado para silenciarme. Pero de repente me dio igual. No quería su respeto. Solo respuestas.

—Siempre me aseguré de que estuviera bien cuidada. Me ocupé de ella. Invertí en el pueblo para que no tuviera que crecer en ese lugar triste donde nací.

«Ha hecho creer a la gente que es de Miami, pero no es cierto». Esas fueron las palabras de mi madre.

Y así encajó la siguiente y última pieza del rompecabezas. Mi padre había nacido en Green Oak.

—Nunca fue mi sitio —dijo, como si esa fuera una excusa aceptable. Como si eso sirviera para justificar todo lo que había dicho o hecho—. Siempre estuve destinado a algo grande. Por eso en cuanto pude hice las maletas y me largué sin mirar atrás. Solo regresé una vez. Poco antes de conocer a tu madre. —Suspiró—. Pero nunca significó nada, solo fue un desliz de una noche por el que he pagado toda mi vida. —Me miró con esos ojos que no se parecían en nada a los de Josie—. No estoy orgulloso, pero no me arrepiento de mis decisiones.

—No estás orgulloso —repetí. Solté un resoplido triste y abatido—. Hablas de una mujer inteligente, guapa y trabajadora como si fuera una mala inversión en la que no quieres pensar. —Negué con la cabeza. De repente, sentí la necesidad de moverme. Apoyé las manos en el respaldo de la silla que tenía delante. Miré al suelo antes de levantar la vista para enfrentarme a mi padre—. ¿Alguna vez has tenido la intención de que el club fuera mío?

Encorvó un poco los hombros con lo que interpreté como un rechazo.

—Puedes desempeñar cualquier función en otra de nuestras empresas. En las inmobiliarias, en infraestructuras o en alguno de los complejos turísticos. Elige lo que quieras. Pero el club no. Voy a vender los Miami Flames a David y a su padre. —Rodeó la mesa—. Está decidido.

Guardé silencio. No había entendido nada. Mi padre no había entendido nada.

—El capricho del club se te pasará. —Se alisó las solapas de la chaqueta—. De todas formas, era la crónica de una muerte anunciada. Lleva casi diez años de capa caída, así que alégrate de que vayamos a obtener beneficios gracias a tu inesperado arrebato y a ese acuerdo con el patrocinador que ha conseguido David.

«¿Gracias a mí o a mi costa?», quise preguntarle.

Pero ya daba igual. Me daba igual que mi padre permitiera que esa bebida energética patrocinara al equipo o que se llevara su dinero. En el fondo, no me importaba.

Nunca había sido cuestión de caprichos ni legados, ni siquiera de dinero.

—Vende el dichoso club —me oí decir. Mi padre dio un respingo sorprendido—. Nunca te he importado. Ni te han importado los Miami Flames. Solo piensas en ti. —Volví a llevarme la mano al pecho, aferrando el anillo de Cameron. Ya sabía lo que era sentirme respaldada, cuidada, protegida. Cameron aseguraba ser egoísta, pero en ese momento vi lo equivocado que estaba. Lo hizo todo de forma desinteresada. Por mí. Por mi bien. Aunque se hubiera equivocado—. Si no lo entiendes, es tu problema.

Me di la vuelta y eché a andar hacia la puerta.

—Adalyn —me llamó mi padre a modo de advertencia.

No me detuve.

—Tienes veinticuatro horas para decírselo a mamá y a Josie —dije sin mirar atrás—. Te doy la oportunidad de no cometer el mismo error que cometiste conmigo. Si no lo haces, lo haré yo. —Me detuve al llegar a la puerta—. Zanja también la deuda de los Vasquez. Supongo que ni lo notarás, con los beneficios que te ha reportado mi arrebato.

Abrí la puerta sin vacilar, con un único objetivo en mente.

Cuando volví a hablar, lo hice pensando en un hombre, en un plan, con el pie ya en el otro lado. En el principio del resto de mi vida.

—Ah, y por si no ha quedado claro: dimito.

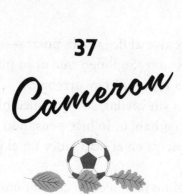

37

Me llevé el teléfono a la oreja y sentí que me crujían los nudillos.

—Contesta, contesta —supliqué. Recé—. Vamos, amor. Coge el móvil.

Al no oír la voz que me moría por escuchar, mascullé un taco. Corté la llamada y tuve que contenerme para no arrojar el puñetero cacharro por la ventanilla del taxi.

Dios, ¿dónde estaba Adalyn? ¿Habría pasado algo? ¿Por qué no cogía el teléfono? Joder, era muy tarde y yo…

Me sonó el teléfono.

Contesté de inmediato.

—Cameron —dijo Adalyn. Mi nombre salió de sus labios y se me clavó directo en las entrañas. En el pecho. En el corazón—. ¿Cam?

—¿Dónde estás? —me oí mascullar. Cerré los ojos. Esa no era la forma de reconquistarla. De suplicarle de rodillas como estaba decidido a hacer. Para demostrarle que confiaba en ella—. ¿Dónde estás, amor? Necesito una dirección. —Se oían voces de fondo. Una femenina y otra masculina. ¿Me estaba escuchando?—. ¿Adalyn?

—Dios, no te lo vas a creer —dijo. ¿Y por qué se le quebraba la voz?—. Mi padre… Madre mía. Qué tonta he sido. Ojalá estuvieras aquí. Yo…

—Estoy en Miami, voy a por ti ahora mismo, pero necesito que me digas dónde estás.

Algo que sonó muy parecido a un sollozo salió de su boca y apreté con fuerza el móvil que tenía en la mano. Joder.

—Estoy saliendo de las instalaciones de los Miami Flames —dijo Adalyn—. Ya me iba a casa cuando he visto todas tus llamadas perdidas.

—¿Puedes esperarme ahí? —Por primera vez en horas, respiré algo más tranquilo—. No te vayas a casa todavía. Voy a por ti. No tardo nada. Espérame. Por favor.

—Pero... —dijo ella.

Sin embargo, yo ya le estaba diciendo al taxista de mala manera:

—¿Puedes conducir más rápido? —El tío me miró molesto—. Te pagaré el doble. —Pisó el acelerador—. Ya casi he llegado, amor. —Volví a apretar el teléfono con fuerza—. Sé que hoy no me necesitabas, pero, joder, Adalyn. No me gustó cómo te fuiste, no me gustó no saber si ibas a volver. Creo que necesito cogerte de la mano. Asegurarme de que estás bien. ¿Lo harías por mí? ¿Por favor? No te vayas a casa todavía. Tengo que pedirte cien disculpas.

—Cameron —volvió a decir, y me pareció que el corazón me daba uno, dos, cinco vuelcos—. No me refería a mi casa de Miami. Me refería a Green Oak. —Oí que esa mujer preciosa e inteligente soltaba un gemido ahogado al otro lado de la línea, y por un momento me dejó sin respiración—. Me refería a ti.

Divisé lo que sin duda eran las instalaciones del club, y cuando entramos en el aparcamiento le dije al taxista:

—Para. —Saqué de la cartera más dinero del que le había prometido y se lo puse en el hombro.

—Oiga, no puede...

Claro que podía. Abrí la puerta de golpe y corrí los pocos metros que me separaban de la entrada de lo que debían de ser las oficinas. Entré en tromba por la puerta de cristal, y allí estaba ella. Adalyn, mi Adalyn. Allí mismo, como le había pedido, con el teléfono en la oreja y una expresión preocupada en la cara. Me di cuenta de que no había cortado la llamada.

Nos miramos en la enorme estancia.

Le temblaron los labios un instante. Y después se puso en movimiento.

Joder. En la vida había sentido una necesidad tan poderosa, tan fuerte, de abrazar a alguien que corría hacia mí a esa velocidad.

Adalyn se detuvo al chocar con mi pecho, y la estreché con fuerza, la pegué a mi cuerpo, y por fin todo se calmó. El alboroto que retumbaba en mi cabeza, la tormenta de emociones que se había apoderado de mi pecho. El mundo. Nada de lo que me rodeaba importaba salvo ella.

—Me refería a esto —me dijo al oído—. Eres tú, Cameron. Iba a volver a tu lado.

Le puse una mano en la nuca y le enterré los dedos en el pelo. Después le di un suave tirón para que me mirara.

—Mierda, lo siento tanto… Dime que me perdonas, por favor. —Necesitaba oírlo. Necesitaba asegurarme—. Dime que me darás la oportunidad de demostrarte que confío en ti y que solo quiero lo mejor para ti. No descartes lo nuestro antes de que haya tenido la oportunidad de demostrarte lo bien que podemos estar juntos.

Me dedicó la sonrisa más preciosa que había visto nunca.

—Solo si me dices las palabras. Las que no querías decir.

Tragué saliva. Después, muy despacio, como si temiera que fuese a desaparecer, acorté la distancia entre nuestras bocas y me apoderé de sus labios con todo mi ser. Se lo dije sin palabras.

Y solo cuando me aseguré de que ella lo había sentido, dije:

—Porque te quiero, joder. —Apreté mi frente contra la suya—. Porque estoy loco por ti, Adalyn. Te compraré los Miami

Flames, si es lo que quieres. Me quedaré sentado viendo cómo conquistas el mundo. No sé cómo expresar lo mucho que me importas y lo mucho que te deseo. Me he entregado a ti, pero si eso no basta, haré lo que sea...

—Cameron Caldani, yo también te quiero, joder —susurró contra mis labios—. Y solo te necesito a ti.

Antes de que me diera cuenta de sus intenciones, se apartó y se sacó algo de debajo de la camisa. Llevaba mi anillo colgado al cuello, y en ese momento me quedó claro que algún día me casaría con esa mujer. Le daría gatos, bebés y una granja de cabritas terroríficas si la quería. Haría todo lo que estuviese en mi poder para conseguirlo. No me cabía la menor duda.

—Tengo que contarte muchísimas cosas —dijo ella, y su expresión se ensombreció—. Empezando por lo equivocada que estaba al alejarte y al pensar que no buscabas lo mejor para mí, pero... —Tragó saliva—. Espera. Ay, Dios mío. ¿Hemos ganado? ¿Me perdonarán las niñas?

«Hemos». En plural. Ese «hemos» me incluía.

Volví a apoderarme de sus labios y saboreé su boca con la lengua. Sabía que ella quería la respuesta, pero yo la deseaba a ella. Y era lo bastante egoísta como para salirme con la mía cuando podía. Cuando nos separamos para respirar, ella tenía los labios hinchados y los ojos vidriosos.

—Las niñas se recuperarán pronto, y las Green Warriors han ganado la Liga Infantil de las Seis Colinas. La noticia saldrá mañana en toda la prensa local. Y también en la del condado y en la estatal. —Abrió mucho los ojos—. Yo mismo los llamé. Cuando se enteraron de quién era...

Adalyn abrió la boca.

—¿Que has hecho qué?

Alguien carraspeó, y nos volvimos hacia el sonido.

Una mujer nos miraba con una enorme sonrisa. Joder. ¿Cuánto tiempo llevaba allí?

—Siento interrumpir. Ese beso ha sido puro fuego y seguramente me pasaré fantaseando con él más tiempo del que me gustaría admitir, pero... —Miró hacia la derecha a modo de señal.

Un hombre rubio estaba merodeando —pavoneándose, en realidad— tras la puerta de seguridad y sonreía satisfecho al vigilante, que tenía los ojos muy abiertos y estaba evitando mi mirada. Joder, ¿cuánta gente acababa de verme comerle la boca a mi mujer? En fin, ya me daba igual.

El rubio nos vio y sentí que Adalyn se tensaba.

Fue el único indicio que me hizo falta para saber de quién se trataba.

Me separé de Adalyn y eché a andar en su dirección, ignorando los jadeos de sorpresa que soltaron ambas mujeres a mi espalda.

—¿David? —dije cuando llegué a su lado.

El gilipollas sonrió. ¡Sonrió!

—Hola...

Lo agarré de la pechera. Lo zarandeé. Se quedó blanco como el papel. Me estaba comportando como un neandertal. Lo sabía. No estaba bien. Pero no pude evitarlo.

—Gracias —le dije. O más bien masullé—. En cierta manera, tu estupidez me ha cambiado la vida y tengo que agradecértelo.

El tío frunció el ceño, boqueando como un pez que tuve ganas de lanzar bien lejos. Sentí una mano en el hombro. El mero contacto me tranquilizó de inmediato.

—Lo siento, amor —le dije a Adalyn, que estaba a mi lado. Volví a mirar a David y añadí—. Ya sabes que tengo muy mala leche.

David parpadeó.

—Eres... Eres Cameron Caldani. —De repente, pareció ocurrírsele algo y después desvió la mirada a un lado—. ¿Kelly? Como no sueltes ese teléfono, te quedas sin trabajo.

—Oh —replicó Kelly, que así se llamaba la chica, según

428

acababa de enterarme, y añadió—: Dimito. He oído todo lo que ha pasado hoy en ese despacho y eres un cerdo de la peor calaña.

—Vamos, no me jodas... —empezó a protestar David.

Lo agarré con más fuerza.

—Esa boca... —David apretó los labios y sonreí. No iba a pegarle. Quería hacerlo, pero me daba que Adalyn no lo vería como un gesto adecuado. Además, yo...

Sentí un apretón en el hombro.

—Oye, amor —dijo Adalyn.

Mis ojos volaron hacia ella sin más.

—¿Me has llamado «amor»? —susurré—. Eso sí que es jugar sucio. —Casi tan sucio como lo que estaba imaginando que le hacía mientras repetía esa palabra una y otra vez.

—Oh, ya lo sé —admitió al tiempo que se sonrojaba—. Pero no quiero que te metas en problemas por mí. —Titubeé, y ella me acarició el cuello con los dedos. Joder, esa mujer me tenía comiendo de la palma de su mano—. ¿Por favor?

Solté a David y lo empujé con un movimiento brusco.

Él se tambaleó hacia atrás y masculló:

—¿Se puede saber qué te pasa? —Se colocó bien la camisa y nos miró—. ¿Y desde cuándo estáis juntos?

—Eso no es asunto tuyo —le contestó Adalyn—. Y ¿sabes qué? Eres un monstruo que puedo matar yo sola.

Antes de que pudiera parpadear, Adalyn extendió el brazo libre y le asestó un puñetazo en el mentón.

David se dobló hacia delante con un gemido.

—Vale. —Agarré a Adalyn por la cintura y tiré de ella hacia atrás por si había planeado seguir con su matanza de monstruos—. Inesperado, pero merecido.

David se recuperó y nos miró.

—Te arrepentirás de esto. Te...

—Qué va —dijo Kelly desde donde estaba—. ¿Crees que esto es lo único que tengo en vídeo? Qué imbécil. Entre otras muchas cosas, he grabado la conversación de Adalyn con su padre. —Se volvió hacia nosotros—. ¿Nos vamos?

Adalyn asintió con la cabeza y se dio la vuelta. La rodeé con el brazo y eché a andar pegada a su costado.

—Joder con mi guerrera. —Le di un beso en la coronilla—. Eso ha molado mucho, pero mañana te dolerá.

Hizo una mueca.

—Ya me duele —murmuró. Le agarré las manos entre las mías y examiné a la culpable del puñetazo—. La próxima vez dejaré que seas tú quien dé los golpes.

Estaba seguro de que todo mi cuerpo sonrió.

—¿La próxima vez?

Ella se encogió de hombros.

—En fin, si mi experiencia con las Green Warriors sirve de algo…, el club juvenil que estoy montando puede meterme en algún problema del que tal vez necesite ayuda para salir. —Me detuve un momento—. Estaba pensando en la zona rural de Carolina del Norte. El puesto de entrenador principal está vacante, si te interesa. Creo que la directora deportiva hará todo lo posible para que la oferta te resulte atractiva. —Soltó el aire por la nariz—. ¿Qué te parece? ¿Te interesa?

Antes de darme cuenta de lo que estaba haciendo, sentí su mano en mi boca.

—¿Que si me interesa? —repliqué, pegándole los labios a los nudillos—. Me muero por empezar, amor.

En esos preciosos ojos castaños brillaban la felicidad y un mundo de posibilidades tan grande que el corazón se me intentó salir del pecho para caer en sus manos. En ese momento me rendí por completo y reconocí que era suyo para siempre.

—Dime las palabras —supliqué, porque necesitaba oírlas de nuevo. Todos los días que teníamos por delante. Todas las noches la acurrucaría contra mí.

—Joder, te quiero, Cameron Caldani —dijo Adalyn.

Yo también la quería, joder.

Con toda el alma.

La sonrisa que me regaló me dejó sin aliento, y supe con una claridad que no había experimentado jamás que con esa mujer a mi lado me esperaba el partido más feroz y bonito de mi vida. Un partido en el que era imposible perder y que empezaba ese mismo día. Con su sonrisa y con ella entre mis brazos.

EPÍLOGO

Adalyn

Poco más de un año después

«Vamos, amor».

No necesitaba decir las palabras. Las veía escritas en su cara. Esa era una de las cosas que me gustaban de él, de nosotros, que no necesitábamos hablar para entendernos. Bastaba una caricia. Un roce de manos. Una mirada. Una inclinación de cabeza. Un movimiento en la comisura de los labios. Un sutil cambio en el verde de sus ojos.

O en ese caso, Cameron en la portería durante el primer aniversario de los Warriors, nuestro Club de Fútbol Juvenil, y el asomo de una sonrisa torcida en los labios.

Estábamos en el césped, dando el pistoletazo de salida a la celebración con un uno contra uno a petición popular. Cameron no había cambiado de opinión sobre su retirada —de hecho, sus guantes colgaban en la pared de nuestro despacho—, pero en el último año había encontrado su lugar en el banquillo, entrenando a nuestro equipo femenino más joven y dirigiendo a los entrenadores que habíamos contratado para las mayores. Seguía asistiendo regularmente a terapia, que lo ayudaba a superar el trauma del allanamiento, pero ya no se mostraba tan reticente a estar entre la multitud o a llamar la atención. Yo también había ido a terapia, y no tardé en darme cuenta de que debería haberlo hecho mucho antes. No solo

433

para que alguien me dijera que había estado tragándome todas mis preocupaciones en un intento por controlar mi vida, o que la relación con mi padre había sido tóxica, sino para descubrir qué herramientas podía usar para procesar el caos de mi mente antes de que se convirtiera en pánico.

En cualquier caso, era feliz. Éramos felices. No me arrepentía de haber cortado los lazos con los Miami Flames, aunque David parecía estar ganándose la reputación de tomar malas decisiones y el club pagaba las consecuencias. Una parte de mi corazón siempre pertenecería al equipo, pero no miraba atrás. La liga profesional de fútbol formaba parte del pasado, y Cameron y yo nos dedicábamos a desarrollar talento. Era lo más gratificante que cualquiera de los dos habíamos hecho jamás. Nuestras instalaciones se ubicaban entre Green Oak y Charlotte, y venían chicas de toda la zona, tanto del entorno rural como de la ciudad. No había sido fácil levantarlo desde cero, pero ambos éramos tan testarudos como impulsivos. Eso, sumado a los contactos que los dos teníamos en el sector, nos había ayudado a que el club despegara con relativa rapidez. En ese momento, el objetivo era crecer lo suficiente como para abastecer a las ligas profesionales.

Teníamos un largo camino por delante, y empezar de cero resultaba aterrador, pero mi vida nunca había sido tan plena, tan rica ni mejor que en ese momento. Y todo se debía a ese proyecto y a la comunidad que me había acogido, además de al hombre que tenía a mi lado. Cameron me ofrecía una seguridad desconocida para mí antes de que él llegara a mi vida que conseguía que cada paso del camino fuera un poco menos aterrador y mucho menos solitario.

Porque con él no había soledad. Con él no importaban mis defectos, porque me quería y me apreciaba precisamente por cómo era, no a pesar de ello. Y no podía ser más feliz. Ni sentirme más afortunada. Ni más amada. Se lo recordaba todos los días. Todas las noches. Siempre que podía.

Cameron levantó las manos, me dirigió una mirada desafiante e hizo un gesto para retarme.

Un hombre arrogante y competitivo. Me encantaba que fuera mío.

Esbocé mi mayor sonrisa, la sonrisa que solo era para él, y eché a correr por el césped, dándole toques a la pelota. Llevaba zapatillas deportivas, por cierto. Cameron afianzó su postura, sin quitarme los ojos de encima cuando entré en el área.

Alguien gritó desde las gradas:

—¡VAMOS, HERMANITA! ¡DALE CAÑA!

Josie. El calor me inundó el pecho. Se había convertido en una parte importantísima de mi vida. En mi confidente. En la persona que no sabía que necesitaba hasta que apareció de la nada. Mi padre había intentado hacer las paces con nosotras durante los últimos meses. Y aunque las dos nos mostrábamos reacias a aceptarlo, sobre todo Josie, habíamos encontrado cierta paz al saber que, al menos, estaba poniendo de su parte.

Cameron dio un paso al frente y bloqueó la portería con una postura que yo sabía que era todo técnica y destreza. Una postura que decía: «Es la hora del espectáculo». Entrecerré los ojos y me concentré en apuntar al lugar correcto mientras volvía el cuerpo hacia la izquierda, su ángulo más débil. Él sonrió satisfecho. Así que eché la pierna hacia atrás y también sonreí. Le di una patada al balón y chuté hacia la escuadra izquierda.

Cameron saltó con los brazos en alto, como tantas veces lo había visto hacer en los entrenamientos durante los últimos meses. Semejante exhibición era innecesaria, teniendo en cuenta la velocidad que llevaba el balón, pero fue preciosa. Potente. Excitante. Muchísimo. Porque era él, claro. Y también porque no me dejó ganar. Cameron nunca me dejaba ganar. Y eso me encantaba.

Bloqueó la pelota con las palmas, y cuando cayó al suelo con el balón aferrado al pecho, tenía una sonrisa en los labios. Estaba sonriendo. Alzó la vista para mirarme con gesto impresionado desde la hierba y me guiñó un ojo.

Uf.

El público, formado por las niñas del club y sus familias, estalló en vítores en las gradas.

Tony, que compaginaba sus estudios universitarios con un trabajo como asistente del entrenador, aplaudió desde la banda antes de correr hacia nosotros para recuperar el balón y conseguir que lo firmaran todas las jugadoras.

—¡Buena parada, entrenador Camomila! —gritó María, que había venido desde Green Oak con Robbie. Me volví y la vi enseguida. Había crecido desde el mes pasado, cuando asistió a una fiesta de pijamas solo para chicas con Josie, Willow, Pierogi y yo. Me saludó con la mano—. ¡Es para quedar bien! —gritó antes de darse media vuelta y señalar la espalda de su camiseta, donde llevaba estampado Equipo Ada, además de un selfi en el que aparecíamos Brandy y yo—. Siempre voy con el equipo de las chicas.

Se me escapó una carcajada al recordar el día de la foto. Nos tocó hacer de canguro de Brandy durante un fin de semana. Si había una cabra que Cameron toleraba a regañadientes, esa era Brandy.

Como si mi mente lo hubiera invocado, me rodeó la cintura con los brazos. Me relajé contra él y me acarició el cuello con la nariz.

—Ha sido un tiro fantástico, amor —me dijo al oído.

—Lo sé —admití—. He estado practicando con Tony. Viendo grabaciones de algunos de tus antiguos partidos para aprenderme tus movimientos. Solo para esto.

Cameron levantó la cabeza. Me miró, y el verde de sus ojos se oscureció.

—Eso me pone muchísimo.

Sentí mariposas en el estómago. Pero negué con la cabeza.

—No lo entiendo.

—Todo lo que tenga que ver contigo me excita —me aseguró. No era mentira. Lo sabía. Y no era el único que se sentía así.

Que me tocara en ese momento, que me abrazara, que su maravilloso olor me inundara los pulmones, que sintiera su cuerpo tan cerca hacía que el deseo corriera por mis venas. Sacó la lengua para humedecerse los labios—. ¿Crees que podríamos largarnos sin que se dieran cuenta? Digamos... ¿ahora mismo?

Nada me gustaría más.

—Estamos en mitad de una fiesta —le recordé casi sin aliento—. Acabamos de dar el pistoletazo de salida, literalmente, y se supone que tenemos que dar el discurso.

Cameron soltó un gemido ronco.

—¿Qué tal dentro de diez minutos?

Solté una carcajada.

—¿De quince, mejor? ¿En tu despacho o en el mío?

—Lo tuyo es increíble —dije.

Vi el asomo de una sonrisa en sus labios.

—Lo mío es amor. Por ti.

Uf. Lo besé. No podía evitarlo cuando decía esas cosas. Me devolvió de nuevo a sus brazos y se apoderó de mis labios con un gemido gutural. Me los separó con los suyos, haciendo que arqueara la espalda y me pusiera de puntillas. Por Dios, me encantaba cuando hacía eso. Lo calmaba todo y lograba que desapareciera el mundo que nos rodeaba.

—¿Entonces...? —susurró contra mis labios cuando nos separamos para respirar—. ¿Cinco minutos? ¿Uno? ¿Ahora mismo? Será rápido. —Y añadió, susurrándome al oído—: Rápido y duro.

Se me cerraron los ojos, pero negué con la cabeza. Le tomé la cara entre las manos y lo obligué a mirarme para que dejara de susurrarme guarrerías al oído delante de la multitud.

—Te quiero, joder —le dije, y su expresión se suavizó de inmediato—. Me encantaría echar un polvo en tu despacho ahora mismo. —Eso lo animó—. Pero no iremos a ninguna parte hasta que escuche el discurso que has escrito. Antes de que lo hagan los demás. No quiero figuras retóricas ni metáforas deportivas que hagan llorar a las niñas. Ya hemos pasado por eso.

Frunció un poco el ceño.

—La última vez no fue por mi culpa. Tony me animó a decirlo así.

—Bueno, entrenador. Es que a lo mejor no deberías confiar en un chico de diecinueve años. Confía en tu jefa. Nunca te daré un mal consejo, y te avisaré siempre que vayas a meter la...

Apretó los dientes.

—Así no se me va a bajar, amor.

El comentario hizo que me ardieran las mejillas, pero traté de mantener la mirada severa.

—Estamos rodeados de gente, no me digas que estás emp...

Alguien carraspeó detrás de mí.

Era Josie, que nos miraba con cara de espanto.

—¿Por qué siempre os sorprendo cuando estáis a punto de echar un polvo o hablando de echarlo?

Cameron se echó a reír. Abiertamente, como si tal cosa, como si le diera igual escandalizar a Josie. Lo cierto era que sabía que no le importaba.

Abrí la boca, pero entonces oí un gemido procedente del móvil que no había visto que Josie llevaba en una mano. Mi móvil. Le había dado mis cosas antes de saltar al césped para el saque inicial. Oí que una voz decía:

—No me apasiona saber que uno de mis ídolos se excita con mi mejor amiga.

—¿Matthew? —pregunté.

Josie hizo una mueca y le dio la vuelta al teléfono. La cara de Matthew llenaba la pantalla.

—No paraba de llamarte, así que he descolgado —dijo Josie—. ¿Siempre habla tanto? No me extraña que nunca lo hayas invitado a visitarte.

Se oyó un resoplido procedente del móvil.

—¿Que yo hablo mucho? Acabas de darme una lista con

diez razones que explican por qué eres la nueva mejor amiga de Adalyn.

—Porque lo soy —señaló Josie con una sonrisa—. Y más que eso. Soy su hermana, así que supongo que eso te deja en segundo puesto. —Me miró y articuló con los labios—: Es mono. Pero insufrible.

Matthew resopló con fuerza.

—Sé leer los labios, y te he visto. La cámara trasera está encendida desde que la cambiaste para enseñarme las instalaciones que no he visto en persona.

Josie se encogió de hombros.

—He pensado que querías que te las enseñara. Teniendo en cuenta que nunca te han invitado para que las veas.

—Lo que tú digas, preciosa —replicó Matthew—. Has dicho que soy mono.

—E insufrible.

Matthew sonrió.

—Me quedo con lo de mono. Mi oído selectivo es fantástico.

Josie resopló y soltó una perorata sobre un montón de famosos que, en su opinión, eran más monos que él. Matthew la escuchó con atención, como si estuviera tomando notas mentales para rebatirla.

Cameron me puso la mano en la cintura.

—Menudo giro de los acontecimientos. Creo que deberíamos intervenir. —Hizo una pausa—. ¿Lo hago yo o lo haces tú?

—Yo me encargo —dije al tiempo que extendía un brazo y le quitaba el móvil de la mano a Josie, cuya reticencia me sorprendió. Se sonrojó, se dio la vuelta y salió corriendo con un apresurado: «¡Nos vemos!». Así sin más. Me dije que más tarde tendría que averiguar a qué había venido eso y volví a centrarme en Matthew—. Vale, ¿qué pasa? ¿Por qué llamas? ¿Ha pasado algo?

—Bueno... —Matthew enmudeció, y su expresión se tornó alicaída—. ¿Está libre la cabaña que tenéis en Green Oak?

Fruncí el ceño.

—Sí —contestó Cameron, y detecté en su voz la misma inquietud que sentía yo—. Ahora vivimos más cerca de las instalaciones del club.

Matthew asintió.

—En ese caso, tengo que pediros un favor.

AGRADECIMIENTOS

¡Hola! No me puedo creer que todavía sigáis aquí conmigo. Y por eso, además de mereceros una tarta enorme —servida por un tío gruñón, pero que en el fondo es un pedazo de pan; descamisado, además, porque ¿por qué no?—, os merecéis ser las primeras en recibir mis agradecimientos. Siempre. Porque sin vosotras, sin las lectoras, las blogueras y las fanáticas de la novela romántica, no estaría aquí. Así que gracias por vuestro apoyo, por soportar mis interminables tonterías y por hacer que este sueño siga siendo una realidad. Saber que os hago sonreír y enamoraros un poco más del amor con mis palabras me hace muy feliz y me siento honradísima. Os lo debo todo.

Jess, Andrea, Jenn y el resto de la gente de la agencia literaria Sandra Dijkstra, gracias por ser el mejor equipo que una escritora podría pedir. Y Jess, gracias por seguir ayudándome a mantener la cordura cuando estoy a punto de dejarme llevar por esos miedos que en mi mente parecen tan razonables. Eres la mejor agente/terapeuta/madrina. No me dejes nunca, porfa.

Kaitlin, Megan, Morgan y el precioso equipo de Atria. Gracias por el increíble trabajo que hacéis para lanzar mis libros al mundo. Deseo volver a veros, abrazaros, babear juntas por Cameron e ir a yoga con cabras. Sí. Lo siento, pero me lo prometisteis. Me da igual que estéis en Nueva York. Hacedlo realidad. Por nosotras.

Molly, Sarah, Harriet y el resto del fantástico equipo de Reino Unido; cuando este libro se publique, quedará menos para conocernos. Espero que estéis preparadas para un gran achuchón, porque vais a descubrir que me encantan los abrazos. Gracias por vuestros continuos esfuerzos y por la amabilidad que siempre me habéis demostrado. No tengo palabras para expresar el aprecio que os tengo.

Hannah, hola :) Has sido una parte muy importante de mi vida durante estos últimos meses, y me alegra mucho llamarte «amiga». También me encanta mandarte mensajes en mayúsculas como si estuviera gritando y ser esa optimista que siempre insiste en ver el vaso medio lleno. ¡Me muero por ver esas fotos de tu maridín posando con *Amor en juego*!

Señor B, ¿dónde están mis flores? Te quiero, pero, venga ya, tío.

Mamá y papá, gracias por ser mis mayores animadores. Y mamá, deja de hacerte selfis con mis lectoras en los eventos. Me robas el protagonismo.

María, gracias por estar ahí (y sobre todo por aguantarme). Te prometo que te presentaré a uno de los bomberos que trabajan aquí al lado. Solo necesito dar con una manera creativa de quedarme encerrada en algún sitio.

Erin, gracias por ser la mejor lectora beta que se puede pedir. Me resulta increíble que hayan pasado casi tres años desde que te pedí que leyeras *Farsa de amor a la española*. No sabes cuánto te lo agradezco (además de todo lo que sabes sobre aves de corral).

Y antes de irme, quiero añadir unas palabras para decir que espero que os guste la historia de Cameron y Adalyn tanto como a mí. No ha sido un libro fácil de escribir por una larga —y aburrida, la verdad— lista de razones. Todos tenemos nuestros problemas en un sentido u otro. Y por eso tanto Adalyn como Cameron, pero sobre todo ella, han acabado con algunos de los míos. Solo espero que veáis la magia en sus imperfecciones y vulnerabilidades, y que podáis conectar con ellos. Y, con suerte, que os hagan un poquito felices. (Y que me mandéis muchos mensajes gritándome). Porque escribir un *slow burn* de dos idiotas imperfectos y cabezotas y que no te griten es, como diría Joey, «un viernes sin dos pizzas».